俄罗斯精短文学经典译丛
诗意生活系列

村中三日——托尔斯泰中短篇小说选

汪剑钊 主编

【俄】列夫·托尔斯泰 著

张蕾莉 译

读者出版传媒股份有限公司
敦煌文艺出版社

图书在版编目（C I P）数据

村中三日：托尔斯泰中短篇小说选 / （俄罗斯）托尔斯泰（Tolstoy，L.N.）著；张蕾莉译. -- 兰州：敦煌文艺出版社，2013. 12（2023.4 重印）
（俄罗斯精短文学经典译丛）
ISBN 978-7-5468-0628-0

Ⅰ. ①村… Ⅱ. ①托… ②张… Ⅲ. ①中篇小说—小说集—俄罗斯—近代②短篇小说—小说集—俄罗斯—近代 Ⅳ. ①I512.44

中国版本图书馆CIP数据核字（2013）第296067号

村中三日——托尔斯泰中短篇小说选
汪剑钊　主编
〔俄〕列夫·托尔斯泰　著
张蕾莉　译
责任编辑：王　倩

敦煌文艺出版社出版、发行
本社地址：（730030）兰州市城关区曹家巷1号
0931-8773084(编辑部)　　　0931-2131387(发行部)

三河市嵩川印刷有限公司
开本 787 毫米×1092 毫米　1/16　印张 21　插页 1　字数 300 千
2014 年 6 月第 1 版　2023 年 4 月第 3 次印刷

ISBN　978-7-5468-0628-0
定价：59. 80 元

出版说明

2013 年,我社开始策划出版"世界精短文学经典译丛",这套丛书约请国内最优秀的翻译家担任主编和译者,将世界几大主要语言写成的短篇作品择优选入,并按照一定的主题和体裁进行分类,以独特的视角呈现出各国文学的基本面貌,为我国读者了解世界文学提供了一个较为广阔的平台。"俄罗斯精短文学经典译丛"即是这套选题中的一种。

俄罗斯文学影响了中国几代人的成长,让他们形成了特有的精神风貌和对世界的认知方式,但因为复杂的历史原因,这一精神资源的承续和发展出现了断裂。为重新深入挖掘、整理俄罗斯经典文学的优秀资源,我们倾心推出"俄罗斯精短文学经典译丛"(20 册),分为"诗意自然""诗意人生""诗意心灵"和"诗意生活"等四个系列,让读者再一次感受俄罗斯文学的独特魅力,在阅读中汲取有益的精神养分,提升对诗意生活的自觉追求,丰富人们的内心精神世界。

敦煌文艺出版社

2014 年 5 月

译 序

张蕾莉

　　大学时代，我就为《战争与和平》的博大精深所震撼，亦为《安娜·卡列尼娜》的丰满细腻所迷醉。此后，我成了托尔斯泰艺术的忠实崇拜者和学习者。

　　研读过俄文原著后，我在另一层次上认识了一个新的托尔斯泰：他不只是一位不断否定自我、重建自我，旨在探求达到人类终极幸福之真理的思想使者；亦不只是一位在艺术上擅长大破大立的文学宗师；而且是一位无论何时何地、无论在思想领域还是在艺术领域都去掉一切虚饰，对真实和丰富敢于直追到底的大智慧者。他痛恨无内容的矫情倾诉和华辞美藻，厌恶任何形式上的雕琢虚情。在这方面，甚至莎士比亚也没能逃过他的挞伐。诚如罗曼·罗兰所说："托尔斯泰在一切作家中是最少文学家气质的人。"[①]在托尔斯泰的艺术天平上，真与善是唯一的一对法码，而美，只是天平指针在真与善之间指向最佳方位时自然并且必定产生的结果。在托翁笔下，有的是因内容负载过重而变得重拙冗长的句子；有的是与丰繁多彩的形象相比显得异常简朴单调的辞句；还有的是在滔滔奔涌的思想感受之潮中覆灭了诸多语法规则的险句乃至病句。但托翁的作品就像一个思想高贵深邃然而外貌平常的人，你一旦与之交谈，他的思想的火光和内心流溢出来的美就会焕发在他的容貌上，普通的容貌恰恰为他精美的内心世界镶上了一个最朴实而真诚的框架。设想换一副精致的外貌，则有画蛇添足之嫌了。屠格涅夫曾说，列夫·托尔斯泰才华横溢的长兄尼古拉·托尔斯泰是因为缺少作家的短处——虚荣，才成为一位作家。我们却

[①] 罗曼·罗兰《托尔斯泰传》。

可以说，列夫·托尔斯泰则是因为摒弃了一切虚荣，才成为一位如此伟大的作家。他不为文学的虚荣所眩惑，不因雕虫之技而困扰，他所做的一切，"主要是成为伟大，而非显得伟大"①。

自领略到托翁作品独特魅力的那天起，我就渴望并尝试着翻译托翁作品。但怎样忠实地转达作品艺术之精美，又最大限度地保持其朴拙风格而不涉"蛇足"之嫌，这在我仍是初步尝试，难免许多错失不当之处。况托翁著作已有许多为我素所敬仰的前辈翻译家翻译介绍过，这种尝试就更可能是班门弄斧了。

在这个选集中，因篇幅所限，一些杰出然字数较多的短篇小说只得忍痛割爱，那些精美的中篇就更不在其选中了。译者选择了一些较有代表性的作品，以便较真实地反映作者在短篇创作中各时期思想艺术探索的情况。

在短篇小说创作中，托翁划出了一条与其中长篇创作及创作思想发展同步的轨迹，在某些方面丰富和补充着中长篇创作的艺术成就。因此，托翁的短篇小说创作是其全部创作的一个不可忽视的组成部份。

在创作的早期（19世纪60年代前），最吸引托尔斯泰的问题是人类精神世界的成长发育乃至衰亡的过程。他让人物的心灵经历一次次精神漫游，让它们在善与恶、真诚与虚伪、勇敢与怯懦、纯洁与丑恶的道德铁砧上经受锤击，然后忠实地记录下它们每一次的颤栗、扭曲或是发光和升华。中长篇创作中，自传体三部曲《童年》、《少年》、《青年》最有代表性。不难看出，托尔斯泰此时期受启蒙主义人道思想影响，喜好较为抽象的道德探讨，他把自然与社会、自然人与社会人对立起来，认为后天的社会的恶扼杀着先天的自然的善。在短篇小说创作中，他在更广泛的范围里探讨验证着这个问题。

《奔袭》和《被贬谪的军官》这两篇小说从两个不同的角度探讨着勇敢和怯懦的问题。作者首先在《奔袭》中解答了什么是真正的勇敢的问题。然后在

---

① 罗曼·罗兰语。见《贝多芬传》开头语。

《被贬谪的军官》中指出什么才是真正勇敢的大敌。两篇小说均以简洁而细腻的心理性格刻划和真实的军队生活写照而使抽象的理论探讨具有了说服力和吸引力。这是作者以亲身经历为素材写作的一系列塞瓦斯托波尔战事小说中较为有代表性的两篇。

在《一个台球记分员笔记》中，作者以一个无知粗野的台球记分员的口吻记述了一个纯洁善良的灵魂走向堕落毁灭的过程。记分员的麻木冷漠代表着那个拉人下水的冷酷环境，与经受折磨的灵魂的阵阵痛苦抽搐形成触目惊心的对比。《阿里伯特》探讨的是同样的灵魂堕落与升华的问题。奇异的是，托翁在小说中展示了同一灵魂在堕落与升华方面的双向运动：一方是现实生活中无望的堕落毁灭，一方是音乐领域中超凡脱俗的升华。结论如何，由君自思。

《三死》则以纯净的形式展示三种不同的死，用三种死构成两组对比：自私矫情的贵妇之死和安命豁达的穷车夫之死相比，显出不同的社会教养对人们生死观的影响；多少有所索求的人类之死，与无所求、只有奉献的自然生物之死，在更深一层的意义上显出人类社会与自然界对立的思想。

《卢塞恩》则是一篇充满激情和愤怒，向资产阶级文明开火的小说。小说中燃烧的人道主义激情，不事雕琢、却在纯净的心灵之火照耀下显得异常瑰丽多彩的文字，使它成为这类作品中的佼佼者。

中期创作中托尔斯泰表示出了一位文学大师的真正成熟。此时的他，仍不懈地致力于真理的探求，然而这种理论探索被淹没在作家对无限丰繁的人类生活的观察追踪中。托翁这时期的创作特点，可以用《战争与和平》中安德烈公爵第一次负伤后去罗斯托夫家途中见到的老橡树的形象来作比喻。理论就像老橡树经冬不凋、虬曲怒张的铁干铜枝，经春风一吹，被生机盎然的生活的绿叶覆盖淹没，在橡树昂然挺拔的身姿中感觉得到枝干的力度与坚韧，但扑入眼帘的是丰满而多层次的绿意。作家似乎用这时期的创作证明着这句话："理论是灰色的，生命之树常绿。"

有趣的是，这时期作家的精力差不多完全被他宏伟的巨著《战争与和平》及《安娜·卡列尼娜》所占据，中短篇作品变得十分少见。这两部分别完成于60年代和70年代的著作，绚烂多姿而丰满细腻地从各个角度展现生活，使人觉得，对托翁如此热爱而又洞悉其奥秘的俄罗斯生活而言，长篇小说是最出色的表现形式。

从这个时期里我选译了《高加索的俘虏》，这篇小说仍以丰满的生活形象证明着生命的顽强和力度。小说主人公被俘、受难及脱逃的生动描述，融和着早期对勇敢与怯懦，文明与野蛮的讨论，但着力表现的则是一个强有力的生命，无论在任何艰难困苦中，都不屈服地坚持着自己生存、思维和维护尊严的权利。这是一首生命的赞歌。

托尔斯泰在80年代之后经历了一次大的精神转折，世界观和立场发生了根本改变。他摒弃贵族阶级的一切，以能成为农民的代言人而深感自豪。此时他在创作中贯彻的已不是人道主义的抽象道德。也不是中期肯定生命的积极人生观，而是脱胎于基督教教义的以爱和宽恕为基础的托尔斯泰主义。这种精神转折导致作家的创作风格又一次大变化。纵观托尔斯泰创作风格从中期到晚期的发展变化，形成一个由丰繁到简约、精美到凝炼的新进程。然而在作品体裁和作品主人公的选择方面，恰恰相反，经历的是一个由简到丰的过程。 此时体裁上除已达炉火纯青境地的中长篇创作外，托尔斯泰还写下大量短篇小说、民间故事、散文和论文，还有识字课本。而作品的主人公已遍及社会的各阶层各层次，写得最多并最美的则是普普通通的农民。这后一点，在短篇小说中反映得特别明显。

《人靠什么活着》、《神性和人性》两篇作品是明显反映着托尔斯泰的宗教思想的，但它们以托翁晚年精湛的艺术功力向人们宣示着深刻的人生哲理；不了解这两部作品，就难以全面了解托翁晚年思想艺术的优劣。

《舞会之后》和《我在梦中见到了什么》都取材于托尔斯泰二哥谢尔盖的

亲身经历，这两篇小说继续着早中期对贵族精神世界的探索，但展示的是晚年宽恕与仁爱的主题。

《傻瓜伊万和他的两个兄弟的故事》、《雇工叶美良和空空的鼓》是两篇精美的民间故事，以朴素的语言和形象表达了热爱和平，反对战争与暴力的思想。

《瓦罐阿廖沙》、《柯尔涅依·瓦西里耶夫》、《野果》、《穷人》是一组乡村生活的写真。前两篇以客观朴实的笔法展示了一幅沉重得让人喘不过气来的农民生活图景，显现了托尔斯泰作为现实主义大师洗炼而深刻的功力。后两篇则勾描出沉重阴暗的农村生活背景上的一抹暖色。《野果》轻松明快地描写农家小姑娘采野果的健康活泼场面，间接嘲笑了贵族家庭教育的苍白病弱。《穷人》更是一幅明媚的诗化小品，是托翁根据雨果诗篇《世纪之歌》中的一首诗改编而成，是一篇优美而隽永的散文，是穷苦人美好心灵的赞歌。

《村庄里的歌》和《村中三日》则是集中了作者对俄国农村生活的观察及对俄国历史发展的思索的作品。它们集凝炼与生动、优美与深刻于一身，是托翁晚年思想艺术两方面成熟的结晶。其中有许多深刻的思想观点，仍能够打动一百年后的现代人，至于艺术上的简炼精粹，则更不待言了。

本书的全部译文经由我母亲——湖南师范大学外语系教授沙安之审校，使我避免了许多不应有的错失。这里我要深深地对她表示感谢。

目 录  *CONTENTS*

奔 袭

——一个志愿者讲述的故事

一

七月二十日，赫洛波夫大尉带肩章佩马刀走进我那座泥屋低矮的门。他这身装束，我自到高加索以来还从未见过。

"我直接从上校那里来。"他说这句话来回答我迎接他的询问目光，"我们营明天出发。"

"去哪里?"我问

"到诺要塞。部队在那里集结。"

"到那儿以后大概会有什么行动?"

"应该有。"

"到哪里? 您怎么想呢?"

"我怎么想? 我把知道的告诉您。昨晚将军派一个鞑靼兵骑马送来一道命令，要我们营出发，随身带两天的干粮。至于到哪里，干什么，时间长不长? 这些嘛，老兄，是不问的。命令出发，这就够了。"

"不过，要是只带两天干粮，那就是说部队在外的时间不会更长的。"

"唔，这可说不准……"

"怎么会这样?"我惊奇地问。

"就这样! 那次出征达尔戈，带了一周的干粮，可待了差不多一个月!"

"那我能不能跟你们一块去?"我停了一会儿问。

"去是能去的，但我建议您别去。您何必冒险呢?……"

"不，请允许我不遵从您的建议。我在这里住了整整一个月，就是为了等到一个机会看看战事，可您想叫我错过这机会。"

"那您就去吧！不过说真的，您留下不是更好吗？您就在这里等我们，打打猎；我们走我们的，有上帝保佑，这样多好！"他用那样具有说服力的声调说完这话，以致我在最初一刻真的觉得这样很好。但我还是坚定地说，无论怎样决不留下。"

"您在那里有什么好看的呢？"大尉继续说服我，"您想知道仗是怎么打的？读读米哈依洛夫斯基·达尼洛夫斯基写的《战争描述》，这是本好书：哪个军团驻哪里，战斗经过情况，里面都描写得很详细。"

"相反，这个我倒不感兴趣"。

"噢，那是什么呢？看来，您就想看看怎么杀人……三二年①这里也有过一个不在役的人，好像是西班牙人。他披件什么蓝披风，跟着我参加了两次出征……这好汉子就这么丢了命。这里，老兄，谁也不会把这当回事的。"

尽管我很难堪，因为大尉对我的意图作了这样不好的曲解，但我没敢纠正他。

"怎么，他很勇敢。"我问他。

"天知道他：有过这样的事，他老是骑马跑在前头，哪儿交火，他就在哪儿。"

"这样的话，他很勇敢。"我说。

"不，这不叫勇敢，因为他专往不要他去的地方钻。"

"您觉得怎样才叫勇敢呢？"

"勇敢？勇敢？"大尉带着头次听说这种问题的人的神情重复说，"勇敢的人，是那种人，他只做应该做的事情。"他想了一会说。

我想起柏拉图给勇敢下的定义：知道什么应该怕什么不该怕。尽管大尉的定义有些笼统和不够明确，可我想，两者基本观点的不同倒不像从字面上感觉到的那样大，甚至大尉的定义比古希腊哲学家的定义还要准确，因为他如果能用柏拉图的表述方法的话，他大概会说，勇敢的人，只怕应该怕的，不

---

① 指一八三二年。

怕不该怕的。

我想把自己的想法告诉大尉。

"是的,"我说,"我觉得在每个危险中人人都面临选择,在责任感影响下作的选择,是勇敢;在低贱感情影响下作的选择就是胆怯。因此,出于虚荣、猎奇、贪婪的目的去冒生命危险的人,不是勇敢的人,反过来,一个人如果出于纯洁的家庭责任心或信念而拒绝冒险,也不能称之为胆小鬼。"

我说话时,大尉带着一种古怪的神情看着我。

"唉,这我可不能给您证明了,"他边说边装烟斗,"我们这里有个士官生,也这样爱谈哲学,您同他谈谈。他还写诗呢。"

我到高加索才认识大尉,但在俄罗斯就听说过他。他母亲玛利亚·伊万诺芙娜·赫洛波娃属于那种地产很少的小地主,就住在离我的庄园两俄里的地方。我来高加索之前去过她家。老太太高兴极了,因为我将见到她的小帕申卡(她这样称呼白了头的老大尉),还因为我是一封活的书信,可以把她琐细的生活情况告诉他并捎去一个小包裹。玛利亚·伊万诺芙娜请我吃美味的大馅饼和半片熏鸡,然后她走进自己的卧室,回来时手里拿着一个相当大的黑色护身香袋,袋上缝着一条黑绸带。

"这是烧不坏的荆棘①那里的庇护我们的圣母。"她边说边画着十字吻了吻圣母像,然后把它交给我,"劳驾您了,小兄弟,请您交给他。您看看,他去高加索之后,我为他平安无事,专门请了一次礼拜祈祷会,许了愿,还订下了这个圣母像。您看十八年了,圣母和圣徒保佑他连一次伤都没受过,可他什么样的仗没打过……就像跟他在一起的米哈伊洛说的那样,您相信不,我听得头发都直竖起来了。可我就算知道他的一些情况,也是从别人那里知道的。他对我,我的小鸽子,从来不写自己出征的事,怕吓着我。"

(到高加索以后我才知道,而且也不是从大尉那里,知道了他曾四次受重伤,他自然是无论受伤还是出征都没写信告诉他母亲。)

---

① 《圣经·出埃及记》第三章二节。耶和华使者在烧不毁的荆棘中向摩西显现,这里荆棘指上帝。

"这下让他把这圣像戴在身上，"她接着说，"我用这圣像祝福他。庇护我们的无上神圣的圣母会庇佑他的! 特别在战斗时候，让他不离身地带着这个圣像。就这样说，我的小兄弟，说你母亲让你这样做的。"

我保证一字不漏地完成嘱托。

"我知道，您一定会喜欢上我的小帕申卡的，他是个最好的人! 您相信不，没有一年他不寄钱给我，还给安努什卡，我的女儿，很多支援。可这一切都只靠他的那点薪饷! 我一辈子从心底里感激上帝给了我这样一个孩子。"

"他常给您写信吗? "我问。

"很少，小兄弟，一年有那么一封，就那也是在寄钱时写上几个字，除外就没信了。他说，好妈妈，我不给您写信，那就是说我活得好好的，万一发生什么事，上帝保佑别让这事发生，别人没我也会写信给您的。"

当我把母亲的礼物交给大尉时（这是在我屋子里），他要了一张包装纸，把它细心包好后藏了起来。我给他说了许多他母亲的具体生活情况；大尉没吭一声。等我说完，他走到角落里，不知为什么装了好一会儿烟斗。

"是啊，是个可爱的老太婆。"他用带了几分暗哑的嗓音说，"不知上帝还让不让见上一面。"

这些普通的话语流露出很深的爱和悲伤。

"您为什么要在这里服役呢? "我说。

"应该服役啊，"他很有说服力地说，"而且双薪对我们这些穷人来说，是很重要的。"

大尉生活得很节俭：不玩牌，难得喝酒玩乐，抽的也是普通烟叶。不知为什么他把这种烟草叫作萨姆堡①烟叶，而不照本地名称叫居穷烟。开始我就喜欢大尉，他有一张普通安静的俄罗斯的脸，这张脸令人舒服并可以轻松地直视；然而经过这次谈话，我感觉自己对他产生了由衷的敬意。

———————
① 萨姆堡：属乌克兰的一座城名。

二

第二天早晨四点钟，大尉骑马过来叫我。他穿一件没戴肩章的、破旧磨损的外衣，一条列兹金人的肥大裤子，戴顶破旧的白高筒帽，帽子上垂下来发黄的库尔边①，背上斜背着一把不起眼的亚细亚式马刀。他骑坐的那匹白色的马什塔克②，低头小步走着溜蹄步③，还不断甩动着那条稀疏的尾巴。尽管善良的大尉的外形不仅缺少军人气概，也缺少美感，但这外表反映出对周围事物那样明显的冷漠泰然，不禁令人肃然起敬。

我连一分钟都没让他等，立刻骑上马，我们一起驶出要塞大门。

全营已经在我们前面二百俄丈④远的地方，看上去像是一大片黑乎乎动荡不宁的什么东西，只因为看得到刺刀如密集长针般竖立，还有听得见间或传来的士兵歌唱、鼓声和早在要塞我就不止一次赞叹过的美妙男高音及六连的和声伴唱，这才猜得到这是步兵行列。道路沿一条宽阔的深巴尔卡⑤的谷底伸展，路旁一条小河正玩得高兴，也就在说正在泛滥一成群的野鸽在小河旁上下翻飞，一会儿落在河边岩岸上，一会儿在空中盘旋着，飞速旋转着飞出视野。太阳还看不见，但山谷右边的山巅上已透射出金光。灰色发白的石块，嫩绿色的青苔，披满露珠的刺马甲、山茱萸、栓皮榆树丛在朝阳澄澈的金色光辉的照耀下，以一种奇异的明晰状凸现在眼前；然而山谷另一边和谷地里笼罩着浓雾，如烟如缕的雾层不安而神经质地波动起伏着，它潮湿而阴郁，却幻化出捉摸不定的色彩融汇：淡紫、浅黑、深绿和白色。就在我们面前，在地平线宝蓝色的背景上，异常醒目地矗立着乳白色的雪山群峰，展示着自己千姿百态且

---

① 库尔边：高加索方言，意指羊毛。——作者原注。
② 马什塔克：高船索方言，意为小种马。——作者原注。
③ 溜蹄步：溜蹄马的特殊步态，同边的前后马腿一致动作，四条马腿分左右两组轮流前进，似人行。此马最快。
④ 1俄丈等于2.134米。
⑤ 巴尔卡：在高加索方言中意为山谷、山峡。

无一细处不优美绝伦的投影和轮廓。深深的草丛中蟋蟀、蜻蜓以及成千上百的昆虫苏醒过来，它们清脆而连续不断的叫声充满空气中，觉得就像有数不清的小小铃铛摇响在耳边。空气中闻得到飘着的水味、青草味和雾的气味，一句话，充满夏日清晨的气息。大尉打着火，抽上烟斗，飘过来萨姆堡烟叶和火绒的气味，我觉得特别好闻。

我们为了赶上步兵，离开大路抄近道赶上去，大尉显出比平时更深的沉思神情，那支达格斯坦烟斗一直衔在嘴里，并在马每走一步时都用后跟磕碰马肚催赶。他座下的那匹小个马走起来左右摇晃着，在潮湿的深草丛里印下一只只隐约可见的蹄印。从马腿下忽然扑出一只野鸡，缓慢上飞，它发出的特德康尼①和扑翅声足以令猎人情不自禁地颤抖。大尉却毫不理会它。

我们已经快追上部队的时候，后面传来飞奔的马蹄声，立刻一个非常可爱而年纪轻轻的少年从我们旁边飞驰而过，他身穿军官制服，戴一顶高高的白皮毛高筒帽。同我们并肩时他微笑着向大尉点点头又挥起马鞭……我匆忙中只看清他有一双美丽的黑眼睛和鼻梁削挺的鼻子，还有刚开始勉强露出头来的小胡子，他骑马和握缰的姿势特别潇洒。他身上尤其为我喜欢的是，当发现我们在欣赏他的时候，他禁不住微微一笑。单凭这微笑，就可断定他还非常年轻。

"跑的什么劲儿？"大尉带着不高兴的神情咕哝一句，嘴里仍咬着烟斗。

"这是谁啊？"我问他。

"准尉阿拉宁，我连里的副官……上个月刚刚从军校出来的。"

"大概他第一次参加战斗吧？"我说。

"可不是，高兴成那个样子！"大尉回答时意味深长地摇着头，"年轻啊！"

"又怎么能不高兴呢？我理解，这对于年轻军官来说应该是令人兴奋的事。"

———————————
① 特德康尼：野鸡叫声。——作者原注。

大尉沉默了约莫两分钟。

"所以我才说这是年轻啊!"他用低沉的嗓音说,"有什么可高兴的,什么也没见识过!多参加几次出征,就高兴不起来了。譬如我们军官十二个人出来,总有人要被打死或打伤,这是肯定的。今天是我,明天是他,后天是第三个。这样有什么可高兴的?"

三

耀眼的太阳从山后刚刚升起,照亮了平原,我们正走在这平原上,波澜起伏的云堆雾障消散了,天气热起来。士兵们背着枪和背包慢慢走在尘土飞扬的路上,队列中偶尔传来小俄罗斯方言口音的谈话声和笑声。几个年长的士兵,大部分是军士,抽着烟斗走在路边上,不紧不慢地谈着话。堆得高高的三驾马车一步慢似一步地移动着,扬起浓厚的滞留空中似乎不落的尘障。军官们骑马走在前面,有的照高加索说法在表现马术①,那就是挥鞭策马,让马跳跃四次然后陡然停步,然后他们在马上昂然回首;其他军官被歌唱吸引着,不论天气如何炎热和令人气闷,这歌声一曲接一曲不倦地飞扬。

在步兵前面大约一百俄丈的地方,一个亚细亚装束的高大漂亮的军官骑在马上,和几个骑马的鞑靼人走在一起。他是团里闻名的胆大包天的勇敢汉子,并且是当着任何人的面都敢说真话的人。他外罩一件高加索式样的镶金银饰条的紧身黑色长外套,腿上是同样的裹腿,脚蹬镶契拉兹②的软底皮鞋,内穿一件黄色的高加索紧腰宽摆长衣,头上向后歪戴着一顶高高的皮高筒帽;镶金银饰带的宽带从胸前到背后斜挎在身上,上面插着火药瓶,背后插着一支手枪,另一支手枪和一把银鞘匕首挂在腰带上。在上述装束的最外面还拦腰系着佩剑皮带,皮带上挂着一把镶金银条的红色皮鞘的马刀,肩上还

---

① 原词在库梅克语中意为勇敢,进入俄语后加上俄语词尾,还是与勇敢一词同义。但在现代俄语中意为马术。——作者原注。

② 契拉兹:高加索方言,意指金银饰条。——作者原注。

斜挎着一支黑套步枪,从他衣着、举止和马上坐姿以及一切动作上都明显看得出,他竭力想使自己像个鞑靼人。他甚至用一种我听不懂的语言同那些和他走在一起的鞑靼人说话,但从后者相互间交换的困惑又带嘲笑意味的目光看来,我觉得他们听不懂他的话。他是那一类我们的青年军官之一,是被马尔林斯基①和莱蒙托夫小说教育出来的好汉和马上侠士。这些人仅仅通过当代英雄和毛拉·努尔之类的三棱镜来看待高加索,在他们的所有行为中,起主导作用的不是自身喜好,而是那些人物形象的榜样。

譬如这位中尉,他可能喜欢有高贵女人和重要人物的上流社会,这些重要人物包括将军、上校和副官,我甚至确信他热爱上流社会,因为他极端虚荣,但他觉得有义务要用自己粗鲁的一面来对待所有大人物,尽管这种粗鲁是十分得体的。每当要塞里来了不论哪位贵妇人,他必定只穿一件红衬衫,光脚穿双软底皮鞋,同他的库纳克②一起在她窗下走来走去,尽可能高声地喊叫并训人,这里没有多少要冒犯她的意思,而最主要的是要展示一下他有一双多么美丽和洁白的脚,以及他能够被人多么热烈地爱着,只要是他自己愿意的话。或者他经常带上两三个归顺的鞑靼人夜间到山里路旁打埋伏,伏击并杀死没归顺的过路鞑靼人,尽管他的心也不止一次地告诉他,这种行为里没有任何称得上壮举的成分。他认为自己有义务让人们受苦,因为他们似乎为了什么要使他失望,他们好像使他轻蔑和仇恨。他有两样东西从不离身:一个很大的挂在脖子上的圣像和衬衣外面佩戴的匕首,他连睡觉也带着。他从心底里认定他有仇敌。让自己相信他必须向不论什么人复仇并以血洗耻的念头给他带来莫大享受。他确信,对人类仇视、报复和轻蔑的感情是最高意义上的诗意感情。可他的情人,自然是个契尔克斯女人,我后来见过她,她说他是一个最善良和温柔的人,每天晚上他都写着自己阴郁的日记,同时还用带格纸算账,再加上跪着向上帝祈祷。为了仅仅让自己觉得像那个他希望效仿的人,他吃了多少苦,因为他的同伴和士兵不能按他的意思理解他。在他与库纳克去路边的一

---

① 马尔林斯基,原名别斯土热夫,十二月党人,死在高加索,小说描写脱离现实的浪漫英雄,《毛拉·努尔》就是其中之一。
②库纳克:友好、朋友,高加索方言。——作者原注。

次夜间出征中，他用枪打伤了一个没归顺的车臣人，伤了他的腿并俘虏了他。以后车臣人在中尉那里住了七周，中尉医治他，照料他，像对待最亲密的朋友，等那个人伤好，他赠上礼物送走他。这以后，在一次出征时，正当他随散兵线一道后撤，并向敌人还击的时候，他听到敌人中间有什么人叫他的名字，接着他那位受过伤的库纳克骑马上前并打手势给中尉，让他照此办理。中尉催马上前，来到自己这位库纳克面前，握握他的手。山民们站得远一点，并不开枪。可等他一拨转马头往回走，立刻有几个人朝他开枪，于是一颗子弹就随意擦破了他脊背以下的部位。另一次是我亲眼见到的，要塞里失火，两个连的士兵忙着救火。在被橙红色火光照亮的人群中突然出现了一个骑黑马的高高的人形。这个人形推开人群，直驰火场。一直骑到火边上，中尉从马上跳下来，向一间着火的房子里冲去。五分钟后，中尉从那里面出来，头发焦了，胳膊肘烧伤了，怀中揣着他从烈焰中救出的两只小鸽子。

他的姓是罗任克兰茨，可他时常谈及自己的出身谱系，推论他们家族来自瓦兰人，这样他明确地证明他和他祖先都是纯粹的俄罗斯人。

四

太阳走完了她一半路程，透过火烫的空气，把灼热的光芒投掷到干燥的土地上。深蓝的天空澄净无云，只有雪山山麓轻裹上一丝淡紫色的云雾。凝然不动的空气中感觉好似充满透明的尘埃，天热得不可耐受起来。半路上，走到一条不大的溪流边，部队稍作小憩。士兵们架好枪，朝小溪奔去；营长在放进树荫下的军鼓上坐下，胖胖的脸上流露出与自己权位相适应的神情，与几个军官一起准备好吃夜餐了；大尉在连里辎重车下的青草上躺好。勇敢的中尉罗任克兰茨和几个年轻军官在铺开的毡斗篷上或躺或坐歇息起来，打算饮酒作乐，这从他们身边摆着的水壶和酒瓶上就可看出，还有神情特别快乐的歌手在他们面前站成半圆形，夹着口哨声模仿列兹金女人的嗓音唱一支高加索舞

曲:

> 沙米里想起来造反,
>
> 在过去的年岁中……
>
> 特啦啦,啦塔塔……
>
> 在过去的年岁中。

　　早上赶过我们的那位准尉也在这些军官中间。他的模样十分有趣:他的眼睛闪闪发光,说话也有些颠三倒四;他希望亲吻所有人并告诉他们自己爱他们……可怜的男孩子!他还不知道在这种情况下他会变得可笑,他用来对待别人的坦诚和温情态度不会引起他那么需要的别人的爱戴,却只会引来嘲笑。 当他全然不知这些,激情难抑地扑倒在毡斗篷上,头发后甩,双手托腮的时候,他显得异常可爱。还有两个军官坐在辎重车底下,在食盒上面玩"傻瓜"牌。

　　我好奇地听着士兵和军官们的谈话,并留神注意着他们脸部的表情;可我无论在谁脸上都绝对看不出那种令我不安的阴影的丝毫痕迹。戏谑、嬉笑、交谈都反映出一种对面前危险的共同的无忧无虑和漠不关心。似乎不能想象,有些人竟命定了将不能再从这条路上回来!

五

　　晚上快七点的时候,我们带着满身灰尘和疲劳跨进诺要塞坚固的宽阔大门。太阳正在落下,把它玫瑰红色的斜晖投洒到如画一般美的小炮台和围绕要塞的,有着高高白杨树的小林子上,投洒到已泛出金黄的庄稼地里,投洒到簇拥在雪山身边的白云上,这些白云似乎在模仿雪山的连绵,也连接成缭绕不断的云带,并且毫不逊色于雪山的神奇与美丽。一弯新月像朵晶莹的云彩,远远挂在天边。大门外面的寨子里有个鞑靼人在平房顶上召唤穆斯林做祷告,歌手们又带着新的勇力和精力唱起歌来。

稍事休整之后，我去找一位熟识的副官，想请他把我的意愿报告将军。从我住的要塞居民区出发，在路上我看见了完全没料到会在诺要塞看见的景象。一辆漂亮的双座马车赶过我，里面露出一角摩登帽子并传来法语谈话声，从要塞司令住宅开着的窗子里，传出来一架蹩脚走调的钢琴弹出来的什么《丽赞卡》或《卡坚卡-波尔卡》舞曲。在我经过的小饭馆里，几个文书手拿烟卷坐着喝酒，我听到其中一个对另一个说："请允许我告诉您……有关政治方面，我们的玛丽亚·戈里高里耶芙娜可算得上是一位真正的第一夫人。"一个驼背的犹太人，穿件破旧的外衣，满面病容地抱着一个发出如呻吟哭泣一般声音的手摇风琴，奏出《露契亚》的最后乐段。两位女人穿着窸窣作响的裙服，头扎丝巾，手拿鲜艳阳伞，从我身边沿木板人行道飘逸地走过去。两个女子，一个穿粉红裙服，一个穿蓝色裙服，头上都不系头巾，站在一座矮小房前的土台上，做作地发出一连串声音尖细的笑声，显然意在吸引过路军官的注意。军官们穿着新制服，戴着白手套和闪闪发光的肩章，在街道上和林荫路上炫耀着自己的装束。

我在将军住宅的一楼找到了我的熟人。我说明了自己的愿望，他立即说它绝对可以被满足。刚说到此处，那辆我见到过的漂亮马车从我们所坐的窗前隆隆驶过，停在台阶旁。马车里出来一位身材高大匀称、佩少校肩章的军人，走去找将军。

"噢，请原谅，"副官对我说着站起身，"我必须去向将军通报一声。"

"来的是谁？"我问。

"伯爵夫人。"他边说边扣着制服跑上楼去。

几分钟后，一个身材不高但仍属英俊类型的人走到台阶上，他穿着没佩肩章的制服，纽孔里系着一枚白十字章。他后面跟着出来的是少校、副官和其他两个军官。从将军的步态、声调和所有举止中都表示出他是一个非常看重自己身价的人。

"Bonsoir, madame la comtesse[①]。"他说着向马车里伸过手去。

---

① 法语：晚上好，伯爵夫人。

一只戴软皮手套的小手握了握他的手，一张姣好的配上黄帽子的脸微笑着从马车车窗中露出来。

在持续几分钟的谈话中，我只在走过他们时听清了几句，我听到将军笑说着：

"Vous savez, que j'ai fait voeu de combattre les infidèles; prenez donc garde de le devenir①。"

马车里传来笑声。

"Adieu donc, cher general②。"

"Non, à reVoir," 将军说着踏上楼梯台阶，"n'oubliez pas, que je m'invite pour la soirée de demain③。"

马车隆隆地继续向前驶去。

"这里还有一个这样的人，我回去路上在想，"他拥有俄罗斯人梦寐以求的一切：官位、财富和显赫家世，可他在一场结局未知怎样的战争之前同一位美貌女人调笑，还预约第二天去她家用茶点，就像他是在舞会上与她相见一样！"

也就在这个副官那里，我遇到了一个更令我惊异的人：这是K团的一位年轻中尉，特别引人注意的是他那近乎女性的温柔和腼腆。他来找副官倾诉他的烦恼及气愤，控诉那些阴谋与他作对的人，说他们阻止他参加眼前的战斗；他说这种行为可恶，太不够朋友，说他将永远记恨这个人等等。不论我怎样注视他的脸部表情，怎样倾听他的声调，我都不能不判定他丝毫也没装假。他确实深深地被激恼了，被伤害了，因为没被准许去向契尔克斯人射击并置身于他们的枪弹下；他伤心的程度就像一个被不公正地抽了一顿的小男孩感受的一样……我完全被弄糊涂了。

---

① 法语：您知道我发誓与异教徒战斗，所以您当心，别变成异教徒。
② 法语：那么告别了，亲爱的将军。
③ 法语：不，下一次见，——请别忘了，我自己申请明天去您家喝茶。

六

部队将于晚上十时出发。九点半我骑上马朝将军那儿驰去，但想到他和他的副官一定正忙得很，我在街上停下，把马拴在围墙上，往墙边土台一坐，为的是等将军一出来就赶上他。

太阳的灼热和辉煌已被夜的清凉和一弯新月的朦胧月色所替代。月亮快下山了，在深蓝星空的背景上，月牙儿周围镶上了半圈银辉；大房子的玻璃窗和小土屋的木板护窗缝中都透出了灯光。叠印在远处天幕上的小林子里挺秀的白扬，从浴满月光的小土屋芦苇屋顶后面挺立出来，显得更高更黑了。

房屋、树木和篱墙的长长阴影，好看地投洒在白亮但尘土飞扬的路上……河里青蛙无休止地清脆鸣叫①；街上一会儿传来急匆匆的说话声，一会儿传来马匹的奔驰声；要塞外圈的居民区偶尔传来手摇风琴的乐曲声：一会儿是《风儿在吹》，一会儿是《Avrora-Walzer》②。

我不愿说明沉思中我都想了些什么，这原因之一，在于身处四周只见喜悦和欢乐的时刻，我羞于说出萦绕心中不愿离去的阴郁想法；原因之二是这不适合于我的故事。我沉思良久，就连钟敲十一点以及将军率随从从我身边走过都没发现。

我匆忙骑马，去追赶队伍。

后卫部队还在要塞大门里。我奋力从挤在一堆的大炮、木箱、连队辎重车和大声发号施令的军官中间穿过去挤过了桥。骑出大门，我催马快跑赶过了铺开近一俄里、在黑暗中肃静前进的队伍，才赶上将军。我骑马从排成单行的炮队以及走在炮队中间的骑马军官身边走过，在这肃静、庄严的和谐中，一个唐突冲撞的不谐和音猛然响起，那德国口音的嗓音令我震惊："点火杆！拿个点火杆来！"接着是士兵的声音："谢甫琴科！中尉要个火！"

---

① 高加索青蛙的叫声与俄罗斯本土的蛙鸣毫无共同之处。——作者原注。
② 德语：《清晨圆舞曲》。

天空的大部都被又长又黑的乌云覆盖了，只有在它们的缝隙中有几颗不太亮的星星。月亮已经沉落到右面近处山峰的清晰可见的黑色剪影后面，把它们的峰巅染上一层微微闪烁的朦胧幽光，与笼罩山脚的穿不透的黑暗形成对照。空气中温暖而寂静，静得好像每棵小草、每朵轻云都没有半点动作。天色是这样黑，以致连最近的什么东西都辨不清；路的两旁不断出现的不知是岩石、还是野兽，或是奇形怪状的人形，直到我听见窸窸窣窣的声音并感觉到覆盖其上的露水的清凉时，我才发现这是灌木丛。

我看见前方有一堵晃动着的黑墙，后面跟着几块移动着的斑点：这是骑兵先锋，还有将军与他的随从。而我们后面行进着同样的一片阴郁的黑影，比前面的低矮，这是步兵。

主宰整个行进队伍的是肃静，融合交汇的充满神秘魅力的夜籁清晰可闻：胡狼在远处悲号，时而如绝望的哭嚎，时而又像哈哈大笑。蟋蟀、青蛙和鹌鹑的单调歌唱和一种我怎么也解释不出原因的越来越近的喧嚣，以及所有那些永不可能听懂辨明的大自然的细微响动，都融汇成一种丰满而绝美的音响，这就是通常我们称呼的夜之宁静。这宁静毁于或者准确地说是融合了暗哑的马蹄声和缓慢行进的队伍造成的深草的飒飒摩擦声。

队伍中间或也会传来沉重的大炮的钝响、刺刀的碰击声、压低的谈话声和马匹的喷鼻声。

大自然散发出充满宁静平和的美丽和力量。

难道人们生活在广袤无垠星空下的美好世间还觉狭窄吗？难道身处这样迷人的大自然中的人，心中还能存有憎恨和复仇的情感或者对消灭同类的渴望？人类心灵中一切的不善都应该在接触自然这美与善的直接体现物时消失殆尽。

七

我们已经骑行了两个多小时。我身上开始有些发抖，困倦也阵阵袭来。

黑暗中隐约可见的仍是那些不明晰的东西：前面不远的一道黑墙，还是带着那些移动的斑点；就在我身边走着匹高大的白马，摇着尾巴，两条后腿分得很开；一个穿宽摆紧身长衣的后背，上面背着一支黑套步枪，并露出装在绣线接缝的皮套中手枪的白色手柄；一点烟卷的红火照亮了褐色小胡子、海狸皮领和戴麂皮手套的手。我闭起眼朝马脖子弯下身去，迷糊了几分钟。然后熟悉的马蹄声和草木飒飒声使我惊醒：我环顾四周，只觉得自己停下不动了，而那堵前面的黑墙，在向我移动，或是黑墙停立不动，我就要撞上它了。在一个这样的瞬间，令我更为吃惊的是那种我猜不出原因的越来越近的喧响。这是水声。我们进入了一个深深的峡谷并接近一条山间激流，正逢它泛滥的时候①。喧嚣更甚，潮湿的草丛更深更密，灌木也更多了，视野也越来越狭窄。在大山的黑色背景上，从不同地点偶尔喷发出明亮火光，又迅即消失。

"请告诉我，这火光是怎么回事？"我悄声问骑马走在我身旁的鞑靼人。

"你不知道？"他说。

"不知道。"

"这是山民把麦草捆到泰亚克②上，然后摇晃火把。"

"这做什么呢？"

"这让每个人都知道，俄国佬来了。这会子山塞里，"他加上一句，"嗨，多马沙③极了，什么人都把呼塔–木塔④往山沟里拖。"

"难道山里已经知道队伍开进来了？"我问。

"嗨！怎么会不知道？我们的人都是这样的！"

"这么着沙米里就要出战了？"我说。

"耀壳⑤！"他摇着头作出否定姿态说，"沙米里不会出战，沙米里派纳依

---

① 高加索地区河流泛滥期在七月。——作者原注。

②泰亚克：意为杆子。高加索方言。——作者原注。

③ 多马沙：意为忙乱。这属于俄罗斯人与鞑靼人为相互交谈而造出的特殊表述语言。有许多属于这类奇特语言的词汇，无论俄语还是鞑靼语中都没有。——作者原注。

④ 呼塔-木塔：家居零碎什物，还是属于上述特殊语言。——作者原注。

⑤ 耀壳：意为不。鞑靼语。——作者原注。

巴①去，自己在山上用望远筒看。"

"他住得远吗？"

"没有住得远。诺，左面，十个俄里差不多。"

"你怎么会知道？"我问，"你难道去过？"

"去过，我们去过全部。"

"见到沙米里了？"

"不！沙米里我们不会看到的。一百，三百，一千个缪里德②在周围，沙米里在中间！"他带着俯首贴耳的崇敬表情补充说。

抬眼仰望，可以发现天已晴朗，东方开始发亮，三星座向地平线落去，可我们行进的峡谷里又潮湿又阴暗。

突然，在我们前面不远处，黑暗中亮起几点火光。就在这个瞬间子弹呼啸而过，在包围我们的黑暗中响起枪声和叫喊声。这是敌人的前沿巡逻哨，这些鞑靼人吆喝一声，胡乱放几枪就一哄而散了。

一切归于沉寂，将军叫翻译过去。一个穿白色紧腰长衣的鞑靼人骑马到将军身边，并做着手势与将军悄声谈了相当长的时间。

"上校哈萨诺夫，下令部队形成散兵线。"将军用低声然而清晰的声音拖着长声说。

队伍走到一条河边，峡谷两旁的黑色山峰已落在后面，天开始亮了。点缀着苍白暗淡星辰的天穹更高远了，启明星开始明亮地闪烁在东方，清新而略带寒意的微风从西边吹来，明亮的像蒸汽一般的雾霭从喧闹的小河上升起。

八

向导指出一处可以徒涉的浅滩，骑马前卫在前，将军与随从在后开始渡河。水深到马胸，以一种异常凶猛的力量冲激着河中的白色石块，这些石块有

---

① 纳依巴：对山民领袖沙米里委派主管各部门的官吏的称呼。——作者原注。

② 缪里德：这个词的意义很多，用在此处意为介乎副官与保镖之间的人。——作者原注。

的与水面齐平。水在马腿间形成泡沫飞溅、喧响奔腾的急流。马对水声有些吃惊，昂起头竖着耳朵，但还是平稳而小心地走在不平的河底上。骑马的都收起双腿，提起武器。步行的士兵，仅穿一件衬衣，把挑着衣包的枪高举在水面上，二十个人手挽手奋力逆流前进，他们的面部表情十分紧张。炮队的驭手大声吆喝着快速驱马入水。大炮和绿色弹药箱迎着偶尔飞溅上来的河水行进着，因河底的不平而震得隆隆作响。但优良的黑海马同心协力地拉紧挽套，水花四溅地带着湿淋淋的尾巴和鬃毛登上对岸。

当渡河接近尾声时，将军脸上现出沉思和严肃的神情，他掉转马头，带领骑兵，沿着展现在我们面前的被树林环绕的宽阔空地跑去。哥萨克骑兵沿树林边缘布下散兵线。

林中出现一个徒步的，身穿宽摆长衣，头戴高筒帽的人，接着是另一个，第三个……军官中有谁说"这是鞑靼人"。现在看得见树后冒起一缕轻烟……枪声，又是一响……我方密集的枪声压倒敌方的枪声。只有偶尔枪弹发出蜜蜂飞行般徐缓的声响从旁飞过，证明枪声不全是我方发出的。步兵奔跑着，炮车飞奔着快速进入战线；只听得炮声隆隆，霰弹尖啸，火箭嘶吼、枪声脆响。宽阔的空地上到处是骑兵、步兵和炮队。大炮、火箭和枪枝发出的硝烟与满布露水的绿色草木及晨雾混成一片。哈萨诺夫上校飞驰来到将军面前，陡然勒住坐骑。

"大人！"他说着把手举至帽边，"请下令骑兵出击吧！看得见标志了①。"他用马鞭指向一些骑马的鞑靼人，他们前面奔跑着两个骑白马的人，手中拿着绑在木棍上的红色或蓝色的布块。

"上帝与您同在，伊万·米哈伊雷奇！"将军说。

上校原地掉转马头，抽出马刀大喊一声："乌拉！"

"乌拉！乌拉！乌拉！"队伍里应和着，骑兵跟着他飞奔而去。

所有人关切地注视着：只见一面标志旗，另一面、第三面、第四面……

---

① 山民中此种标志差不多就相当于军旗，不同的是任何一个骑手都能自己做一面，然后举着前进。——作者原注。

敌人不等冲锋队伍接近，就躲进树林，从那里开枪阻击，飞过来的枪弹密集起来。

"Ouel charmant coup d'oeil!①"将军说着，骑在他那细腿的黑马上，照英国方式轻跳几步。

"Charrmant!"少校用标准的法语发音，拖长"r"音回答，策马来到将军身边。"C'est un vrrai plaisirr, que la guerredans un aussi beau pays②。"他说。

"Et surtout en bonne compagnie③。"将军带着愉悦的微笑补上一句。

少校欠身作答。

这时一颗敌方炮弹带着刺耳的呼啸声飞过并击中了什么。后来传来受伤者的呻吟。这呻吟是那样震惊了我，以致战争场面顿时失却了它的魅力。可除我之外，没人这样想。少校就像感到很大兴趣那样微笑着，另一个军官完全平静地在说完刚才开始说的话，将军看着相反方向，完全平静地微笑着，用法语说着什么。

"您下令还击吗?"炮队指挥官骑马前来问。

"好，吓唬他们一下。"将军点起支雪茄，轻蔑地说。

炮队排成阵势，炮击开始。大地在炮击下呻吟，火焰不断冲腾而起。硝烟迷眼，勉强可见在大炮旁边忙碌的炮手身影。

山寨轰击完毕。哈萨诺夫上校重新策马来到将军面前，而后奉命向山寨飞驰而去。战时的冲杀声又起，骑兵们消失在他们扬起的尘云后面。

场面的确壮观极了。对我这个没有参与战斗并且不惯于此的人来说，只有一点非常破坏我的情绪，那就是我觉得这些行动、这种激昂、这些喊叫，都是多余的。这一切使人不由得感到就像一个人抡起手臂挥斧砍斫空气。

---

① 法语：多么美妙的景象!
② 法语：迷人的！在这样美丽的国度作战，真是一种享受。
③ 法语：尤其在有好战友的时候。

九

山寨已被我方部队占领,当将军和随从(我也混杂在随从中)驰进山寨的时候,那里已没剩下一个敌人。

一排排长条形的整洁泥屋,带着平坦的泥土屋顶和漂亮的烟囱,散布在起伏不平的岩质山坡上,在这些岩质山坡之间奔流着一条不大的河。一侧看得见被阳光照亮的绿色果园,里面种着高大繁茂的梨树和樱桃李树①;另一侧却耸立着一些什么奇怪的暗影,那是墓地上垂直挺立的墓石,和头上捆着圆球和各色彩旗的木杆(这是骑手们的墓地)。

部队在寨门外集结列队。

过了一会儿,龙骑兵、哥萨克、步兵们满脸高兴地分散冲进了歪斜曲折的小巷,寨子一时活跃起来。那边,屋顶在坍塌,传来斧劈结实木头的声音以及木板门被击破的声响;这边,干草垛、篱笆、屋子燃起大火,烟柱笔直地升上明净的空中。这里一个哥萨克拖着一袋面粉和一条地毯,一个士兵满脸欢喜地从一个泥屋中拿出个铁盆和一些什么破布头,另一个张并双臂努力想捉住两只在篱笆边飞扑乱叫的母鸡,第三个不知在哪儿找到一大古姆干②牛奶,哈哈大笑着喝完再把容器摔到地上。

同我一起从恩要塞出来的那个营也在山寨里。大尉坐在一座泥屋的平顶上,从他嘴里的短烟斗中喷出缕缕萨姆堡烟叶的轻烟,他的样子是那样从容悠闲,以致我看到他,就忘了身在一个战乱中的村庄里,而觉得又像置身家中一样。

"啊!您也在这里?"他发现了我之后说。

罗任克兰茨中尉高大的身影一会儿在这里、一会儿在那里出没穿梭,他不停地发出命令,显出一副极端忙碌之人的样子。我见他神态庄重地走出一

---

① 樱桃李树:小的李子。——作者原注。
② 古姆干:罐子。——作者原注。

家屋子，他身后两个士兵押着一个年老的鞑靼人。他全身衣着由一件破破烂烂颜色杂陈的外衣和一条破布条般的裤子组成。他是那样消瘦，以致紧紧反绑到微驼的背上去的骨节突出的瘦胳膊，似乎勉强长在他肩膀上，那双赤着足的罗圈老腿吃力地倒换着朝前迈步。他的脸上，甚至他那剃光的部分头皮都似乎被掘出一道道很深的皱纹，围绕着一圈剪短的花白胡子的没牙歪嘴不停地歙动，像在咀嚼什么东西；但在红红的没有睫毛的双眼中仍然闪烁着光彩，清楚地反映出老年人对生活的豁达淡漠。

罗任克兰茨中尉通过翻译问他，他为什么不同其他人一道走。

"我到哪里去？"他说，平静地看着一旁。

"到别的人都去了的地方。"有人在说。

"骑手去和俄罗斯人打仗了，可我是个老头。"

"你不怕俄罗斯人吗？"

"俄罗斯人拿我会怎样？我是个老头。"他又说，漠然地环顾身边的一圈人。

在回去的路上，我看见这个没戴帽子、被捆绑的老头在一个正规军编制的哥萨克兵的马鞍后颠簸着，依然不为任何事所动地漠视四周。他被带走用作交换俘虏。我爬上屋顶在大尉身旁坐下。

"敌人好像不多。"我说，试图了解他对刚过去的战争的看法。

"敌人？"他惊奇地重复，"根本就没有过敌人。难道这叫作敌人？……晚上您会看到我们将怎样撤退，您会看到，他们怎样开始送行，从那里一拥而出！"他补上这句，用烟斗指指早上我们走过的小树林。

"这是怎么回事？"我打断大尉的话头，不安地问，指给他看离我们不远的一群顿河哥萨克，他们好像围着什么。

从他们中间传来很像儿啼的声音及谈话声：

"喂，别砍……别动……人家会看见的……有刀吗？叶夫斯委戈涅依奇？……拿刀来……"

"分什么东西呢，坏蛋。"大尉平静地说。

可就在这时候，那位好看的准尉突然满面通红、神色惊慌地从角落里冲出来，他挥着手冲向哥萨克兵。

"别动他，别打他！"他用孩童般的嗓音大叫。

哥萨克兵看见军官退开了，放下手中一只白羊羔。年轻的准尉完全不知所措了，口里喃喃自语着，窘迫无比地站在羊羔前。看到房顶上的我和大尉，他的脸涨得更红了，跳跃着跑到我们面前。

"我以为，他们想杀死小孩子呢。"他怯生生笑着说。

＋

将军同骑兵一起走在前面。同我一起从恩要塞出发的那个营留下担任后卫。赫洛波夫大尉连和罗任克兰茨中尉连一同撤退。

大尉的预言完全被证实了：我们刚踏进他说过的那片狭长的小树林，两边就不断有骑马式步行的山民出没，他们离得那样近，我清楚地看到他们拿着枪，弯腰从一棵树后跑到另一棵树后。

大尉取下帽子，虔诚地划个十字；有些年纪大的士兵也这样做。林中传来呐喊声和说话声："呀伊，聊尔！乌鲁斯，呀伊！"干涩短促的枪声一声接一声地响起，尖啸的枪弹从两边飞来，我们的人沉默着游动还击。他们行列里偶尔听得到这样的话"他①从哪儿打出来，他从林子里打枪倒快活，来几炮才行……"等等。

大炮进入阵地，发射几发霰弹之后，敌人的火力好像受挫减弱了，可过了一会儿，随着我们队伍迈出的每一步，敌方的火力和叫喊声又在加强。

当敌人的炮弹开始在我们头上呼啸飞过时，我们刚刚退出山寨三百俄丈左右。我看见炮弹怎样炸死了一名士兵……可又为什么要去详尽描写这可怕的画面呢？既然我自己为了忘却它，都可以不惜代价！

罗任克兰茨中尉用步枪射击着，用有些嘶哑的嗓子不停地向士兵喊叫着，

---

① 他：是高加索士兵用来称呼一切敌人的词。——作者原注

他精神百倍地骑马在后卫线两端飞快地穿梭奔驰着。他脸色略微苍白,但这与他那斗志旺盛的表情倒很相配。

好看的准尉兴奋无比,他的黑眼睛里闪耀着无畏的光芒,嘴边挂着微微的笑意,他不断骑马赶到大尉跟前请求准许他来一次冲锋反击。

"我们能打退他们,"他语气肯定地说,"真的,能打退。"

"用不着,"大尉简短地回答,"必须撤退。"

大尉的连队据守了树林边缘并卧地阻击着敌人。大尉穿着他那件破旧外套,戴着皮毛蓬乱的帽子,他松开小个马的缰绳,曲腿半蹲着站在马鞍镫上沉默地立在一个地方(士兵不需指挥,他们清楚地知道怎么做,并出色地在完成)。他只是偶尔提高嗓门,呵斥那些抬起头来的士兵。

大尉的形体中看不到一丝威武,可那里面饱含着多少真实和质朴,令我惊叹不已。"这才是真正勇敢的人。"我不由自主地说。

他的样子,正是平常我见惯了的样子:还是那些沉着的举止、那平稳的嗓音,还是那张不漂亮的普通面孔上的质朴表情;只有从他比平常更为明亮的眼神中,可以看到一个平静地在完成自己应做之事的人所有的专注。说这话是容易的和平常一样。可我在别人身上发现了多少不同的差异:一个人想表现出镇定,另一个人想显得严肃,第三个人要显出比平时快活;从大尉的脸上就可以看出,他简直不懂为什么要表现出什么。

"La garde meurt, mais ne se rend pas①。"在滑铁卢说过这句话的那位法国人,还有其他,特别是法国的说过各种名言的英雄确实是勇敢的,也确实说出了流传后世的名言。然而他们的勇敢与大尉的勇敢的差别在于,假使不论什么情形下,我的英雄心中也涌动着豪言壮语,我相信,他不会把它说出来:首先,他怕说出一句伟大的名言反倒破坏了伟大的事业;其次,当一个人觉得有力量完成一件壮举时,不论什么言辞都是不必要的。我认为,这正是俄罗斯的勇敢所特具的个性,所以在这种情况下一颗俄罗斯的心怎能不感到痛苦,当听到年轻战士中传来的庸俗的法语句子,并且这种做法反映着渴望模仿过时

———

① 法语:近卫军宁死不降。

的法国骑士风度的时候。

突然，那位好看的准尉和一个排所在的那个方向传来参差不齐而且声音不大的"乌拉"声。我顺声音一看，看到三十来个端枪背包的士兵非常吃力地奔跑在翻耕过的土地里。他们跌跌撞撞的，但始终向前跑着，呐喊着。在他们前头，年轻准尉手握马刀策马奔驰着。

一切消失在林中……

在一阵呐喊和枪声之后，一匹受惊的马从林中跑了出来，接着，林边出现了抬着死伤人员的士兵，受伤的人中有年轻的准尉。两个士兵搀架着准尉。他面色苍白得像块白手帕，他那好看的头可怕地陷落在两肩之间并垂倒在胸前，仅仅在一分钟前还在鼓舞他的那种勇武激情，在他脸上只留下了明显的阴影。在敞开的外套里面的白衬衣上看得见一块不大的血迹。

"唉，多可怜！"我说着转头不再看这凄惨场面。

"确实，真可怜。"站在我旁边的一个老兵说，他面容忧郁，手肘支在枪上，"他什么都不怕，这怎么行！"他加上一句，"还傻得很呢，这下可吃苦了。"

"你难道害怕吗？"

"哪能不怕！"

十一

四个士兵用担架抬着准尉，后面一个来自要塞居民区的士兵牵着一匹疲惫不堪的瘦马，马背上捆着两只装着医疗用品的绿包箱子。大家在等医生来。军官们策马来到担架前，试图鼓励和安慰伤者。

"嗨，阿拉宁老弟，要过一阵子你才能再跳银匙舞了。"中尉罗任克兰茨微笑着对他说。

他大概认为这些话能使好看的准尉振作起来，可是从后者冷漠而绝望的神情看来，这些话没有引出预期的结果。

大尉也骑马过来了。他凝神看看伤者，在他那一贯恬淡冷静的脸上现出一种真诚的怜悯。

"怎么了，我亲爱的阿那托里·伊万内奇？"他用一种饱含温情的关切的声调说，这是我从未料到他能做到的。"看起来，这是上帝的意思。"

伤者转头看一眼，他那苍白的脸上活过来一抹悲哀的微笑。

"是的，没听您的话。"

"您还不如说这是上帝的意思。"大尉重复说。

骑马赶来的医生从医士手中拿过绷带、探针和其他用品，然后挽起袖管，堆起鼓励性质的笑容走到伤者跟前。

"怎么回事，看来在您完整的地方也开了个小洞眼。"他用满不在乎的玩笑口吻说，"让我看看吧。"

准尉服从了。然而他的眼神里却含着惊异和责备，他用这种眼神看了神情快乐的医生一眼，后者则没发现这一点。他开始用探针探查伤口并从各个角度观察它。但是伤者无法忍受下去了，他发出一声沉重的呻吟，推开医生的手⋯⋯

"别管我，"他用微弱的声音说，"反正我要死了。"

说完这话，他仰面倒下，五分钟后，我走进围住他的人群里问一个士兵："准尉怎样了？"我得到的回答是："他正在离去。"

十二

当部队排成宽阔纵队，唱着歌接近要寨的时候，时间已很晚了。

太阳已隐没在雪峰后面，把最后的玫瑰红色的光芒投向天边的一抹修长的云层。雪山也开始隐没在紫色的暮霭之中，只有它们的巅顶在橙色夕照中显得格外醒目。一弯早升起的透明的月亮开始在深深的蔚蓝中渐渐变白。草木的绿色渐渐变成黑色并被晚露覆盖。部队的黑色人群整齐而喧响地在一片茂盛的草地上行进，从不同方向传来铃鼓、军鼓的声音，还有欢快的歌声。六连的和声伴唱全力歌唱，充满着感情和力量，这歌声中男高音的纯净胸音，在透明的夜的空气中远远飘荡。

（1853）

一个台球记分员的笔记

这是两点多钟的事。先生们在玩球：有大主顾（我们大伙这么叫他），还有公爵（总跟大主顾一块出来），小胡子先生也在，还有小个骠骑兵、当过演员的那个奥里维尔，还有波兰先生。人来得挺够意思的。

大主顾同公爵在打台球。我正照旧拿着记分器围着台球桌绕一圈，记下分数：九比四十八，十二比四十八。你知道，干记分员这行的，不管你一口东西都没有吃，两夜连着没睡觉，还得吆喝着报分数，从网袋里往外掏球。我正自顾自记分呢，看见新走进门来一位不认识的老爷，他看看，就坐在长沙发上啦。好。

"我说这是谁啊？是个什么人呢？"我心里想。

他穿得很干净，可干净啦，就像从头到脚都是刚做好的，毕挺崭新：裤子是格子花呢的，西装外套挺时髦，短短的，丝绒背心，还有一根金链条，上面挂着些小玩意。

穿得干净，自个儿就更干净体面了：瘦瘦高高的个儿，头发照时髦样子朝前卷着，脸色又白净又红润润的，哈，没说的，是个美男子。

大家都知道干我们这行的，见的人可多了：有最高级的大人物，下贱家伙也不少。所以，就算是个记分数的，跟人们处好了，那个政治①什么的，也就弄明白点儿啦。

我瞧瞧那个老爷，看他安安静静坐在那儿，谁也不认识，衣裳又是崭新的。我自己想：要不就是个外国人，是个英国人，要不就是外地来的伯爵。别看他年轻，还真有点派头。奥里维尔坐在他身边，都起身往旁边让了让。

他们打完一盘。大主顾输了，朝我大叫：

---

① 指察颜观色，人际关系。记分员没文化，听来政治一词便故意搬弄炫耀。

"你，"他说，"全是胡报：你记的分数不对，老是东张西望的。"

他骂了会子人，把球杆一扔走了。你拿他怎么办！时常晚上同公爵玩，常玩一盘赌五十块输赢的，可这会儿刚输了瓶马孔酒就不对劲儿。这脾气可真够瞧的！有的时候，和公爵玩到夜里两点，可谁也不往网袋里搁钱，我可就知道，不管是这个还是那个，两个人都没钱了，还一个劲儿地摆阔。

"干不干，"他说，"起头就打二十五卢布一盘的？"

"干！"。

稍走点神，要不放错个球，我不是个石头人啊！他动不动就要照你的脸来一下子。

"赌的不是木片，"他说，"赌的是钱。"

嗨，这位给我找的麻烦最多了。

好吧。大主顾一走，公爵就对新来老爷说：

"您愿意同我玩吗？"他说。

"很高兴。"他说。

他坐着那样儿，看人的那个神气劲儿，真够可以的！就是说挺傲慢的样儿。可一站起来，走到台球桌边，就不对了，胆小起来。胆小不胆小不说，可看得出他已经很不自在了。不知是穿新衣服不自在呢，还是害怕大家都看他，反正就是没了原先的那副派头。也不知怎么侧着身子走路，衣袋还挂住了落球网袋，往球棒上擦白粉，又把白粉给擦掉了。在哪儿打完一个球，都要回头看看，还脸红。不像公爵，那位可熟溜啦，用白粉擦好手，挽好袖子，走过去一开打，网袋就直响，别瞧他个头小。

玩了两盘还是三盘，这我就记不清了，公爵放下球杆说：

"请教贵姓？"

"聂赫留多夫。"他说。

"您的父亲是不是当过军长？"他说。

"是的。"他说。

这后面他们用法语很快很快地说起什么，我可没听懂了。多半是谈起两家的亲戚吧。

"阿列-芙阿尔,"①公爵说,"很高兴认识您。"

他洗好手,就去吃东西了;可那位还站在球桌边,拿球杆推着球玩。

干我们这行,都知道,对新来的人越不客气越好:我拿起球就收拾起来。

他脸一红,说:

"能再玩玩吗?"

"那当然,"我说,"球桌放这儿是干啥的,为的就是玩。"可我看也不看他,把球杆也放好了。

"想跟我玩吗?"

"听便,先生!"我说。

我摆好球。

"玩钻桌子的好吗?"

"钻桌子,"他说,"是什么意思?"

"就这样",我说,"您输了给我半卢布,我就从球桌下面爬过去。

看得出他什么都没见识过,觉得怪,他笑了。

"来吧。"他说。

"好。"我说,"您先让我多少分?"

"难道,"他说,"你打得比我差?"

"怎么会呢,"我说,"我们这里打得过您的人可少啦。"

开始玩了。他还真觉得自己是把好手,打得倒挺响的,真是吓人;可波兰先生坐着还直说:

"嘿,瞧这球,瞧这一杆!"

哪一杆!……打是真的打了,可一点不知道怎么得分。哦,照规矩,我输了第一盘:哼哧哼哧的,从桌子下爬过去。这下子奥里维尔,波兰先生从座位上跳起来,直敲球杆。

"好极了!再来,"他们说,"再来!"

———

① 这是记分员复述的变腔走调的法语"再见"。

有什么好"再来"的!特别是波兰先生,为了半卢布他不光会钻桌子,从蓝桥下爬过去他也会干的。可这会他还在嚷:

"好极了,"他说,"灰还没擦完呢。"

我彼得鲁什卡,干记分的,我猜大家都认识,有个丘林,和我彼得鲁什卡记分的一块干。

不过本事我可没拿出来:又输了一盘。

"我呀,"我说,"先生,跟您玩还真赢不了。"我说了不少原因。

他直笑。后来我一赢就是三盘:他输了四十九分,我一分都没有输掉。我把球杆放球桌上,说:

"来不来,老爷,打加倍的?"

"什么加倍的?"他说。

"要不您欠我三卢布,要不就销账了。"我说。

"什么,"他说,"我还会跟你赌钱吗?傻瓜!"

他脸都红了。

好。他输了这盘。

"够了。"他说。

掏出皮夹,崭新的,是英国商店里买的,打开,我看出来了,他想摆摆阔。皮夹满满的,全是一百卢布的钞票。

"不,"他说,"这儿没零钱。"

从小钱包里掏出三个卢布。

"给你,"他说,"两个卢布销账,剩下的喝酒。"

我谢了他,诺,还很恭敬,看得出这是位好老爷!替这个人可以钻钻桌子。只可惜一个:不愿赌钱玩球,要不,我想,我就能想出些巧妙办法:瞧吧,弄个二十卢布,可能还弄过来四十卢布呢。

波兰先生一看到年轻老爷的钱,就说:"您愿意同我玩一盘吗?您打得这么精彩。"瞧他那副狐狸样儿。"不,请原谅:我没时间。"他说着就走了。

鬼才知道他是个什么角色。这个波兰先生。不知谁给他取了外号叫波兰先生,大家就这么叫下来了。天天来这儿,坐在台球室里,总是看着,他被别人揍也揍过,骂也骂过,谁也不请他一块玩,可他只管坐自己的,拿个烟斗来,只管抽烟。可他玩起台球来可真利索……像个魔鬼!

好。聂赫留多夫来了第二次,第三次,后来就常来了。早上,晚上都来过。玩三只球的,玩阿拉戈尔①的,还有金字塔的,他都弄明白了。他胆子大些了,跟大家都认识了,球打得也像那么回事了。当然,人年轻,大户人家出身,又有钱,谁都尊敬他。就跟大主顾一个人为点什么事吵了架。

一点点小事闹出来的事。

公爵、大主顾、聂赫留多夫、奥里维还有个谁在玩阿拉戈尔。聂赫留多夫站在壁炉边跟谁谈话,大主顾正在打球,他这次可结实喝了不少酒。他的球正好滚到靠壁炉这边:那儿有点挤,可他偏喜欢甩开膀子打球。

这下,也许没看见聂赫留多夫,也许故意的,他甩开膀子狠劲打出去一杆球,照聂赫留多夫胸口一下撞过去!可怜的痛得叫了一声。那又怎样了?你倒是道个歉啊,他就那么野!只管走自己的,看也不看一眼人家,嘴里还直嘟囔:"干什么,在这里钻来钻去,害得我的球没打中。没别的地方好待吗?"

那位走到他跟前,脸全白了,可说起话来,就像什么事没有似的,这么客气的:

"先生,您应该先道歉才对:您撞了我。"他说。

"现在我可说不上道歉:我该赢的。可现在,瞧别人把我的球打进去了。"他说。

那位又对他说:

"您必须道歉。"

"您滚开。"他说,"还缠上我了!"他只管看自己的球。

聂赫留多夫走得更近点,抓住他的手。

"您是个粗野家伙,"他说,"我的先生!"

别看他单单瘦瘦,年轻轻的,像个标致闺女,可干起仗来那样子:两眼直

---

① 法语拟音,意为战场上。一种台球打法。这句中几个这类名称都是台球打法。

冒火，好像要把那家伙就这么活吃了。大主顾可是个魁梧汉子，个头高，聂赫留多夫哪是对手啊！

"什——么，"他说，"我是粗野家伙！"

他猛地大嚷起来，还挥起胳膊。在那儿的人赶紧跑过去，抓住他们的手，把他们拖开。

好一阵子吵闹，聂赫留多夫说：

"叫他给我补偿，他侮辱了我。"听说，这就是说要和他决斗的意思。当然，是先生们嘛：反正他们有这规矩……不这样不行！……咳，一句话，是先生们嘛。

"什么补偿我都不感兴趣，"他说，"他只不过是个毛孩子罢了，我揪着耳朵把他扔出去。"

"要是您，"他说，"不想决斗的话，您就不是一个上等人。"

可他自己就快哭出来了。

"你啊，"大主顾说，"还是个小娃子，我才不在乎你怎么样呢。"

好，把他们分开，带到不同的房间里。聂赫留多夫和公爵挺有交情。

"看在上帝的份上，去说服他，让他同意去决斗。"聂赫留多夫说。"他醉了，可能会清醒过来的。"公爵说。"这事不能就这样算完。"聂赫留多夫说。

公爵去了，大主顾说：

"我，"他说，"决斗干过，仗也打过。可我不会，"他说，"跟个毛孩子决斗，我不干，就完事了。"

怎么着，他们说了很久，最后不说了；只不过大主顾再不来我们这儿了。

在这事儿里头，就是这件不光彩的事情里头，他还真是只小公鸡，傲气十足……就是说聂赫留多夫……可只要碰到其他的事，他的头脑就根本不知道想事了。记得有一次。

"你这里有什么人？"公爵对聂赫留多夫说。

"什么人都没有。"他说。

"怎么，"他说，"什么人都没有？"

"干吗要有？"

"什么干吗？"

"我，"他说，"一直就这么过的，又为什么不行呢？"

"什么，就这么过？不可能！"

公爵哈哈笑个不停，小胡子先生也哈哈笑个不停。大家都把他当个笑料了。

"就这样从来没有过？"他们说。

"从来没有。"

大家笑得快死过去；我，当然，这下子才明白他们为什么这样笑他。我看着，他倒会怎么样？

"走，"公爵说，"现在就去。"

"不，无论如何也不！"他说。

"嗨，行了，这太可笑了，"他说，"喝一杯壮壮胆，我们这就走。"

我给他们拿来瓶香槟，他们喝完，就带着小伙子上路了。

快一点钟了他们才回来。他们坐下吃晚餐。他们还真来了不少人，都是最上等的先生们：阿塔诺夫、公爵拉金、苏斯塔哈伯爵、米尔佐夫。大家都祝贺聂赫留多夫，笑他。他们叫我过去，我看大家都够高兴的。

"向老爷祝贺。"他们说。

"祝贺什么？"

他说什么来着？是点蒙，还是启化，①我可记不清楚了。

"我很荣幸，"我说，"祝贺您。"

他可满脸通红地坐着，只是笑笑；大家这个笑啊！

好。后来大家走进台球室，都很高兴，只有聂赫留多夫完全不是自己原来那个样子了：眼睛没神，嘴唇老在动，还老在打嗝，话也说不好了。明摆着，见识太少，一下子就被放倒了。

他走到台球桌前，两只胳膊往上面一支，说：

①应该是点化、启蒙、记分员弄错了。

"你们，"他说，"觉得可笑，而我觉得伤心。为什么，"他说，"我会干这种事？对你，"他说，"公爵，也对我自己，我一辈子也不会原谅这件事的。"

说完这一顿哭啊。明摆着，喝多了，自己也不知道在说些什么。公爵走到他面前，只管自己笑。

"行了，"他说，"小事一桩！……回家吧，阿那托里。"

"哪儿也不去"，他说，"不去。为什么我要干这种事？"，

自己就一个劲儿地哭，不肯离开台球桌，就这么完事了，真是年轻人呵，不习惯。

这样子他常常来我们这儿。有一次他跟公爵一起来，还有那个老和公爵在一起的小胡子先生。那个小胡子先生也不知是个在职的，还是退职的文官，天知道他是什么。所有的先生都只管他叫费多特卡①。颧骨高高的，长得又难看，穿得倒挺干净，出门总坐轿式马车。也不知道先生们怎么那样喜欢他，天知道他们，费多特卡长，费多特卡短，可你看吧，他们给他吃，给他喝，还替他付赌账。还真是个大骗子！输了，不付账；要是赢了，你瞧着吧！大家都骂他，大主顾当我面就揍过他，还叫他决斗……可照样和公爵同出同进。

"你，没我你就完了。我是费多特，"他说，"是挂狗头卖羊肉的。"

他可真会说笑话啊！哦，好吧。他们来了，说：

"我们三个人打阿拉戈尔吧。"

"来吧。"他说。

他们开始玩，下三卢布赌注。聂赫留多夫和公爵聊开了天。

"你，"这个说，"看她那腿多美。""不，"那个说，"什么腿！她的辫子多美。"

当然，他们不往台球桌上看，只管自己说个没完。可费多特卡记着自己的事呢：只管又打出个跟球。可那两人不是打空就是倒扣分，结果他从每个人那儿赢了六个卢布。他跟公爵之间天知道是笔什么账，相互从不付钱，可聂赫留多夫掏出两张绿钞票，给他了。

---

① 费多特的卑称，含轻视意。

"不，"他说，"我不想拿你的钱。来一盘普通的吧，就是基图杜布里的：要么加倍，要么销账。"

我放好球。费多特卡先开球，他们就玩起来了。聂赫留多夫打球可是为了显显本事；他有时候在轮到他打的时候停下来，说，不想打，说是太容易打了；可那费多特卡才不忘记自己的事呢，只管自己捞分。当然，他不露本事，就好像碰巧赢了这盘。

"再来，"他说，"再来加倍."

"来吧。"

他又赢了。

"我们是小输赢开头的，"他说，"我不想赢你太多的钱。再玩加倍吧，干不干？"

"干。"

不管怎么说，五十卢布总还心痛的。这下聂赫留多夫在求他们："来玩加倍或销账吧。"打就这么打下去了，赌下去了，输了二百八十个卢布给他。费多特卡挺懂得算计的：打普通的就输。打整盘三角的就一定赢。公爵坐在一边，看见这事动起真格的了。

"阿谢，"他说，"阿谢。"①

哪儿能行呢! 他们一个劲儿把赌注翻倍。

最后这事弄到聂赫留多夫欠下五百多卢布。费多特卡放下球杆，说：

"打得差不多了吧? 我累了。"他说。

他其实打到天亮都会干，只要有钱捞……玩政治哪，明摆着。那一个就更想玩了：再来呀再来。

"不，"他说，"我真的累了。走吧，"他说，"上楼去。你到那儿去翻本好了。"

我们这儿楼上是先生们玩牌的地方。先打普烈费兰斯牌，眼看着过一会儿，又玩起爱不爱了。

---

① 记分员转述的不标准法语，意为够了，原文assez。

就从费多特卡把他弄昏的那天起,他就开始天天来我们这里了。玩个一两盘台球,就只管上楼,只管上楼。

那里有些什么事,只有上帝知道;只是他人整个儿变了样,跟费多特卡完全搞到一块去了。先头,他总是摩登、干净、卷着头发;可现在只有早上他还像那么个样子,在楼上待一阵,回来时蓬头散发,外衣沾满绒毛和白粉,手弄得挺脏。

有一次他这副样子同公爵一块进来,脸上发白,嘴唇直抖,在争什么事。

"我不准他说我(他怎么说的?)……说我不是大人大量什么的,所以他不愿压我的牌之类。我,"他说,"付了他一万卢布了,这样他在别人面前说话总得留心点。"

"嗨,行了,"公爵说,"值得为个费多特卡生气吗?"

"不,"他说,"这事不能就这样算了。"

"得了吧,"他说,"你怎么可以降低身份到那地步,去和费多特卡闹点什么新闻呢!"

"可这里还有别人在场呀。"

"什么,"他说,"别人在场?那你想不想让我马上叫他请求你的原谅?"

"不。"他说。

他们后来又用法语嘟嘟嚷嚷讲起什么,这下我就听不懂了。怎么着?就是当天晚上他们又和费多特卡一起吃晚餐,重新又做朋友了。

好。又有一次他一个人来了。

"怎么样,"他说,"我打得好吗?"

干我们这行,都知道:要讨好每个人,说是说好,其实哪里好,打得挺傻,又不会算计。而且自从那次跟费多特卡搞到一起去以后,他就总玩赌钱的了。原先不论赌吃的,赌香槟酒,只要是赌,他都不干。有时公爵说:

"我们来赌瓶香槟酒吧。"

"不,"他说,"不如我叫他们送一瓶来就是……喂!来瓶香槟。"

这会儿他真是赌上瘾了。天天来我们这里,不是跟谁打台球,就是上楼。

我心里想："怎么都是别人得好处,我怎么没有呢?"

"怎么,"我说,"先生好久不跟我玩了?"

我们就这么玩上了。

我赢了他十盘半卢布以后,对他说:"来加倍的,先生愿不愿玩?"

他不吭声。不像原来还说傻瓜。我们就把赢的钱全部下在赌注上来玩儿。接着又是同样的玩法。我这样赢了他八十卢布。后来怎么样?以后每天都和我玩。只是等没人的时候,当然啦,别人面前他不好意思,同记分的玩球。有次他不知怎么发急了,欠我的卢布已经六十块了。

"你想不想把赢的钱加倍全部下注?"他说。

"干。"我说。

我赢了。

"一百二十对一百再加二十?"

"干"我说。

我又赢了。

"二百四十对二百再加四十?"

"不太多了点吗?"我说。

他不吭声。又玩起来:我又是赢家。

"四百八十对四百八十?"

我说:"先生,我怎么好对您不起呢。百把个卢布您就赏了我吧,其他的就算啦。"

他好一声大吼!可他从前多文静啊。

"我,"他说,"揍扁你。玩还是不玩?"

好啦,我看出来,没办法了。

"三百八十,"我说,"随您便。"

明摆着,我想输给他。

我让他先得四十分。他五十二分时,我打到三十八分。他去打黄球,结果反倒扣了自己十八分,可我的球,停在困难位置上了。

我想打一杆,让球跳出来,没想到打出个击边球落袋了。又是我赢。

"听我说,"他说,"彼得(没叫我彼得鲁什卡),我现在没法全给你,过一个月三千我都付得起。"

可他脸通红,声音都直抖。

"行,"我说,"先生。"

把球杆都架好了。他还在走呵,走呵,满头大汗直往下流。

"彼得,"他说,"再来全下注的。"

可他自己都快哭了。

我说:"什么,先生,还玩!"

"哎,来吧,请你。"

他亲自把球杆拿给我。我拿起球杆,把球照着台球桌上就是一摔,球都飞啦。明摆着,不能不摆摆架子;我说:"来吧你,先生!"

他急成那样,自己把球捡起来。我心想:七百卢布我是拿不到的;反正得输。"我故意乱打。后来怎么样了?

"干什么你故意打坏?"他说。

可他的手都抖了;球往袋里滚的时候,他张开手指,歪起嘴,然后头也好,手也好,直往网袋那边伸。我就说:

"这没用的,先生。"

好。到他赢了这盘,我说:

"您欠我一百八十个卢布和一百五十盘球,我呢,现在去吃晚饭。"

我放好球杆就走了。

我在自己那张门边的桌子前头坐下来,倒想看他怎么样了。到底怎么样呢。他走呵,走呵,不定他以为没人看他,抓住自己的头发就是一扯,完了又走,咕哝着什么,后来又一把扯住头发。

从那天以后,有七八天见不到他。有次来过餐厅,脸色挺难看的,也没进台球室。

公爵看到他。

"走，"他说，"玩一盘。"

"不，"他说，"我再也不玩了！"

"得啦！走吧。"

"不，"他说，"不去。对你，"他说，"也没好处，可我一去，就要倒霉。"

这么着他有十天光景没来，后来有天过节倒怎么的来了，他穿燕尾服，看得出是做客来着，一待就是一整天：什么都玩了；

第二天也来了，第三天……一切都照旧了。我还想跟他打球，"那不行，"他说，"不跟你玩了。那一百八十卢布，我欠你的，过一个月你来拿，你会拿到的。"

好。过一个月我去他那里。

"说真的，"他说，"没有，星期四你再来吧。"

星期四我又去了，他租了一套挺舒适的房间。

"怎么样，"我说，"在家吗？"

"在歇息呢。"他们说。

好，就等会儿。

他的侍层①是他的农奴，是个花白头小老头，挺普通的，一点政治都不懂。他就和我说开话啦。

他说："我们跟老爷住在这儿有什么好！把我们都快折腾死啦，什么名誉啦，好处啦，一点也没有在这个什么彼得堡弄到手。从乡下来时，我还想：我们会像故世的老爷一样（愿他老在天国平安），去伯爵家、公爵家、将军家；我们以为，老爷会选个伯爵小姐美人儿，带陪嫁的，好好过贵族的日子；可是实际上，我们只管逛酒客店什么的，真糟糕极了！尔基谢娃公爵夫人是我们亲姨啊，沃洛亭泽夫公爵是教父。怎么样呢？只有圣诞节去过一次，别的时候面都不露。就连他们仆人都笑我说：'怎么，你们老爷，看上去没学他爸爸的样。'我有次也对他说：'老爷，您不想去趟姨妈家吗？他们想你，你也长久不去了。'

---

① 侍从。记分员学上等人口吻，但说错了。

他说：'那儿没味道，捷米扬内奇！'

"去你的！就酒客店里才快活？哪怕他找个差事干干呢，这号事不会有什么好处的！……我们去世的太太（愿她在天国安息）留下一份大产业：一千多农奴、三万卢布的树林。现在全抵押啦。林子卖啦，弄得庄稼汉们都破产啦，还是什么也没剩下。你知道，没老爷在，管家比老爷还大……把庄稼汉身上最后一层皮都扒光啦，得，全完了。他管什么？只管装满自己的口袋罢了，管他哪里饿死人了呢。前一阵子两个庄稼汉来这里，来替整个领地的人求恩典的。他们说：'庄稼汉都被榨干了。'怎么着？老爷看完请求信，给他们每人十卢布。他说：'我很快就自己来处理。等我拿到钱，清完账就走。'"他说。

"可哪里清得账呀，天天都在欠债！这个冬天不多不少扔了八万卢布，这会儿家里连一卢布的银子也没有！这都因为老爷心肠太善，我们老爷就是太老实啦，真没话好说了。这样他自己遭殃啦，无缘无故就遭殃啦。"

他自己倒快哭了，这老头。真是个可笑的老头。

那位快十一点醒来，叫我进去。

"钱没送来，"他说，"这不是我的错，关上门。"

我关上门。

"诺，把这表或者钻石别针拿去，把它们当掉。"他说，"会给你超过一百八十卢布的钱，等我拿到钱，就赎回来。"

"那有什么办法呢，"我说，"老爷，要是您手头没钱，没办法：那就拿表吧。我可以为您效劳。"

可我看出来了，这表大概值三百卢布。

好。我把表当了一百个卢布，把当票给他送去。

"您还欠我八十卢布，"我说，"表呢请您就自己去赎回来吧。"

这样他到现在还欠我八十卢布呢。

这样子他又每天来我们这儿了。我可搞不清他们中间有笔什么账，就看见他老跟公爵在一块。要不就跟费多特卡一起去玩。他们中间也不知怎么算账的：这个给那个钱，那个给那个钱；可到底谁欠谁的，那就怎么也弄不清了。

他就这模样在我们这里过了两年，差不多每天都这样，只是把自己原来的样子全丢光了：变老油条了，有时候弄到跟我借一个卢布去打发车夫；可跟公爵打一百卢布一盘的球。

他变得瘦瘦黄黄的，一点神气也没有了。一来就要杯苦衣（艾）酒，吃点卡那配，再喝点波尔多葡萄酒；好，这才像是快活一点。

有一次吃中餐时他来了，这是谢肉节那几天的事，他和一个什么骠骑兵玩上了。

"您想不想，"他说，"赌上一盘玩玩？"

"请吧，"他说，"怎么赌？"

"一瓶克洛德武若酒，行不行？"

"行。"

好。骠骑兵赢了，他们就去吃饭。他们在桌旁坐下，聂赫留多夫就说：

"西蒙！来瓶克洛德武若酒；瞧着点儿，好好温一温。"

西蒙走了，拿来吃的，没有酒。

"怎么，"他说，"酒呢？"

西蒙跑了，又端来热菜。

"拿酒来啊。"他说。

西蒙不吭声。

"你怎么啦，疯了吗！我们都快吃完饭了，酒还没来。有谁就着甜食喝酒的？"

西蒙又跑了。

"老板请您来一下。"他说。

这位满脸通红从桌子旁边跳起来。

"什么，他要什么？"他说。

老板就站在门口。

"我，"他说，"不能再相信您了，既然您没还清欠账。"

"我不是说了，"他说，"月初就还吗？"

"随您的便好了，"他说，"我可不能没完没了给您赊账，自己什么也拿不到。"他说，"就这样，我已经为赊账丢掉好几万卢布了。"

"哦，行了，莫舍尔①，"他说，"我总还可以信任吧。送瓶酒来吧，我想办法快点还你钱。"

自己就跑掉了。

"怎么回事，叫您出去干什么？"骠骑兵问。

"是这样，"他说，"问我一点事情。"

"这时候能喝杯暖酒就好了。"骠骑兵说。

"西蒙，怎么了？"

我们那位西蒙跑过去，还是没有酒，什么都没有。糟糕。他跑出来，跑到我们这边来了。

"看在上帝份上，"他说，"彼得鲁沙，借我六个卢布。"

可他脸上都不成个颜色了。

"没有，"我说，"老爷，真的，就这样您还欠我很多呢。"

"我借六个还你四十，下星期给你。"他说。

"要是有钱，我可不敢不答应您，"我说，"可是我真的没有。"

后来怎么样？他冲出去，咬着牙，捏紧拳头，像个疯子一样在走廊里跑来跑去，敲自己的额头。

"啊，上帝呀，这算怎么回事？"他说。

他都没进餐厅，跳上马车就走了。

大家这一通笑哇。骠骑兵说："同我一起吃饭的老爷哪儿去啦？"

"走啦。"他们说。

"怎么走啦？他有没有说什么吩咐什么？"

"什么也没有，"他们说，"什么也没吩咐，坐上马车就走啦。"

"好，坏蛋！"他说。

嗨，我想，这回他受了这么一场羞臊，该长久不会来了。偏不，第二天晚

---

① 记分员转述的发音不准的法语，意为亲爱的。

上，他又来了。他带着个什么匣子走到台球室来了，脱下了大衣。

"来玩一盘吧。"他说。

他看人皱着眉头，一副生气样子。

我们打了一盘。

"够了，"他说，"给我去拿纸和笔来：要写封信。"

我啥也没想也没猜，拿来纸笔，放到小房间的桌上。

"准备好了，先生。"我说。

好。他在桌子边坐下。也不知他写啊，写啊，念叨了些什么，后来皱紧眉头跳起来。

"去看看，"他说，"我的马车来了没有？"

这事出在谢肉节的星期五，没有一个客人来这儿，全去舞会了。

我去看马车，刚走出门。

"彼得鲁什卡！彼得鲁什卡！"他像被啥吓着了一样叫我。

我回到房里，看见他脸白得像块白布，站在那儿看我。

"您叫我吗，老爷？"我说。

他不吭声。

"您要点什么？"

他不吭声。

"哦，对了！我们再玩。"他说。

好。他赢了这盘。

"怎么样，"他说，"我打得不错了吧？"

"是的。"

"这就是了。现在去吧，"他说，"去看看马车怎样了？"

他自己就在房间里走动起来。

我什么也没想，走到台阶上一看：看见什么马车也没有，我往回走了。

刚刚往回走，就听见有人好像用球杆猛敲了一下。走进台球室，气味有点怪。

一看：他满身是血躺在地上，旁边扔着枪。我吓得连话都说不出来了。

可他的腿还在蹬呀，蹬呀，后来伸直了，他嗓子里咯咯响起来，就这样直挺挺不动了。

上帝知道，他作下什么罪孽，害得他把自己的灵魂给断送了；只有这张纸被我留下了，就这个我也不懂。

唉，这些先生老爷们什么事不干啊！……没说的，是先生们……一句话，是先生们哪。

"上帝给了我人所能够希冀的一切：财富、名誉、智慧和对善的憧憬。我贪恋享乐，把我身上原有的一切美好的东西践踏到污泥中。"

"我不是失去名誉的，不是遭遇不幸，也没有犯下任何罪行；可我做了更坏的事：我谋杀了自己的感情、自己的智慧和自己的青春。"

"我陷在一张肮脏的网里，不能自拔又无法苟且。我无休无止地堕落、堕落；我明知自己在堕落却又无力停步。假如我丧失名誉、遭遇不幸或是犯下罪行，我反倒会内心轻松些；那时在我的绝望中，会有一种忧郁的高傲安慰我。如果我丧失名誉，我就会超越社会的名誉观并蔑视它；如果我遭遇不幸，那我还可诉苦抱怨；如果我犯下罪行，我还能用悔恨和惩罚来补赎它。可我仅仅是下贱、卑鄙，我明白这点，却不能自拔。

"是什么毁了我？我能把一切推罪于某种欲望的强烈力量吗？不能。"

"七点，爱司，香槟酒，黄球击中袋，白粉块，灰色的，彩虹色的钞票，香烟，卖身的女人——我的回忆中只有这些！"

"我永远忘不了那昏沉时日中的一刻，令我清醒的一刻。我惊骇地看到在我与我曾愿意并且可能做到的那一切之间竟有了一道多么大的深渊。我的想象中，又浸饱了希冀、愿望和我青年时代的理想。"

"那些曾经那样鲜明有力地充满我心灵的光明的思绪，那些关于生活、关于永恒、关于上帝的思绪在哪里？那温暖我们的、欢乐的无私之爱的力量在哪里？那些对前途的憧憬，对美好事物的共鸣，对亲人、朋友、工作和荣誉的爱到哪里去了？责任心和义务感又到哪里去了？"

"我被人侮辱，我就挑起决斗，以为这样就完全符合了高尚要求。我需要钱来满足我的恶癖和虚荣，我就让上帝托付给我的千余家庭破产，并且毫无羞耻感地做下这事。可我又是一个多么清楚自己这些神圣义务的人！一个无耻小人说我没良心，说我偷窃……可我仍然把他当作朋友，只因为他是个无耻小人并且他告诉我说他不想羞辱我。他们说，禁欲守正是可笑的，我就毫不惋惜地把自己的灵魂之花——童贞，交给了一个卖身的女人。在我灵魂中所有被毁灭的东西中，最使我痛惜的就是我的爱，是我那么富有而擅长的爱。我的上帝！没有人像我那样爱过，像我没接触过女人之前那样深情地爱！"

"假如能踏上那条在我人生之初就被我清新的头脑和纯净童心所发现的道路，我将多么幸福！我不止一次想从我生活之车陷入的肮脏辙迹中脱离出来，跨上光明之路。我对自己说：我要用上自己全部的意志，可我没有能够。每当我独自一人，我就觉得羞窘，我害怕面对我自己。当我同别人在一起，我就不自觉地忘掉自己的信念，再听不到心灵的呼声，重新堕落泥淖。"

"终于我得出一个可怕的结论：我不可能重新站起来了，我不再想这个并希望忘却一切；可是没希望的悔恨更厉害地刺激着我。这样我想到了一个对别人来说可怕，但对我来说则可高兴的念头：自杀。"

"就在这个问题上我也同样下贱、卑鄙。只有昨天同骠骑兵的愚蠢遭遇给了我足够的果决，来实现我的意愿。我身上没留下任何美好高尚的东西，唯独留下了虚荣，而在虚荣心的驱使下，我要做我平生唯一的，一件好事。"

"我原先以为，死亡的迫近会使我的灵魂高尚起来。我错了。过一刻钟我就不在人世了，可我的观点没有丝毫变化。我还是那样看、那样听、那样想；思想仍是那样逻辑混乱，那样动摇不定和轻浮，这与天知道人们为什么要想象的思想统一和鲜明又成为多大的矛盾。在另一个世界里将是什么情景，明天姨妈尔基谢娃家对我的死又会有些什么样的议论，这些念头以同样的力量占据着我的头脑。"

人是一种不可理解的造物！

被贬谪的军官

——取自高加索回忆

　　我们分队驻外执行任务。任务已基本完成，林中通道的砍伐已接近结束，我们每天等待指挥部下达撤回要塞的命令。我们炮兵分队驻扎在陡峭的山峰斜坡上，斜坡尽处是湍急的山间急流梅奇克，我们负责用炮火控制前面的一片平原。有时，特别是傍晚，在这片风景如画的平原上，在炮火射程之外，非敌对方面的山民出于好奇，常三五成群地骑马出来观看俄罗斯的兵营。他们或此或彼地出现在平原上。这是一个明净、安宁和清新的傍晚，就像高加索十二月惯有的傍晚，太阳在左边陡峭的山峰落下，把玫瑰红色的光辉投洒到遍布山坡的帐篷上、走动着的一群群士兵身上，还投洒到离我们两步之遥仿佛伸长脖子一般屹立在土筑炮台上的我们的两门笨重火炮上面。设置在右边山棱上的步兵巡逻队，以及他们支放在地上的枪垛、哨兵的身影、一群士兵和初燃篝火的烟柱，在夕阳透明的光照下显得格外清晰醒目。左边和右边的半山腰上，在被人踏实的黑土上，一座座帐篷在发出点点白光，帐篷后梧桐树林光秃秃的树干在渐渐发黑，从林中不间歇地传来斧击声、篝火燃爆声和树木砍倒落下的轰响。微蓝色直直的烟柱从各处升上宝蓝色的寒冷天空。帐篷旁边及溪边山脚处响着杂沓的蹄声和马的喷鼻声，这是哥萨克、龙骑兵和炮兵饮马归来。开始上冻了，所有声音听来都格外清晰，在清纯稀薄的空气中可以顺前面平原看得很远。敌方的小股骑兵，已引不起士兵们的好奇，他们策马悄行在只留下茬子的金黄色玉米地里。树林后面，隐约露着墓地上高高的石柱和冒起炊烟的山寨。

　　我们的帐篷搭在离大炮不远的一块干燥的高坡上，这里的视野更加宽广。在帐篷旁边紧靠大炮，有一块清理出来的空坪被我们用作玩打棒游戏。殷勤的士兵就在这儿为我们安放好树条编的桌凳。因有了这些便利设施，我们同队的炮兵军官和几个步兵军官喜欢傍晚聚在我们的大炮旁，他们管这里叫俱乐部。

这是一个明媚的黄昏。打棒能手都来了，我们玩开了游戏。我、德准尉和渥中尉接连输了两场，于是在我们全体和旁观者的一片欢笑声中把赢者从空坪这头背到那头，来回两次，旁观者则是那些从自己帐篷中观看我们游戏的人。特别有趣的是身躯庞大、肥胖的沙大尉的情况，他呼哧呼哧喘着气，宽厚地微笑着被瘦小的渥中尉背着走，两只脚还拖在地上。天晚了，勤务兵给我们六个人端来三杯茶，也没拿碟子，我们结束游戏，走到树条凳边。那里站着一个我们不认识的小个子，他罗圈腿，穿件光板短皮袄，戴顶白毛耷拉老长的皮高筒帽。我们走近他时，他犹豫不决地几次脱下又戴上帽子，好几次想走向我们却又停步不动。直到认定自己不可能不被人发现的时候，陌生人这才取下帽子，绕过我们走到沙大尉面前。

"啊，古西康季尼！怎么样，老兄？"沙对他说，脸上还露着刚才让人背着走逗出来的宽厚笑容。

这个被沙大尉称为古西康季尼的人立即戴上帽子，做出一种双手插袋的姿态，可从我这边看去，他短皮袄的这个侧面并没有口袋，于是他那只红红的小手就落入尴尬境地。我很想判明他是什么人（士官生还是贬谪军官），因而我注意地打量着他的衣着和外表，却没注意我的目光（一个陌生军官的目光）使他发窘。他大约三十岁。他那似乎睡意蒙眬的又小又圆的灰眼睛从高筒帽垂在脸前的白毛下有些惶恐不安地朝外看着。他那肥硕而不端正的鼻子夹在深陷的两颊之间，越发显出他病态和超常的消瘦。几根稀软浅胡子根本盖不住的嘴唇一直在不安状态中，好像一时准备作出这种表情，一会又打算作另种表情。而这些表情，好像都没作到底，他脸上保留得最多的是恐惧和慌迫的表情，一条围住他细瘦多筋脖子的绿色毛围巾系在皮袄里面。皮袄又短又旧，领子和假口袋边上缝着狗毛。他下穿一条银灰格子裤，脚踩一双靴筒没染黑的短皮靴。

"请别客气。"我见他怯怯地看我一眼,又在脱帽,忙对他说。

他面露感激神色向我鞠躬,然后戴上帽子,从口袋里掏出一只系带的肮脏花布烟荷包,动手卷烟。

我自己不久前也是个士官生,作为一个年长的士官生,我已经不可能像年轻伙伴那样随和殷勤,更不可能想象做个没财产的士官生,因此我深深懂得这种境况在一个已不年轻的、自爱的人精神上所造成的沉重压力。我同情所有处在这种境况中的人,总是竭力摸清他们的性格、智力的水准和偏向,以便判明他们精神痛苦的程度。从这个士官生或被谪军官不安的眼神中,以及我发现的他特意不断变化的表情上,我都感觉到他是一个相当不笨,又极其自尊的人,因此特别可怜。

沙大尉建议我们再玩一场打棒游戏,输者除背人外,还得出钱买几瓶红酒和罗姆酒,还有糖、桂皮和石竹做热加料的红酒,因为今冬寒冷的缘故,这种热喝的加料酒在连队里特别时兴。被沙大尉称作古西康季尼的那个人也被邀参加游戏,可在参加游戏之前,他心中因被邀而感到的喜悦看来在跟某种恐惧做着斗争,他把沙大尉叫到一旁,悄声对他说了些什么。随和宽厚的大尉用自己肥厚的大手拍拍那人的肚子大声回答:"没问题,老兄,我相信你就是了。"

游戏结束时,那个陌生下属的一方赢了,他得被我们当中一位德中尉背着走。德中尉红着脸走到长椅跟前,给那下属兵几根香烟作为抵偿。在订好加料酒后,勤务兵帐篷传来尼基塔吩咐勤务兵买桂皮和石竹的忙碌声,只见他的脊背忽这儿忽那儿地把肮脏的帐篷布顶起来。我们七个人都在长凳边坐下,轮流用三只茶杯喝茶,同时一面看着前面渐渐被暮霭笼罩的平原,一面笑谈着游戏中的各种情状。穿短皮袄的陌生人没有参与谈话,我几次请他喝茶他坚持不喝,他像鞑靼人一样盘腿坐在地上,一支接一支地用细烟末卷成烟卷抽掉,看得出,他抽烟不是因为喜欢抽烟,而是为了做出一副有事可干的人的样子。当大家谈到有可能明天撤回并也许会有战事时,他跪立起来对沙大尉一人说,他刚和副官在一起,而且自己亲手抄写了明天出发的命令。在他说话时我们都不吭声了, 然后, 尽管看得出他有些胆怯, 仍然叫他把这个我们极为关心的消息重说一遍。他把说过的又重复了一遍, 但加上了他坐在副官那里时正好送来命令, 因为他同副官住在一起。

"瞧着点, 您要是没骗人, 老兄, 那我就得去自己连里, 命令他们为明天出发的事作点准备。"

"不……干嘛要……怎么能, 我大概……" 这个军阶低微的人说着, 突然不吭声了, 看样子他决定为此生气了。他不自然地皱起眉头, 喃喃自语了些什么话, 重新开始卷烟。但花布烟荷包中倒出的碎烟末已经不够了, 他就请求沙大尉借他一根烟。我们闲扯了相当长一段时间, 谈的无非是每个经历过行军的人都知道的军营闲聊: 用这样或那样老一套的语言抱怨行军生活的枯燥和漫长, 用同样的方式议论长官, 像过去许多次一样, 夸赞某一个同伴, 怜悯另一个, 惊奇于这个赢了这么多, 那个输了那么多等等。

"哈, 老兄, 我们的副官可输得一败涂地了", 沙大尉说, "在指挥部的时候他总是赢家, 不论跟谁坐下他只赢进, 可现在一个多月了, 他净输不赢。这次出征他可不走运了。我想他输掉上千卢布了, 再加上五百卢布的东西, 地毯, 还是从姆亨那里赢来的; 尼基塔造的手枪, 伏隆佐夫送他的萨达造的金表, 这些全赔进去了。"

"他真活该," 渥中尉说, "要不他也太涮着大家玩儿了, 简直没办法跟他玩了。"

"他涮着别人玩儿, 这会儿自己被人涮了, 破产了," 沙大尉随和地笑起来, "喏, 古西科夫和他住一块儿, 他差点儿把古西科夫都输掉了, 真的。是不, 老兄?"他对古西科夫说。

古西科夫笑了。他的笑是可怜巴巴的, 病态的, 完全改变了他脸上的表情。在这样的变化之下, 我觉得以前认识并见过这个人, 况且他的确切的姓, 古西科夫, 我也觉得熟悉。可什么时候我认识或见过他, 我无法肯定地回忆起来。

"是的," 古西科夫说, 并不断举起手去触摸胡须, 可每次没碰到就又重新放下来，"巴威尔·德米特利耶维奇在这个部队里很不走运，这样的veine de malheur①，"他用稍显费力但纯正的法语说，而我又重新觉得我见过他甚至在什么地方常见面过。"我同巴威尔德米特利耶维奇很熟，他完全信任我，"他继续说，"我同他还是老相识呢，我是说，他喜欢我，"他加上一句，显然害怕在讲同副官的老交情时，结论下得太大胆了。"巴威尔·德米特利耶维奇牌打得非常好，可现在奇怪得很，他不知出了什么事，他好像失魂落魄一样，la chance a tourné②。"他又补上一句法语，主要是对我说的。

我们开始还带着一种宽容的态度注意听他说话，可他一讲这句法语，我们大家都不自觉地转过头去不再理他。

"我同他玩了有上千次，你们也会承认这很奇怪，"渥中尉说，他用特殊强调的语气说出最后这两个字，"奇怪并异常：，我没有一次赢过他一个子儿。可为什么我在别人那里赢？"

"巴威尔·德米特利耶维奇玩得好极了，我早就认识他。"我说。的确我认识副官已经好几年了，不止一次看到他在打牌，赌注就军官们的财产而言，也是一笔很大的款子。我内心赞叹他那张漂亮的、稍稍阴郁但有着不动声色的沉静的脸他那慢吞吞的小俄罗斯口音，他那些漂亮东西和马，他那从容不迫的霍霍尔③人的潇洒气度，尤其令我赞叹的是他善于克制、准确而轻松地玩牌的本领。坦白地说，我不止一次看着他那双又胖又白、食指戴着一枚钻戒的手，就是这双手冲我打出一张又一张好牌，我恨起这戒指、这双白手、恨起副官整个这个人来，于是我心中就会闪过许多关于他的坏想法；但后来冷静地思考一下，我还是相信他是一个比他遇到的对手都聪明的高手。更何况我还听他谈论过赌牌的技巧，该怎样从小赌注开始时，不放过一次机会；该怎样在某些大家都明白的情况下按兵不动；还有赌牌的第一条原则是赌现钱等等。很清楚，他始终赢的原因只有一个，那就是他比我们大家都更聪明，个性更坚

---

① 法语：一连串不如意。
② 法语：好运远离了。
③ 对乌克兰人的蔑称。

强。现在就是这个自制力强而个性坚定的赌徒不仅输光了钱，而且输掉了东西，他已经落到军官的最惨境地中去了。

"他见鬼了，跟我玩每次都走运，"渥中尉继续说，"我可发过誓，再也不跟他玩了。"

"啊哈，您可真怪，"沙说着用头向我示意，但对渥说话，"您输给他三百，是输了！"

"还不止。"中尉气呼呼地说。

"这会儿才清醒过来了，可晚了，老兄：大家早就知道，他是一个作弊的团级骗子。"沙说着，勉强克制住自己的笑，非常得意于自己的创造。"瞧，古西科夫正在这儿，他就是给副官准备牌的。为了这他们才有交情，我的老兄……"沙大尉是那样随便地、全身乱抖地哈哈大笑起来，以致这时他手中的加料红酒都泼了出来。古西科夫那黄瘦的脸上好像变了颜色，他几次张开嘴，又举起手摸胡子再放下，放到应该有口袋的地方，几次站起又坐下，后来总算用失常的嗓子对沙说：

"这不是能开玩笑的事，尼古拉·伊万诺维奇。您说出这种事并且当着不认识我的人，他们只见到我穿光板短皮袄……因为……"他说不下去了，他那双指甲肮脏的红色小手重新从皮袄下举到脸前来，一会儿整整胡子、头发，一会儿摸摸鼻子、擦擦眼睛，或毫无必要地挠挠面颊。

"有什么可说的呢，大家全知道，老兄。"沙继续说着，还在对自己开的玩笑满心高兴，他全然没有发现古西科夫的激动不安。古西科夫咕哝几句什么话，把左胳膊肘支在右膝盖上，摆出一个最不自然的姿态，看着沙，做出好像在轻蔑地冷笑的样子。

"不，"我看着这个笑容决然断定，"我不只见过这个人，还同他在哪里谈过话。"

"我们在哪里见过面。"当沙大尉受大家沉默的感染不再笑的时候，我对他说。古西科夫那张表情多变的脸一下子放出光彩，他的眼睛第一次带着真诚的快乐神情直视我。

"那还用说，我马上就认出您了，"他用法语说起来，"四八年在莫斯科我有幸同您多次见面，在我姐姐伊瓦申娜家里。"

我向他道歉，因为他穿着这套服装和这种新式样衣服，所以没立即认出他。他站起来走到我面前，用他湿润的手迟疑地轻轻握了一下我的手。他这时本应看着我，因为他好像那样高兴见到我，然而他却带着一种令人不快的炫耀神情环视军官们一眼。是否因为我认出他是几年前曾穿着燕尾服出现在客厅里的人，还是因为他在这种回忆面前突然自觉地位提高，我觉得他的脸甚至举止都完全改变了，它们全都反映出聪明机敏，以及意识到这种聪明机敏的小儿般自满自得，还有一种带有轻蔑意味的满不在乎神情，以至于我承认，尽管我这位老相识处于可怜境地，可他在我心中激起的不是同情，而是某种不快情绪了。

我鲜明地回想起我们的第一次见面。四八年我在莫斯科的时候常去伊瓦申家。伊瓦申是童年与我一起长大的老朋友。他妻子是那种被认为可爱的家庭主妇，是那种所谓温存亲切的女人，但我从来就不喜欢她……在我认识她的那个冬天里，她常带着很少掩饰的骄傲神情谈到她弟弟，说她弟弟刚从学校毕业，已经是彼得堡最上流社交界公认的最有教养和可爱的年轻人。在听说古西科夫的父亲非常富有并地位显赫，又了解他姐姐的倾向性之后，我带着成见遇到了古西科夫。有一天晚上，我来到伊瓦申家，在那里遇到一个身材不高但外表大致属于讨人喜爱一类的年轻人，他穿着黑色燕尾服，白色背心和领带，和主人站在一起，主人忘了介绍给我。年轻人看来正准备去赴舞会，手里拿着帽子站在伊瓦申面前，正热烈而又得体地为一个我们共同的熟人争论着，这个熟人在匈牙利战事中立了战功。他说这位熟人根本不是勇士，也不是天生的军人，像人们称呼他的那样，他只不过是一个聪明而有教养的人。记得我也投入了争论，我反驳古西科夫并趋向一种极端，证明聪明才智与教养永远是勇敢的对立面。我还记得古西科夫是怎样聪明并令人愉快地论证说，勇敢是智慧和某种程度的教养的必然产物，况且我自认为是个聪明而有教养的人，因而对此我心下竟不能不同意！记得我们的谈话结束时，伊瓦申娜介绍她的兄弟与我相识，而他带着一种宽容的微笑把没来得及完全戴好软皮手套的小手伸给我，与现在一样轻弱和迟疑地握了握我的手。尽管我对他抱有先人之见，但当时我不能不还公道于古西科夫并同意他姐姐的观点，那就是说他确实是一个聪明而可爱的年轻人，并且应该在社交界享有成功。他全身异乎寻常地整洁，衣着优雅，风度清新，有着自信而谦逊的举止和显得格外年轻的、几乎像孩子般的相貌，这相貌使你们不自觉会原谅他那自满的表情，原谅他竭力压抑的、从他聪明的脸上，尤其从笑容中流露的在你们面前确立自己优越地位的欲望。传闻说，他这年冬天在莫斯科的太太们那里取得很大成功。在他姐姐家见到他，我仅仅凭借他年轻外表始终流露出来的幸福与快乐的神情，再根据他偶尔讲述的不登大雅的轶闻，就断定他的成功在何种程度上是确实的。我与他见面六次左右，每次谈得还挺多，准确地说是他谈得多，而我听着。他大多数讲法语，他法语说得很好，流利而富有表现力，他还善于委婉而得体地打断别人说话。总之他与人及与我交往时都保持着一种居高临下的姿态，而我，就像在与人交往中常有的那样，只要遇见坚信与我交往应该居高临下的或者我所不了解的人，我就觉得他对我们关系的处理是完全正确的。

现在当他坐到我身边，又自己把手伸给我的时候，我又鲜明地看出了他那种傲慢神情，我还觉得他有点别有用心地利用了他作为下级面对军官的身份条件，漫不经心地询问我这几年都干了些什么，而且怎么来了这里。不论我怎样每次都用俄语回答，他仍然说法语。但明显听得出来他的法语已不如先前那样自如了。关于自己的事他只稍微提了一句，说发生那件不幸、愚蠢的事件之后（这事件具体怎样我不知道，他也没说），他被监禁了三个月，然后被贬谪到高加索的恩团，现在他已经在这个团里当了三年兵了。

"您不会相信，"他用法语对我说，"我在这些团里的军官圈子里忍受了多少痛苦，而且我还算幸运，先前就认识副官，就是我们刚才谈论的那位副官，他是好人，真的，"他宽容地总结一句，"我住在他那里，这对我是一个小小的解脱。Oui, mon cher, les jours se suivent mais ne se ressemblent pas①。"他说完这句突然窘迫起来，脸红了，从座位上站起来，原来他发现我们正在谈的这位副官正朝我们走来。

"能遇到像您这样的一个人是多么愉快的事，"他从我身边走开之前对我悄声说，"我有许多话想和您谈个够。"

我说我为此感到高兴，可实际上我得承认，古西科夫在我心中引起的是种令人不快的沉重的怜悯。

我预感到面对面与他在一起我会不自在，但我想从他那里了解许多东西，特别是弄清楚为什么他父亲那样富，而他则生活在贫困里，这从他的衣着举止上明显可见。

副官跟我们所有人都道过好，只除了古西科夫，然后在我身边坐下，这正是被贬谪者刚才占据的座位。这位永远平静、稳重、个性坚强的赌徒和富人、巴威尔·德米特利耶维奇现在变了，全不像我在他赌运全盛时期见到过的样子。他好像急着去什么地方似的，不停地打量大家，没过五分钟，他就向渥中尉提议凑个牌局，可以前他从来都拒绝赌牌玩的。渥中尉以公事为由拒绝了，可实际理由是朗知巴威尔·德米特利耶维奇剩下的东西和钱不多了，他认为犯不着用自己的三百卢布去冒险，只为了可能赢一百甚至更少的卢布。

"怎么样，巴威尔·德米特利耶维奇，"中尉说，看来希望摆脱再次向他提议的可能，"他们说的是不是真的，明天要出发了？"

"不知道，"巴威尔·德米特利耶维奇说，"只命令作好准备，哎真的，最好来一盘，我把我的卡巴尔达马押上。"

"不，今天还是……"

"灰色的，怎么着都行啊，要不，如果您愿意。用现钱也可以。怎么样？"

"我有什么呢……我倒是愿意玩玩，您别以为我不愿意，"渥中尉说，他像在回答自己的疑问，"可是明天也许要出击或有行动，今晚要好好睡一觉。"

---

① 法语：是的，我亲爱的，日子一天接一天逝去，时光难再啊。

副官站起来, 双手插在口袋里, 开始在空坪上踱步。他脸上换上一副惯常的冷淡而高傲的表情, 这表情是我很喜欢的。

"您不想来杯加料红酒吗?"我对他说。

"可以。"他朝我走过来, 可古西科夫慌忙从我手中拿过杯子给副官送过去, 眼睛却竭力不看他。然而没注意到固定帐篷的绳子, 古西科夫绊了一下, 杯子从手中落下, 手撑着摔了个前趴。

"这笨家伙!"副官说, 他已伸出手接杯子了。大家都笑起来, 包括古西科夫在内, 他揉擦着根本不可能摔着的膝盖。

"狗熊就是这样给隐士效劳的[①]," 副官继续说, "他每天就是这样为我效劳的, 把帐篷的木桩子全踢断了, 老是绊着。"

古西科夫没有听他说话, 向我们道歉, 并带着一种隐约可见的苦涩笑容看着我, 好像在说, 只有我一个人能理解他。他样子很可怜, 可副官, 他的这位庇护者, 好像不知为什么恼恨自己这位同住者, 所以怎么也不肯让他安宁。

"手脚多灵巧的小男孩啊! 怎么看都错不了。"

"可谁不在这些桩子上绊跤啊, 巴威尔·德米特利耶维奇," 古西科夫说, "您自己前天就绊过跤。"

"我呀, 老兄, 不是下属士兵, 不要求我动作灵巧。"

"他可以拖沓着脚步走," 沙大尉插嘴说, "而下属士兵就得跳着跑起来……"

"这些笑话真稀罕," 古西科夫几乎耳语般说并垂下眼睛。副官看来对自己的同住者毫无宽容心情, 他警觉地听着对方说的每一句话。

"看来又得派潜伏哨了。"他对沙大尉说, 朝被贬谪者那边挤挤眼。

"那怎么办, 又会有眼泪的。"沙大尉笑着说。古西科夫已经不看我了, 只做出一副正从烟荷包里掏烟叶的样子, 可烟荷包里早就没有烟了。

"准备去站潜伏哨吧, 老兄。"沙大尉边笑边说, "今天探子报告, 说今

---

① 出自俄寓言作家克雷洛夫 (1769-1844) 的寓言《隐士和熊》, 熊用大鹅卵石打苍蝇, 误杀主人。

夜会袭击营地，所以要派几个可靠的弟兄去。"古西科夫迟疑不决地笑着，好像打算说点什么，好几次用祈求的眼光看沙。

"那怎么办呢，我不也去过的，也能再去，只要派我去。"他含含糊糊地说。

"就会派的。"

"那，我就去，这算什么？"

"是啊，就像在阿尔贡河那样，从潜伏哨位上逃走，把枪也丢了。"副官说完撇开他，转身跟我们谈起明天的命令。

晚上的确会有敌人炮火袭营，明天则会有行动。又谈了一些各色的公共话题之后，副官像是随意想到似的，又向渥中尉提议来一盘小的。渥中尉完全出人意料地答应了。于是他们同沙，还有准尉一起到副官帐篷里去，那里有绿色折叠桌和牌。大尉，我们分队的指挥官回帐篷睡觉去了，别的先生们也走开了，只剩下我与古西科夫。我没料错，我与他单独在一起的确不自在。我不自觉地站起来，沿着炮台来回踱步。古西科夫默不作声地与我同行，匆忙而不安地跟着我转身，唯恐落后，又怕超前。

"我不打扰您吗？"他用柔顺而忧伤的声调说。就我在黑暗中能看清的脸部表情来看，他深深沉入悲愁哀伤之中。

"一点也不。"我回答。可因为他不说话，我也不知道对他说什么好，我们沉默着来回走了相当长时间。

黄昏已完全被夜色昏暗所代替，在幽黑的大山的剪影上面亮起了金星，我们头顶上方湛蓝的天空中许多小星辰在闪烁，黑暗中四处燃着红亮冒烟的篝火，近处众多帐篷渐渐灰暗，我们大炮的土筑台基变成沉郁的黑色。在我们的勤务兵围着取暖的那堆最近的篝火旁，大炮上的铜件偶尔发着闪光，还可看到一个身披大衣的哨兵机械地在台基尽头来回走动。

"您无法想象，我能同一个像您这样的人谈话是多么快乐。"古西科夫对我说，尽管他还什么也没有同我谈过，"只有经历过我的处境的人才能理解这一点。"

　　我不知道应该回答他什么，所以我们继续沉默，尽管他看起来很想对我倾诉，而我也想听。

　　"您为了什么……为了什么受苦呢？"我终于问他，想不出任何更好的话头了。

　　"您难道没听说过我与梅捷宁的不幸事件吗？"

　　"对了，是决斗，我略微听说过，"我回答，"因为我来高加索很久了。"

　　"不，不是决斗，可这是一件愚蠢而又可恶的事情！我全告诉您，假使您不知道的话。这就发生在我与您在姐姐家相识的那一年，那时我住在彼得堡。应该告诉您，那时我拥有被称作une position dans le monde①的东西，而且是相当优越的，当然还称不上辉煌。Mon père me donnait dix milles par an②。四九年我得到许诺，在驻都灵大使馆里为我安排个职位，我舅舅有能力并随时愿意为我做许多事。现在一切都过去了，j'étais recu dans la meilleure société de Pétersbourg, je pouvais prétendre③最理想的婚姻。我像大家一样只读完中学，所以我的受教育程度并不特别高；不错，毕业后我读的书很多，mais j'avais surtout，您知道，ce jargon du monde④，不管怎样，我不知为什么被认为是彼得堡最优秀的青年之一。使我在公众眼中的地位又提高了一步的是我与德夫人之间的关系，她是彼得堡经常谈论的人物，可我那时还太年轻，对全部这些有利因素重视太少。我干脆就是太年轻太愚蠢，我还需要些什么？当时这个梅捷宁在彼得堡很有名气……"古西科夫就以这种方式向我讲述了他的不幸遭遇，可我对此毫不感兴趣，因此这里就略去不述了。"我被监禁两个月，"他继续说，"完全是单独监禁，这时间我什么没有想过啊。等到这一切结束，我跟过去的所有联系仿佛也一起结束了，这样我反倒轻松些。Mon père, vous en avez entendu parler⑤，也许听说过，他是一个有着铁一般性格和坚定信念的人，il

①法语：社交界地位。
②法语：父亲每年供给我一万零花钱。
③法语：当时我被彼得堡最上层社交界所接纳，可望攀上……。
④法语：而我特别擅长，你知道，运用社交界的这种俚语。
⑤法语：我父亲，您听说过他。

m'a déshérite①，并断绝了一切与我的联系。根据他的信念，必须这样做，所以我完全不怪他：il aété consequent②。不过我也没做过任何努力使他改变自己的决定。姐姐当时在国外，德夫人在我被允许通讯之后写信给我；愿意给我帮助，可您明白这个，我拒绝了。就这样我丧失了生活中所有能使这种处境稍许轻松一点的那些细微事物，您要知道，不论是书、还是换洗衣服和食物，不论什么一概没有。这段时间我反复思考了很多，开始用另一种眼光来看待一切；比如彼得堡社交界针对我掀起的喧嚣和议论，丝毫引不起我的注意，更不会使我感觉得意，我觉得这一切都很可笑。我感觉到了，我自己做错了，我太不谨慎，太年轻，我破坏了自己的前程，当时心中只想着怎样重新挽回它。我觉得自己对此充满力量和信心。监禁解除后，我跟您说过，我被贬到这里，到高加索的恩团。我想，"他继续说下去，越说越兴奋，"在这里，在高加索，la vie de camp③，那里与我相处的人既单纯又诚实，战争，危险，再没有什么比这更合乎我的心愿了，这样我将开始新的生活。On me verra au feu④，会爱戴我，尊敬我，但不是因为我的姓名。然后是十字勋章，升为军士，撤消处罚，我又回去，et, vous savez, avec ce prestige du malheur⑤! 可是, quel desenchantement⑥。您想象不出，我犯了个多么大的错误! ……您了解我们团里的军官圈子吗? "

他沉默相当长的一段时间，我觉得他在等着我说这个团的军官圈子是多么不好；但我什么也没对他说。令我反感的是他大概认为我懂法语，就应该对军官圈子恨恶有加，然而恰恰相反，来高加索已久，使我有机会给予这里的军官圈子很高的评价和尊敬，这种评价和尊敬的程度比起我对古西科夫曾置身其中的那个圈子的评价要高上一千倍。我想告诉他这点，但想到他的境遇，也就作罢了。

---

① 法语：他取消了我的继承权。
② 法语：他的性格一贯如此。
③ 法语，过军营生活。
④ 法语：人们会在战火中看到我。
⑤ 法语：知道吗，带着一种经历过不幸的魅力。
⑥ 法语：我是多么失望啊。

"恩团的军官圈子比这里的要坏上一千倍。"他继续说。

"J'espére que c'est beaucoup dire①，也就是说，您不能想象这是一种什么情况！更不用说士官生和士兵了。这是一种恐怖！开头他们对我还好，这完全是真的，可后来他们看到我不可能不轻蔑他们，您知道，在一些微妙琐小的关系中他们发现我是远远高出他们的另一种人，他们开始恼恨我并用各种琐碎小事来侮辱我。Ce que j'ai eu à souffrir, vous ne vous faites pas une idée②。 这些非我所愿的与士官生的关系，更主要的是avec les petits moyens que j'avais, je manquais de tout③， 我所有的只是姐姐给我寄来的一点。我可以向您举例证明我忍受的痛苦有多深，以我的性格，avec ma fierté, j'ai écrit à mon père④，请求他不论如何给我寄点什么。我明白，过上五年这样的生活，就可能变成像我们这儿被谪的德罗莫夫那样的人，他同士兵一块喝酒，并且给所有军官写条子，请求贷款三卢布，落款写上 'tout à vous⑤德罗莫夫'。需要有我这样的性格，才能保证自己不在这种可怕环境中被玷污。"他在我身旁默默地走了很久。"Avez-vous un papiros?"⑥他对我说。"好，我刚说到哪里啦？对了，我不能忍受这一切，倒不是从物质的角度而言，因为尽管我生活很坏，饥寒交迫，过的是士兵生活，但即便是军官也还对我有一些尊重。我还保存了某种prestige⑦，这对他们还有影响。他们不派我站岗上操。我会忍受不了这些的。然而在精神上，我经受着可怕的痛苦。主要的是看不到摆脱这种处境的出路。我写信给舅舅，恳求他把我调到这个团，这里至少常有战事，再说我想巴威尔·德米特利耶维奇在这里，qui est le fils de l'intendant de mon père⑧，他总会对我有些用处的。舅舅替我办成这事，我调过来了。在那个团待过之后，我觉

---

① 法语：我想，这样说就够清楚了。
② 法语：您不能想象，我忍受了一些什么样的痛苦。
③ 法语：因为我手头可怜的那点钱，我什么都缺。
④ 法语：以我的骄傲个性，我竟还是写信给父亲。
⑤ 法语：完全是您的。
⑥ 法语：您有香烟吗？
⑦ 法语：威信。
⑧ 法语：我父亲管家的儿子。

得这个团简直是宫廷总管的聚合所。而且巴威尔·德米特利耶维奇也在这里，他知道我是谁，所以大家待我很好。当然也看在我舅舅的面子上……就是那个古西科夫，vous savez①……但我发现，这些人缺乏文化和教养，他们不可能尊重一个头上没有荣华富贵光环闪耀的人，甚至连尊重的表示都不会有；我发现，他们慢慢看出我很穷，他们对我的态度就变得越来越放肆，最终简直变成轻蔑了。这是可怕的! 但这完全是真实的。

"在这里我参与战事，打过仗，on m'a vu au feu②，"他继续说，"可这一切什么时候才能结束呢? 我想，永无结束之日了! 我的勇气和精力已经开始衰竭。而且我原想象的la guerre, la vie de camp③，完全不是我看见的这么回事：您穿着半截皮袄，没法梳洗，脚登士兵皮靴，跟一个什么安东诺夫一起去站潜伏哨，在山沟一趴就是一夜，这个安东诺夫是因酗酒而降为士兵的。每一分钟从灌木丛中都可能射出枪弹，击中您或安东诺夫，都一样。这已经不涉及勇敢，而是恐怖。C'est affreux, ca tue④。"

"没关系，这次出征之后您能升为军士，而明年您就是准尉了。"我说。

"是的，可以，他们答应过的，可还要过两年，就是到那时也未必一定能行。可这两年是什么滋味又有谁能知道。您设想一下同这个巴威尔·德米特利耶维奇在一起的生活：纸牌、粗俗的玩笑、纵酒狂欢，您想谈谈内心里翻腾着的东西，没人理解并且还嘲笑您，人们同您谈话不是为了表达某种想法，而只是为了制造一个新的取笑对象。一切就这样发展下去了，粗野、卑污，并且您时刻感觉到自己是个下属，这是他们时刻让您感觉的。就因为这个，您不能理解同您这样一个人。à coeur ouvert⑤谈话是一种享受。"

怎样的我怎么也弄不清楚，他眼中的我是个什么样的人，因此我不知道怎么回答他……

---

① 法语：您知道。
② 法语：人们能见到我投身战火。
③ 法语：战争，军营生活。
④ 法语：这太可怕了，这是致人死地的。
⑤ 法语：推心置腹地。

"您还吃些点心吗？"尼基塔对我说，他在黑暗中悄无声息地走到我旁边，我发现他对有客人在场不十分高兴。"只剩下甜馅饺子和一点煎牛肉了。"

"大尉吃过点心吗？"

"他先生早睡了，"尼基塔闷闷不乐地回答，对我叫他把点心和烧酒拿到这里来的吩咐不高兴地咕哝了几句什么，然后拖拖沓沓地朝自己帐篷走去。在那里他又咕哝了一阵，但给我们拿来了一个食盒；食盒上放着一支蜡烛，蜡烛前面还拴上一张挡风的纸，还拿来一只锅，一罐芥末，一只高脚白铁杯和一瓶苦艾酒。把这一切安排好，尼基塔还在我们身边站了好一会儿，看我与古西科夫喝酒，看来他很不高兴。在蜡烛透过纸罩发出的微弱光亮下，在周围黑暗的包围下，只看得见食盒上的海豹皮面及摆在上面的食物，还有古西科夫的脸和他的短皮袄，以及他那双红红的小手，他正用这双手从锅子里舀甜馅饺子。周围一片漆黑，只有凝神注目，才能分辨出黑色的大炮和从胸墙后面露出来的同样黑色的哨兵的身影，还有四周篝火的闪亮和天空上微微发红的星辰。古西科夫忧伤地甚至有些羞惭地隐约笑了笑，似乎因为自己倾诉之后不好意思直视我的眼睛。他又喝了一杯酒，贪婪地吃着清刮着锅底。

"是啊，您跟副官认识还是使您生活得轻松一点，"我为了对他说点什么，这样说，"我听说，他是一个很好的人。

"是的，"被谪者回答，"他是个善良的人，但他也只能做这类人，以他的受教育程度，他不可能成为一个真正的人，也不能要求他这样，"他突然好像脸红了，"您注意到今天他说的关于潜伏哨的粗野玩笑了吗？"不管我如何几次努力改换话题，古西科夫还是坚持在我面前为自己辩解，说他决没有从潜伏哨位上逃跑，也决不是胆小鬼，就像副官和沙想证明的那样。

"就像我跟您说过的，"他继续说，双手在短皮袄上擦着，"这种人学不会怎样以礼待人，以礼对待一个士兵和没有钱的人，这超过了他们的能限。最近五个月我不知为什么一直没收到姐姐寄的东西，我发现他们对我的态度全变了。我这件短皮袄是向士兵买的，毛都快掉光了，一点也不暖和（他给我看看皮袄的衣襟），但这引不起他对我不幸遭遇的尊重和同情，却只引起他无法掩饰的轻蔑。不论我现在多么窘困，食物除了大兵吃的大锅饭什么也没有，也没有穿的，"他继续说着，低着头，又给自己倒了一杯酒，"他根本想不到主动借些钱给我，他明知我一定会还他的，他等着在这种处境中的我开口求他。可您明白，我在这种情况下开口是什么滋味，更何况是向他开口。比如跟您，我就会直说了，vous êtes au-dessus de cela; mon cher, je n' ai pas le sou①。您知道，"他说着，突然带着一种绝望神情直盯我的眼睛，"对您我直说吧，我现在境况糟透了，pouvez vous me prêter dix roubles argent?②姐姐应该在下一班邮件来的时候有钱寄给我，et mon père③……"

"喔，我很高兴，"我说，可实际上完全相反，我心中既难受又烦恼，尤其令我烦恼的是前天晚上我玩牌输了钱，尼基塔替我保管的钱只剩下五个多卢布了。"就来，"我站起来说，"我去帐篷里拿来。"

"不，等会儿再说，ne vous derangez pas。④"

但我没听他的，钻进已经扣好帐帘的帐篷，那里面有我的床，还有大尉在睡觉。"阿列克谢依·伊方内奇，借我十卢布，到发饷还您。"我推醒大尉对他说。

"怎么，又输钱了？昨天晚上还说再也不玩了呢。"大尉睡意蒙眬地说。

"没有，我没玩牌，有急用，请您借我吧。"

"马卡丘克！"大尉喊自己的勤务兵，"把钱匣子拿过来。"

"轻点，轻点。"我边说边听着帐篷后面古西科夫均匀的脚步声。

"什么？干吗轻点儿？"

"就是那个被贬谪的人向我借钱，他就在这里！"

"早知道就不借您了，"大尉说，"我听说过他，这孩子是个头号小坏种，但大尉还是给了我钱，吩咐收好钱匣，好好扣好帐帘之后又说："要是知道

---

① 法语：您远远超过了这个，我亲爱的，我身无分文了。
② 法语：您能借我十个银卢布吗？
③ 法语：还有我父亲。
④ 法语：不要麻烦您。

_____

您干什么用，就不给了。"然后他用棉被蒙头躺下，"这下您欠我三十二，记得吗？"他对我又叫一声。

我走出帐篷时，古西科夫在长椅旁边来回踱步，于是他那罗圈腿、头戴难看的长毛高筒帽的瘦小身影，因与蜡烛距离的改变而在黑暗中忽隐忽现。他做出没注意到我的样子。我把钱给他，他用法语说声谢谢，把钞票揉成一团，放进裤袋。

"我想这时巴威尔·德米特利耶维奇那里的牌局到了最热闹的时候了。"接着他又说起来了。

"是的，我也这样想。"

"他的玩法很怪，他总打挑战牌，并且一气追杀到底，走运时这倒不错，但反之，手气不好时输得可就惨了。他已经证明了这一点。这次出征，把东西也算在内，他输掉了一千五百卢布。"

"可他以前牌打得那样有节制，弄得你们那位军官似乎都怀疑他的为人了。"

"他就是说说罢了……尼基塔，我们还有契希尔酒吗？"我说，心中因为古西科夫的健谈而感觉轻松起来。尼基塔又咕咕哝哝起来，但还是拿来契希尔酒，然后重新恨恨地看着古西科夫喝完一杯，古西科夫身上那种轻浮放肆的态度又开始明显起来。我非常希望他快些离开，但他之所以不走，我认为只是因为他觉得刚拿到钱就走不好，我默不作声。

"您有财产，又没有任何必须如此的理由，您怎么会de gaieté de coeur[1]决定来高加索服役呢？这我实在不明白。"他说。

我努力解释这个对他来说奇怪的行为。

"我想象得到，您在这些军官的圈子里是多么不轻松，这些人对教养问题毫无概念。您和他们之间不可能互相理解。说实在的，您在这里住上十年，除了纸牌、酒，还有关于奖励和出征的谈话之外，什么也看不见，什么也听不到了。"

_____
① 法语：心甘情愿的。

我心中不快，因为他觉得我毫无例外地一定同他感觉相同。

我真诚地要他相信，我非常喜欢打牌、喝酒以及有关出征的那些谈话，并且我不指望找到比现在更好的战友。可他怎么也不相信我的话。

"嗨，您这是说说罢了，"他继续说，"那么远离女人，我说的是femmes comme il faut①，难道不是一种可怕的失落吗？我不知道愿意付出什么样的代价，只要让我在客厅里待上一分钟或者只从门缝里看一看亲爱的女人。"

他沉默一会，又喝下一杯契希尔酒。

"哦，上帝啊，我的上帝！也许还会有那么一天，我们再相见在彼得堡，在人群中，同人，同女人相处并生活在一起。"他倒出瓶中剩下的酒喝下去，说："啊，pardon②，也许您还要喝，我真是完全糊涂了，我好像也喝得太多了点，et je n'ai pas la tête forte③。从前我住在滨海街au rez de chaussée④，我有一小套绝妙的房间，整房家俱，您知道，我善于布置得很雅致，而且并不太贵，当然mon pére⑤给了我瓷器、花和出色的银器。le matin je sortais⑥，拜客，à cinq heures régulièrement⑦我去她家吃中餐，她经常一个人在家。Il faut avouer que c'était une femme ravissante!⑧您不认识她？一点也不认识？"

"不认识。"

"您知道，她所具有的女性美是属于最高层次的，她的温柔，还有那是一种怎样的爱情！天啊！我当时不知珍惜这种幸福。有时我们从剧院回来，两人一道用晚餐。跟她在一起从来不觉枯燥无味，toujours gaie, toujours aimante⑨。是的，我没预想到，这是一种多么罕有的幸福。对于她，Et j'ai beaucoup à me

---

① 法语：体面的女人。
② 法语：请原谅。
③ 法语：我的酒量不行。
④ 法语：楼房间。
⑤ 法语：我父亲。
⑥ 法语：早上我出门。
⑦ 法语：每天照例五点钟。
⑧ 法语：必须承认，这是一个迷人的女人！
⑨ 法语：她始终是快乐的，始终是钟情的。

reprocher。Je l'ai fait souffrir et souvent①。我太残酷。啊，那是一段多么美好的时光! 您觉得无趣了吧? ”

"不，一点也不。"

"那我就给您讲讲我们度过的那些夜晚吧。走进大门，就是楼梯，楼梯上的每一盆花我都熟悉，门的把手，这一切都是那么亲切、熟悉，后来走进前厅，再是她的房间……不，这一切都一去不复返了! 她现在还给我写信，对了，我给您看看她的信。但我已经不是那个人了，我毁了，我已经不值得她……是的，我已经完全毁了! Je suis cassé②。我再没有精力，也没有了自尊心，什么都没有了。就连感恩之情都没有了……是的，我毁了! 任何时候任何人都不会了解我的痛苦。谁都不在乎，我是个什么都完了的人! 我永远站不起来了，因为我在精神上跌倒……跌进泥淖……跌倒……" 在这一刻，他的话里听得出真实的、深深的绝望; 他不看我，一动不动地坐着。

"干吗这样悲观呢? " 我说。

"因为我卑鄙，这种生活毁灭了我，毁掉了我身上原有的一切。我忍受痛苦，不是借助骄傲而是借助卑贱，dignité dans le malheur③也不复存在。人们每一分钟都在侮辱我，而我一味忍受，并且还自己送上去任人侮辱。这种卑污已a déteint sur moi④，我自己变得粗野，我忘掉了所知的一切，法语我也不会说了。我觉得自己卑污而下贱。我不能在这种状态下打仗，不可能勇敢果决地战斗，给我一个团、金肩章、还有号手，我也许就会成为英雄，可让我同哪个野蛮人安东、邦达连科之类并肩出去，在我与他之间没有任何区别，不论打死我还是打死他，全一样，想到这点，我就痛不欲生。您明不明白想到这点有多可怕，某个穷光蛋打死我这个有思想有感情的人，同打死我身边那个与动物没有任何区别的生物安东诺夫完全一样。并且最容易发生的还是我被打死，

---

① 法语: 我有许多事要责备自己. 我常常使她痛苦。
② 法语: 我被摧折了。
③ 法语: 不幸中的尊严。
④ 法语: 在我身上打下烙印。

而不是安东诺夫，就像一切崇高美好的事物常会遇到 une fatalité①一样。我知道他们叫我胆小鬼，就让我是胆小鬼吧，我是个地道的胆小鬼，也不可能成为另一种人。不止是胆小鬼，照他们看来，我还是个穷光蛋，是个应该被蔑视的人。我现在向您借了钱，您就有权轻蔑我了。"不，把您的钱拿回去。"他把揉成一团的钞票递给我。"我情愿，让您尊重我。"他双手捂脸哭起来。我一时迟疑起来，不知该说或做什么。

"请您镇静些，"我对他说，"您太敏感了，别什么事都往心里去，别多心，把事情都看得简单点。您自己都说，您个性强，您就该振作起来，您忍受痛苦的时间不会长了。"我对他说，但我说得非常混乱，因为同情和悔恨的情绪使我很激动，我悔恨自己竟会在心中责备这样一个确实深深不幸的人。

"是的，"他又开始说，"假如我在这地狱里，听到过一句同情的、劝慰的、充满友情的话，要是听到过一句充满人情的话，就像您对我说的那样，也许我就会镇静地耐受一切；也许我甚至会忍受士兵待遇并成为一个士兵。但现在这是可怕的……当我能理智思考的时候，我希望死，我又何必留恋这种蒙上耻辱的生活，何必爱惜我这个与世上一切美好事物绝缘了的人呢？可一遇到小小的危险，我又不自觉贪恋起这可耻生活并爱惜它，像爱惜什么珍贵东西一样，而且我不能，je ne puis pas②战胜自己。当然我也能战胜自己。"他沉默片刻之后又说，"但这需要我付出太大努力，巨大努力，何况我孤独一人，同别人在一起，在正常条件下，就像您去参战时一样，我是勇敢的，j'ai fait mes preuves③，因为我自尊而骄傲，这是我的毛病，在别人面前……我说，请允许我在您这里过夜，要不我们那里的牌局是打通宵的，不论在哪里，地铺就行。"

当尼基塔铺床时，我们又起身顺炮台踱起步来。看来古西科夫的酒量的确不行，因为喝下两小杯白酒和两杯葡萄酒他就摇摇晃晃了。当我们站起来离开蜡烛的时候，我发现他努力想做到不让我发现，把揉成团的钞票塞进裤

---

① 法语：恶运。
② 法语：我不能。
③ 法语：我证明了。

袋里，这钞票在他讲话的全部时间里一直握在他手中。他还在继续说，他觉得他有可能再站立起来，只要他身边有一个像我这样的人同情他。

我们正准备进帐篷睡觉，突然一颗炮弹从我们头顶呼啸而过，砸在不远处的地上。一切显得多么奇怪，这样一个宁静的沉睡的营地，我们的谈话，可突然天知道来自何方的敌人炮弹，就落在我们的帐篷之间，这是那样奇怪，以致我好长时间都没明白这是怎么回事。我们的一个士兵安德烈夫正在炮台上站岗，他走近我。

"瞧瞧，偷着来了! 这里刚好看见火光。"

"应该叫醒大尉，"我说着看了一眼古西科夫。他站着，可身子快弯到地上了，结结巴巴、可怜兮兮地想说什么话："这个……要不然……敌……这太……可笑了。"后来他再没说什么，我都没看见他怎样一眨眼就不知到哪里去了。大尉的帐篷里亮起蜡烛光，响起他那惯常的睡醒后的咳嗽声，很快他自己就走了出来，要求给他一根火杆，点燃他的小烟斗。

"怎么回事，老兄? "他微笑地说，"今天不打算让我睡觉了是不是? 一会儿是您和您的被谪军官，一会儿又是沙米里①，我们该干什么呢? 还击不还击，命令中关于这点没有一点交代吗?

"一点没有，看它又来了，我说，"还是两门炮打的。"

确实，从黑暗中，在右前方亮起两点火光，就像一双眼睛，很快从我们头上飞过一颗炮弹和一只应该是我们的空榴弹壳，后者发出响亮刺耳的尖啸声。从邻近的帐篷里纷纷钻出士兵，传来他们的伸欠声、说话声和初醒时发出的各种声响。

"瞧，风信管响得就像'夜莺'打呼哨似的。"②炮手有所发现。

"叫尼基塔来，"大尉带着他惯常的善意嘲笑口气说，"尼基塔! 你别躲，听听山里夜莺的叫声。"

---

① 沙米里，1848年创立达戈斯坦—车臣君主国，在俄国沙皇1817—1867年对高加索的战争中被俘，1859年死于流放。
② 夜莺:是俄罗斯民间故事中一绿林强盗的外号，他吹起很响的呼哨使行路人被震耳聋、昏迷甚至身亡后再行抢劫。

　　"好哇，大人。"尼基塔走到大尉身边说，"'夜莺'我是见过的，我不怕，可那客人就是刚才在我们这里喝契希尔酒的客人，他刚一听见，就急急忙忙像个球一样从我们帐篷旁边滚跑了，他把腰弯得像只野兽一样！"

　　"还是要去一趟炮队指挥官那里，"大尉用上级的严肃口吻对我说，"问一下是否开火还击，还击用处不大，但也还是可以的。"

　　"劳驾您跑一趟问问，叫人备马，这样会快一点，骑我那匹波尔康娜去也行。"

　　五分钟后，马替我牵来了，我动身去炮队指挥官那里。

　　"注意，口令是'车辕'，"凡事认真的大尉低声对我说，"要不，不会放你过阵地的。"

　　到炮队指挥官处大约半俄里路，一路上两边全是帐篷。我骑马刚离开我们的篝火，四周变得那样黑，我连马耳朵都看不见了，只有篝火的亮光忽远忽近地在我眼中闪烁。我放开马缰，听由马随意走了一会儿之后，才开始分辨出白色四角帐篷和路上黑色的车辙。半小时后，在问过三次路、两次绊在帐篷的木桩上（每次都换来帐篷里人的骂）、还有两次被哨兵拦住之后，我才来到炮队指挥官那里。来的路上，我还听到两次轰击我们营地的炮声，但炮弹没有打到指挥部的所在地。炮队指挥官没有下令还击，况且敌人的炮击也停止了，于是我动身回去。我牵着马，步行在步兵营帐之间穿过。我不止一次放慢脚步走过里面亮着灯的士兵帐篷，倾听某个健谈的人所讲的故事，或者识字者朗读的哪本书，听读书的人往往是全班的人，满满登登挤在帐篷里并围在四周，偶尔会有人发表意见打断朗读；或者，帐篷里只是在议论出征、家乡和指挥官。

　　走过三营的一个帐篷时，我听到古西科夫响亮的嗓音。他的语气既愉快又活泼。回答他的是年轻的、同样愉快的声音，是绅士们的声音，而不是士兵的。显然，这是士官生或司务长的帐篷。我站住了。

　　"我早就认识他，"古西科夫说，"我住在彼得堡的时候，他常来拜访我，我也去过他那里，他以前属于最高级的上流社会。"

　　"你说的是谁啊？"一个醉醺醺的声音问。

"说公爵，"古西科夫说。"我们本来就是亲戚，但主要还是老朋友。这一来，知道吗，先生们，有这么一位熟人还真好呢。他富极了。一百卢布在他是小事一桩。姐姐还没寄钱来，看我就跟他借了一点钱。"

"好吧，那就派人去吧。"

"马上。萨维里奇，亲爱的！"古西科夫的嗓音又响起来，朝帐篷的门口移近，"给你，这里十卢布，去随军小贩那里，拿两瓶卡赫齐亚葡萄酒来，还要什么？先生们？说呀！"接着古西科夫跟跟跄跄，头发蓬乱，也没戴帽子就走出帐篷。他撩开短皮袄的下摆，双手插进银灰裤子的口袋里，停在门口，虽然他在明处，我在暗处，我因害怕他看见我而全身颤抖，于是我尽力不弄出声响，继续走路。

"谁在这儿？"古西科夫用醉意十足的声音冲我喊，看得出，寒冷中他醉得更厉害了，"哪儿的鬼在这里牵着马晃悠？"

我没有回答，默默地走上大路。

(1856)

卢塞恩
——摘自聂赫留多夫伯爵笔记

　　我于昨晚到达卢塞恩并住进本地最好的瑞士旅馆。

　　"卢塞恩，是座落在森林湖畔的古老州府城市，"导游这样介绍，"这里有瑞士国中最理想的地理环境。三条交通干道在此地交合，乘轮船去举世闻名的风景胜地利基山只需一小时。"

　　其他导游图同样不辨真假地重复着这些话，于是世界各种族的游客，尤其是英国人齐集此地，卢塞恩好像容纳无限。

　　瑞士旅馆高大的五层新楼座落在湖边，就在原有一座古老的带篷曲桥的地方。以前这座曲曲折折的木桥拐角上修着小礼拜堂，梁架上雕着偶像。现在得感谢英国人的大量涌入，感谢他们的需要、他们的口味和他们的金钱，古老的曲桥被拆掉，在原址修起一条笔直如棍棒一般的、水中有柱的人工湖岸。湖岸上建起几幢方正的四角型五层楼房，楼房前种下两行椴树苗，树苗周围还支好撑架。在椴树树苗之间照例"冒出来"一些小小绿色长椅。这是休闲散步的场所。洋洋自得的英国人在此来回走动，欣赏着自己的杰作。他们的女人头带瑞士草帽，男人则身穿结实而方便的衣服。也许这湖岸、楼房、菩提树苗以及英国人出现在另外某个地方会显得和谐美好，但决不是在这儿，在这美得难以描摹、兼有奇伟壮丽与柔美和谐景色的地方。

　　我回到楼上自己房间，推开临湖的窗口，一刹那间，那水、那山、那天色的奇美顿时令我神迷目眩。我感到一种内在的冲动和欲望，渴望表达出心灵中突然满溢出来的某些东西。我想在这时抓住某个人，紧紧拥抱他，搔痒他，掐痛他。总之我想对别人或自己干点不同寻常的事。

　　已是晚上六点多钟了，整天下着雨，此时方才渐渐转晴。蔚蓝如同硫磺碧火一般的湖水上，点缀着点点船影和长长的船后尾波。这窗前平静的湖面在风貌各异的绿色湖岸镶嵌下，如同凸现出来，在湖岸的护持下向前延伸，在两座巨大的突出山脚下被挤窄了，颜色变深，然后紧贴着重重叠叠的原野、山岭、云雾和冰雪消失了。最近处的前景部分是润泽嫩绿的湖岸，上面满布青苇、草地、花园和别墅；稍远些是暗绿色的、草木繁茂的崖坡，草木中露出废圮的古堡；最远处是淡紫色的连绵远山和峻岩壁立的奇丽雪峰构成的色泽淡雅的远景。这一切都沐浴在大气柔润、透明的湛蓝之中。被冲出云裂的火热阳光辉映着。无论湖上、山上还是天空，找不出一条完整的直线。一片同一的色彩和一个相同的瞬间，一切都是变幻的，不对称而奇异瑰丽的，是色彩斑斓的阴影和线条的无穷变化和糅合。这景物中就包含着宁静、和谐、统一和美的必然。就在这儿，在这迷离错杂而又自由无羁的美景之中，在我的窗前，却愚蠢别扭地横伸着一条白棍子般的堤岸，带撑架的椴树苗和绿色长椅——这寒酸粗俗的人工造物触人眼目。这些人工造物不像远处的别墅和废墟那样自然融入了美景的和谐之中，而是相反，粗暴地破坏了自然美景。我的视线不断无意地与这可怕的笔直线条相撞。而我心中很想推掉它，消灭它，就如同想抹去近在眼前的鼻尖上的黑点一样。可是堤岸连同散步的英国人一道还在原地。于是我开始下意识地寻找一个新的视角以便不看到那条堤岸。我找到了这样一个视角，直到晚饭前，我一直独自消受着那种虽不完整却比疲惫苦闷要甜蜜得多的感受，那种独自欣赏大自然美景时的恬静体验。

七点半时，我被叫去吃晚饭。在底层一个布置华丽的大厅里，摆开了两张长长的餐桌，最少能坐下一百人。客人们陆续进入饭厅，相当肃静的动作持续了三分钟上下；女士裙服的窸窣声、轻轻的脚步及客人与殷勤文雅的侍者的低声交谈等；所有座位都渐渐被男人们和太太们占满了，他们的穿着算得漂亮，也可以说阔气，并且全都异常整洁。就像通常在瑞士的客人大半是英国人一样，餐桌旁也大多是英国人。因此这里公共餐桌的主要特点就是严格实行公认的礼节、实行基于无需亲近，而不是基于骄傲的互不交往的礼节，以及表现出自己各种要求被如愿满足时独自感受到的快乐自足。四面都闪动着雪白的花边、雪白的硬领、雪白的真牙或假牙、雪白的面庞和手。那些面孔，其中有些很好看甚或非常漂亮，却只是表现出自满于自己富足及对周围与己无直接关系的一切漠不关心的表情。那些戴着半截手套和戒指的雪白双手，只是为整理领子、切碎牛肉和斟酒才活动着，手的动作中看不出任何精神和心理的冲动。亲属间偶尔低声交谈几句话，关于哪道菜或酒的美味以及利基山的美丽风景。单身的男女旅行者沉默地坐着，相互连看都不看一眼。如果难得这一百人中有两人相互交谈起来，那他们谈的一定是天气或登利基山，刀叉以隐约可闻的声音在盘中活动着，上菜时总是取用少许，豌豆和蔬菜都是用叉子吃的，侍者不自觉地服从着沉默气氛，小声用耳语询问客人需订哪种酒。在这样的餐桌上我总会觉得心头沉重、不适乃至抑郁起来。我总感到像是犯了什么过错受罚一样，就像孩提时因为捣蛋我被推进一张椅子，大人用讥讽口气告诉我"休息会吧，我的乖宝贝"！可那时我血管中冲腾着年轻的血液，我听得见隔壁兄弟们欢乐的叫声、开头我想抵制住在这餐桌旁感到的压抑情绪，却是徒然；这些生气全无的面孔带给我无可抵抗的影响，我的脸也变得同样僵死。我变得什么也不需要，什么也不想、甚至什么也不注意。最初我试图和邻座交谈，可除了得到在同一地方也许由同一脸孔重复了无数遍的固定回答外，我什么也没得到。可全部这些人并不愚蠢也非无知无觉，也许在这些貌似僵死的人们心中有着同我一样的内心生活，许多人的内心生活甚至比我的更为复杂和有趣。可为什么他们要剥夺自己享受人生最大欢乐的权利，即享受与人交谈之乐趣的权利呢？

如果这是在我们巴黎的公寓里，那里我们二十个不同国籍、职业和性格的人，受法兰西喜好社交风气的影响，聚到公共餐桌旁就要走向娱乐场所。在那里，谈话可以在坐在餐桌最长两端的对手之间展开，谈话中满是诙谐俏皮的双关语，尽管时常出现半通不通的用词，但全体都沉浸在谈话中。在那里，谁也不担心会说出什不合适的话，脑中想到什么就聊什么，我们有自己的哲学家、雄辩家和自己的bel esprit，以及自己的小丑，一切都是共同的。在那里，一吃完午饭，我们立即搬开桌子，不论合拍不合拍，一齐在满是灰尘的地毯上跳起

la polka①来，一直跳到晚上。在那里，我们尽管有些轻浮，不太聪明和可敬，然而我们却是人，那位风流韵事不断的意大利伯爵夫人、那位饭后背诵《神曲》的意大利修道院院长，还有获准进入杜伊勒舍宫的美国医生和长发的青年剧作家，还有自称创作了世界上最出色的波尔卡舞曲的女钢琴家和每个手指都戴着三只宝石戒指、美貌而不幸的寡妇，我们都以人的正常方式，尽管仅限表面，但友好地相待，并留下美好印象。对某些人印象淡些，对某些人印象则深刻真诚。在英式的table d' hôt' amn②上我看着那些花边、缎带、戒指、涂油的头发和绸裙总在想：多少活生生的女人会因这些饰物而倍感幸福并使其他一些人得到幸福。想一想都会奇怪，这里可以有多少朋友和情人，最幸福的朋友和情人，然而他们并肩坐着，却不知道这个。天知道为什么他们永远不可能知道这个，也永远不会给予别人那种他们自己同样渴求的幸福。

就像以往在这样的晚餐后一样，我感到心情抑郁，没等吃完饭后甜食，我就带着最不愉快的心情上街溜达去了。可是，没照明设施的又窄又脏的街道、锁门的小铺，还有迎面相遇的醉歪歪的工人和打水去的女人们，或者是头戴宽檐帽、贴墙沿游走在街巷中并东张西望的女人，这一切不仅没有驱散，反而加重了我心中的抑郁情绪。这时街上已全黑了，于是我看都不看一眼四周，带着一个空无思绪的头脑转身回家，指望睡眠能帮助我摆脱忧郁心情，我感受到心灵上的寒冷、孤独和沉重，就像迁居异地后常会发生的那种原因不确的悲郁心情一样。

我目光只盯自己脚前，沿堤岸走向瑞士旅馆，一种奇特而异常悦耳宜人的音乐突然使我一惊，这音乐在最初的瞬间就对我发生了激活作用，就像一道明亮欢快的亮光照进我的心灵。我心情轻松，感到快乐。我那沉睡的注意力又重又集中在观察周围事物上。刚才被我漠然对待的夜色及湖景之美突然以全新模样引起我满心愉悦的惊喜赞叹。在这一瞬间，我不自觉地注意到被刚升起的月亮照亮的堆着暗灰云块的深蓝天空和点缀着颤颤灯火的深绿色平静

---

① 法语：波尔卡舞。
② 法语：公共餐桌。

湖面，还有雾霭迷蒙的远山、弗留什堡传来的蛙鸣和对岸飘过来新鲜得如同带露鲜花一般的鹌鹑的锐叫。就在我前方，就是传来音乐并集中了我全部注意力的地方，朦胧夜色中我看到街中心围成半圆的人群，在人群前面不远处有一个穿着黑衣的瘦小身影，在人群和那小巧身影后面，在似乎炸裂一般挥洒着深灰和暗蓝两色的天幕上，清楚地投射出花园中，钻天杨的黑色树影和在夜色中巍然对峙的古老寺院塔楼尖顶。

我越走近人群，乐声越清晰。我清楚地辩析出远处在空气中甜美颤动的吉它和声，及几个声部的联唱。各声部的歌声似乎在互争地位，唱的虽不是主旋律，但偶尔在某些唱段唱出最精彩优美乐句时却令人清楚地感到主旋律的存在。主旋律似乎有些像美妙的玛祖卡舞曲。歌声听来好像时远时近，忽而是男高音，忽而是男低音，一会儿又变成蒂罗尔①人用假嗓唱的絮絮低吟。这简直不是歌曲，而是一幅出自大家手笔的、对歌曲本身的轻灵速写！我不明白这是什么，但我明白它是美妙的。这些透射出甜蜜热情的幽幽吉他和声，这轻快动听的旋律，这衬托在神话般背景上黑衣人的小小身影；在他瘦小身影后面是深色的湖水、轻泻的月光、默然耸立的两座塔楼尖顶和黑魆魆的钻天杨树影，这一切是那样奇异，又是那样难以言喻的美妙，也许这只是我的感觉。

生活中所有错综的、不自觉中得来的印象对我突然具有了意义和魅力，就像在我心灵中绽放出一朵馨香的鲜花。取代我一分钟前所感到的疲倦及对世上万物心不在焉的冷漠的，是猛然间感到的爱之渴求、满盈胸怀的希望及对生活无以名状的欢乐。需要什么？希望什么？我不觉喃喃自语，就是她，就是这从四面八方拥住你的美和诗意。用尽你最大的能力大口深吸她的芬芳吧，尽情享受你所渴求的吧！一切属于你，一切都那样美好……

我走近人群。这瘦小人儿看起来是个流浪的蒂罗尔人。他站在旅馆的窗前，一条腿前伸，向上扬着头，一边拨动吉它琴弦，一边用不同嗓音唱着他那首摇曳多姿的歌曲。对这个人，我心中顿时涌起一份柔情和感激，因为他促成了我在几分钟前的变化。在夜色中我隐约看出歌手身着一件非常破旧的常礼

① 奥地利与意大利交界的一个区，在阿尔卑斯山中。

服，黑色短发，头上戴着一顶最俗气的破旧便帽。从服装上看不出任何艺术气质，然而他那勇敢又快活的孩童般稚气的姿态与他瘦小形体的动作，合在一起构成一种异常动人而又略带幽默意趣的视觉效果。在灯火辉煌的旅馆门厅、窗口和阳台上，站着珠光宝气裙幅宽大的贵妇们、硬领雪白的绅士们、穿金边制服的瑞士侍者和看门人，街上围成半圆的人群中和远处站在林荫道上菩提树苗之间的是服饰雅致的侍者和白衣白帽的厨师，还有相拥着的溜达的女人和散步的人们。大概所有人都体验了我刚才的感受，大家都屏住声息站在歌手周围认真听着他的歌唱。周围一切都很宁静，只有在歌声暂歇的瞬间，水面飘来的不知何处的有节奏的锤击声和时时被滋润而单调的鹌鹑锐叫打断的来自弗留什堡的散漫微颤的断续蛙鸣，才略微击破了宁静。

那小小人儿在夜色笼罩的街心，像夜莺一样，一节接一节，一曲接一曲地展露着自己的婉转歌喉。别看我已站在紧靠他的地方，他的歌声仍然给我带来巨大快乐。他的嗓音并不响亮但异常动听，他控制歌喉的柔和、处理感情和韵味的分寸感是超常出色的，并表现出他具有的巨大天赋。每一段歌曲后面的副歌他唱来全都不同，看得出来这些多姿多彩的变化是他随心所欲即兴唱出来的。

街上的人群中，瑞士旅馆里和林荫道上有时传来低声的赞叹，主宰这里的是一片肃静。阳台和窗口聚集起越来越多灯光下显得富有画意的盛装的凭栏男女，散步者驻足在湖岸黑处的椴树树苗旁，四处都是一小堆一小堆站定的男人和女人。我身边站着几个抽着烟的贵族风度的侍者和厨师。那厨师对音乐的优美反应强烈，每当歌手用假嗓唱出高音的部分，他就兴奋得痴痴地对侍者又是眨眼又是点头，还用胳膊捅捅对方，像是说：唱得咋样，啊？那位侍者，尽管我从他脸上舒展开来的笑容中已洞悉他感到的全部快乐，却只耸了耸肩作为对厨师胳膊肘动作的回答，那意思好像是说，要想让他吃惊可难了点，比这好得多的他听过很多呢。

在歌手停止歌唱嗽清嗓子的间歇里，我问身旁的侍者，歌手是什么人，是否常来此地？

"夏天也就来那么一两次，"侍者回答，"他从阿尔戈维亚来，就这么回事，是个要饭的。"

"难道像他这样的人很多吗？"我问。

"是，是，"侍者回答时显然没弄明白我问话的意思，但后来一明白我的意思就补上一句，"喔不！在这里我只见过他一个人，没有其他歌手。"

这时这位瘦小人儿唱完了第一支歌，动作敏捷地把吉它翻转过来，并用德国的patois①喃喃自语地说了几句我听不懂的话，这些话引来周围人群的一阵哈哈大笑。

"他说什么？"我问。

"他说，喉咙干了，喝点酒就好了。"我身边的侍者为我翻译说。

"他大概很好喝酒吧？"

"这些人反正都那样。"侍者一边回答，一边笑着朝歌手挥一下手。

歌手取下帽子，舞动手中的吉它走近旅馆，他扬起头对站在窗口和阳台上的先生太太们说："Messieurs et mesdames,"他用半是意大利语半是德语的口音和江湖艺人惯用的开场语调说，"si vous croyez que je gagne quelque chosse, vous vous trompez; je ne suis qu' un bauvre tiaple。"②他停下来，沉默一会儿，但因为谁也没有给他什么，他重新扬起吉它说："A prèsent, messieurs et mesdames, je vous chanterai l'air du Righi。"③上面的人群默然无声，但仍然站定等待下一首歌，下面的人群中发出笑声，笑歌手这种奇怪的表白方式及最终谁也没给他什么。我给他几个生丁，他动作敏捷地把钱币用双手互抛了几下再塞进背心口袋，然后戴上帽子，重新唱起那种被他称为l' air du Righi的丰彩多姿的蒂罗尔歌曲。他留作压轴节目的这首歌比前面的曲子更加出色，以致在比先前扩大了的人群中响起了一片赞美声。他唱完了。他重又舞动起吉它，取下帽子伸出去，朝旅馆窗口走近两步又重复一遍他那套难懂的说辞："Messie' urs et mesdames, si vous croyez que je gagne quelque chosse,"看来他还觉得

---

① 方言：法语。
② 亲爱的先生太太们，假如你们认为我是在挣一点钱，那你们就错了，我又穷又渺小。
③ 法语：现在，亲爱的先生太太们，我为你们唱一支"利基山风光"。

这句话说得既得体又机智，可我这时却从他的声音里和动作中发现了某种迟疑和儿童般的怯意，这加上他那瘦小身材显得格外触目惊心。那优雅可以入画的人群仍然在室内灯火的辉映下站在窗边和栏干旁，炫耀着衣裙的富丽；有些人用温文有礼的嗓音相互交谈着，显然谈论的是伸出手站在他们面前的歌手；另一些人则带着好事者的表情细细打量着下面那个黑色的小小身形，从一个阳台上传来年轻姑娘响亮而欢快的笑声。下面的人群中则越来越响地传出说话声和笑声。歌手第三次重复了他那个句子，声音更低了，并没等说完就伸出拿帽子的手又很快垂下，又一次，在他周围站着听歌、炫耀服饰富丽的上百人竟没有一人抛给他一个子儿。人群毫无怜悯地传出哈哈大笑声。这时我觉得瘦小歌手的身形显得更小了，他把吉他换到另一只手中，举帽说道："Messieurs et mesdames je vous remercie et je vous souhait une bonne nuit。"①然后他戴上帽子。人堆中传来兴高采烈的笑声。阳台上漂亮的男人和女人在渐渐减少，离开时还平静地相互交谈着，林荫路上散步重新开始。歌唱时沉寂的街道重新活跃起来，有几个人站得远远地看着歌手边笑边谈。我听见这个瘦小人儿低声对自己说了句什么，他的身形显得更小。只见他转过身迈着很快的步子朝城里走去。快乐的散步者保持着一定距离看着他，跟着他并继续笑他……

　　我完全陷入茫然困惑中，不明白这一切意味着什么。我一动不动地站在原处，木然地看着夜色中甩开大步渐渐远去的矮小身影和跟在他后面笑着的闲汉。我感到心中悲痛、苦闷，更主要的是感到耻辱，为那瘦小的人儿，为那人群，为我自己感到耻辱，好像是我向人乞讨过钱，人们没给我一个子儿并嘲笑了我一样。我也毫不回顾地迈着快步，怀中藏着一颗抽痛的心走上瑞士旅馆的台阶回房休息。我还没法解释清楚我的感受，只觉得某种沉重的、抛甩不掉的东西填塞了我全部心灵并压迫着我。

　　在灯光通明的门口我遇见彬彬有礼让到一旁的看门人和一家英国人。一位健壮、漂亮、高个子的英国男人，留着英式黑胡子，戴宽檐帽，臂间搭一条

---

　　① 法语：亲爱的先生太太们，谢谢你们并祝你们晚安。

毛围巾, 手中还拿着一根高价的手杖; 他挽着一位身穿色彩怕人的绸裙、头戴饰满闪亮缎带和美丽花边便帽的太太, 懒懒地、自信地走着。他们身旁, 走着一位容貌姣好鲜妍的年轻小姐, 她戴着一顶插羽毛的瑞士宽檐帽, à la mou-squetaire①, 从帽檐垂下的绺绺淡棕色的柔长发鬈环绕着她白皙的小脸。他们前面还蹦蹦跳跳走着一个脸蛋红扑扑的十岁左右的小姑娘, 她裙摆的精致花边下面闪动着白白胖胖的小膝盖。

"多美的夜晚!" 在我经过他们身边时, 那位太太幸福而甜蜜地说, "嗯!" 英国人懒洋洋地哼了一声, 看来他在世上活得可太好了, 好得连话都不想说。他们全都觉得活在世上是那样安闲、舒适、洁净和轻松, 他们的举止和表情中都表现出对任何他人生活的漠不关心及自信, 自信侍者会让到一旁并向他们鞠躬; 自信回来自有清洁舒适的床铺和房间等着他们; 自信一切应当如此; 自信自己具有完全权利享受这一切。我忽然不自觉地把流浪歌手与他们作了个对比, 那个疲劳的、也许饥饿的、怀着羞耻感正在逃避嘲笑他的人群的流浪歌手。猛然间我明白了是一块什么样的石头压在我心间, 顿时感到了一种对这些人难以形容的恨恶。我有意来回走了两趟经过英国人身边, 享受着不仅不让路, 反用胳膊肘撞他的快感, 然后我冲下旅馆台阶, 在夜色中朝歌手身影消失的城里方向奔去。

我追上同行的三个人, 问他们歌手去哪儿了, 他们笑嘻嘻地指指前面的他。他独自快步走着, 我觉得他似乎在气恼地喃喃自语。我赶上前和他并行, 向他提议一块儿去哪儿喝瓶酒。他依旧快步走着, 不高兴地看了我一眼。等明白了是怎么回事, 他停下脚步。

"如果您这样好心, 我不会反对的。" 他说, "这儿就有一家小酒吧, 可以去这儿, 挺普通的。" 他还补上一句, 指了指一家还开着门的小酒铺。

他说的 "挺普通的" 几个字不觉把我引到一个念头上去。不去 "挺普通的" 小酒吧, 而去瑞士旅馆, 去那个听他唱歌的人们所在的地方。不管他怎样胆怯不安地几次推辞去瑞士旅馆, 说那里排场太大, 我始终坚持自己的邀请。

①法语: 像火抢手那样。

于是他做出毫不感到窘迫的样子,似乎高兴地晃动着吉他同我一道沿堤岸往回走。几个闲荡的人早在我刚走近歌手的时候就靠上来偷听我们的谈话,这时一边议论着一边跟着我们一直走到旅馆台阶前,也许期望对蒂罗尔人再增加点什么认识。

　　我向在前厅遇到的一个侍者要了一瓶酒。这侍者笑着看看我们,什么也没回答就跑过去了。我向侍者领班提出了同样要求,他面色严肃地听完我的要求,又从头到脚地打量了歌手那胆怯的小小身形,声调严厉地吩咐侍者将我们带到左边厅中去。左边的厅是专供普通客人喝酒的房间。房间中的摆设是光秃秃的木桌和板凳,房角处还有一个驼背的女人在洗碗碟。走过来为我们服务的侍者带着温和然而有嘲笑意味的笑容看看我们,双手插在口袋里和驼背的洗碗女工谈着什么话。看来他努力想给我们造成这样一个印象:那就是他的社会地位和身价远比歌手高得多,但侍候我们他并不感到羞辱,反而觉得实在很有趣。

　　"要瓶普通葡萄酒吗?"他一边做出一副了解一切的样子冲着歌手对我眨眨眼,一边用双手抛掷餐巾玩儿。

　　"香槟,最好的。"我竭力摆出最傲慢和尊贵的姿态来。可无论香槟还是我貌似傲慢尊贵的态度对这走狗都没起到作用,他冷笑笑,站着看了我们一阵,又从容地看看金表,然后像散步一样轻松地走出房间。很快他拿着酒同另两个茶房一道回来了。那两个茶房在洗碗女工身旁坐下,脸上挂着温和而愉快的笑容专注地看着我们,就像家长在欣赏可爱的孩子在可爱地玩耍一样。只有那位驼背的洗碗女工看上去不是嘲笑地,而是同情地看着我们。尽管在这些侍者目光的烧灼下与歌手交谈和款待他令我十分难受和窘迫,但我决定尽可能不受干扰地做自己要做的事。在灯光下我看清楚了他的相貌。这是一个非常瘦小然而体格匀称的人,小得几乎接近侏儒,他有着一头硬得像鬃似的黑发,一双没睫毛的泪汪汪的黑色大眼睛和非常好看的、优雅地轻抿双唇的小嘴。他微微有些络腮胡,头发也不长,衣着是最普通最贫寒的。他是不洁净的、褴褛的、晒黑的,总之他有着一副劳动者的外表。与其说他像一位艺术家，不如说他更像一个贫穷的小贩。只有在他那双始终湿润的，亮闪闪的眼眼里和他那双唇轻抿的小嘴边有那么一种独特而动人的东西。从外表看，他的年纪在二十五到四十岁之间，他的实际年龄是三十八岁。

他带着明显的善意和真诚讲述了自己的生活。他来自阿尔戈维亚。童年他就失去双亲，也没有其他亲人。他从来不曾有过财产，早年他学过木匠手艺，可22岁时他的手生了骨疽病，失去一只手的他丧失了劳动能力。他自幼爱唱歌，于是开始唱歌谋生。外国人难得会给他一点钱。他把唱歌当成了职业，他买了把吉它，就这样已经是第十八个年头在瑞士、意大利各地流浪，在旅馆门前歌唱了。他的全部财产就是吉他和眼下装着一个半法朗的钱包。这一个半法朗就是他今天晚上的食宿费。他每年一次，现在是第十八次跑遍瑞士最出色的、游客最多的地方；苏黎世、卢塞恩、因特拉肯、沙姆尼等，经由圣·贝尔纳德到意大利，回来则取道圣·哥答尔德或萨瓦约。现在走路对他来说渐渐困难起来，因为受寒他觉得腿痛，他把这叫作"关节炎"。这种关节炎一年年严重起来，眼睛和嗓子也差了。即使这样，他现在正动身去因特拉肯，埃克思班，并经过小圣·贝尔纳德去意大利；意大利是他最喜爱的地方。总的感觉是他十分满足于自己的生活。当我问起他为什么还回家乡，那里是否还有亲人、房产和田地的时候，他那张紧抿多皱的小嘴拢出一个快乐的微笑，他回答我说："oui, le sucre est bon, il est doux pour les enfants!①"并向侍者们眨眨眼。

我丝毫也没明白这句话的含义，可侍者那边笑起来了。

"什么也没有，要不我会这样东奔西跑吗？"他向我说明，"回家是因为故乡总有那么股力量拉我回去。"

接着他带着狡黠自满的微笑又重复一遍："Oui, le sucre est bon。"然后和善地笑了。侍者们都很得意，哈哈大笑着，只有驼背洗碗女工用她那善良的大眼睛认真地看着这个瘦小的人，还替他拾起谈话中掉下长凳的帽子。我发现，流浪歌手、杂技艺人甚至变戏法的都爱称自己为艺术家，于是我几次对我的

---

① 法语：是的，糖是好东西，孩子们喜欢它！

谈话伙伴暗示他是位艺术家，可他干脆不承认自己有这种资格，他把他所从事的职业只看作一种谋生方式。当我问起他唱的歌是否就是他自己作的，他惊异于我会提出一个这样奇怪的问题，便回答我说，他怎么能呢，这都是古老的蒂罗尔民歌。

"'利基风光'呢，我想这不是一首古老民歌吧？"我说。

"对的，这首歌是大概十五年前作成的。在巴塞尔有一个德国人，是个聪明极了的人，这首歌就是他写的。真是首好歌！他这首歌是为旅行的人写的。"

于是他开始把"利基山风光"这首歌谣的歌辞为我译成法文，看来这是他心爱的歌辞：

　　谁要愿去利基山，

　　到维吉萨前连鞋也不用穿

　　（因为可以坐轮船），

　　从维吉萨出发要拿根粗手杖，

　　臂弯里再挽上个美姑娘，

　　还得去喝上一小杯好酒，

　　不过别喝太多，

　　因为谁要喝酒，

　　谁就得先赢来喝酒的资格！

"哦，最好的歌！"他最后评价说。

侍者们看来也感觉出这首歌是好的，所以他们向我们围拢来。

"那么，音乐又是谁写的呢？"我问。

"也不是谁，是这样子的，您知道，要给外国人唱歌，就得有点新鲜东西。"

侍者送来冰，当我为我的伙伴倒满一杯香槟酒的时候，他看上去有些不自在起来。他看看侍者们，在座位上不安地转来转去。我们碰了一下杯，为的是祝艺术家们健康。他喝下半杯酒，觉得可以沉思一下，然后富有深意地扬起眉毛。

"很久没喝过这样的酒了, je ne vous dis que ca'①意大利有d' Asti酒很好, 可这酒比它还好。啊, 意大利! 能到那里真是荣幸!"他又补上这几句。

"是的, 那里的人们懂得珍重音乐和艺术家,"我说, 意在把他的话头拉回到晚间瑞士旅馆前不成功的演出上来。

"不,"他回答,"在那里, 只要有关音乐方面我都不能给任何人带来快乐。意大利人自己就是世界上少有的音乐家。不过, 我只唱点蒂罗尔的歌曲, 这对他们总算还是新鲜的。"

"怎样, 那里的先生们大方些吧?"我接着说, 想把他的话头引到今晚之事上来, 好和他一起发泄一下我对瑞士旅馆客人的愤慨。"那里不会发生这种事, 像这里, 在住满阔佬的大旅馆里, 上百人听一位艺术家唱歌, 却连一个子儿都不给他……"

我的问话产生的效果完全和我想象的不一样, 他想都没想到要恼恨他们, 相反, 他在我的意见中感到的是对他才能的责备, 因为他没能赢来奖励。他努力想对我辩白自己。

"不是每次都能得到许多报酬,"他说,"有时嗓子哑了, 有时你累了, 像我今天走了九个钟头的路, 唱了差不多整整一天了。这行当难做啊, 可高贵的贵族老爷们有时还不爱听蒂罗尔歌。"

"不管怎样, 怎么能什么也不给呢?"我又说。

他没听懂我的意思。

"不是这样,"他说,"主要这里有on est très serré pour la police②, 就是这么回事。这里根据共和国法律不让您唱歌, 可在意大利您爱唱到哪里就唱到哪里, 谁也不会对您说一句话的。这里他们如果让您唱就让了, 要是不让, 就能把您抓起来关进监狱。"

"什么, 真的吗?"

"是的, 要是警告过您一次, 您还继续唱, 就可以把您关进监狱。我已经

---

① 法语: 我只把这个告诉您。
② 法语: 很多从警察方面来的麻烦。

坐过三个月监狱。"他笑着说，好像这是他最愉快的回忆之一。

"啊，这太可怕了！"我说，"为了什么？"

"这是他们共和国新法律规定的，"他接下去说，显出精神振作的样子，"他们不愿评评这个理：穷人也要有条活路啊。我要是没残疾在身，会去工作的。可我唱歌，又能给谁带来害处不成？这算什么？富人爱怎么生活就怎么生活，可un bauvre tiaple①，像我这样的人，连活下去都不准，这叫什么共和国法律？如果这样，那我们就不要共和国，不是这样吗，亲爱的先生？我们不要共和国，而要……我们要的只是……我们要……"他微微笑起来，"我们要自然法则。"

我为他斟满杯子。

"您没喝酒。"我对他说。

他拿起杯子，对我鞠了一躬。

"我知道，您想干什么，"他说着朝我眯起一只眼，并用一根手指点点我，"您想灌醉我，想看看我会成什么样子；啊不，您做不到的。"

"我为什么要灌醉您呢？"我说，"我只想做点让您高兴的事。"

显然他为误会我的意思并冤屈了我而感到难过。他不好意思地欠了欠身，握一握我的胳膊肘。

"不，不，"他说，用他那润湿的眼睛恳求地看着我，"我只是这样开玩笑。"

接下去他说了一句无比繁琐的难以捉摸的句子，意思大概是说我终究是个善良的年轻人。

"Je ne vous dis que ca!"②他最后说。

我和歌手就这样继续喝酒并交谈。侍者们照旧无耻地观赏着我们，似乎还在取笑我们。尽管对谈话极有兴趣，我仍不可能不注意到他们，必须承认我还越来越生气。其中一个站起来走近矮小人儿，盯住他的头顶开始微笑。我

---

① 法语：贫穷的小人物。
② 法语：这话我只对你说。

心中早积聚了一腔对瑞士旅馆住客的怒火，至此还没找到发泄对象。而现在，我得承认，这个侍者团伙给我上足了火药。那个看门人没脱帽走进来，俩胳膊肘往桌上一支，就在我身边坐下了。这个最后的情形触犯了我的自尊或虚荣，令我彻底地怒气勃发了，也使我积聚一晚上的愤怒找到个宣泄口。为什么我一人在大门口时，他对我卑下地鞠躬；可现在，就因为我与一位流浪歌手同座，他就敢粗野地随意坐到我身旁？我被心中沸腾的仇恨与愤怒刺激得完全狂怒起来，我喜欢这种狂怒，当它临近时，我反而去激发它。因为它对我有镇静作用，还能在短时间里往我体能和精神素质中注入一种不寻常的韧性、能量和力度。

我从座位上跳起来。

"你笑什么？"我冲着侍者大喝一声，感觉到自己脸在发白，嘴唇也在不由自主地抽动。

"我没笑，我这样。"侍者边答边朝后躲开我。

"不，你们在笑这位先生。你们有什么资格在有客人的时候坐在这里？不准坐！"我大叫起来。

看门人嘟囔着什么站起来朝门口走去。

"这位先生是客人，你们是仆人，你们有什么资格嘲笑他，并且和他坐在一起？为什么今天吃晚饭的时候你们不笑我，也不敢坐到我身边？因为他衣服破旧，又在街上唱歌？而我却穿着好衣服？他是穷，可我相信他比你们要好一千倍，因为他没欺辱任何人，而你们却欺侮了他。"

"可我没干什么，您说到哪里去了，"我的敌人，就是那个侍者胆怯地说，"难道我不让他坐这里吗？"

侍者不懂我的意思，我的德国话算是白说了。粗野的看门人掺和进来想帮侍者的忙，可我早有准备地扑向他，结果看门人只好装作也听不懂我的话，摇摇手了事。驼背洗碗女工大概注意到我的激愤状态，害怕引起更大争吵。她一面说同意我的看法，站在我这边，一面努力站到我和看门人之间，劝他别开口，说我是对的，对我则请求我安静下来，她不断肯定地说："Der Herr hat

Recht；Sie haben Recht。"①歌手露出一副最可怜悯的受惊面孔，看起来他不明白我为何发怒和需要什么，因此请求我赶快离开此地。可这时；那被仇恨驱动的将积怒一吐为快的欲望在我胸中愈发炽烈起来。我全想起来了：那嘲笑他的人群，那些什么也没给他的听众，于是我觉得世上无论什么也不能让我平息怒火。我想，如果侍者和看门人不是这般低声下气，我会决意地和他们干上一架，或者用根手杖敲在毫无保护的英国小姐头上。如果这一刻我在塞瓦斯托波尔堡，我会畅快地冲进英国人战壕大砍大杀起来。

"凭什么你们把我和这位先生领到这个房间来，不领到那个大厅？啊？"我质问看门人，并抓住他的手，不让他走开。"你们有什么权利凭外表决定这位先生只能坐这个房间，而不能去那间大厅！难道一样花钱的顾客在旅馆里不是平等的吗？不只在共和国里，而且在世界范围内也一样。你们这个蹩脚的共和国！……这就叫平等！英国人你们可不敢领到这个房间来，就是那些白听这位先生唱歌的英国人，可以说他们每人都从这位先生身边偷走了他们应该给这位先生的几个生丁。你们竟敢指定我们到这个房子里来？"

"那个厅锁着门。"看门人答道。

"不，"我大叫起来，"那不是真话，大厅没锁门。"

"那您知道得更清楚。"

"知道，知道您在撒谎。"

看门人侧身从我身边走开。

"嗨！有什么好说呢！"他小声说。

"不，不是，'有什么好说，'"我大声嚷道，"而是马上把我领到大厅中去。"

不管驼背女工的劝说，也不听歌手提议大家各自回家的请求，我叫来侍者领班，就同我的伙伴一道走进另外那个大厅。侍者领班听到我愤怒的声音，看见我激怒的表情，不再同我分辩，只用略含轻蔑的彬彬有礼的态度说，我可以去任何想去的地方。我没能对看门人当面戳穿他的谎话，因为他早在我走

①德语：先生对，您对。

进大厅前就不见了。

大厅确实开着门，灯火辉煌。厅中一张桌子上一个英国人和太太正在吃晚饭。不理睬给我们指定的桌子，我和浑身肮脏的歌手紧挨英国人坐下，并吩咐侍者把没喝完的半瓶酒送过来。

两个英国人先是惊异地、然后恶狠狠地看看半死不活地坐在我身旁的瘦小人儿；他们相互说了句什么，女人推开盘子，绸裙发出一阵碎响，他们两个都走掉了。我看到在玻璃门后英国人生气地对侍者说着什么，还不停地甩手指着我们这个方向。侍者把头伸出玻璃门看了一眼。我等着他们来请我们出去，心中暗喜，我可以把全部怒火都发泄在他们头上。幸运的是他们没有打扰我们，然而当时我却对此很不快活。

原先不肯多喝酒的歌手，现在急急地喝完了瓶里剩下的酒，只为了早点离开这地方。但我觉得他怀着深情答谢了我的款待。他那双泪汪汪的眼睛变得更加泪水充盈和闪闪发亮，他对我说了一个最奇特繁琐的句子以表谢意，但这句话仍使我感到愉快。他说的大意是，如果所有的人都像我这样尊重艺术家，那他就会好过多了，他祝我获得一切幸福。我和他一起走进门厅，这里站着几个侍者和我的对头，那个看门人。看门人看来向他们抱怨过我。他们全体看着我就像看一个精神失常的人。我制造了一个机会，让这瘦小人儿与这群人扯平地位；我就在这儿，用这场合所能用上的最恭敬态度取下帽子，然后握住他手指僵残的手。那些侍者做出一副完全不注意我的样子，只有一个发出讥嘲的笑声。

当歌手鞠着躬消失在夜色中之后，我转身上楼，打算用睡梦淹没这一切印象和今天突然袭击了我的愚蠢和孩子气的恼怒，可我感到，我的兴奋状态不适于睡眠，我又走上街去，准备走到平静下来为止。我还得承认，朦胧希望中，我还想找到一个机会与看门人、侍者和英国人交交手，向他们证明他们的残忍，更重要的是他们的不公正。可除了一见我就转身背朝我的看门人，我谁也没遇到，我只好孤伶伶一人在堤岸上来回走动。

"这就是诗与美的奇特命运，"稍平静一点后我下着评判，"人人都喜爱她、寻找她，在生活中唯独渴求她、寻找她。可没有人承认她的力量，没有人珍惜这世上最宝贵的财富，也没有人感激那些把她带给人类的人们。请问一问所有人，问一问所有这些瑞士旅馆的客人：什么是世界上最好的东西？所有人或百分之九十九的人会面带讥讽的笑笑说世上最好的是钱。'也许您不喜欢这个想法，它与您的崇高理想格格不入，'他会说，'可又有什么办法呢？人类的生活已然这样确定，唯有钱造就了人的幸福。我不能不用理性的眼光，现实地看待生活，'他接着会说，'也就是正视真实。'你的理性多可怜，还有你追求的可怜的幸福，就连你自己都是一个不知自己需要什么的可怜造物……为了什么你们抛下祖国、亲人、职业和财务，聚集到这瑞士小城卢塞恩？为了什么你们今天晚上都跑出阳台，肃静地倾听那矮小乞丐的歌唱呢？而且他如果愿意再唱，你们也照样还会默默听下去。如果为了金钱，哪怕是数百万，能把你们从祖国赶出来并齐集在卢塞恩的小小角落中？为了金钱，能让你们沉默而静止地在阳台站上半个钟头？不！而促使你们这样做的力量是生活中强于任何力量的动力：对诗与美的渴求。你们没有意识到这种渴求，但感觉着它的力量，而且只要你们还保存着人性的最后一点，就将感觉到它的存在。你们觉得'诗'这个词可笑，你们只在讥嘲地非难他人时才使用这个词被允许保有对诗的喜爱的，只有孩子们和愚蠢的小姐，就这样你们还嘲笑他们；因为你们需要合乎身份的东西可孩子们却会用健康的眼光看待生活，他们热爱并知道人应该爱的东西和能给人带来幸福的东西。而你们却被生活弄到是非颠倒，荒淫堕落的地步，所以你们会去嘲笑心中唯一热爱的东西，会去寻求你们仇恨的并使你们不幸的东西。你们头脑昏愦到这种程度，以致不明白自己对这个带给你们纯洁享受的蒂罗尔穷人负有义务，却认为自己应当毫无意义地、无用也无乐趣地在一个勋爵面前自贬身价，还必须为他牺牲自己的安宁和舒适。真是荒唐！真是难解的无意义！但今天晚上不是这个令我感到从未有过的震惊。这种对创造幸福的事物的视而不见，对诗的享受的茫无知觉，我在生活中已司空见惯了；人群的粗野无知对我来说也不是新闻；无论人民意义的辩护者说什么组成人群的也有许多好人，然而与这事有关的只是动物性和卑下的东西,反映的也只是人性本质中的弱点和残忍。可是你们是自由而富人性的民族的后代,是基督徒,即算你们是普通人,你们怎么能对一个不幸的乞求者给予的纯洁快乐回报以冷酷和嘲笑呢?啊对了,你们的祖国有乞丐收容所,所以没有乞丐,不应该有乞丐,也不应该有基于乞讨事实而产生的怜悯心。可他付出了劳动,他给了你们欢乐,他恳求享受过他劳动的你们,把你们多余的东西给他一点作为劳动的报酬。而你们从自己高高在上的明亮房间里冷笑地看着他,像看一个怪物,而且在上百个幸福富有的你们中竟没有一个男人和一个女子抛给他一点点!忍受羞辱的他从你们身边走开,可没头脑的人群嘲笑,尾随围观和侮辱的不是你们,而是他。为了你们的冷血、残忍和卑鄙,为了你们偷走他带给你们的享受,为了这,被侮辱的却是他。

"一八五七年七月七日,在卢塞恩头等富人下榻的瑞士旅馆前,一个流浪乞讨的歌手歌唱和演奏吉他达半小时之久。一百人左右听他演唱。歌手三次请求大家给他点什么,没有一个人给他任何东西,许多人嘲笑他。"

这不是虚构,而是被证实的事实。愿意的人可以向瑞士旅馆的常客调查此事,也可以查查报纸,七月七日住在瑞士旅馆的外国人都是哪些人。

这才是我们时代的历史家应该用火一般的难以磨灭的文字去记录的事实。这个事实比记载在报纸和历史中的事实更重大、严肃和意义深远。什么英国人又杀了一千中国人,因为中国人不用现钱买什么东西,而他们国家却要收进硬币;什么法国人又杀死了一千个卡比尔人,因为非洲庄稼长得好或经常的战争对训练军队有利;什么土耳其驻拿坡里的使节不可能是个犹太鬼,以及拿破仑在Plombiéres①散步并通过报刊使人民相信他是秉承民意才高踞王位的。所有这一切都是掩盖或公布早为人知的事实的空谈。可七月七日发生在卢塞恩的事件,我感觉到这是一件完全新的、怪异的事件,是一件与人类永恒不变的自然本性中的丑恶面无关,而与社会发展的特定时代有关的事情。这个

① 法语:地名普隆比尔。

事实不适用于记载人类业绩, 而适用于为进步史和文明史提供史料。

无论在哪国的乡村, 无论在德国、法国和意大利的乡村, 都不可能发生这样的事, 可为什么, 这种毫无人性的事实却能发生在这里, 在文明、自由和平等都达到最高水平的地方, 在来自最文明国家的最文明阶层的旅行者云集的地方? 为什么这些教养良好、奉行仁慈的人, 在大多情况下, 他们能够从事种种真诚而仁慈的事业, 而面对可以亲自为善的事情, 却缺乏人类真诚善良的感情呢? 为什么这些人在议院里、集会上热切关心着印度未婚配的中国工人、关心非洲的传播基督教和教育、关心设立改善人类的协会, 却在自己心灵中找不到最普通、最原始的人对人的感情呢? 难道这些人没有这种感情, 而这种感情的位置已被在议会里、集会上、社会中控制了他们的虚荣和功利心占据了? 难道被称为文明的这种人类理性与自尊的结合体的推广, 会消灭本能需要和爱的融合, 并与之对立? 难道这就是平等, 那为之流了那么多无辜鲜血和犯下那么多罪行的平等? 难道真的, 人民像小孩一样, 只需听到"平等"的声音就足够幸福吗?

法律面前的平等? 难道人的全部生活只在法律的范围里展开? 只有千分之一的生活属于法律的范围, 其他部份都属于社会习俗和观念支配的范围。在社会中侍者穿得比歌手好就可以肆无忌惮地侮辱歌手。我穿得比侍者好就可以肆无忌惮地侮辱侍者。看门人自认比我地位低, 比歌手地位高, 可当我和歌手合在一处时, 他感觉地位同我们一样, 就粗暴无礼起来。我对看门人蛮横无礼, 看门人就承认我比他地位高, 侍者对歌手蛮横无礼, 歌手就承认自己地位比他低。难道这就是那个国家, 那个被人称为名副其实的自由国家, 却仅仅因为一个公民 (就算他是唯一的例子) 没做任何有害或妨碍他人的事, 因为他不愿饿死而把他关进监狱?

人真是个不幸的可怜的造物, 这个连同自己对积极解决一切的需要; 一起被扔进善与恶、事实、思考和矛盾这永恒动荡的、无尽的大洋中的人! 人类多少世纪奋斗和努力着, 为把幸福留在此岸, 把不幸推到彼岸。岁月流逝, 无论那至公无偏的意志将多少事物放在善与恶的天平上, 天平毫不会倾斜, 在它两端的幸福与不幸是相等的。要是人能学会不再果断明确地判断和思索，以及不回答那些只为永无答案而提出的问题该多好！要是他能明白所有思想亦假亦真该多好！虚假在于片面，因为人不可能把握全部真理，真实则在于它表达了人类追求的一个方面。人们自己划分这个永恒动荡的，无尽的、无休止被搅和着的善恶混沌，在这个海洋中划出一条想象中的划分线，然后等待它分开。就像没存在过亿万从其他角度出发的划分似的。的确，新划分法的产生时间是以世纪来计算的，可已经过去并将要继续过去多少万个世纪。文明是福，野蛮是恶；自由是福，不自由是恶。就是这种臆想出来的学识消灭了人类天性中对善本能的、无上幸福的、原始的需要。又有谁能给我判定一下：什么是自由，什么是专制，什么是文明，什么是野蛮？它们之间的界限又在哪里？谁的心灵里有这样一个不可动摇的善恶尺度，可供他衡量飞逝的、错综复杂的事实？谁又有这样伟大的智慧，哪怕只在静止不动的过去把握并衡量全部事实？又有谁见过这种情态，即善与恶不同时并存的情态？我怎么知道，我见到的这个比那个多，不是因为我没站在最佳地点？又有谁有能力在精神上哪怕瞬间地超越人生，完全不受羁绊、居高临下地俯视它呢？唯一的，唯一只有那永无瑕疵的导师，那把我们共同并单个地透射了的、并给我们每个人注入对应做之事的向往希求的世界精神，就是那个精神，令树木向着太阳生长、令花朵在秋天播下种子，还令我们本能地相偎相依。

正是这个永无瑕疵的充满福音的声音压倒盖没着嘈杂匆忙的文明发展。谁在更大程度上是文明人，谁又在更大程度上是野蛮人呢？是那个大老爷？就是那个看见歌手的破旧衣着就气恨恨离桌的、不肯为歌手的劳动付出自己百万分之一财产作为酬劳的人，而现在他吃得饱饱的，坐在明亮安静的房间里，悠闲地谈论中国的事情，认为在那儿发生的屠杀是合理的；还是那个瘦小的歌手？那个冒着坐牢危险，口袋中装着一个法郎，二十年来，不危害任何人地奔走在高山与低谷间，用自己的歌声安慰着人们的人，那个被侮辱的、今天差点被推出门外的人，那个疲倦的、饥饿的、被羞辱的，到什么地方的霉朽草垛里过夜的人。

　　这时在城里死一般的寂静中远远传来那个小小人儿的吉它声和歌声，"不，"我情不自禁地说，"你没有权利怜悯他并对英国大老爷的财富生气，谁又称过他们中间每个人心灵中的内在幸福？看，他现在正坐在什么地方的脏脏门槛上，看着月光轻泻的天空，欢快地在宁静芬芳的夜色中歌唱，他的心中没有责备，没有愤怒，没有懊丧，可谁又知道那些住在高楼大厦中的人们内心里在发生着什么呢？谁知道这些人心中有没有和这个小小的人心中一样多的无羁而温良的生之欢乐和与世无争的善意呢？那允许并命令这一切矛盾存在的造物者，慈光无边、慧力无限。只有你，你这胆大妄为、目无法则地妄想洞悉他的法则和他的意图的渺小可怜虫，只有你，才觉得存在矛盾。他在自己光辉的无上的至高处慈爱地俯视并欣赏着无限的和谐，就是在这种和谐中，你们矛盾地、永不停息地运动着。你傲气十足地想要摆脱统领一切的法则。不，就是你以及你对那些侍者的渺小平庸的愤恨，也应和着对永恒和无限的自然和谐的要求。

(1857年7月18日)

阿里贝特

一

五位有钱的年轻人夜里三点钟到彼得堡一个小型舞会散心。

喝掉了很多香槟酒。大多数先生们都很年轻,姑娘们很漂亮,钢琴和小提琴不知疲倦地奏着一支接一支的波尔卡舞曲,跳舞和喧闹一直不停歇;可还是让人觉得好像有些无聊、不自在,让每个人不知为什么(就像常在这场合发生的一样)觉得全不是那么回事,全有点多余。

他们几次努力想掀起欢乐高潮,但做作的欢乐比无聊还糟。

五位青年中的一位,比起别人,他对自己,对别人,对晚会更加不满,他怀着厌恶的心情站起身,找出自己的帽子走出来,打算悄悄离开这里。

门厅里空无一人,可是他听见隔壁房间的门那一边有两个声音在争辩。年轻人站住了,开始听。

"不行,那里有客人。"女人的声音说。

"请您让我进去吧,我没关系的!"一个虚弱的男声在哀求。

"没夫人许可我是不会放你进去的,"女人说,"您上哪儿?哎呀,这么个人!"

门大开了,门口出现了一个奇怪的身影。女仆一见出来的客人,就不再阻止那个人,而这奇怪体态的人怯生生鞠了一躬后,摇摇晃晃迈动两条罗圈腿,走进房间。这是一个中等身材的男子,瘦削的背驼着,长发乱纠在一起。他穿着件短大衣、破烂的窄腿裤子,脚穿一双鞋面毛糙的没擦过的靴子。拧成绳子一样的领带系在他又长又白的脖子上。肮脏衬衣从外衣袖口露出来,还衬着那双瘦削的手。可尽管躯体这样惊人的消瘦,他的脸却是白嫩的,并且在面颊上、稀疏的黑胡子和络腮胡中间，还透出鲜艳的红晕。没梳理过的头发被甩到后面，露出不宽却异常光洁的前额。深色而疲倦的眼睛柔和、探询地、同时又庄重地看着前方。眼睛的表情，同掩在稀疏小胡子下的嘴角弯弯的鲜艳嘴唇的表情交融在一起。

他走了几步停下，回身向年轻人微微一笑。他笑得似乎艰难，可是，当笑容灿然展现在他脸上时，年轻人不知为何也微笑起来。

"这是谁？"当奇怪的人走进舞曲大作的房间后，他低声问女仆。

"剧院里的疯乐师。"女仆回答，"他有时来看女主人。"

"你到哪里去了，捷列索夫？"这时从大厅里传来喊声。

这个叫捷列索夫的年轻人回到大厅。

那乐师站在门口看着跳舞的人们，他的微笑、眼神和轻轻打拍子的脚都表现出他面前的一切带给他很大快乐。

"怎么啦，您也去跳舞吧。"一位客人对他说。

乐师鞠个躬，然后询问地看看女主人。

"去吧，去吧，既然先生们邀请您跳。"女主人接过话头说。

乐师瘦弱的肢体突然用力动作起来，他微笑地作着眼色，身体扭动着，吃力而笨拙地在大厅跳动起来，在卡德里舞跳了一半时，一位舞跳得非常漂亮而忘情的快乐的军官不小心用背撞了乐师。乐师虚弱疲倦的双腿保持不了身体平衡，他歪歪倒倒向旁边踉跄了几步，就直挺挺地摔倒在地板上。尽管他倒下的声音是那样刺耳而沉重，差不多所有人在最初一瞬都笑了起来。

可乐师没爬起来。客人们都静默下来，连钢琴也停止了演奏。捷列索夫同女主人一道最先跑到摔倒的人身边。乐师胳膊肘支在地上，呆愣愣地瞧着地板。当人们把他扶到椅子上，他动作迅捷地用瘦骨嶙峋的手把挡住前额的头发往后一掠，也不回答大家的问话，微笑起来。

"阿里贝特先生，阿里贝特先生！"女主人说，"怎么样，摔坏了吗？摔着哪里？我不是早说过不要跳舞，他这样虚弱！"她对客人们继续说，"走路都勉强，他怎么能跳舞！。

"他是谁？"人们问女主人。

"他是个可怜的人，一个艺术家。是个非常好的人，可怜巴巴的，你们都看见了。"

她说这些话时，毫不在意乐师就在场。乐师清醒过来，像被什么吓着了似的缩成一团，并推开围在他身边的人。

"这都不要紧。"他猛然说，明显吃力地从椅子上站起来。

他为了证明自己一点也不痛，走到房子中间想跳一下，可他晃了两晃，要不是旁边的人扶住他，他又摔倒了。

大家都有些难堪，都看着他默不作声。

乐师的眼神重新暗淡了，他似乎忘了所有的人，用手擦着膝盖。突然他抬起头，提起一条发抖的腿摆到前面，用一个很流俗的老动作掠开头发走到提琴手身边拿过琴。

"都没关系！"他又重复一遍说，挥动手中的小提琴。"先生们！我们弄点音乐来听听吧！"

"多么奇怪的一张脸。"客人们在谈论。

"也许一种巨大的才华被埋葬在这不幸的躯壳中了！"客人中的一位这样说。

"是的，真可怜，真可怜！"另一个说。

"多美的脸！这脸上有些什么不寻常的东西，"捷列索夫说，"我们看看吧……"

二

阿里贝特这时再不注意身边任何人，他把提琴放到肩部夹紧，沿钢琴长边来回慢慢走动，边走边调着提琴弦，他的嘴流露出一种无畏的表情，看不见他的眼睛，可他那又瘦又窄的脊背、雪白的长脖子、罗圈腿和头发蓬乱的脑袋显得很奇特，但不知为何全然不显得可笑。调好小提琴，他麻利地拉出一个和音，然后一扬头，转身对着准备为他伴奏的钢琴师。

"《Melancholie G-dur》!"①他说，向钢琴师做了一个命令式的手势。接着他好像为命令式的手势请求谅解似的微微一笑，带着这微笑他看看周围的人们。他用拿弓的手掠开头发。阿里贝特在钢琴一角站定，用从容轻柔的动作让弓掠过琴弦。房间里响起了清澈和谐的乐声，大家完全肃静了。

在用一种出入意外地明晰宁静的光辉突然照亮听众内心世界的第一个音符之后，由的音乐主题优雅地流泻而出。没有一个错误或夸张的音符破坏听者的凝神倾听，所有音符都是那样明晰、优雅和富有意义。大家静默地、怀着期待的内心颤抖留神谛听乐曲的展开部。这些人们，从刚才的烦闷中，从喧闹的茫然中，从心灵的沉睡中突然不知不觉间被送进了一个完全不同的、久被他们遗忘的世界，他们心中忽而涌起对往事的冥想，忽而勾起对某种幸福的激情追忆，忽而激起对权力与辉煌的无边热望，忽而沉人没有回报的爱情和悲愁造成的无奈心境。忧愁细腻和突兀绝望的音符自由地相互交融着，那样优美，那样有力，那样不知不觉一个接一个地流泻着、流泻着，这听得见的简直不是声响，而是一篇早已熟悉，但第一次被形诸语言的诗篇，化作直接注入人们心田的美的洪流。阿里贝特随着每个音符变得越来越高大。他距离丑陋和怪异是那样遥远。他下巴紧夹住提琴，脸上带着激情而专注的表情监听着自己的每个音符，双腿抽搐般地移动着。他时而挺直全身，时而努力地弓起脊背。紧张弯起的左手像是凝固在这种状态中了，只有瘦削的手指搐动着拨弄琴弦；右手轻柔、优雅、难以觉察地移动着，他的脸被连续不断的焕发的欢乐辉映着，眼睛中燃着灼热的闪光，鼻孔歙动着，潮红的双唇陶醉地张开着。

有时，他的头向提琴低俯下去，眼睛闭上，被长发遮住一半的脸上闪现出温柔和幸福的微笑。有时他很快地挺直身体，伸出一只脚，这时他那纯洁的额头，他环视房间的明亮目光，都闪耀着骄傲、崇高和深知自己权威的光彩。一次钢琴师错弹了一个和声，乐师的身体和面部反映出一种肉体的痛苦。他停

① 意大利语：《忧郁曲—G大调》。

顿了一刹那，然后带着孩子般的恨恶表情跺脚大叫："Mol, c-mol!"①钢琴师纠正过来，阿里贝特闭上眼，微笑着重新忘了自己、别人和整个世界，怀着无上幸福投入自己的演奏。

在阿里贝特演奏时房间里所有的人都保持着恭顺的静默，他们似乎在依靠他的音乐生存和呼吸。

那位快乐的军官一动不动地坐在窗前一把椅子上，用出神的目光紧盯着地板，隔段时间才沉重地喘口粗气。姑娘们完全静默地靠墙坐着，只是偶尔在一种忘我状态中交换着赞美的目光。女主人胖乎乎的笑脸，在陶醉中溢满快乐。钢琴师的双眼死盯在阿里贝特脸上，从他紧张挺直的身体动作中表现出唯恐出错的惶恐，他正竭力跟上。一位酒喝得比别人多的客人，脸朝下躺在沙发上，他竭力保持不动，以免让人发现他的激动。捷列索夫感受到不寻常的感觉。他觉得头上多了一个冰冷的箍，忽而收紧，忽而放松地压迫他。他觉得头发根发麻，脊背从下往上阵阵发冷，不知是什么，越来越高地上升到了喉头，像细细的针在刺着鼻子和上腭，终于泪水不觉中浸湿了他的双颊。他想抖掉泪水，想憋回去或擦掉它们，可新的泪水重新又流下他的脸颊。由于某种奇异联想，阿里贝特最初的乐音把捷列索夫带回到最早的少年时代。他这个已不年轻、被生活所累的疲惫的人，突然觉得自己变成了那个十七岁的，因漂亮而自满的，因痴傻而快乐的，享有不自知幸福的造物。他想起了对穿玫瑰色长裙的表妹的初恋，想起菩提树林荫道上的最初爱情表白，想起偶然的亲吻带来的热情和不可理解的美好感受，想起了当时周围大自然的神奇和永猜不破的幽秘。在他追念往事的想象中，有一个她在隐约的希望、不可知的愿望及对于获得不可企及之幸福的必然性的坚信中，在这一切造成的迷蒙光晕中放出异彩。所有过去那个时代未被珍惜的瞬间接连出现在他面前，但不像飞逝的现实中无意义的瞬间，而像是过去时代被停止下来、被放大了的、含有谴责意味的形象。他忘情地看着它们，哭着，他哭不是因为那个可以更好度过的时代已经过去（如果时光倒流，他也不可能比第一次更好地利用时光），而只是因

---

① 意大利语：小调，c小调！

为这时代一去不复返了。回忆自动地涌入心头，而阿里贝特的小提琴诉说着完全一样的意思。它说："对你来说它逝去了，那拥有力量、爱情和幸福的时代永远逝去了，一去不复返了。为它哭泣吧，哭尽所有泪水，在为它流淌的泪水中死去吧，这是你唯一还拥有的最美好的幸福。"

在最后一曲变奏的末尾，阿里贝特的脸色发红，眼中燃起不灭的光彩，大颗的汗珠从面颊上流淌下来。他额上暴起青筋，全身也动得越来越厉害，变得苍白起来的双唇不再合拢，他整个形体表现出对快乐狂热追求的姿态。

全身剧烈地一甩，抖开头发，他放下提琴，然后带着幸福庄严的骄傲微笑着，环视在座的人们。后来，他的背又弯下来，头也垂下，双唇抿紧，目光暗淡，于是他似乎为自己羞愧一般胆怯地看看四周，双腿发软地走进另一房间。

三

每位在场的人都觉得发生了什么怪异的事，在阿里贝特演奏完毕之后的死一般静默中都感觉到了这种怪异。好像每个人都想说却又说不出这一切意味着什么。这意味着什么？这明亮温暖的房间，这光艳照人的女人，这窗外透射的霞光和飞荡而过的乐音引起的沸腾热血及纯洁感受？可谁也没真正试图说出这意味着什么。相反，每个人都感觉自己无力进入新感受为他们打开的新天地，因此怨恨起这片天地来。

"他确实拉得好，不是吗？"军官说。

"简直奇妙！"捷列索夫边说边悄悄用袖子擦着面颊。

"但是该走了，先生们，"那个躺在沙发上的人稍稍恢复过来说，"该给他点什么，先生们，咱们凑点钱吧。"

阿里贝特这时独自一人坐在另一房间的沙发上。他双肘支在瘦削的膝盖上，用两只汗湿的脏手抚擦面颊，头发被弄得更乱了，他却自顾自幸福地微笑着。

凑的钱很多，捷列索夫负责交给他。

此外，音乐对捷列索夫产生了那样巨大而不寻常的力量，他想到一个念头，要为这个人做点好事。他想把他带到自己家去，给他穿上像样的衣服，替他找个职位，总之把他从这种肮脏境遇中拔救出来。

"怎么，您累了？"捷列索夫走近他问。

阿里贝特微笑着。

"您有真正的才华，您应当认真地从事音乐，登台演奏。"

"我还真想喝点什么。"阿里贝特如梦初醒般说。

捷列索夫拿来酒，乐师焦渴地喝下两杯。

"多么美妙的酒！"他说。

"《忧郁曲》，这是多美妙的一首曲子！"捷列索夫说。

"喔，是的，是的。"阿里贝特微笑着说，"可是请您原谅我，我不知我有幸同谁在说话，也许您是位伯爵或公爵：您能不能借给我一点钱？"他停顿片刻，"我什么也没有……我是个穷人，我没法还您。"

捷列索夫脸红了，觉得不好意思起来，他慌忙把凑来的钱交给乐师。

"非常感谢您。"阿里贝特抓过钱说，"现在我们来点音乐消遣一下吧，您爱听多少我就为您拉多少，只是要喝点什么，要喝点。"他站起来补充说。

捷列索夫又拿来酒，并请他在自己身旁坐下。

"请愿谅，如果我坦率地对您说话，"捷列索夫说，"您的才华引起我很大兴趣，我觉得，您的境况不是很好？"

阿里贝特看看捷列索夫，又看看刚走进房间来的女主人。

"请允许我为您效劳。"捷列索夫继续说，"假如您需要的话，我将很高兴请您在我家暂住一段时间。我一个人住，也许我对您能有所帮助。"

阿里贝特笑笑，却什么也没回答。

"您怎么不感谢先生？"女主人说，"当然，您这是做了件大善事，不过我可不建议您这样做！"她继续说着，对捷列索夫不赞成地摇着头。

"非常感谢您，"阿里贝特用汗湿的手握住捷列索夫的手说：

"不过现在来段音乐吧,请听吧。"

可其他的客人已准备动身了,不论阿里贝特怎样劝说,他们都走到前厅去了。

阿里贝特同女主人告过别,戴上自己破旧的宽沿帽,披上一件夏天的旧披风,这是他的全部冬装。他和捷列索夫一起走到台阶上。

当捷列索夫同自己的新相识一道坐进马车并闻到乐师浑身散发出来的难闻的酒醉和肮脏的气味时,他开始懊悔自己的举动,责备自己的幼稚心软和做事欠考虑。况且,阿里贝特说起话来是那样愚蠢和俗气,在外面他又突然那样可耻地显露出醉态,令捷列索夫感到恶心。"我拿他怎么办呢?"他想。

走了不到一刻钟,阿里贝特不出声了,帽子掉到脚下,他往马车角落里一倒,打起鼾来。车轮在冻住的雪地上滚动,发出有节奏的声响。微弱的霞光勉强从冻满冰花的车窗中透射出来。

捷列索夫看着自己的邻座,在雨衣的覆盖下,长长的身体毫无生气地躺着。捷列索夫觉得一个长着长鼻子的长脑袋在这个躯体上摇晃着,可凑近点看,才发现他看作脑袋和鼻子的是头发,而真正的脸在下面。他弯下身才看清阿里贝特脸部的线条。于是那额头和宁静闭拢的嘴的美丽重新令他惊异。

在受不眠之夜和音乐刺激的疲倦神经影响下,捷列索夫看着这张脸,又重新回到那个昨夜他曾窥见过的无比幸福的世界。他重又想起青年时代那些幸福而豪迈的时光,于是他不再为现在做的事懊悔。他在这一刻真诚而热烈地爱阿里贝特,决心为他做些好事。

四

第二天早上,当他被叫醒去上班的时候,捷列索夫带着微微不快的诧异心情看到围在床边的自己的老围屏、自己的老仆和放在桌上的钟。"除了这一切围绕我的老事物,我还期望看到什么呢?"他问自己。可就在这时他回想起有着黑眼睛和微笑的乐师;《忧郁曲》的旋律和昨天那个奇异的夜晚整个从他意识中飞掠而过。

他没工夫去想他带回乐师的做法是好是坏,边穿衣服边计划好一天的日程,接着他拿起公文,下达了一些重要的家务方面的指示并忙忙地穿上外套和套鞋。走过餐厅时,他往门里看了看。阿里贝特脸埋在枕头里,穿着肮脏破旧的衬衣,摊手摊脚地沉睡在羊皮沙发上,昨晚他是毫无知觉地被放在这里的。有点什么没弄好。捷列索夫不由地想。

"请去一趟勃留索夫斯基家,借把提琴给他用两天,"他对仆人说,"他醒来的时候,给他喝咖啡,从我的内衣和旧外衣中拿几件让他穿上。反正请你把他侍候得好好的。"

捷列索夫回到家已是晚上很晚了,他吃惊地在家中没找到阿里贝特。

"他在哪儿?"他问家中那个仆人。

"吃完午饭就走了,答应一小时后回来。可到现在还没回。"

"唉,唉,伤脑筋,"捷列索夫低声说,"你怎么让他走呢,查哈尔?"

查哈尔是个彼得堡仆从,已经服侍了捷列索夫八年。捷列索夫就像一般单身汉,不自觉地在他那里验证自己的意见,并且喜欢了解他对于自己每件事务的意见。 回答说,同时玩弄着自己表上的商标。"要是您告诉我,德米特里·伊万诺维奇,要留住他的话,我一定叫他在家的,可您只说了衣服的事。

"唉,伤脑筋!那么,我不在时他干了些什么?"

查哈尔笑了笑。

"真可以把他叫作艺术家,德米特里·伊万诺维奇。醒来就要喝马德拉酒,后来一直和厨娘还有人家的仆人搅在一块。挺可笑的一个人⋯⋯但脾气很好。我给他喝茶,端饭给他吃,他一个人什么也不肯吃,非请我一起吃。可他提琴拉得那个好。这样的艺术家连依兹列尔都肯定不会有。这样的人是可以留下。他拉那曲《沿母亲伏尔加河顺流而下》,拉得就像一个人在哭,简直太好了!楼上楼下的人都跑到我们家门厅里来听了。"

"那,你给他穿上好衣服了吗?"主人打断说。

"当然啦,我给了他您的睡衣,还给他穿上了我自己的大衣。这么个人是该帮助的。肯定的。可爱的人。"查哈尔微笑一下。"他老在问我,是几品官,认识很多大人物吧?还问有多少农奴?"

"好了,只是现在要把他找到,要紧的是再不能给他喝一点酒,不然我们反倒对他做下坏事了。"

"这可对了,"查哈尔插嘴说,"他,看来身体很弱,以前我们老爷就有这样的一个管家……"

捷列索夫早知道这位狂饮滥醉的管家的故事,所以没让查哈尔说完就吩咐他准备好自己就寝事宜之后去找回阿里贝特。

他上床躺下,熄灭了蜡烛,但久久睡不着。他一直在想阿里贝特的事。"哪怕这一切在我的大多数熟人看来显得奇怪,"捷列索夫想,"可难得有机会不只为自己做点什么事,为这机会的出现应该感谢上帝,我不会放过它的。我要做一切,坚决地做到一切我所能做到的,去帮助他。说不定他根本就不是疯子,而只不过酗酒过度,做这一切我所费不多:够一人吃的,两个人也够饱的了。先让他在我这里住一段时间,以后给他找个工作或筹备个音乐会,先把他拉出困境,以后再看着办。"

在这样的考虑之后,一种令人愉悦的对自己满意的感受充满了他内心。

"真的,我并不完全是坏人,甚至完全不是坏人,"他想,"跟别人比,我还是个非常好的人呢!"

他正要入睡时,开门声和门道里传来的脚步声惊醒了他。

"这下,要对他严厉点,"他想。"这样好些,我该做到这点。"

他打了铃。

"怎么样,领回来了?"他问进来的查哈尔。

"可怜人啊,德米特里·伊万诺维奇。"查哈尔深有含意地摇摇头,闭上眼睛。

"怎么,他醉了?"

"非常虚弱。"

"提琴他带回来了吗?"

"带回来了，是女主人交给我的。"

"好，请别让他现在来看我，安排他睡觉，明天可绝对别放他出家门了。"

可查哈尔还没来得及出去，阿里贝特就已经进来了。

五

"您已经要睡觉了？"阿里贝特微笑着说："我去了那里，在安娜·伊万诺芙娜那里。今天晚上过得快活极了。玩音乐、笑，真是个好聚会。请让我喝杯什么，"他说着拿起桌上的冷水瓶，"只要不是水。"

阿里贝特还是昨晚的样子：还是那显露在眼睛和嘴唇上的漂亮微笑，还是那个光洁而充满灵气的额头和孱弱的四肢。查哈尔的大衣正好合身，清洁的未浆的睡衣长领很有画意地围绕着他的瘦脖子，给他增添了一些特别童真和无辜的色彩。他默默地坐到捷列索夫床边，快乐而感激地微笑着看捷列索夫。捷列索夫看看阿里贝特的眼睛，突然重新感到自己被他的微笑征服。他不再想睡觉，他忘了必须严厉，相反他想快活，想听音乐，想友好地与阿里贝特谈天，哪怕谈到早上。捷列索夫吩咐查哈尔拿米酒、香烟和提琴。

"这可太好了。"阿里贝特说，"还早呢，我们来弄点音乐，我给您拉多少都行。"

查哈尔带着高兴的样子拿来瓶拉菲特酒、两只酒杯、阿里贝特抽的淡味烟卷和小提琴。但他没有按老爷指令去睡觉，而是点燃一支烟，坐在了隔壁房间。

"我们还是谈谈话吧。"捷列索夫对拿起提琴的乐师说。

阿里贝特顺从地坐到床边，重新欢乐地微笑起来。

"喔对了，"他突然拍了下自己的额头说，脸上露出担忧和好奇的表情（他脸上的表情总是预先说明了他想说的）。"请允许我问一下，"他停顿片刻，"昨晚跟您在一起的，您称他为N的那位先生，他是不是著名的N的儿子？"

"亲生儿子。"捷列索夫回答，心中怎么也不明白，阿里贝特怎么会对此感兴趣。

"是了，是了，"他自满地微笑说，"我马上从他的举止中看出一些特别贵族气派的东西。我喜欢贵族，贵族身上可以看到一些优美和高雅的东西。还有那个舞跳得非常好的军官，"他问，"我也很喜欢他，他那样快活高雅，他好像是NN副官吧？"

"哪一位？"捷列索夫问。

"就是那位，我们跳舞时和我撞了一下的。他应该是个出色的人。"

"不，他是个头脑空空的家伙。"捷列索夫说。

"喔，不！"阿里贝特热切地回护他，"他身上有种非常、非常可爱的东西。他还是个挺不错的音乐行家。"阿里贝特补充说，"他奏了一段歌剧里的什么曲子，很久没人让我这样喜欢过了。"

"对，他演奏不错，可我不喜欢。"捷列索夫说，想把自己谈话对手的话题引到音乐上来。"他不懂古典音乐，而多尼杰基和贝里尼，这算不上音乐，您大概也这样看吧？"

"阿不，不，请原谅我，"阿里贝特带着温和的祖护神情说，"古典音乐是音乐，新的也是音乐。新音乐里有不寻常的美：《梦幻者》呢？！《露契亚》的终曲呢？ Chopin呢？！①罗伯特呢？ 我常想……"他稍作停顿，看来在收拢思绪，"要是贝多芬活着，听到《梦幻者》也会哭的。到处都有美。我第一次听《梦幻者》是维阿尔多和鲁比尼在这里的时候。当时是这么回事，"他说时两眼发出光彩，双手做着一个从胸中抓出什么来的动作，"再加那么一点点，就会叫人承受不了啦。"

"那么，您现在对歌剧有什么看法呢？"捷列索夫说。

"勃西奥好，很好，"他说，"非常优雅，但不能打动这里，"他说着指指自己下陷的胸口，"女歌唱家需要有激情，而她没有，她只让人快乐，但不能使人痛苦。"

---

① 法语：肖邦。

"那拉布拉什呢?"

"我还是在巴黎看《塞维勒的理发师》时听过他唱,那时他是独一无二的,现在他老了,成不了艺术家啦,他太老了。"

"老了有什么关系,他在moreceaux d'ensemble①中还是很出色。"捷列索夫说,说的是每人谈到拉布拉什么必定说的话。

"老了怎么会没关系,"阿里贝特严正地反对说,"他不该老,艺术大师是不应该老,艺术需要许多东西,但最重要的是火!"他双眼闪光,抬起双手。

的确,一种可怕的内心激情在他的整个形体中燃烧。

"噢,我的天!"他突然说,"您不知道彼得洛夫这位艺术大师?"

"不,不知道。"捷列索关微笑着说。

"我多希望您能与他相识!您同他谈话会很愉快的。他还那样懂得艺术!我同他原来在安娜·伊万诺芙娜家中见面,可她现在为什么事生他气了。可我非常希望您和他相互认识。他是天才,是天才。"

"怎么,他画画吗?"捷列索夫问。

"不知道,好像不画,可他过去是艺术学院的画家。他有多么出色的思想!他一旦谈起话来,真是绝妙。啊,彼得洛夫真是个天才,不过他的生活安排得太痛快了。这真可惜。"阿里贝特微笑着加上一句,接着他从床边站起,拿起小提琴调试起来。

"怎么,您很长时间没去听歌剧了吗?"捷列索夫问他。

阿里贝特回头看看,叹口气。

"唉,我已经不能,"他说着抓住自己的头,重新坐到捷列索夫身边。"我对您说,"他用几乎是耳语的声音说,"我不能去那里,我不能在那里拉琴了,我什么也没有,什么也没有——没有礼服,没有住宅.没有提琴。糟糕透顶的生活!糟糕透顶的生活!"他重复说了几遍。"可我干吗要去那里?为什么这样?用不着,"他笑着说,"唉《唐璜》!"

这时,他敲了一下自己的头。

_____

① 法语:合唱。

"那什么时候我们一块去。"捷列索夫说。

阿里贝特一言不发地跳起身来,抓起提琴开始演奏《唐璜》第一幕终曲,用自己的语言叙述歌剧的剧情。

当他演奏垂死的骑士团长的唱段时,捷列索夫觉得头上的头发一根根快竖立起来了。

"不行,今天我不能拉了。"他说着放下提琴,"我喝多了。"

可他接着走到桌子旁边,给自己倒了一满杯酒一口喝干,再坐回到捷列索夫床边。

捷列索夫目不转睛地看着阿里贝特。阿里贝特有时笑笑,捷列索夫也笑笑。他俩都沉默着,可他们之间的对视和笑容却越来越确定了他们之间的友爱关系。捷列索夫觉得自己越来越爱这个人,并感受到一种不可解释的欢乐。

"您爱过吗?"突然他问。

阿里贝特沉思片刻, 后来他脸上闪现出一个痛苦的微笑。他朝捷列索夫弯下身,仔细看了看他的眼睛。

"您为什么问我这个?"他悄声说,"但我全告诉您,我喜欢上了您。"他看了一会儿又转眼看看旁边。"我不会骗您的,我全告诉您,照原样说,从头说起。"他顿住话头,眼睛奇异而疯狂地定住不动。"您知道,我理智方面差了点,"他突然说:"是的,是的,"他接着着说:"安娜·伊万诺芙娜肯定跟您说过了,她跟所有人都说我是个疯予!这不是真话,她是开玩笑这样说的,她是个好心女人,而我从某个时候起,确实变得不太健康了。"

阿里贝特又沉默地停下话头,张大眼睛看着黑暗的门。

"您问我爱过没有?是的,我爱过,"他抬起眉头悄声说,"这发生在很久以前,那时我还在剧院工作。我是歌剧院乐团的第二提琴手,而她总坐在左边第一层头等包厢里。"

阿里贝特站起身,弯腰凑近捷列索夫耳朵。

"不,干吗要说出她的名字,"他说,"您肯定认识她,谁都认识她。我不说话，只是看着她。我知道，我是穷演员，而她是贵族夫人。我很明白这个。我只是看着她什么也不想。"

阿里贝特沉思着陷入回忆。

"这是怎么发生的，我记不得了，可有一次我被叫去为她做提琴伴奏，我算什么，一个穷演员！"他摇着头笑笑说："呵不，我不会说话，不会说话……"他加上这句，又抓住头，"我那时多幸福！"

"怎么，您常去她家？"捷列索夫问。

"一次，就一次……可我自己不好，我疯了。我是穷演员，而她是贵族夫人。我不该向她说任何话，可我发疯了，做了蠢事。从那以后，一切对我来说全完了。彼得洛夫说得对：还不如在剧院看着她更好些……"

"您做了什么？"捷列索夫问。

"噢，停一停，请停一停，我说不出这个。"

于是，他双手捂住脸沉默了一会儿。

"我到剧院已经迟了。这天晚上我和彼得洛夫一起喝酒来着，我心里很乱。她坐在自己包厢中正和将军谈话。我不知道这位将军是谁。她坐在包厢最靠外边的座位上，手放在脚灯的挡扳上；她穿着一身白色长裙，脖子上戴着珍珠。她和他谈话却看着我。她看了我两次。她的发式是那样美，我没拉琴，而是站在低音号旁看。这次我第一次发生失常的事。她对将军微笑一下又看看我。我感觉她是在说我，突然我看到自己已不在乐队中，而是在包厢里，和她站在一起，还拉着她的手，拉着这里，这是怎么回事？"阿里贝特沉默一会儿问。

"这是想象力的生动。"捷列索夫说。

"不，不……是我不会说话，"阿里贝特皱起眉头说，"那时我已经穷了，我没住处，所以去剧院上班的时候，我有时就在剧院过夜。"

"怎么？在剧院？在黑黑的空大厅里？"

"嗨，我不怕这些荒唐东西，唉，请等一等。只等人们一走，我就走到她坐过的那个包厢，在那里睡觉。这是我的一桩大快乐。我在那里度过了一些怎样的夜晚！只有一个晚上我又发生了那种事，夜里我感觉看到许多东西，可很多事我没办法说给您听。"阿里贝特低下眼睛看看捷列索夫，"这是怎么回事？"他问。

"奇怪！"捷列索夫说。

"不，请等一等，请等等！"他凑近耳边低声说："我吻了她的手，在这里站在她身边哭，我同她谈了许多话，我闻到她身上的香水味，听到她的嗓音。她在一夜中对我说了许多话。后来我拿起小提琴轻轻拉起来。可我觉得害怕起来。我不怕也不信那些荒唐传说，可我为自己的头脑害怕起来。"他友好地笑着说，用发抖的手摸摸额头，"我为自己可怜的理智害怕，我觉得脑袋里出了什么事。也许这也没关系？您觉得怎样？"

两人都沉默了片刻。

Und wenn die Wolken sie verhüllen,

Die Sonne bleibt doch ewig klar①,

阿里贝特唱完，静静地微笑着："不是吗？"他加了一句。

Ich auch habe gelebt und genossen②,

"喔，老彼得洛夫会把这给您解释得多好。"

捷列索夫恐惧地看着自己谈伴那张激动而苍白起来的脸，沉默不语。

"您知道《尤利斯特圆舞曲》吗？"阿里贝特突然叫道，他等不及回答，抓过提琴就拉起一支欢快的圆舞曲。他完全忘情地拉着，而且看起来他觉得有整个一支乐队在为他伴奏。阿里贝特微笑着，摇晃着身子，移动着双脚，他拉得好极了。

"嗨，快活够啦！"他拉完挥动一下提琴说。

"我要去，"他默默坐了一会儿说，"您不去吗？"

"去哪儿？"捷列索夫吃惊地问。

"我们再到安娜·伊万诺芙娜家去；那里快活、热闹、人多，还有音乐。"

---

① 德语：让云朵遮住太阳吧，可它仍然永世辉耀。
② 德语：我生活过也幸福过。

捷列索夫开始差点同意，但猛醒过来就劝阿里贝特今天别再去了。

"我只去几分钟。"

"真的，请别去了。"

阿里贝特叹口气，放下提琴。

"那就留下来？"

他又看看桌子上（没有酒），于是道过晚安出去了。

捷列索夫打了铃。

"留神，没我同意别放阿里贝特先生去任何地方。"他对查哈尔说。

<h1 style="text-align:center">六</h1>

第二天过节，捷列索夫醒来后坐在客厅里喝着咖啡看书。阿里贝特在隔壁房间里还没有动静。

查哈尔小心翼翼地打开餐厅门往里看看。

"您信不信，德米特里·伊万诺维奇，他就睡在光光的沙发上！什么都不肯垫，我的老天，像个小孩子，真是个艺术家！"

快十二点的时候，门那边有了哼哼声和咳嗽声。

查哈尔重新走进餐厅；老爷听到查哈尔温和的嗓音和阿里贝特低低的带恳求意味的嗓音。

"怎么啦？"老爷问走出来的查哈尔。

"蔫啦，德米特里·伊万诺维奇；不肯洗脸，沉闷闷的样子。总在要酒喝。"

"不行，既然着手做了，就要做出个样子来。"捷列索夫对自己说。

于是不吩咐给酒，他重新看起书来，可不自觉地倾听着餐厅里的动静。那边没动静，除了间或传来发自胸腔的沉重咳嗽声和吐痰声。

过了大约两小时，穿戴整齐的捷列索夫在出门之前决定去看看自己的客人。

阿里贝特一动不动地坐在窗前，把头垂放在双手中。他回头看看。他脸黄黄的，皱皱的，而且不止是忧伤，甚至是深深不幸的，他试图笑一笑表示欢迎，可他的脸变出了一个更痛苦的表情，他好像要哭了，吃力地站起来行个礼。

"要能喝一小杯普通伏特卡，"他带着恳求神情说，"我这样虚 弱……求您了!"

"咖啡对您的健康更好，我给您一个建议。"

阿里贝特的脸突然失去了天真神情，他冷淡而毫无生气地看看窗外，无力地坐进椅子。

"不，谢谢，没有胃口。"

"要是您想拉提琴，您是不会打扰我的。"捷列索夫把提琴放在桌子上说。

阿里贝特带着一个蔑视的笑看看提琴。

"不，我太虚弱了，我不能拉琴。"他说着推开乐器。

这以后，不论捷列索夫说什么，不论提议他出去走走还是晚上去看戏，他都恭顺地点着头，却固执地一言不发。捷列索夫出门走访了几家，在别人家吃了午饭，然后在看戏之前回到家里，一者是为了换衣服，再者想知道乐师干了什么。阿里贝特坐在黑暗的前厅里；双手撑头看着炉火。他穿着体面，脸洗得干干净净，头发也梳了：可他的眼睛是无神的，死气沉沉的，他的整个形体表现出比早晨还严重的虚弱和精力衰竭的状态。

"怎么样，阿里贝特先生，您吃饭了吗?"捷列索夫问。

阿里贝特用头作了一个肯定表示，看了看捷列索夫的脸，惊恐地垂下目光。

捷列索夫觉得有些难堪。

"我今天同剧院经理谈过您。"他说着也垂下目光。"如果您同意让他听听您的演奏，他很高兴接受您。"

"谢谢，我不能演奏。"他几乎是对自己说了一句，然后走进自己房间，特别轻地关上门。

过了几分钟，门把手同样轻地转动了一下，他拿着提琴从自己房间走出来。他恨恨地飞快看捷列索夫一眼，把提琴放到椅子上，重新消失在门后。

捷列索夫耸耸肩膀笑了笑。

"我还能怎么办？我做错什么了？"他想。

"哎，乐师怎么样？"他很晚回家后问的第一个问题就是这句话。

"不好！"查哈尔简短大声地回答："总是叹气，咳嗽，什么话也不说，五次要酒喝，我还是给了他一杯，不然咱们别这样把他害死了，德米特里·伊万诺维奇，有一次管家……"

"他没拉提琴吗？"

"碰都不碰一下。我也送过去两次，他这么轻轻拿起它又送出来。"查哈尔笑着说，"您不吩咐给他酒喝吗？"

"不，再等一天，看看会怎样。现在他呢？"

"把自己锁在客厅里。

捷列索夫走进书房，挑选了几本法文书和德文福音书。

"明天把这放到他房间里，可留神别放他出门。"他对查哈尔 说。

第二天早上查哈尔报告老爷，说乐师整夜没睡：他在各个房间里走来走去，走到餐具柜那儿，想打开柜门和房门，但幸好一切地方都被查哈尔小心地锁上了。查哈尔说他假装睡着，听到阿里贝特在黑暗中自言自语说着什么，还挥着双手。

阿里贝特一天天变得更阴沉和沉默。看来他害怕捷列索夫。

每当四目相对，他脸上就会显出病态的恐惧。他既不碰书也不碰提琴，不回答任何向他提出的问题。

在乐师住下后的第三天，捷列索夫回到家很晚，他又累，心情又不好。他今天奔波了一整天办事，事情看来都是简单而轻松的，但像常会有的那样，不论怎样努力，事情没能向前跨出任何决定性的一步。除此之外，他在俱乐部打惠斯特牌又输了，他感觉坏透了。

"那就随他去吧！"当查哈尔报告乐师的悲惨状况时，他这样回答："明天我要谈出个究竟：他倒底愿不愿意留在我这里并听从我的建议？如果不，那就拉倒。我已经做到所能做的一切了。"

"这就是人们行善的结果！他心想："我为了他将就着生活，把这么个肮脏的家伙留在自己家，上午都不能在家接待外客，我操心、奔波，可他看我的样了就像我是个专为自己开心而把他关进笼子的坏蛋似的。而最主要的是为他自己的事他竟丝毫不配合。他们全这样（这个他们泛指所有人并特别包括今天与他打过交道的人）。他到底现在怎么样了？他想什么？为何痛苦？因为我让他脱离堕落生活而痛苦？为失去他的下贱地位而痛苦？为失去我救他脱离的乞讨生活而痛苦？看来，他摔得太重，以致看到纯洁的生活都痛苦……"

"不，这是一件幼稚的举动，"他心下断定，"我还去改变什么别人，老天保佑，我勉强才管好自己。"他想立刻放他走，可想了想决定明天再说。

夜里前厅桌子倒地的声响和脚步声把捷列索夫吵醒。他点着蜡烛，开始惊奇地倾听。

"请等一等，我去跟德米特里·伊万诺维奇说一声。"查哈尔说。阿里贝特的嗓音冲动而不连贯地嘟囔了句什么。捷列索夫跳起来，拿起蜡烛走进前厅。查哈尔穿着睡衣站在门前，阿里贝特戴着帽子披着斗篷在把他从门旁推开，并用含泪的声音冲他喊着：

"您不能不让我走！我有身份证，我没拿走你们一点东西！您搜我身好了！我去找警察局长！"

"请原谅，德米特里·伊万诺维奇！"查哈尔对老爷说，同时照旧用背挡住门。"先生夜里起来，在我大衣里找到钥匙，喝掉一整瓶甜伏特卡。这好不好？现在又想走，您没吩咐，我不能放他走。"

阿里贝特看到捷列索夫，对查哈尔冲击得更激烈了。

"谁也不能扣留我！没权利！"他喊着，声音越来越高。

"查哈尔，你让开。"捷歹索夫说："我不愿也不能扣留您，但我建议您留到明天。"他对阿里贝特说。

"谁也不能扣留我! 我要去找警察局长!" 阿里贝特叫得越来越凶,但他只对查哈尔喊叫,却不看捷列索夫。"救命!" 他突然用疯狂的声音大叫。

"您这样喊叫干什么,谁也没扣留您。" 查哈尔说着打开门。

阿里贝特不叫了。"没得逞吧? 想害死我! 不行!" 他边穿套鞋边嘟囔着说。他没有道别,嘴里继续说着费解的话走出门去。查哈尔给他照路,走到大门口才回来。

"老天保佑,德米特里·伊万诺维奇,不然离祸事不远了。" 他对老爷说,"现在可点一下银器。"

捷列索夫只摇摇头,什么也没回答。他这时生动地回想起同乐师一起度过的头两个夜晚,回想起因他的过错而让阿里贝特度过的几个悲惨的夜晚,最主要的是,他回想起最初见到这个怪人时就引起的混杂着惊奇、爱和痛苦的甜蜜感受,他开始怜悯他。"现在他怎么样了呢?" 他想:"没钱,没有保暖的衣服,一个人在夜里……" 他已经决定派查尔去找他,可是已经晚了。

"外面冷吗?" 捷列索夫问。

"冷极了,德米特里·伊万诺维奇," 查哈尔回答,"我忘了跟您说,开春前还得实些木柴。"

"可那天你怎么说还有很多?"

<h1 style="text-align:center">七</h1>

外面的确很冷,可阿里贝特感觉不到冷。他被喝下去的酒及争吵弄得热血沸腾。

到了街上,他看看两边就快乐地搓搓手。街上空荡荡的,长长两列路灯还吐着红焰照着路面,天空明朗而且布满繁星。"怎么着?" 他对亮灯的捷列索夫的窗口说,双手插进披风下的裤袋弯腰向前走着。阿里贝特迈着沉重而不稳定的步子朝右边大街走去。他觉得自己的双腿和胃里异常沉重,脑袋里有什么在响,一种看不见的什么力量把他从这边抛到那边,可他仍然朝着安娜·伊万诺芙娜家的方向前进。他头脑中徘徊着奇异的、毫无关联的思绪。一会儿他想着与查哈尔的最后争执，一会儿不知为何想起海，还有自己乘船来俄罗斯的第一次旅程，一会儿回想起在刚经过的小酒店里曾和一位朋友度过的幸福夜晚，一会儿猛然感觉一个熟悉的旋律开始在想象中歌唱，于是令他想起自己激情的对象和在剧场里度过的可怕的一夜。尽管这些想象是这样毫无关联，但它们是这样鲜明地呈现在他脑海里，以至于他闭上眼，就弄不清什么是更真实的：是他所做的，还是所想的？他记不得也感觉不到他怎样移动双腿，怎样摇摇晃晃地撞到墙上，怎样环视四周，茫茫无措，又怎样从一条街走到另一条街上。他记得和感觉到的只有变幻无穷又错综交织的奇异想象。

走在小马尔斯卡亚街时，阿里贝特绊了一下跌倒了，片刻之后清醒过来，他看到自己面前的一幢庞大华美的楼房，继续朝前走去。天空中不见星辰、早霞和月亮，路灯也没了，但所有景物都清楚地呈现出来。高高矗立在街尽头的房子的窗口透出点点灯光。但这灯光颤动不定，像倒影一样。这房子越来越近，越来越清晰地在阿里贝特的眼中高大起来。可阿里贝特走进宽阔的大门时，灯光消失了。里面是黑暗的。孤独的脚步声回荡在拱门下，不知是些什么暗影随着阿里贝特的到来在逃避开去。"我干吗来这儿？"阿里贝特想，可有一股无法克服的力量把他拉向前去，到宽阔大厅深处……那里矗立着一个高台，高台周围沉默地站着一些什么小人形。"谁要发言？"阿里贝特问。谁也没回答他，只有一个人朝高台指指。高台上已经站立着一个须发刚硬的瘦高人形，身穿一件花色醒目的长袍。阿里贝特立刻认出自己的朋友彼得洛夫。"多奇怪，他会在这里！"阿里贝特想。"不，兄弟们！"彼得洛夫说，指着某个人。"你们不了解一个人，一个生活在你们中间的人；你们不了解他！他不是出卖艺术的演员，不是机械技巧的完成者，不是疯子，不是颓废的人。他是天才，伟大的音乐天才，他不被发现不被承认地牺牲在你们中间。"阿里贝特立刻明白了他的朋友在说谁；但为了不让他难堪，谦虚地垂下头。

"他就像根柴火一样被我们大家侍奉的圣火烧尽，"那声音继续说，"可他完成了一切上帝赋予他的使命，为了这他应当被称为伟大的人。你们可以轻蔑他、折磨、践踏他。"声音越来越响地说着，"可他曾经是，现在和未来都是比你们无疑崇高得多的人。他幸福，他善良。他同样地爱或蔑视所有人，一视同仁，可只为上天赋予的使命效劳。他只爱美，这世上唯一无可怀疑的珍宝。是的，他正是这样一个人！在他面前跪下，以额触地吧！"他大声喝道。

可大厅对面角落传来另一个轻声的嗓音。"我不愿在他面前下跪，"那声音说，阿里贝特立刻听出是捷列索夫。"他有什么伟大？我们为什么要给他磕头？难道他的为人是诚实而通情达理的？难道他给社会带来了好处？难道我们不知道他怎么借钱不还，怎样拿走演员同行的提琴送进当铺了……（"天啊！这些事他怎么全知道了！"阿里贝特想，头垂得更低了。）难道我们不知道，他怎样去讨好最无聊的人，为了钱去说谎？捷列索夫继续说："难道我们不知道，怎么把他赶出剧院的吗？不知道安娜·伊万诺芙娜怎样想把他送进警察局吗？""天啊，这一切都是真的，值为我辩护一下吧！"阿里贝特说："只有你一个人知道，我为什么这样做。"）

"住嘴吧，为自己羞愧吧。"彼得洛夫的声音又响起来："您有什么资格责备他？难道您尝试过他的生活？经受过他的狂喜吗？（"这是真的，是真的！"阿里贝特悄声说。）艺术是人类能力的最高体现。它只给予个别特选者，并且它把这个别特选者抬高到这样一个高度。在这个高度上会头晕目眩，很难保持健康清醒。像在所有斗争中一样，艺术事业中也有为自己事业奉献了一切但未达目的就不幸牺牲的英雄。"

彼得洛夫不说话了，而阿里贝特抬起头大声说："是真的！是真的！"可他的嗓子发不出声音。

"这事与您无关，"画家彼得洛夫严肃地对他说，"是的，践踏他吧，蔑视他吧，"他继续说："可在我们中间他是最优秀和最幸福的人！"

阿里贝特深感幸福地听着这些话，忍不住走到好友身边想亲吻他。

"滚开。我不认识你，"彼得洛夫说，"走你自己的路去吧，不然走不到了！"

"看看，你都醉成什么样了！你会走不到家的。"大街与铁道交叉的路口上，岗警喊道。

阿里贝特停下脚步，聚集起全身力量控制身体不摇晃，转进一条胡同。

到安娜·伊万诺芙娜家只有几步了。她家门厅的灯光照到院中雪地上小门旁停着雪撬和马车。

用冰冷的双手抓住拦杆，他跑上台阶按响电铃。

女仆睡眼蒙眬的!脸从门上小窗中探出来，她生气地看阿里贝特一眼，"不行!没说让您进去。"说着把小窗砰的一声关上了。台阶上听得见音乐声和女人的嗓音。阿里贝特坐到地上，背靠墙闭上眼睛。就在这一瞬，无数没有关联但具有亲缘血统的幻象以新的力量漫过了他，把他卷入自己的浪潮并带向某个自由幸福的希望之城。"是的，他是最优秀和幸福的人!"幻象中这句话被重复说着。门里传来波尔卡舞曲。音乐声也在说他是最优秀和幸福的人!近处教堂响起了钟声，钟声也在说:"是的，他是最优秀。幸福的人。""我还是再去大厅，"阿里贝特想，"彼得洛夫应该还有许多话要对我说。"大厅中已空无一人，代替画家彼得洛夫站在高台上的是阿里贝特自己，用提琴演奏出先前那个声音所说的话。然而提琴的构造非常奇特:它整个是用玻璃制成的。必须双手抱住它，轻轻向胸口方向挤压，这样它才能发声。那声音如此柔和美妙，是阿里贝特从未听到过的。阿里贝特越是抱紧提琴，就越感觉快乐和甜蜜。乐声越大，阴影消失得越快，大厅的墙壁被透明的光芒照得越来越亮。可演奏这提琴必须小心，以免压碎它。阿里贝特用玻璃乐器演奏得既小心又出色。他奏出这样一些乐曲，他觉得无论何人何时都再听不到了。当一种幽远低沉的声音转移了他的注意力时，他已经有些累了。这是钟声，但这钟声却在说话:"是的，"钟声说着，在遥远的高空飘荡:"你们觉得他是可怜虫，你们蔑视他，可他最优秀和幸福!无论何人何时都再不能演奏这件乐器了。"

这些熟悉的话突然令阿里贝特感到如此明智、新颖和公正，以致他停止演奏，竭力一动不动，静止地，向天抬起双手双眼。"他觉得自己优秀而幸福。尽管大厅中空无一人，可阿里贝特还是挺胸昂头站在高台上，为了所有人能看到他。突然不知谁的手轻轻碰了一下他的肩膀，他回身看到朦胧微光中有一个女人。她悲伤地看着他并且不赞成地摇摇头。他立时明白，他所做的那一切，是有罪的，他为自己感到羞愧。"到哪里去呢？"他问她。她又一次久久地注意地看着他然后悲伤地垂下头。她就是那个她，他所爱的她，她的穿戴还是那样，在丰满白净的脖子上围绕着一串珍珠，美丽的手裸露到肘弯以上。她拉住他的手就领他出大厅。"出路在那个方向。"阿里贝特说。可她不回答，微笑一下就将他领出大厅。在大厅的门口，阿里贝特看到了月亮和水。可水不像平常那样在下面，而月亮也不在天上：像往常，白色的圆固定在一个地方，但月亮和水是在一块的，而且无处不在——在上面、在下面、在旁边、在他们俩周围。阿里贝特和她一起投身到月与水中，并明白现在他可以拥抱她，那位他爱她胜过世上一切的女人；他拥抱了她，感到难以忍受的幸福。"这不是梦中吧？"他问自己；可是不！这是现实存在的，这比现实更真实：这是现实和回忆。他觉得那种他在真实的瞬间享受过的无以言状的幸福感在逝去并永远不再回来了。"我为什么哭？"他问她，她默默地悲伤地看看他。阿里贝特明白她想对他说话。"那怎么办呢，在我还活着的时候？"他说。她，没有回答，一动不动地看着前方。"这太可怕了！怎么给她解释清楚，我还活着，"他恐惧地想，"天啊，我还活着，请理解我！"他悄声说："他是最优秀和最幸福的人。"那声音在说。可有什么东西在越来越厉害地压迫阿里贝特。是那月亮和水，还是她的拥抱或泪水，他不知道，可他感觉到了，他来不及说出所有该说的，一切很快就要结束了。

两位从安娜·伊万诺芙娜家告辞出来的客人撞着了阿里贝特躺在门口的身体。其中一位回到屋里叫出女主人。

"这可是作孽啊！"他说，"您怎能让一个人冻成这样子！"

"哎呀，这个阿里贝特，他简直要了我的命啦。"女主人回答说，"安努什卡！把他抬到房间里什么地方去。"她对女佣说。

"可我活着，干吗要埋葬我？"阿里贝特喃喃自语，这时，人们正把失去知觉的他抬进房里。

（1858年4月28日）

三　死

一

　　已是秋天。大路上快速驶来两辆旅行马车。前一辆马车车厢里坐着两个女人。一个是位太太，消瘦而苍白。另一个是女仆，面色绯红光润而丰满，短短的有些干燥的头发老从褪色的帽檐下钻出来，她不时用戴破手套的红红的手整理它们。她披着厚毛披巾的高耸的胸脯正呼出健康的呼吸。灵活的黑眼睛忽而隔窗注视飞逝的田野，忽而胆怯地看看太太，忽而又不安地扫视车厢内的各个角落。太太那顶挂在网架上的帽子在女仆的鼻子前晃动着，她的腿上躺着一条小狗，脚因为放在地上的箱子而高抬着。随着弹簧片的震颤和玻璃的微响，听得见女仆的鞋跟在箱子上的敲击声。

　　太太双手放在膝盖上，闭目靠在垫在背后的枕头堆上虚弱地摇晃着，她不时轻皱眉头从胸膛深处发出微咳。她头上带着一顶白色睡帽，苍白娇嫩的脖子上系着一条浅蓝头巾。一条延伸到睡帽中去的头发路子，把涂满油的异常平伏的浅褐色头发分成两边，从这条宽宽的发路皮肤中，透出一种干涩的死色。皱缩而微微发黄的皮肤松弛地覆盖在纤秀美丽的面廓上，在颧骨和面颊处露出潮红。她的嘴唇干燥而不安，稀疏的眉毛没有翘起，呢质旅行大衣在她凹陷的胸部形成条条直褶。尽管闭着眼睛，太太脸上流露出疲倦、烦燥和惯常的痛苦表情。

　　马车前座上，一个仆人单肘支在扶手上打着瞌睡。驿站车夫精神十足地吆喝着驱赶四匹汗淋淋的高头大马，他间或看一眼后一辆敞篷马车上吆喝着赶车的马车夫。宽阔而平行的车辙印迹在辗作灰浆一般的大道泥尘中延伸着。天空灰暗阴冷，潮湿的雾霭沉降在田野和大路上。车厢里很闷，并散发着一股花露水和尘土的气味。病人把头向后靠去，慢慢睁开眼睛。这双眼睛又大又亮，有着美丽的黑色光彩。

"又这样。"她说，一边神经质地用美丽瘦削的手推开女仆的大衣下摆，这下摆不过微微触到她的腿，她的嘴唇也痛苦地扭曲着。玛特廖沙双手提起大衣下摆，用有力的双腿站起来坐得远一点。她鲜润的脸上布满了红晕。病人美丽的眼睛贪婪地注视着女仆的动作。太太双手撑住座位，也想支起身体坐高一点；然而她力不从心。她的嘴扭歪了，脸上现出无力然而恶意的嘲讽神情。

"你倒是帮帮我！……唉！不用了！我自己能行，只要你别把什么口袋之类的放在我身上，做点好事！……要是你不会，那就别碰我！"太太闭上眼，又很快重新抬起眼帘，看看女仆。玛特廖莎看着她，咬住自己鲜红的下嘴唇。病人发出一声沉重的叹息，而叹息中途就化作咳嗽。她转过头，皱紧眉头，双手紧紧抓住胸口。咳嗽停息后，她重新闭上眼，继续一动不动地坐着。轿式马车和敞篷马车驶进一个村庄。玛特廖莎从披巾下伸出肥壮的手划了个十字。

"是什么？"太太问。

"是驿站。太太。"

"我问你干吗划十字？"

"是教堂，太太"

病人转身向着窗外，慢慢划着十字。她大睁那双大眼睛看着自己马车正在经过的乡村大教堂。

轿式马车和敞篷马车同时停在驿站旁，敞篷马车中走出女病人的丈夫和大夫，他们走向轿式马车。

"您感觉怎样？"大夫摸着脉搏问。

"你怎么样了，我的朋友，累了吗？"丈夫用法语说，"不想出来一会儿？"

玛特廖莎抱着包袱缩到角落里，为了不影响他们谈话。

"没什么，还是那样，"病人回答，"我不出来了。"

丈夫站了一会儿，就走进驿站。玛特廖莎跳出车厢，踮脚踏着泥泞跑进大门。

"即使我不舒服，也不能成为您不吃早饭的理由。"病人微微一笑，对站在窗边的大夫说。

"他们都不关心我，"当大夫轻轻离开她快步跑上驿站台阶之后，她自言自语地加上一句，"他们身体舒服，所以不在乎，噢，我的上帝！"

"怎么样，爱德华·伊万诺维奇，"丈夫带着愉快的笑容搓着手迎接大夫说，"我已经吩咐拿食盒进来，对此您意下如何？"

"可以。"大夫回答。

"她怎么样？"丈夫叹息着问，压低声音却扬起眉毛。

"我说过：她不只根本到不了意大利，能到莫斯科就是上帝保佑了。尤其是这种天气。"

"这可怎么办呢？噢，我的上帝！我的上帝！"丈夫用手蒙住眼。"拿到这里来。"他又对拿食盒进来的仆人补上一句。

"那天就应该留下不走。"大夫耸耸肩回答。

"可您说说，我能做什么？"丈夫说，"我用尽一切方法留住她，我谈到费用问题，谈到必须撇在家中的孩子，谈到我的各种事务，可她什么也不愿听，她制定的国外生活计划就像她是健康人一样，可向她说明她的状况，又无疑意味着杀死她。"

"可她已经被杀死了，您应该了解这点，瓦西里·德米特里奇。人没有肺是不能活下去的，并且肺不会再生。很悲哀，很沉痛的事实，可有什么办法呢？我和您要做的事只是使她的终结尽可能来得安宁些。这里需要一位安魂牧师。"

"噢，我的上帝！您要理解我的处境，我不能提醒她立遗嘱。要发生的就让它发生吧，我绝不向她提此事。您是知道的，她多么善良……"

"最好还是劝她等到冬季道路冻实时再走，"大夫意味深长地摇着头说，"不然途中会出事的……"

"阿克修莎，喂，阿克修莎！"守站人的女儿尖叫着把一件敞胸上衣套在头上，在屋后泥泞的台阶上跺着脚，"咱们去瞧希尔金夫人去，听说她因为胸口有病要到外国去。我还从来没见过害痨病的人呢！"

阿克修莎蹦出来到了台阶上，两个人手拉手跑出大门。她们放慢脚步从轿式马车旁走过，朝拿下布帘的窗口里望去。病人朝她们转过头来，可发现她们的好奇之后，皱起眉别过脸去。

"妈，妈呀！"守站人女儿说着快速转过头来。"她原来是个多漂亮的美人。现在成什么样了？真可怕，看见没有，看见没有，阿克修莎？"

"就是，多瘦啊！"阿克修莎附和说，"我们再去看看，装作去水井边。瞧，她把脸转过去了，我还是看见了。多可怜啊，玛莎。"

"可那地上也太脏了！"玛莎回答，于是两人转身跑进大门。

"看样子，我变得挺难看了，"病人想，"只要快点，快点到国外，在那里我很快会好的。"

"怎么样，你感觉如何，我的朋友？"丈夫走近马车边咽嚼食物边问道。

"总是同样的问题，"病人想，"可他自己却还在吃！"

"没什么。"她咬着牙冷冷地说。

"你知道吗，我的朋友，我担心这种天气旅行会使你更不舒服，爱德华·伊万内奇也这样说。我们是不是回家？"

她生气地沉默着。

"天气也许会变好的，那时路也好走了，你也会好起来，到时候我们全家可以一起走。"

"请原谅我。如果我不是听了你的话，我现在早就在柏林，并且早就完全恢复健康了。"

"有什么办法呢，我的天使，当时不可能，你知道。而现在你如果留下，一个月后你会幸福地完全好起来；我到时也结束了各种事务，还能带上孩子们……"

"孩子们健康，可我不。"

"可请你明白，我的朋友，在这种天气情况下，假如旅行令你健康更坏的话……那还是在家里好。"

"什么，什么在家里？……死在家里？"太太冲口而出。可看起来，死这个字眼吓住了她，她用既祈求又询问的目光看看丈夫。他垂下双眼沉默着。病人的嘴忽然像孩子一样扁了，泪水从她眼中流出。丈夫用手帕捂住眼睛，默默地离开马车。

"不，我要去，"病人说着抬眼望天，双手合拢开始悄声念叨一些不连贯的词句。"我的上帝！为了什么？"她说，泪水流得更急。她长时间而热诚地祈祷之后，胸口却还是那样疼痛和憋闷，天空和田野还是那样灰暗、阴沉，还是那秋天的雾霭，不浓一点，也不淡一些，仍然是那样沉降在道路的泥泞上、屋顶上、马车顶上和车夫们的皮袄上。这些车夫，用响亮欢快的声音交谈着，正在给马车上油和套车。

二

马车套好了，可马车夫还在磨蹭时间，他走进车夫休息的木屋，木屋里又闷热，又黑暗压抑。满屋一股村居气息，有烤面包味、白菜味和羊皮膻味。几个车夫坐在正屋里，厨娘在炉边忙碌。壁炉上躺着一位盖着几件羊皮大氅的病人。

"赫韦多尔大叔！噢，赫韦多尔大叔。"身穿羊皮袄，腰里掖着马鞭的年轻小伙子走进来对病人说。

"你干啥，啰唆鬼，找费季科？"一个车夫应声说，"瞧，等着你去赶车呢。"

"想讨双靴子穿，自己的穿坏了。"小伙子甩着头发回答，一边把别在腰中的合指皮手套掖掖好，"睡着了吗，哎，赫韦多尔大叔？"他走近壁炉又问。

"啥？"传来一个微弱的声音，一张瘦削发黄的脸从壁炉上探出来，一只毛森森、苍白瘦削的大手在往尖削的肩膀上拉着厚呢外衣，肩膀上露出肮脏的衬衣。"给我喝点水，小兄弟，你要干啥？"

小伙子递过去一勺水。

"这么着，费佳。"他两腿不停倒换着说，"你看上去，现在也用不着新靴子了；给我吧，看上去，你也不会穿它们了。" 病人把疲弱的头俯向光滑的木勺，稀疏的胡须浸湿在勺中幽暗的水里，他虚弱而贪婪地喝着水。他蓬乱的胡须很脏，凹陷无神的眼睛勉强抬起来看着小伙子的脸。喝完水他想抬手擦擦浸湿的嘴唇，却做不到，只好在呢外衣的袖筒上擦擦嘴。他默然而沉重地用鼻子呼吸着，强打精神直盯住小伙子的眼睛看。

"可能，你已经答应别人了吧，"小伙子说，"那就算了，主要外面太湿，我要出门干活，我想：去把费季科那双靴子要来吧，他没准不用了。可能，你自己还有用，你说一声……"

病人胸腔像有什么在涌出来，呼噜噜直响。他弯起身子，被喉间不断的咳嗽迫得透不过气来。

"还能有啥用，"厨娘突然生气地大叫，叫得全木屋都听得见，"一月多没下壁炉了，瞧，他咳得都快断气了，听着就觉得自己肚子里都痛起来，他要靴子还有什么用？不会让他穿新靴子下葬的。他早该走了，上帝饶恕我的罪过。瞧他咳的样子。要不给他换个地方，到别的屋子，要不到那儿，听说城里有这样的病院。要不然这叫什么事，一个人占了整个角落，全完了。连个转身的地方都没有，还嫌收拾得不干净呢。"

"喂，谢廖加，快上车，老爷们等你呢。"驿站长冲门里喊了一声。

谢廖加没等到病人的回答就打算走，可病人边咳嗽边用眼神告诉他自己有话要说。

"你把靴子拿去，谢廖加，"他平息下咳嗽歇了一会儿说，"只是，听着，买块石碑，等我死了。"他哑声补上这句。

"谢谢了，大叔，那我就拿走了，石碑，我准定买。"

"好了，大伙都听见了。"病人还能说完这句话，接着又弯下身剧咳起来。

"行，都听见了，"一个车夫说，"去吧，谢廖加，上车去，要不你看站长又跑过来了。你看,希尔金家的病太太还是位夫人呢!"

谢廖加敏捷地脱下自己破烂不合脚的大靴子甩到椅子下。赫韦多尔大叔的新靴子正好合脚。谢廖加边打量着它们,边走向马车。

"好一双靴子!拿来让我擦点油,"手里拿着油刷子的马车夫说,这时谢廖加正爬上马车前座,拿起缰绳。"白给的?"

"你眼红了,"谢廖加回答,同时提起厚呢外衣的下摆裹好双腿。"走吧!宝贝儿们!"他朝马吆喝着,甩动鞭子,于是载着乘客、车顶上的行李和车中的皮箱的轿马车和轻便马车沿着潮湿的大路向前驶去,消逝在秋天的雾中。

生病的车夫留在了闷热屋中的壁炉上,他什么也咳不出来,艰难地翻了个身,终于安静下来了。

一直到晚上,木屋里人们进进出出,吃饭的不断,可病人却一直无声无息。临睡觉前厨娘越过他的腿从壁炉上拿了件皮袄。

"你别生我的气,娜斯塔夏,"病人说,"我很快就把角落给你空出来了。"

"得了,得了,说什么呢,不要紧的,"娜斯塔夏嘟囔着说,"你哪儿疼?大叔,你说出来。"

"五脏六腑全坏了,上帝才知道是怎么回事。"

"没准嗓子也疼吧,咳嗽的时候?"

"哪儿都疼。死神来找我啦,就是这么回事。唉,唉!"病人呻吟起来。

"你把腿这样裹裹好,"娜斯塔夏说,一边爬下壁炉,一边替他顺手盖好皮大衣。

夜里木屋中长明灯发出微弱的光。娜斯塔夏和十多个车夫打着很响的鼾声睡在地上和长凳上。只有病人在壁炉上发出微弱的呻吟、咳嗽声和辗转反侧的声响。临到早晨,他完全寂然无声了。

"我昨晚做的梦可真怪,"第二天早上厨娘在半明半暗中伸着懒腰说,"我梦见赫韦多尔大叔从炉炕上下来去劈柴,对我说,娜斯塔夏,我给你帮点忙。我对他说,你还劈什么柴呀,可他抓过斧头这个劈呀,木柴片一块块都飞起来啦，可厉害了。怎么，我说，你不是有病吗？他说不，我没病，他朝我这么一举斧头，把我吓着了。我一叫，就醒了。他不会死吧？赫韦多尔大叔！赫韦多尔大叔！"

赫韦多尔没有应声。

"是啦，该不会死了吧？去看看，"一个醒来的车夫说 壁炉上垂下一只瘦削的长着发黄汗毛的胳膊，已经冰冷苍白了。

"去跟守站人说一声，好像，是死了，"车夫说。

赫韦多尔没有亲人，他是外乡人，第二天他就被葬在小树林后的新墓地里。而娜斯塔夏则好几天都在讲自己做的梦，讲自己第一个发现赫韦多尔大叔死了。

三

春天来了。城里街道上，在畜粪冻成的残冰之间欢快地淌出许多小水流。四处活动的人们服装色彩和谈话声调都变得鲜亮起来。小花园的篱笆后面，树上的芽苞在膨胀，树枝在新鲜的微风中摇晃着发出微响。四周到处流淌或滴落着晶莹的水珠……麻雀错错落落地尖叫，不时扇动着自己的小小翅膀跃跃欲飞。篱笆、房屋、树木朝阳的那一面都蠢动着，闪着光。无论天空、大地，还有人们的内心，都充满着欢乐和青春气息。

在一条主要街道上的大宅邸门前铺上了干净麦草①，那位濒死的，却还急着出国的太太，就在这座宅邸中。

在一间紧闭着门的房间门口，站着病人的丈夫和一位年老女人。沙发上坐着一位低垂双眼的牧师，手里拿着一件裹在圣巾中的什么东西。屋角的一把高背座椅中躺坐着一位老太太——病人的母亲，她在悲伤地哭。她身边站着一个拿手帕的女仆，等待老太太吩咐，另一个女仆用什么在揉老太太的太阳穴，朝睡帽下白发苍苍的头吹气。

---

① 俄旧俗，家中有重病人，即在门前道路上铺厚草，以减弱车马行驶的噪音。

"好，我的朋友，基督与您同在，"丈夫对同他一道站在门前年老女人说，"她那样相信您，您又特别善于同她说话，好好说服她吧，亲爱的，您去吧，"他已经准备为她打开门的时候，表姐止住他，用手绢在眼睛轻沾了几次，摇了摇头。

"这样我就不像哭过的样子了。"她说完自己打开门走了进去。

丈夫处在情绪激动的状态中，看上去完全惊惶无措了。他本来向老太太走去，可没走几步又转过身，穿过房间走到牧师身旁，牧师看看他，抬起眉毛叹息一声，他那浓密而有些花白的胡须也微微扬起又落下。

"我的上帝！我的上帝！"丈夫说。

"怎么办？"牧师叹息着说，他的眉毛和胡须又一次扬起复落下。

"妈妈也在这里！"丈夫几乎绝望地说，"她承受不了这个。她那样爱，那样爱女儿……我不知道。要不您，神父，您哪怕试试安慰她一下，劝劝她离开这里。"

牧师站起来走近老太太。

"是啊，无论什么人都不会理解母亲心中的痛苦。"他说，"但是，上帝是仁慈的。"

老太太的脸突然抽搐起来，抽噎变成剧烈的神经性呃逆。

"上帝是仁慈的，"当老太太稍平静一些，牧师继续说，"我跟您说，我教区里有一位病人，比玛丽雅·德米特利耶芙娜的病情严重多了，结果怎么样，一个普通小百姓用草药很快就治好了。这个人现在就在莫斯科。我对瓦西里·德米特利耶维奇说过，可以试试。至少对病人也是个安慰。对上帝来说，一切都是可能的。"

"不，她不能活了，"老太太冒出一句。"该换上我，可上帝偏偏要带走她。"说着剧烈的神经性抽噎更厉害起来，她失去了知觉。

病人的丈夫双手蒙面跑出了房间。

在走廊里他遇到的第一张面孔是个六岁左右的男孩，正使出全力追一个小女孩。

"您是不是叫我领孩子们去看看妈妈?"

"不,她不愿见他们,这会让她伤心的。"

男孩停住脚步,注意地看了一会父亲的脸,然后突然跳起脚高兴地大叫着向前跑去。

"爸爸!她这是做我的黑马!"男孩子手指着妹妹嚷道。

这时在另一个房间里,表姐坐在病人身边,正用巧妙选择用辞的谈话努力使病人对死有一些思想准备。医生在另一扇窗前搅抖药剂。

病人穿着宽松长袍坐在床上,沉默地看着表姐,身周塞满靠枕。

"唉,我的朋友,"她突然打断对方话头说,"别给我做工作了,别把我当孩子,我是基督徒。我全明白,我明白,我不能活多久了,我明白要是我丈夫早听了我的话,我就到意大利去了,那,说不定,很可能,我已重新健康了。这话大家全对他说过。可有什么办法,看来这是上帝的意愿。我们大家都负有许多罪孽,我明白这一点;但我寄希望于上帝的仁慈,人人被宽恕,应该会被宽恕的。我努力了解自己。我也有许多罪孽,我的朋友。可是我又忍受了多少痛苦啊。我竭力坚忍地承受我的痛苦……"

"那叫神父来好吗,我的朋友?领过圣餐,您会觉得更舒服些。"表姐说。

病人低下头默认了。

"上帝!饶恕我这个罪人吧。"她悄声说。

表姐走出去朝神父使个眼色。

"她是天使!"她满眼含泪对丈夫说。

丈夫哭起来,牧师走进房门,老太太仍然人事不省,这头一个房间里变得完全寂静了。五分钟后牧师从门里走出来,取下圣巾理了理头发。

"上帝保佑,她现在平静些了,"他说,"她希望见你们。"

表姐和丈夫走进去,病人正看着圣像低声哭泣。

"祝贺你,我的朋友。"丈夫说。

"感谢上帝吧!我现在感觉是那样的好,我感受到某种不可理解的甜蜜感。"病人说着，一个轻轻微笑在她薄薄的唇间闪动。"上帝多么仁慈！不是吗，他仁慈而且无所不能？"于是她重新用满含眼泪的眼睛热切祈求地看着圣像。

后来她像是想起了什么，她示意丈夫走近她。

"你从来不肯做我请求你做的事。"她用虚弱并且不高兴的声调说。

丈夫伸长脖子，恭顺地听她说。

"什么事，我的朋友？"

"我说了多少次，这些大夫什么也不懂，有些普通郎中，她们治好了……就是神父说的……一个小百姓……派人去找。"

"找谁，我的朋友？"

"我的上帝！他什么也不想明白……"于是病人皱起眉头闭上了眼。

大夫走近她，拿过她的手，脉搏跳动显然越来越弱。他对丈夫作个眼色。病人发现这个暗示，害怕地看看四周。表姐转过头哭起来了。

"别哭，别折磨自己和我，"病人说，"这会夺走我最后的安宁。"

"你是天使！"表姐吻着她的手说。

"不，吻这儿，死人才吻手。我的上帝！我的上帝！"

当天晚上病人就已是一具遗体了，盛着遗体的棺材摆在这座宅子的大厅里。一个诵经人坐在门窗紧闭的大房间里，用带鼻音而节奏分明的嗓音诵读大卫的诗篇。从高高的银烛台上照下来的明亮蜡烛光线落到长眠者苍白的额头上，落到沉重的蜡黄的双臂上，又落到尸布上被膝盖和脚尖可怕地撑出来的僵硬皱痕上。诵经人有节奏地念着自己并不理解的词句，这些词句在寂静的房间中奇异地回响并继而消逝。偶而从远远的房间里飘过来孩子们的嗓音和脚步声。

"你掩面，他们便惊惶，"诗篇曰，"你收回他们的气，他们就死亡归于尘土。你发出你的灵、他们就受造，你使地面更换为新。愿耶和华的荣耀存到永远。"

长眠者的面容肃穆、宁静而庄严。不论洁净冰冷的额头还是僵硬闭合的嘴唇都没有一丝动作。她像是全神贯注在听。可即使到现在，她是否终于理解了这些伟大的词句。

四

一个月以后，长眠者的墓上建起一座砖石砌的小礼拜堂。而那个车夫的坟上仍然没树起墓碑。只有坟包上钻出的嫩绿小草，成为证明过去存在过一个人的唯一标志。

"你要是不给赫韦多尔买块碑石，谢廖加，"一次驿站厨娘说，"那你就造下罪孽啦。你老说冬天，冬天的，可到现在为啥还不守信用？你可当我面答应的。他已经来跟你要过一次了，你再不买，他还会来，会掐死你。"

"你说什么呀，我可不是不讲义气啊，"谢廖加回答，"我会买块石碑的，照我答应的那样，花整整一块半卢布去买。我没忘，可总得运过来呀。什么时候进城去，我一定买。"

"你哪怕先给他立个十字架呢，我说，"一个年老车夫也接口道，"要不真缺德了。穿了人家靴子。"

"可到哪儿弄十字架呢？一根劈柴能削出来吗？"

"你说的什么话？劈柴当然削不出。你就拿把斧子赶早儿去树林一趟，不就有了。砍棵小梣树，一个带小屋顶的十字架不就成了。要不这样，还得请巡林的喝点酒。为个小破玩意都要请酒还了得。我不是前两天把车辕弄断了，我砍了一根结实的，谁也没有一句话好说。"

清晨，天刚破晓，谢廖加拿起斧头去树林了。所有一切都覆盖着一层寒冷发白的晨露，这未被阳光照耀的晨露还在不断滴落。东方不知不觉间明亮起来，把微微的光芒映射到薄云笼罩的天穹上。没有一棵地下的小草，没有一片树枝上的叶子在动，偶尔树丛浓密处传来的扑翅声和地面上的沙沙声破坏着林中宁静。突然，一个在大自然中显得怪异陌生的声音从树林边上传来，继而又消失了。而后这声音重又响起，并围绕一棵宁静不动的树身有节奏地重复。

一棵树的树梢不寻常地颤动起来，她那多汁的叶子开始低声絮语，就连停在她一根枝子上的知更鸟，尖啸着飞跳了两次之后，也弹动尾巴，停在了另一棵树上。

从贴近地面处传来的斧声越来越低沉暗哑，白色多汁的木屑飞落到带露的青草上，可以听出斧头劈下后的微微断裂声。树全身震动一下，弯折一下又很快挺直，受惊地在自己的根座上彷徨摇晃。一瞬间一切静止，然而树又重新弯折下来，重又响起她树身的断裂声。于是枯枝纷纷折断，绿枝下垂，她的树冠轰然倾倒在潮湿的土地上。斧头声和脚步声沉寂了。知更鸟尖啸一声飞跳到更高处。它的翅膀牵动的树枝摇曳一会儿，又像其他树一样，连同全部叶子一起静止不动了。树们在新的空间用自己静止的枝叶更快乐地展示着自身的美丽。

太阳最初的光芒穿过透明的云层闪动在天际，随即洒满天空和大地。晨雾波浪般向谷地滚动。露珠，在绿叶上闪烁嬉戏，洁白透明的云朵匆忙地在蔚蓝天穹上各奔东西。鸟儿在树丛浓密处忙碌着，似乎若有所失地叽叽喳喳称道某种幸福，多汁的绿叶欢快而宁静地在树顶细语，接着，活着的树木的枝叶，开始缓慢而庄严地在死去的、倾倒的树身上面微动晃晃动起来。

(1858)

高加索的俘虏

（往事）

一

有位老爷在高加索以军官身份服役。他的名字叫日林。

有次家里寄来一封信。他的老母亲写道："我可已经老了，就想在临死前见见我心爱的小儿子。回来同我告别吧，为我办完葬礼，然后从那儿再去军队服役吧，上帝会与你同在。我还替你物色了一位未婚妻：又聪明，人又好，又有财产。你要是爱上她，也许会娶她然后留下再也不走了。"

日林沉思起来："最主要的是，老太太情况开始不好，说不定会再见不着的。回家去，要是未婚妻是个好女子，结婚也行。"

他到上校那里请好假，和同伴们道过别，给自己的士兵们摆出四桶伏特加酒作为告别，然后准备出发了。

高加索当时正打仗。道路无论白天黑夜都不是畅通的。只要俄国人稍跑开点或离开要塞一些距离，鞑靼人不是打死他们，就是掳到山里去。所以组织了每周两次从这个要塞到另一个要塞的士兵护送。前后走的是士兵，中间是骑马乘车的人们。

这事发生在夏天。晨光熹微中要塞里集合起一支辎重车队，士兵护送队伍走出来，整个队伍上了大路。日林骑马，他的行李装在大车上夹在辎重车队中。

要走二十五俄里路。辎重队走得很慢：一会儿士兵们停下了，一会儿辎重队里谁的轮子掉了，要不就是一匹马站住不走了，所有的人都停下等待。

太阳都已经过了中天，可辎重车队还只走了一半路。灰尘，炎热，太阳的炙烤，可躲躲阴凉的地方都没有。一片光光的荒原；路上一棵树，一蓬树丛都没有。

日林骑上前去。他停下来等待辎重队赶上。他听到后面吹起了号——队伍又停下了。日林就想："是不是不要士兵护送，一个人先走呢？我骑的是匹好马，要是遭遇上鞑靼人，我可以骑马跑掉。还是不先走……"

他停下来想开了。另一个军官骑马驰近他。那军官叫柯斯特令，他拿着枪说：

"日林，我们自己走吧，连一点力气都没有了，想吃东西，这个热劲。我的衬衣都拧得出水了。"

柯斯特令是又重又胖的汉子，满脸通红，汗从他身上直淌下来。日林想了想说：

"枪装好弹药了吗？"

"装好了。"

"那好吧，我们先走。但要先说定——不要分开骑。"

他们就沿路向前驰马而去。他们驰马在荒原上，边赶路边谈话，同时还四周察看。周围可以看得很远。

刚过完荒原，道路开始从两座山的夹缝里穿过去，日林就说：

"应该骑到山上看一看，要不这里如果有人从山里窜出来，还真会看不见。"

可柯斯特令说：

"看什么，我们往前走。"

日林没听他的话。

"不，你在下面等一等，我看看就来。"他说。

他策马向左上山了。日林骑的是匹打猎的马（他付了一百卢布从马群中买了匹马驹子，自己驯骑出来的），这马像长了翅膀一般把他载上陡坡。刚刚骑上来，一看，就在他前面，离他十来尺的地方，站着骑马的鞑靼人，人数有三十人之多。他一见，赶紧转身往回跑；鞑靼人也看见他了，一齐纵马赶来，边骑还边从枪套中扯出枪来。日林以最快速度策马驰下陡坡，对柯斯特令大喊：

"拿出枪来!"可他在想着自己的马:"我的妈啊,求你千万驮我出去,千万别绊着脚。只要失蹄一倒,就完了。只要拿到枪,我可不让他们占什么便宜。"

而柯斯特令从等待的地方刚刚看到鞑靼人,就朝要塞方向拼命逃去。他用马鞭不停地从两面抽着马。从扬起的尘土中只看得见转动的马尾巴。

日林看到事情不妙。武器被带走了,光凭个马刀,可什么也干不了。他放马向回跑,朝士兵护送队的方向,他想这样逃掉,可一看,六骑人马正在横截过来。他骑的是好马,可他们骑的马更好,何况还是横截过来。他收紧缰绳,想向后转,可马的速度全放开了,拉不住它,一直就朝他们冲过去。他看见一个红胡子的鞑靼人骑着灰马离他越来越近,这个人呼哨着,呲着牙,枪口对着前面随时准备开枪。

"哼,我知道你们这帮魔鬼:要是抓个活的,就把他关进一个坑里,用鞭子抽。我决不让他们抓活的。"日林心想。

日林身材尽管不高大,但是个骁勇汉子。他扯出马刀,纵马直向红胡子鞑靼人冲去,他想:"要不用马撞死他,要不用马刀砍死他。"

日林离他还有一个马身的时候,后面朝他开了火,子弹全打在马身上。马猛地摔到地上,压住了日林的一条腿。

他还想站起身来,可两个臭哄哄的鞑靼人已经骑在他身上,把他的手往后扭。他猛挣一下甩掉身上的鞑靼人,可又有三个鞑靼人跳下马扑向他,他们开始用枪托打他的头。他的眼睛模糊了,身体摇晃起来。鞑靼人抓住他,从马鞍上取下备用的马肚带,把他的双臂绑到背后,打上鞑靼式绳结,拖他到马鞍旁。他们打落他的帽子,抢走他的皮靴,身上的东西全部搜走了:钱,表也拿走了,衣服全扯破了。日林看一眼自己的马。心爱的它从倒下去直到这会儿还侧躺着,只用腿踢蹬着,可够不着地;它脑袋上有个洞,黑色的血从洞中涌出来,染红了一俄尺见方的周围地面。

一个鞑靼人走到马跟前,把马鞍卸下来。它还在挣扎,他抽出匕首,割断了它的喉管。喉管里发出尖啸声,马又颤动一下,就完了。

　　鞑靼人取下马鞍和挽具。红胡子鞑靼人骑上马，别的人把日林放到他的马鞍上坐好，为了不掉下来还用皮带把日林拴在前面鞑靼人的腰上，然后他们朝山里驰去。

　　日林坐在鞑靼人背后，摇晃着，脸磕碰着臭哄哄的鞑靼脊背。他只能看见自己前面的硕大的鞑靼脊背和强壮的脖颈，还有从帽子下面露出来发青的剃光的后脑勺。日林的头被打破了，血干结在眼睛上，可他既不能在马上坐坐正，也不能擦擦血。手被绑得那么紧，锁骨都快扭断了。

　　他们骑行良久，从一座到另一座山，蹚过一条河，骑上了一条路，沿一道谷地向前驰去。

　　日林想记住带他进来的道路，可他的眼睛被血蒙住了，而且无法转动身体。

　　天渐渐黑下来了。他们又过了一条小河，开始驰上一座石头山，飘过来炊烟的气味，狗也叫起来。

　　他们驰进山寨。鞑靼人都下了马，鞑靼小孩跑拢来，围住日林，尖叫着，欢笑着，用石头扔他。

　　一个鞑靼人赶跑小孩，把日林从马背上弄下来，叫了一声帮工。走来一个诺盖人，他颧骨突起，只穿一件衬衫。衬衫破破烂烂，整个胸膛都露在外面。鞑靼人吩咐他几句什么，他拿来一副足枷：两段橡树圆木上装着两个铁环，一个链环里还有一个挂锁的搭扣和一把锁。

　　他们给日林松绑，戴上足枷然后带进木棚：把他往里一推就锁上了门。日林摔倒在粪肥上。他躺了一会儿，在黑暗中摸了摸哪里稍软点就躺下了。

二

　　日林这一夜差不多完全没睡。夜很短。他看见，有条缝隙里开始亮起来。日林爬起来，把缝隙挖大些开始朝外看。

　　他能看见一条路，是通向山下的，右边是一幢鞑靼平顶房，旁边还有两棵树。门槛上躺着一条黑狗，一只母山羊带着小羊走来走去，不时抽动着尾巴。他看见，一个年轻的鞑靼女人从山下走来，她穿一件花衬衣，不系腰带，穿着长裤和靴子，头上罩着一件男式长衣，上面顶着一个装满了水的大铁罐。她走着，脊背在抖动并向后仰着，手中还牵着个剃光头的鞑靼小孩，小孩只穿着一件衬衣。鞑靼女人顶着水走进平顶房，昨天那个红胡子鞑靼人从屋里走出来，他穿着绸外衣，腰带上佩着银匕首，光脚穿双皮鞋。他头上向后歪戴着一顶高高的、羊皮的黑色帽子。他走出来伸起懒腰，抚着自己的红胡须。站了一会儿，向帮工吩咐了些什么就到什么地方去了。

日林非常口渴，嗓子里全干透了。他想，他们哪怕来看看呢。他听到开板棚门锁的声音。那个红鞑靼人来了，和他一起来的另一个鞑靼人个头小些，黑黑的。他的眼睛是黑色而明亮的，面色红润，胡须留得不长，修剪过的；他的面容快活，他总在笑。黑些的鞑靼人穿得更好。蓝绸外衣上缝着金银饰带。腰带上的匕首很大，也是银的；上等羊皮革做的红色皮鞋，上面还用银线缝了边。在细巧的小皮鞋外面还套着另一双粗大的皮鞋。帽子高高的，是用白色羊羔皮做的。

红鞑靼人走进来，说了些什么，像是在骂人，然后站住了。他胳膊肘支在门框上，玩弄着匕首，像狼一样阴沉地斜眼盯视着日林。而微黑的那个，动作敏捷、活泼，整个人像装在弹簧上似的走动着，他一直走到日林跟前蹲下，呲着牙笑，摇了摇日林的肩膀，然后用他们的语言飞快飞快地说起什么来，眨巴着眼睛，弹起舌头，一个劲儿地说："柯落硕，乌鲁斯！柯落硕，乌鲁斯！"

日林什么也没听懂就说：

"喝水，给点水喝！"

微黑的家伙笑着。

"柯落什，乌鲁斯！"他还自管自胡说一气。

日林用嘴唇和手示意，让他们给他喝水。

黑家伙懂了，笑起来，探头出门，叫了一声什么人：

"济娜！"

跑来一个小姑娘，身材细瘦，大约十三岁的样子，脸有些像那个微黑的鞑靼人。看得出这是他女儿。她的眼睛也是黑而明亮的，有一张漂亮的脸。她穿一件长长的蓝衬衣，宽大袖子，而且没系腰带。衣裳的下摆，胸前和袖口都镶着红色。下面穿着长裤和皮鞋，皮鞋外面还套着一双高跟皮鞋。脖子上挂着一串完全用俄国半卢布硬币穿成的项链。她没包头，打着一根黑黑的辫子，辫子里编着绸带，绸带上挂满了银牌和银卢布。

父亲向她吩咐几句，她跑出去又很快回来了，拿来一个铁罐子。她递完水，自己就去蹲在一边，全身蜷作一团，肩膀缩得比膝盖还低。她蹲着瞪起眼看日林怎么喝水，就像看一只野兽。日林把罐子交还给她，可她像只野山羊那样惊跳到一边，就连父亲都笑起来。他又叫她去什么地方了。她拿起罐子跑了，用一块圆木板拿来一块淡面包，然后又蹲下了，蜷起身子，可眼睛一眨不眨地看着。

鞑靼人走了，又锁上门。

过了一会儿，诺盖人走到日林身边说："哎达，主人，哎达！"

也不会讲俄语。日林仅仅弄懂了是叫他去哪儿。

日林拖着足枷走出去，跛着腿，腿没法落地，一踩下去就翻转到一边去了。日林跟着诺盖人走出门。他看见鞑靼村子有十来座房子，还有一座带尖塔的他们的教堂。在一座房子前面站着三匹带鞍的马，几个男孩牵着马缰绳。微黑的鞑靼人从这座房子里窜出来，挥起手，让日林朝他那边去，他自己边笑边说着自己的话走进门去。日林走进房子，厢房很不错，墙泥抹得很光滑，前面的墙边放着几个色彩鲜艳的羽绒靠枕，两边的墙上挂着贵重的壁毯，壁毯上挂着火枪、手枪和马刀，都是嵌银的。一面墙边有一个同地面齐平的小壁炉。地面是泥土的，很干净，像晒谷坪一样。而且前面这一角屋地上都铺着毡子，毡子上放着地毯，地毯上放羽绒靠枕。地毯上坐着只穿一双鞋的鞑靼人、微黑的家伙、红家伙和三个来客。他们的背后都垫着羽绒靠枕，而面前的圆木板上放着黍面饼，和放在碗里的溶化奶油，还有鞑靼人的啤酒——布扎，是装在罐子里的。他们用手抓东西吃，满手都是油。黑鞑靼人跳起身来，吩咐把日林带到一边坐下，不是坐在地毯上，而是在光地上，然后他又爬到地毯上，用饼和布扎酒招待客人。帮工把日林领到地上让他坐下，自己脱下外面的套鞋，同其他鞋一起并排放在门边，然后在毡子上离主人更近一点的地方坐下，他瞧他们吃着东西，自己只擦口水。

鞑靼人吃过饼，一个鞑靼女人穿着和那女孩一样的衬衣走进来，也穿长裤，她用头巾包着头。她拿走饼和黄油，送上一只很好的木盆和一个细颈罐子。鞑靼人洗起手来，然后双手合拢跪坐在地上朝四面吹吹灰尘就念起祈祷词，用他们自己的话念叨了一会儿。后来，一位鞑靼客人转脸对日林说起俄语来。

"你是被卡吉·默哈默德抓住的，"他说着指指红鞑靼人，"他把你给了阿布杜·木拉德，"他指指黑的那个，"阿布杜·木拉德现在是你的主人。"

日林不吭声。阿布杜·木拉德说起话来，一个劲地指点着日林，边笑边冒出几句：

"士兵乌鲁斯，柯罗硕乌鲁斯。"

翻译说："他让你写封信回家，叫家里寄赎金来。只要钱一寄来，他就放了你。"

日林想了想说：

"他想要的赎金多吗？"

鞑靼人交谈几句，翻译又说："三千卢布。"

"不，"日林说，"我不能付这么多。"

阿布杜跳起来，一开始挥着手对日林说什么。他以为日林全能听懂。翻译译出他的话说：

"你给多少？"

日林想了想说：

"五百卢布。"

这下全部鞑靼人都突然飞快地说起话来。阿布杜朝红鞑靼人喊起来，他噼噼啪啪说得唾沫飞溅。可那红家伙只管皱起眉，弹着舌头。他们不吭声了，翻译说：

"五百赎金给主人太少了。他自己为你付了两百卢布，卡吉·默哈默德欠他的钱。他把你当欠债收回的。三千卢布，少了不能放你。你要不写信，把你关进坑里，用鞭子教训你。"

"哼，"日林想，"跟他们打交道越胆小越坏事。"他跳起身站着说：

"那你给他这条狗说，要是他想吓唬我，那我一分钱也不会给，信也不写。我从来就没怕过，以后也永远不会怕你们这些狗！"

翻译转述了这些话，所有人又一起说起话。

他们吧啦吧啦说了很久，黑家伙跳起来走到日林前面。

"乌鲁斯，直京，直京乌鲁斯！"他说。

直京在他们的语言里是"好汉"的意思。他自己也笑着对翻译说了句什么，翻译就说：

"给一千卢布吧。"

日林坚持自己的：

"超过五百不给。打死我的话，什么也拿不到了。"

鞑靼人交谈几句，把帮工派到什么地方去了，他们自己则一会儿看看日林，一会儿看看门口。帮工来了，而且他身后还走来一个什么人，胖胖的，赤着脚，衣服破烂，脚上也套着木枷。

日林大吃一惊，他认出柯斯特令。他也被抓来了。他们让他俩坐到一起，他俩开始相互讲叙事情经过，而鞑靼人不吭声，看着他们说话。日林说了自己的经历，柯斯特令说他骑的马不走了，枪也臭火了，就是这个阿布杜追上并抓住了他。

阿布杜跳起身，指着柯斯特令说着什么。

翻译转译这些话说，他们俩现在属于同一个主人，谁先交出赎金，谁就可以优先获释。

"看看，你还老在发火，你的同伴就老实，他给家里写了信，会寄来五千卢布。往后会给他吃好的，也不会欺侮他。"

日林就说：

"同伴爱怎样就怎样；他能行，有钱，可我没钱。我说那么多，就只有那么多。要愿意，打死我好了，对你们也没好处，超过五百卢布我不会写信的。"

大家沉默一会儿。阿布杜突然一跃而起，拿来一个小箱子，取出笔、一小张纸和墨水，塞到日林手中，拍拍肩膀，做个写信的样子。他同意收五百卢布赎金。

"再等等，"日林对翻译说，"你告诉他，叫他好好给我们吃东西，给我们穿上像样的衣服鞋袜。让我们两人待在一起，这样我们会快活些，还有让他给我们取掉足枷。"

他边说边冲主人笑。主人也在笑，他听完后说：

"我会给最好的衣服，靴子，哪怕结婚也行。我会给你们吃的像给公爵们吃的一样，要是想住在一起，就一起住在板棚里好了。可足枷不能取掉，会逃走的。我只在夜里取掉。"他猛地跳起来，摇着对方肩膀说："你的好，我的好！

日林写了信，但信上有意写错地址，为了使信寄不到。心想："我会逃走的。"

日林和柯斯特令被带到板棚里，给他们拿来玉米秸，一罐水和面包，还有两件旧长袍子和穿坏了的士兵靴子。显然是从被打死的士兵脚上扒下来的。夜里给他们取掉足枷然后反锁在板棚里。

三

这样日林和自己的同伴过了整整一个月。主人老是笑着："你的，伊万；好，我的，阿布杜，好。"可他给的饭食很坏：光给点黍面淡面包、烤饼，有时干脆给点生面团吃。

柯斯特令又给家里写了一次信，一直等待着汇钱来，心中苦恼。他成天坐在板棚里数着日子，计算什么时候会收到信，要不就睡觉。而日林却知道自己的信寄不到家,他也不写另一封信。

他想:"母亲从哪儿弄得到这么多钱来赎我,过去她的大部份生活费就是靠我寄去的。要让她凑起五百卢布,那就会叫她完全倾家荡产了。上帝保佑,我就自己挣扎出去。"

于是他一直留心察看着、考虑着怎么逃跑。他吹着口哨在山寨里溜达;要不就坐下做点什么手工活,不是捏个泥娃娃,就是用树条编点什么东西。日林不论干什么手工活都是个行家。

有回他捏了个泥娃娃,有鼻子,有手有脚,还穿着鞑靼式衬衣,他把娃娃放到屋顶上面。

鞑靼女人们去打水,主人家女儿济娜看见娃娃,她叫来其他鞑靼女人:她们把水罐放下,看着,笑着。日林取下娃娃,递给她们,她们一个劲儿笑,就是不敢拿。他留下娃娃,走进板棚,看下面会怎么样。

济娜跑过来,四面张望一下,抓起娃娃就跑了。

他看到第二天早上刚破晓,济娜带着娃娃走到门槛上。娃娃身上已经裹上了红色的布头,她抱着摇着娃娃,哼着自编的催眠小调。走出来一个老太婆训起济娜来,夺过她手中的娃娃摔碎了。然后把她派到什么地方去干活了。

日林又做了一个更好的娃娃,给了济娜。有一次济娜拿来一只罐子放在地上,自己坐下来看着日林,笑着,指指罐子。

"她笑什么? 日林想,他拿起罐子就喝。他以为罐里是水,可里面却是牛奶。他把牛奶喝完了。

"好。"他说。

济娜好不高兴!

"好,伊万,好!"她跳起来,脚丫子啪哒啪哒响地奔过来抢过罐子就跑走了。

这以后她开始每天偷偷给日林拿来一罐牛奶,要不就是鞑靼人用羊奶酪做的放在屋顶上晒干的饼,她悄悄地拿这种饼来给日林。还有一次老板杀羊,她把一块羊肉放在袖子里拿过来,扔下就跑。

有一次下起雷雨，雨像是从桶中倾出来一样，下了整整一个小时。所有的小河都浑浊起来，原来是浅滩的地方，现流着三俄尺深的水冲激着石块。溪水到处奔流，山间一片轰响。雷雨过后，村中遍地流水。日林向主人要了一把小刀，削了一根木轴和许多小木片，他把小木片装到木轴上做成一只划轮，在木轮轴的两端安好两只娃娃。

女孩子们给他拿来了布头，他给娃娃穿戴好：一个汉子，一个女人；他把娃娃固定好，然后把木划轮放在溪流上。木划轮转动起来，而娃娃则跳跃起来。

全村的人都跑来了：小男孩、小女孩、婆娘们和鞑靼汉子们都来了，他们弹着舌头说：

"吓，乌鲁斯！吓，伊万！"

阿布杜有一只俄国表坏了，他叫来日林，指给他看，弹着舌头。日林说："我来给你修好。"

他拿过来，用小刀拆开表，卸下零件，又重新装配好，然后还给主人。表又走起来了。

主人高兴起来，给日林拿来一件自己的旧外衣，破得褴褛的外衣，送给他。没办法，他收下了：夜里也能当被子盖盖。

这以后日林是个巧手师傅的名声就传出去了。人们开始从很远的村子里赶来找他：有的让他整整枪机，或者手枪坏了请他修理，有的拿来手表。主人给他弄来了全套工具：钳子、镙旋钻和小锉子。

有一次，一个鞑靼人生病了，他们跑来对日林说：

"你去治一治。"

日林根本不知道应该怎么治病。他去了，看了看，想道："没准他自己会好呢。"他回到板棚里，拿了点水，加些沙子搅了搅。他当着鞑靼人的面冲水悄声念叨几句，让病人喝下去。鞑靼人居然幸运地恢复健康了。日林开始听得懂一点他们的话了。一些鞑靼人已经习惯了他，需要他的时候就叫："伊万，伊万！"还有一些鞑靼人还像对待野兽一样对他侧目而视。

　　红鞑靼人不喜欢日林，只要一见到他就皱起眉头把头转开，要不就大骂一顿。他们那里还有一个老头。这老头不住在山寨里。常从山下走上来。日林只有在这老头到清真寺来向神祷告时才能见到他。他个头矮小，帽子上系着一条白毛巾，胡须都是剪短的，白得象羽绒一样；而他的脸多皱并且红得像砖块一样。他的鼻子是弯勾型的，像鹰嘴一样，眼睛是灰色的，凶恶的，嘴里没牙，只剩下两只犬牙；他来时戴着穆斯林头巾，拄着拐棍，像只狼一样四周环视。一看见日林，他就狠狠地发出呼哧呼哧的声音转过头去。

　　有一回日林走下山去，想看看老头住在哪里。他顺着路走下山，看见一个小园子，用砖石砌的围篱，篱墙后面有樱桃树和晒的杏干，还有一栋平顶的小屋子。他走近些；看见还有一些草编的蜂窝放在那里，蜂子嗡嗡地飞着。老头跪在地上，正在蜂窝前忙着什么。日林为看清楚想站得更高一点，弄响了脚下的木栅。老头张望一下，忽然尖啸一声，从腰中拔出手枪朝日林就是一枪。日林勉强来得及躲到一块石头后面。

　　老头到主人那里来告状，主人叫来日林，自己笑着问他：

　　"你去老头那里干什么？"

　　"我对他又没做什么不好的事，"他说，"我只是想看看他怎么过日子的。"

　　主人转述这些话。可老头发着火，嘶嘶叫嚣着什么鞑靼话，呲出他那两只犬牙，朝日林挥动着手。

　　日林没有听懂全部的意思，但明白了一点，就是老头喝令主人杀死所有俄国人，不要留他们在山寨里。老头走了。

　　日林就问主人，这老头是个什么人？主人回答："这是个大人物！他曾是第一号"直京"（好汉），他杀死过许多俄国人，过去很富有。他有三个妻子和八个儿子。他们全住在一个村子里。俄国人来了，毁了村子，杀掉他七个儿子。活下来一个儿子投降了俄国人。老头自己跑去投降俄国人，在他们那里待了三个月，找到自己的儿子亲手杀掉他就逃了。这以后他不再打仗，去麦加朝圣祈祷。所以他有那块穆斯林头巾。谁去过麦加就被称作哈吉，才可以戴上头巾。

他不喜欢你们的人，他叫我杀掉你，可我不能杀你，我为你付了钱；再说我，伊万，喜欢上你啦，我不只是不杀你，要不是讲好了，我就不放你走了。"他笑着又用俄语加上一句："你的，伊万，好，我的，阿布杜，好!"

四

日林这样生活了一个月。白天在山寨里各处走走或干手工活，一到晚上，山寨里一静下来，他就在自己板棚里挖掘起来。因为有石头，挖起来挺困难，他就用锉子锉石头，这样他在板壁下挖出来一个洞，正好够爬过去。他想："只是我得弄清楚地点，该往哪里走。可鞑靼人谁都不说这个。"

有次日林选个主人不在的时候，朝山寨后面的山上走去，想看看地形方向。主人走时，他吩咐儿子跟住日林，不准日林脱离他的视。这男孩跟在日林身后跑着，喊道：

"不要去！父亲不准。我要叫人了！"

日林只好说服他：

"我不会走远的，"他说，"只爬到那个山上去，我要找一种草，用来治你们的人。跟我一块去吧，我戴着足枷跑不掉的。明天我给你做副弓箭。"

他说服了小家伙，一块去了。看着山不远，可带着足枷走就难了。他走啊，走啊，勉强爬上了山。日林坐下来，开始察看地形。正是中午，山后面是一道谷地，马群在那里走动，还看得见小山冲里有另一个山寨。那个山寨后面的另一座山更陡峭，那座山后面还有一座山。群山之间森林幽暗泛蓝，而且远处都是山，一座比一座更高，而最高的，是白得像砂糖一样的积雪覆盖的山峰。有一座帽子形状的雪山比其他山都高。不论是太阳升起处还是落下处都是山，偶尔某处山隙中飘起村寨的炊烟。他想："那，这都是他们的地方。"他又朝俄国那一方看：脚下是一条小河，自己的山寨，周围是小园子。在小河边洗衣的婆娘们就像一个个小娃娃大小。山寨后面是一座稍矮一些的山，这山后面还有两座山，山上长着森林；而在两山之间有一块平坦的地方在微微发蓝，平地很远很远的那面清楚地笼着炊烟。日林开始回忆，当他住在要塞自己屋里时，太阳是从哪边升起，又从哪边落下的。他看清了没错，我们的要塞应该就在这块平原上。应该从这两座山之间逃走。

太阳开始沉落了，雪山从白色变为红色，黑色的山岭变得更加幽暗。各个小山冲里升起水汽，而那块我们要塞所在的平原，则在落日映照下像是燃起了大火。日林凝望远方，在平原上确有什么东西朦胧中矗立在那边，很像是烟从烟囱里冒出来。他就觉得，这就是它，俄国的要塞。

天已经晚了。听得见毛拉①召唤了一声。畜群被赶回来，母牛在哞哞地哼叫。小家伙直在催："我们走吧。"可日林还是不想走。

他们回到家里。日林想："好，现在我清楚方位了，该逃了。"他原想当夜就跑。夜很黑，没有月亮。糟糕的是，傍晚鞑靼男人们回来了。一般，他们赶着牲口欢欢喜喜地回来，而这一次什么也没带回来，只在马鞍上驮回来一个打死的自家鞑靼人，是那个棕红头发鞑靼人的兄弟。鞑靼人脸色阴沉地回来，聚集起来办丧事。日林也走出来看。他们把死者用亚麻布裹起来，不用棺材，把死者抬到寨后的梧桐树林中，放在草地上。毛拉来了，老头子们都来了，用巾扎住帽子，脱下鞋，排成行跪坐在死者前。

前面是毛拉，后面是三个戴穆斯林头巾的老头坐成一排，再后面是其他鞑靼人。他们坐着垂下头不出声，沉默了很久。毛拉抬起头来说：

"安拉！"（就是上帝的意思）。他说完这句话，其他人又低下头沉默很久，坐着一动不动。毛拉又抬起头：

"安拉！"然后全体都说："安拉！"接着又沉默下来。死者躺在草地上一动不动，而他们坐在一旁也像死了一样，一个也不动一动。只听得见梧桐的叶子在微风吹动下翻转的声响。后来毛拉作了一段祷告，所有的人都站起来，合力抬起死者向前走去，抬到土坑前。土坑挖得有些不寻常，是在地下挖了一个像地窖一样的坑。他们抬着死者的腋窝和腿弯，把他的身体对折起来，轻轻放下去，死者坐着被塞进地下，他的手被放在肚子上。

---

① 对伊斯兰教的学者的尊称，这里指他们的神职长老。

诺盖人搬来了绿色的芦苇，他们用绿苇填塞洞口，动作利索地盖上土，填填平，在死者头部附近竖起一块石头。他们踩实土，又重新分排在坟前坐下。沉默很长时间。

"安拉！安拉！安拉！"他们叹息一声站起来。

棕红头发鞑靼人把钱分发给三个老头，然后站起来，拿鞭子在自己额头上敲击三下后就回家了。

早上日林看见红鞑靼人牵匹母马到村后去，他身后走着三个鞑靼人，棕发鞑靼人脱下外衣，卷起袖子，他那两只大手可真够结实的。他拿出匕首，在磨刀石上磨了磨。鞑靼人把母马的头扳向上面，棕发鞑靼人走过去，割断它的喉咙，把它放倒开始剥皮剖肚，用自己的粗大拳头剥拆马皮。婆娘们和女娃子们跑来洗肠子和内脏，后来他们把母马砍开，抬进屋子。接着全村人都聚到棕发鞑靼人家里来祭奠死者。

母马够他们吃了三天，他们喝着布扎酒祭奠死者。所有的鞑靼人都在家。到第四天，日林看见他们中午集合起来，不知要去哪里。他们牵来马，收拾利索就骑马出发了，同走的大约有十个人左右，棕红头发的鞑靼人也去了。只有阿布杜留在家里。月亮还刚刚长成一道小弯，夜还是挺黑的。

日林想："好，今天应该逃跑。"他告诉柯斯特令，可柯斯特令害怕了。

"那怎么能逃？我们连路都不知道。"

"我认识路。"

"可一夜也走不到啊。"

"走不到我们就在森林里过夜。我这里收集了一些饼子。你干什么要在这里蹲下去？往好的说，家里寄来钱，但也可能家中凑不起钱。而且鞑靼人现在正凶着呢，因为俄国人杀了他们的人。他们说，想杀了我们呢。"

柯斯特令想想，再想想说：

"好，走吧！"

五

日林爬进洞，把洞挖宽些，好让柯斯特令也爬得过去；他们坐下来等，等山寨里静下来。

山寨里的人声刚刚沉寂，日林就从墙下爬过去，钻出来悄声对柯斯特令说：

"爬出来。"

柯斯特令也爬出来了，可脚勾住一块石头哗啦一响。主人有只看家狗，一只花狗，非常凶恶，它的名字叫乌拉申。日林早就用吃的东西把它喂熟了。乌拉申听到响声就吠叫起来，直扑过来，后面跟着其他的狗。日林轻轻吹一声口哨，扔过去一块饼，乌拉申认出熟人，摇起尾巴不叫了。

主人听见声音，从屋里大叫起来：

"乌拉申，盖契! 盖契!"

而日林骚骚狗的耳后根，乌拉申默不作声，在日林腿边蹭着痒，一个劲摇尾巴。

他们在角落里坐了一会儿，四周一切都静下来，只听见羊栏中羊的喷气声和山下溪水流过石块的声响。天很黑 '星星高挂在天上' 山脊上一轮新月发红了，两只尖角朝上地冉冉升起，谷地中笼着雾，像牛奶一样发着白。

日林站起来，对同伴说：

"好。兄弟，走吧!"

他们出发了，刚走出几步，就听见毛拉在房顶上吆喝哼唱起来："安拉! 别斯米拉! 伊里拉赫满!" 这就是说，马上有许多人去清真寺，他们又坐下了，等待人群走过。四周又静下来。

"走，上帝保佑我们!" 他们划过十字，向前走去。他们穿过院子走到通向小河边的峭壁之下，淌过小河，走上谷地。雾很浓，然而沉在地面，头顶上还隐约可见星星闪亮。日林根据星辰判别该向哪方面走。在雾中行走感觉既清新又轻快，只是靴子不得劲，全穿坏了。日林脱下自己的靴子，赤脚走起来。他从一块块石头上跳跃过去，同时抬头看着星星。柯斯特令开始落后了。

"走慢点，"他说，"该死的靴子，把脚全磨破了。"

"你就脱掉呀，会轻松些的。"

柯斯特令赤脚走起来，情况更糟了，石块把脚全割破了，他还是落在后面。日林对他说：

"脚磨破会长好的，但他们追上了，我们就得死，这可坏多了。"

柯斯特令什么也不说，边走边哼哼。他们在谷底走了很久，听见右边传来狗叫声。日林站住了，四周察看一下，爬上山坡用手摸索着。

"嗨，我们错了，"他说，"偏右走了，这里是另一个山寨，我在山上望见过它；应当回头向左走，朝山里走。这里应该有森林。"

而柯斯特令却说："哪怕等一会少儿呢，让我歇口气，我的脚全都磨出血了。"

"嗨，兄弟脚却会长好的；你跳轻松点。看，就这样！"

日林回头朝右跑向森林覆盖的山中，柯斯特令还是落在后面哼哼唧唧。日林朝他不时低吼一声，自己则不停地朝前走。

他们爬上山。确实是森林。他们走进森林，荆棘划破了他们所有的衣服。他们找到一条小路，顺着路向前走去。

"站住！"路上传来蹄声。他们站住，倾听。蹄声响了一会儿，像匹马在走，又停下了。他们又动身前进，可蹄声又响起来。他们停，蹄声也停。日林爬过去，顺路朝亮处张望，好像有什么东西站在那里。马不像马，而且马身上有个什么怪东西，不像个人。听得它喷了喷鼻。"这是个什么怪物！"日林轻轻吹了声口哨，只听从路上到林中唰的一声响声大作，噼噼啪啪树枝折断的声音，响得就像暴风雨扫过一般。

柯斯特令吓得当时就倒在地上。日林却笑了，他说：

"这是一只鹿。你听，它的角是怎样碰断树枝的。我们怕它，它还怕我们呢。"

　　他们继续向前。大小熊星座都已经沉落下来，离破晓不远了。可他们走的方向是对还是错，却不知道。日林觉得自己是从这条路上带进来的，并且离自己人还有约十俄里的路程，却没有可供确认的任何目标，况且夜间什么也看不清。走到一块空地上，柯斯特令坐下来说：

　　"随你的便吧，我可走不到了：我的脚走不了啦。"

　　日林只好劝说他。

　　他说："不，我走不到，我走不动。"

　　日林生气了，吐口唾沫，骂了他一顿，

　　"这样的话，我就一个人走了，别了！"

　　柯斯特令跳起来，往前走去。他们走了大约四俄里路。林中的雾更浓了，眼前什么也看不见，连星星也只是隐约可见。

　　突然他们听见前面有马蹄声，听得见马蹄铁敲击石块的声音。日林趴到地上，贴近地面听起来。

　　"是真的，一个骑马的往我们这边来了。"

　　他们从路上跑开，坐在灌木丛中等着。日林爬到路边一看，一个骑马的鞑靼人过来了，赶一头母牛，在马上还自言自语地咕哝着什么。鞑靼人过去了，日林回到柯斯特令身边。

　　"好，上帝保佑我们躲过灾祸，起来，我们走。"

　　柯斯特令打算站起来却又倒下去。

　　"我不能，上帝作证，不能，我一点力气也没有了。"

　　这个身躯沉重胖大的男人出了一身大汗之后，再被林中浓雾的湿冷一激，而且脚也磨烂了，结果他完全垮了。日林试着把他硬拉起来。柯斯特令一声大叫：

　　"哎哟，痛！"

　　日林一下呆住了。

　　"你叫什么？那个鞑靼人还在附近，他会听见的。"自己心中在想："他真是很虚弱了，我拿他怎么办？扔下同伴是不行的。"

"好吧,起来,"他说,"趴到我背上,要是你实在不能走的话,我背你下去。"

他把柯斯特令背到自己身上,双手抓住他的大腿,走上小路,艰难地向前走。

他说:"看在耶酥份上,只求你别把手扣住我的喉咙,抓住我的肩膀。"

日林觉得非常吃力,他的脚也流着血并且疲累不堪了。他弯下腰,正一正身子,把柯斯特令的身躯抛上去些,艰难地背着他沿路走去。

看来鞑靼人听到柯斯特令那一声叫喊了,日林听到有什么人骑马在后面跑,用鞑靼话嚷着什么。日林扑进灌木丛中,鞑靼人抽出枪就打,没打中,他用鞑靼话尖叫起来然后策马沿路奔驰而去。

"好,"日林说,"我们完了,兄弟! 他,这只狗,现在会叫来鞑靼人来追我们,我们走不到三俄里路的,我们完了。"自己心下直怨柯斯特令:"我真见鬼了,带上这个笨胖子一块走,我一个人早走了。"

柯斯特令说:

"你一个人走吧,干吗为了我而害你。"

"不,我不走,不能抛下自己的伙伴"。

他又背起同伴,挣扎着前进,他这样走了大约一俄里。他们一直在森林中行进,看不见森林的尽头,雾开始消散,好像天上云块在聚拢,星辰也已看不见了。日林精疲力竭了。

路边遇到一个用石块围好的泉眼,日林站住,把柯斯特令放下。

他说:"让我歇歇,喝够水。我们来吃点饼。应当不远了。"

他刚趴下喝水,听见身后传来蹄声。他们赶紧又扑进右边丛林中,伏在一道陡壁下。

他们听到鞑靼人的说话声,鞑靼人在他们拐下道路的地方停住。他们交谈几句,口中"乌西乌西"的叫着,像是在吆喝狗。他们听见什么东西一路发出唰唰啦啦的响声,是一只陌生的狗直朝他们这里跑来。它停下,吠叫起来。

鞑靼人跟着也上来了,也不是本村的。他们捉住日林他们,捆起来放上马背驮回去了。

走了大约三俄里，主人阿布杜和另外两个鞑靼人迎住他们。他们相互交谈几句，把日林两人换上阿布杜等人的马背，就朝寨内驰去。

阿布杜已经不笑了，连一句话也不同他们说。

回到寨子里天已亮了。他们把日林二人留在街上。小孩们跑拢来，用石块、鞭子打他们，还尖叫喧哗着。

鞑靼人围成一圈，那个山下的老头也来了。他们开始说话。日林听出他们正谈论自己和柯斯特令，讨论把这两人怎么办。一个说应当把他们俩弄到更远的山里去，而那个老头说："应当杀死。"阿布杜争执说："我为这两人付过钱，我要用他们换赎金。"而老头说："他们什么赎金也不会付的，只会带来灾祸。给俄国人吃东西就是种罪过，杀掉就完事了。"

鞑靼人散了。主人走到日林面前，对他说起话来。

"要是我收不到寄来的赎金，"他说，"过两个星期我就用鞭子抽死你们，要是还想逃跑，我就把你像条狗一样杀死。写信，好好地写！"

给他们拿来纸，他们写好信。给他们钉上足枷，带他们到清真寺后面。那里有个五俄尺深的坑，他们被推进坑里。

六

他们的生活变得彻底可怕了。不给他们取下足枷，也不放他们出来见见天日。往坑里给他们只扔些生面团，像给狗吃的一样，再就是放个装了水的罐子下去。坑里又臭又闷，潮湿不堪。柯斯特令完全病倒了，浮肿起来，全身酸痛，他不是呻吟就是睡觉。连日林都有些灰心了：看出事情不妙。他也不知道怎么挣扎出去。

他开始打算挖条路，可泥土没处藏，主人看见了，威胁杀死他。

有一次他蹲在坑底，思念着自由生活，心中愁闷。突然一个饼落到他膝盖上，又是第二个落下，还滚下来许多樱桃。他朝上看看，那里竟是济娜。她看看他,笑了笑就跑了。日林就想:"济娜能不能?"

他在坑里清出一块地方,挖了些泥,做起泥娃娃来。他做出人、马、狗,他想:"济娜一来,我就扔给她。"

可济娜第二天没来。马蹄声响起,有谁骑马跑过去,鞑靼人在清真寺聚集起来,他们争论着,叫喊着,还不断提到俄罗斯人。其中听得出老头的声音。日林没有彻底听明白,但猜出他们说的是俄国人逼近了,他们害怕俄国人打进山寨,正不知道怎样处置俘虏。

他们说了一阵散了。突然上头什么东西响起来。他一看,是济娜蹲在那里,头弯得比膝盖还低,她探着身子,项链直垂下来,在坑口上方晃动不停。她的眼睛像星星一样闪闪发亮:她从袖子里拿出两个奶酪饼扔给日林。日林接住饼问:

"你怎么好久不来?我还给你做了一些玩意儿呢。喏,接着!"他把玩具朝她一个个扔过去,可她摇着头,看都不看。

"不要,"她说,沉默着坐了一会儿才说:"伊万!要杀死你了。"她用手朝自己脖子上比划着。

"谁要杀死我?"

"父亲,老头子他们命令他杀。但我舍不得你死。"

日林就说:

"要是你真的舍不得我死,就拿一根长棍子给我。"

她摇起头,意思是"不行",他合起双手,恳求她:

"济娜,求求你,小济娜,拿来吧!"

"不行,"她说,"会给人看见,全部都在家里。"她走了。

晚上日林坐着想:"会怎么样呢?"他老朝上看。看得见星星,月亮却还没有升上来。毛拉吆喝过了,四周全静下来了。日林已经开始打瞌睡了,他想:"小姑娘会害怕的。"

突然有泥块落到他头土,抬头一看:一根长竿捅到土坑的另一边沿上,捅着捅着开始往下落,慢慢爬进坑里。日林大喜,用手抓住它,把它放到底,好一根结实的木杆! 他早就在主人的屋顶上见过这根木杆。

他看看上面: 星星在天空的高处闪亮, 而正在坑口上面, 济娜的眼睛像猫眼一样在黑暗中闪闪发光。

她弯腰朝洞口悄声说:

"伊万! 伊万!" 可她自己用手一个劲在脸前扇动着, 意思是"轻点"。

"什么?" 日林说。

"全部骑马走了, 只有两个人在家。"

日林就说:

"好, 柯斯特令, 我们来试试这最后一次, 我帮你上去。"

柯斯特令听都不要听。

"不," 他说, "看来我是肯定出不了这里啦。我能走到哪里去, 我连翻身的力气都没有。"

"那么, 就告别吧, 别记我的坏处。" 日林同柯斯特令吻别。

日林握紧木杆, 叫济娜抓住另一头, 就爬起来。他两次摔下来, 足枷很碍事。柯斯特令扶了他一把, 他勉强爬了上去。济娜使出全力用小手抓住他衬衣往上拖, 自己一个劲笑。

日林拿起木杆说:

"放回原处吧, 济娜, 不然逮着了会打坏你的。"

她扛起木杆走了。而日林朝山下走去。走下陡坡, 他找块尖石头, 开始扭足枷上的锁。可锁很结实, 怎么也砸不开, 况且不顺手。他听见有人从山上跑下来, 轻快地蹦蹦跳跳。他想: "肯定又是济娜。" 济娜跑过来, 拿起石块说:

"让我来。"

她跪坐在小小膝盖上, 动手扭锁。可小手单单弱弱, 手指像葱管一样, 没有力气。她扔掉石头哭起来。日林重新着手对付锁, 而济娜蹲在他身边, 用手扶着他肩膀。日林张望一下, 看见左面山后亮起一线暗红, 月亮就要升起来了。他想: "好啦, 在月亮升起之前要走完谷地, 走进森林。" 他站起身扔掉石头。就是戴着足枷也得走。

"告别了，"他说，"小济娜。我永远都会记住你的。"

济娜一把抓住他，用手在他身上摸索着，想找一个地方好塞些饼子给他。他拿过饼子。

"谢谢，"他说，"好姑娘。没了我谁给你做泥娃娃？"说着摸摸她的头。

济娜一下子哭起来，双手捂脸跑上山去，像只小山羊般跳跃着。在黑暗中只听见她发辫中的钱链在她背上叮叮微响。

日林划了十字，用手抓住足枷上的锁链，为了不发出响声。然后蹒跚地顺着路向前走去，边走边看天空微亮的那一角，看月亮将升起的地方。他认清路了，一直往前走大约八俄里，只要在月亮完全升起之前走到森林就行。他走过一条小河。山后的光亮已经发白了。他走进谷地，自己抬头看看：看不看得见月亮。那一角亮光更亮了，并且谷地的一端也变得越来越亮。阴影在向山脚方向缩短，越来越接近他。

日林一直在阴影中走着。他急着赶路，可月亮升得更快：就连右面的山头也亮起来了。他开始接近森林，这时月亮从山后升起来了，白白的，明亮如同白天一样。树上的所有叶子都看得清清楚楚。山上既明亮又安静，仿佛一片死寂。只能听见山下一条小溪流水琤琤。

走进森林，没遇上任何人。日林挑了个林中黑暗一点的地方，坐下休息。

休息一会儿，吃了一个饼。他找到一块石头，又开始砸足枷。手全砸破了，可锁没砸开。他站起来，顺路再往前走。又走了一俄里左右，感觉精疲力竭，脚痛得像断了一样，他只能走上十步就停下歇歇："没别的办法.."他想，"趁着还有力气，我就挣扎着走。要是坐下来，我就站不起来了。要塞我是走不到的，只要天一亮，我就往林子里一躺，躲过白天，晚上再走。"

他走了一夜。只碰上两个骑马的鞑靼人，而日林老远就听到他们，在树后面躲过去了。

月亮变得苍白起来，露水落下，天快亮了。可日林还没走到森林边上："好，他想，我再走三十步就拐进森林坐下。"走完三十步一看，森林到头了。他走到森林边上，天已大亮；就像在手掌上一样，草原和要塞就呈现在眼前。

并且在左边，在山下很近的地方燃着篝火，煮着东西，烟顺着地面铺散开来，火堆旁有人群。

他看呆了，他看见武器在闪光，还有哥萨克，士兵们。

日林高兴极了，鼓起最后的力量走下山去。可自己心里却想："上帝保佑我，这里是一片田野，骑马的鞑靼人会看见的；虽然近，但逃不掉。"

刚想到这个，他看一眼：右面山岗上站着三个鞑靼人，离他大约二十俄丈。他们看见他，策马直奔他而来：他的心一下沉下去了。他挥动起手，尽自己的最后力量大喊起来：

"兄弟们！救救我！兄弟们！"

我们的人听到了，哥萨克骑兵跳起身来。放马奔他而来，横截鞑靼人的进退之路。

哥萨克离得远，而鞑靼人近。日林于是聚起全身最后的力气，用手提起足枷，朝哥萨克兵跑去，而自己已经完全失去了感觉，边划十字边喊着："兄弟们！兄弟们！兄弟们！"哥萨克有十五个人左右。鞑靼人害怕了，还没跑到就开始停下来了，于是日林跑到了哥萨克们身边。

哥萨克们围住他，问他是谁，干什么的，从哪里来？可日林连自己是谁都差不多记不起来了，他哭着，嘴里还重复着：

"兄弟们！兄弟们！"

士兵们跑过来了，围住日林；有的给他面包，有的给他粥，有的给伏特加酒；有的用大衣盖好他，有的动手砸木枷。

军官们认出他，把他送进要塞。士兵们高兴极了，同伴们都来看望日林。

日林讲述了他的遭遇，然后说：

"这就是我的回家之行，我的结婚！不，看来我没这个命。"

他就留在高加索服役了。而柯斯特令过了一个月才用五千卢布赎身回来，他被运回来时，只剩下一口气了。

(1872)

人靠什么活着

我们爱弟兄、就晓得是已经出死入生了。没有爱心的，仍住在死中。(约翰一书第三章，14)

凡有世上财物的，看见弟兄穷乏，却塞住怜恤的心，爱上帝的心怎能存在他里面呢。(第三章，17)

小子们哪，我们相爱，不要只在言语和舌头上，总要在行为和诚实上。(第三章，18)

因为爱是从上帝来的，凡有爱心的，都是由上帝而生，并且认识上帝。(第四章，7)

没有爱心的，就不认识上帝，因为上帝就是爱。(第四章，8)

从来没有人见过上帝，我们若彼此相爱，上帝就住在我们里面。(第四章，12)

上帝就是爱，住在爱里面的，就是住在上帝里面，上帝也住在他里面。(第四章，16)

人若说，我爱上帝，却恨他的弟兄，就是说谎话的，不爱他所看见的弟兄，就不能爱没有看见的上帝(第四章，20)

一

从前有一个鞋匠和老婆孩子一起住在别人的房子里。他没有自己的房子，也没有地，他靠鞋匠手艺养活全家。粮食很贵，可工钱很低，所以挣下的钱全用在糊口上了。他和老婆两人只有一件皮袄，就这件也已穿得破破烂烂的了。

该买点羊皮做件新皮袄,鞋匠为这事已经打算一年多了。

秋天鞋匠手头积下了一笔钱:老太婆箱子底上压着三个纸卢布。还有五个卢布二十戈比的账在村里人手中。

鞋匠一大早为皮袄去村子里。他吃完早饭,在衬衣外面穿上一件老婆子的短棉袄,上面再罩上一件呢外衣,拿上三卢布的钞票,又从篱笆上抽出一根棍子,就走了。他想:"到村里人那儿收回五卢布的账,加上这三个卢布,就去买羊皮做皮袄。"

走到村子里,走进一户人家,那庄稼汉不在,他老婆答应这礼拜让丈夫带钱去找鞋匠,可她没给钱。走进另一家,这家庄稼汉起誓说没钱,只给了二十戈比作补靴子的工钱。鞋匠想赊账买下羊皮,可羊皮商不肯赊账。

"拿钱来,"他说,"那时任你怎么挑,要不我们可知道讨债是什么滋味!"

这样鞋匠什么事也没办成,只收了二十戈比账作补鞋工钱,还从一个庄稼汉那里拿了一双破毡靴,要缝上一层皮子。

鞋匠心里好一会儿难受,他用二十戈比喝了伏特加酒,然后空手回家去。早起鞋匠就觉得冷,可喝完酒——没皮袄也暖和了。鞋匠走在路上,一只手拿着棍子,在冻实的路面石头堆上戳戳点点,另一只手拎着毡靴边甩边走,他自言自语说着话。

"我,"他说,"没皮袄也暖和,喝掉一什卡利克①酒,它在所有血管里跳着玩儿呢。连皮袄都用不着了。我现在走路,早忘了心里的难受。我就是这么个人!我怎么着了?没皮袄我也活得下去。我这辈子用不着它,就是一个,老婆子会难过的。可也真够让人伤心的,你给他做活,他倒要你。这次你等着瞧:你不拿钱来,我就扣下你的帽子,上帝作证,扣帽子。要不这叫什么事?给二十戈比工钱!二十戈比能干什么?只有一条:喝酒花掉。说什么,钱有急用,你有急用,那我就没有急用啦?你又有房子,又有牲口,什么都有;我有的全在这儿了。你吃自己的粮食,可我还得买,每星期光粮食就得要三个卢布,也不管你从

---

① 俄国旧的酒类计量单位,等于 0.06公升。

哪儿去弄。回到家里，粮食又吃完了，又得拿出一个半卢布。你得把我的钱还给我。"

鞋匠这样走近大路拐角上的小礼拜堂，看见正在小礼拜堂后面，有件什么发白的东西。天已经有些暗下来了，鞋匠看来看去也没看清楚是什么东西，"石头吧，这里原来可没有；是牲口？又不像牲口。从头这边看像个人，就是太白了些。再说是人干吗要在这儿？"

走近些就完全看得清了。多奇怪：真是个人，不管是死是活，全身一丝不挂，靠坐在小礼拜堂边一动不动。鞋匠害怕起来，心里想："什么人把这个人杀死，剥走衣服扔在这里。只要一走近他，就脱不了干系啦。"

于是鞋匠从那人身边走了过去。走到小礼拜堂后面，那个人看不见了，走过小礼拜堂，他回头一看，看见那个人不再靠在小礼拜堂上，"他动弹起来，而且好像在张望这边。鞋匠更害怕了，心想："走近他还是走过去不管？走到他身边，不会有什么坏事吧：谁知道他是什么人？不是为好事落到这地步的，走近他，要是他跳起来卡住你脖子，就走不了啦。就算不卡脖子，你为他忙活去吧。你拿他个光身子怎么办？总不能把自己身上最后这点衣服给他穿吧。只求上帝饶恕我！让我躲过灾祸！"

鞋匠加快脚步。已经快要完全走过小礼拜堂了，他觉得良心上过不去了。

他在路当中站住。

"谢苗，"他对自己说，"你干的什么事？这个人遭难快死了，可你害怕了，丢下他不管。你还真是发大财了怎么的，怕别人抢你的？嗨，谢苗，这不对头！"

他转身向那个人走去。

二

他走近那人，打量起他来。看到那个人年轻、强壮，身上没有被打的伤痕，看得出他只不过冻坏了和受了惊吓。他靠墙坐着，也不看谢苗，像是虚弱得连眼睛都抬不起来似的。谢苗一直走到那人跟前,那人好像突然猛醒过来,转过头,睁眼看了看谢苗。这一眼就让谢苗喜欢上了他。谢苗把毡靴往地上一扔,解下束腰带扔到毡靴上,把呢外衣一脱。

"得了,"他说,"没啥好说的,穿上吧! 啊!"

谢苗扶住那人腋窝把他搀起来,这个人站起来了。谢苗看见,这人身体单瘦、干干净净的,手和脚都没折没断的,长相很让人喜欢。谢苗把呢外衣给他披上肩,可他的手怎么也穿不进袖管,谢苗帮他把胳膊伸进袖子给他拉好掖紧衣襟,然后给他束上腰带。

谢苗本来已经脱下破帽子,想给这人戴上,可觉得脑袋冷起来,心想:"我全秃顶了,可他一头鬈发挺长的,"又自己戴上帽子,"不如给他穿上靴子。"

谢苗让他坐下,给他穿上毡靴。

鞋匠给他穿好衣服之后说:

"这下好了,兄弟,来,活动活动筋骨暖和一下,剩下的事没有咱们也会弄清的,能走吗?"

这人站着,温和地看着谢苗,可说不出话来。

"你怎么不说话? 总不能在这儿过冬吧,要到有住家的地方去,要是走不动,给,拿我的棍子去拄着。快点走起来呀!"

这个人走起来,走得挺轻松,没拉下。

走在路上谢苗说。

"你是谁家的?"

"我不是这里人。"

"这里人我就认识了。那你怎么到这里来,坐在小礼拜堂边的呢?"

"我不能说。"

"该是被人欺负了?"

"谁也没欺负我。上帝惩罚了我。"

"知道,一切都是上帝。可不管什么人都得有个去处啊,你要去哪儿呢？"

"我去哪儿都一样。"

谢苗觉得奇怪，看他不像个胡来的人，说话也和气，可不讲自己的事。谢苗想："真是什么事都有啊，"就对这人说：

"怎么办呢，那就去我家吧。总要好受一点儿吧。"

谢苗走在前面，外乡人并肩走着一步不落。起风了，风直透到谢苗衬衣里去，他的酒劲过了，觉得冷起来。他边走边吸着有些塞住的鼻子，掖紧身上老婆子的棉袄想："这皮袄可真是的，去买皮袄的，回来没了呢外套不算还领回来一个光身子的。玛特廖娜可不会夸我的。"一想到玛特廖娜，谢苗心中就烦闷起来。可他只要看这外乡人一眼，就会想起这人在礼拜堂前看他的那一眼，他的心就欢喜起来。

三

谢苗老婆早早把家里活都收拾完了。劈柴、打水，喂饱孩子们，自己也随便吃了点，接下来她想，想她该啥时候烤面包：今天还是明天？还剩下一块挺大的面包头。

"要是谢苗，"她说，"在那里吃的午饭，那晚饭他就吃不了多少，那剩下的面包就够明天吃了。"

玛特廖娜把面包头转来转去地看看，心想："今天我不烤面包了，面粉只够烤一只面包的，还要撑到星期五呢。"

玛特廖娜收好面包，在桌边坐下给丈夫衬衣缝个补丁。玛特廖娜边缝边想丈夫买羊皮做皮袄的事。

"羊皮贩不会骗他吧，我这老头子脑子不会转弯的。他自己什么人都不会骗，可小孩子都能耍了他。八个卢布可不是笔小数目，够做一件上好皮袄。就算不是熟皮的，可还是全皮袄。去年冬天没皮袄是怎么熬过来的！连河边都不能去，哪儿都没法去。要不他出院门，就穿上所有的衣服，连我都没衣服穿了。他走了不少时候了，该回来啦，我亲爱的老鹰该不会到哪儿逛去喝上酒了吧？"

玛特廖娜刚想到这儿，外面台阶的梯板就吱吱响起来，有人进来。玛特廖娜别好针，走出去到了前厅。她看见进来两个人：谢苗和一个没戴帽子穿毡鞋的陌生汉子。

玛特廖娜立刻闻出丈夫身上的酒味，"好，"她想，"真逛酒馆里去了。"等她看清他没穿呢外套，只穿着棉袄，手里还什么也没拿，只管缩着身子不吭声的时候，玛特廖娜的心沉下去了。"喝光了，"她想，"把钱喝光了，跟个什么不走正道的人逛到一块儿去了，还把他带家来了。"

玛特廖娜让他们进屋，她进来看到这个人是个生人，年轻、很瘦，身上穿的是他们家的呢外套。外套下面看不出有衬衣，没帽子。他走进屋就站住不动，连眼睛也不抬起来。玛特廖娜想这是个不善的人，他肯定害怕了。

玛特廖娜皱起眉，走开到炉子边上，看他们接着干什么。

谢苗摘下帽子，像没事人似的坐到凳子上。

"怎么样，"他说，"玛特廖娜，拿晚饭出来，好不好！"

玛特廖娜低声对自己嘟哝了句什么，站在壁炉前就是不动身。她一会儿看这个人，一会儿又看看那个，只管摇头。谢苗看老太婆心里不对劲，可又没办法：装作没发现，拉起外乡人的手。

"你坐下，"他说，"兄弟，咱们吃晚饭。"

外乡人在凳子上坐下。

"怎么啦，是没做饭？"

玛特廖娜发火了。

"做饭了，可不是给你吃的。我看你把脑子都喝没了。去买皮袄，丢了呢外套回来，还把个什么光身子的流浪汉领回家来。我没晚饭给你们这些酒鬼吃。"

"说够啦，玛特廖娜，干吗白费劲嚼舌头！你先问一问他是什么人……"

"你说，把钱弄到哪里去了？"

谢苗伸手到呢外套里，掏出一张钞票打开。

"钱，这不是在吗，可特里丰诺夫没给钱，发誓明天给。"

玛特廖娜心中更火了：皮袄没买，倒把最后的呢外套穿在个什么光身子的人身上，还领回家来。

她抓过桌上那张钞票，拿去收好，边走边说：

"我没有晚饭。光身子醉鬼哪里喂得饱。"

"嗨，玛特廖娜，少说两句吧。先听听人家说什么……"

"从喝醉的傻瓜那里能听到什么聪明话。本来我就没想嫁给你这醉鬼。妈给我陪嫁的麻布，被你喝掉了；去买皮袄，喝掉了。"

谢苗想说给老婆听，他只喝掉二十戈比，他想说，他在哪里找到的这个人，可玛特廖娜连一个词都不让他说出来：不知她从哪儿找出这么多话，恨不得一张嘴能说两句话。十年前的陈芝麻烂谷子事她都想起来了。

"把我那件棉袄拿来。就剩这一件衣服了，还从我身上扒了去穿到自己身上去了。拿过来，麻脸老狗，叫坏种揍死你！"

谢苗开始脱那件女短袄，刚脱出一只袖子，老婆一扯，短袄缝线发出崩裂声。玛特廖娜抓起短袄往头上一套就直奔门口。她想走又停住了：她觉得心快要气炸了，想好好发泄一下怒气，又想弄清楚，这是个什么人。

四

玛特廖娜站住问：

"要是好人，就不会落到光身子的模样，连件衬衣都没穿。要是件好事，你早就说了，从哪里领来这么一个体面人。"

"我就是跟你说呀，走到小礼拜堂那儿，看见他没穿衣服坐在那儿，全冻僵了。又不是夏天，让他光着身子在那里总不是个事儿，上帝把我领到他身边的，要不他就完了。那怎么办呢？世上什么事没有啊！我就给他穿上衣服领回来了。平平气吧你，罪过呀，玛特廖娜。我们也会死的。

　　玛特廖娜想大骂一场，可看了一眼外乡人就不吭声了。外乡人坐在那儿动都不敢动一下，只坐在凳子边上。他双手放在膝盖上，头垂在胸前，连眼睛都不睁开，眉眼皱缩成一团，就像有什么东西使他窒息一样。玛特廖娜不说话了，谢苗接着说：

　　"玛特廖娜，你心中就没有上帝了吗？"

　　玛特廖娜听到这句话，又看眼外乡人，心中忽然消了气。她离开门，走到壁炉边的角落拿出晚饭。她往桌上放一个大汤盆，倒上克瓦斯，又拿出最后那块面包头，还放上刀和勺子。

　　"那你们就喝吧，行不？"她说。

　　谢苗推推外乡人。

　　"挪过来点，"他说，"好样的。"

　　谢苗切好面包，又往汤盆中揉了些面包屑，他们开始吃饭。玛特廖娜坐在桌角上，手支在桌上看着外乡人。

　　玛特廖娜可怜起外乡人来，并喜欢起他来。突然外乡人变得高兴点了，他不再皱眉，抬眼看着玛特廖娜一笑。

　　等他们吃完，玛特廖娜收掉桌子就开始问外乡人：

　　"那你是谁家的？"

　　"我不是这里人。"

　　"那你怎么到了大路上的？"

　　"我不能说。"

　　"谁把你抢了？"

　　"上帝惩罚我。"

　　"你就这样光着身子躺着？"

　　"就裸身躺着，快冻死了。谢苗看见我，可怜我，脱下自己的外套给我穿上，又让我到这里来。在这里你让我吃饱喝足，你同情我，上帝定会救你们！"

　　玛特廖娜站起身，从窗台上拿下她刚在补的谢苗的旧衬衣，递给外乡人，又找出一条裤子，递给他。

"喏，拿着，我看你衬衣也没有。换上然后就躺下睡觉吧，爱在哪儿就在哪儿睡，睡阁楼还是睡壁炉上。"

外乡人脱下外套，穿上衬衣和裤子，在阁楼上躺下了。玛特廖娜灭了灯，拿起呢外套爬到丈夫身边。

玛特廖娜盖上一角外套躺着，可睡不着，她无法把外乡人从脑中赶出去。

想到他把她最后一角面包吃掉了，弄得明天没面包吃，想到她把旧衬衣和裤子给了他，她心中就烦闷起来；可只要想到他的微笑，她的心又快乐地跳动起来。

玛特廖娜很久没睡着，她听到谢苗也没睡，直往自己身上扯着外套。

"谢苗！"

"啊！"

"最后一块面包你们吃了，我没发面做新的，明天我不知道怎么办。要不我到干妈玛兰伊那儿借一点

"只要我们活着，总会吃得饱。"

女人躺着，有一会儿不吭声。

"那人看起来，是好人，只是他为什么不愿讲自己的事？"

"大概是不能说。"

"谢苗！"

"啊！"

"我们倒是给别人了，可怎么没有人给我们？"

谢苗不知说什么好。他说了句："说够了吧你。"翻个身就睡着了。

五

谢苗早晨醒来，孩子们还在睡，老婆去邻居家借面包了。昨天的那个外乡人独个在凳子上坐着，两眼向上看着。他的脸比昨天有光泽。

谢苗说:"你说呢,我的好人,肚子要吃面包,光身子要穿衣裳。要养活自己啊。你会干什么活吗?"

"我什么也不会。"

谢苗奇怪起来又说:"只要愿意,别人什么都学得会。"

"人们干活,我也要干活。"

"你叫什么?"

"米哈依尔。"

"好,米哈依尔,你不想说自己的身世,那是你的事,但还是应该自己养活自己。你干我让你干的活儿,我给你饭吃。"

"上帝救你,可我会学的。给我看看要做什么。"

谢苗拿起一束麻,绕在手指上搓出一根尖头的缝靴线。

"这活儿不难,你瞧……"

米哈依尔看看,立刻照样绕着手指搓好鞋线。

谢苗给他看怎样给皮子上色,米哈依尔同样立刻明白了。主人给他看怎样穿鬃毛和怎样缝对针缝,米哈依尔也马上明白了。

不管谢苗给他看哪种活,他都马上清楚,从第三天起就干活了,干得就像缝了一辈子鞋一样。他干起活来连腰都不直一下,吃的又少。活儿有空的时候他也不说话,只是看着上头。他不上街,不说多余的话,不开玩笑也不笑。

只见他笑过一次,就是第一个晚上,老太婆为他端上晚饭的时候。

六

一天挨一天,一周接一周,很快一年过去了。米哈依尔照旧住在谢苗家,干着活。谢苗家帮工有名了,因为没人能像米哈依尔这样把靴子做得又利落又结实。周围许多人专为订做靴子来找谢苗,谢苗挣的钱多起来。

冬天,一次谢苗和米哈依尔正坐着干活,木屋前来了一辆三匹马拉的挂铃铛的雪撬。他们看看窗外:雪撬正对木屋停下,马夫座上跳下一个大汉,打开马车门。从雪撬里下来一位穿皮袍子的老爷。走出雪撬就朝谢苗家走,老爷走上台阶。玛特廖娜冲过去,大打开门。老爷弯腰进了屋,再伸直腰时,头差点碰到天花板,他占住了整个屋角。

谢苗站起来向老爷鞠躬,看着老爷觉得稀罕,他还从来没见过这个样子的人。谢苗自己瘦小个儿,米哈依尔瘦长个儿,而玛特廖娜更是干瘦得像块干劈柴。可这个人,就像从另一个世界来的:脸又红又胖,脖子像公牛的,全身像用生铁铸成的。

老爷喘匀了气,脱下皮袍,在凳子上坐下。说:

"谁是鞋匠师傅?"

谢苗走出来说:

"是我,先生。"

老爷对自己的仆人喊一声:

"喂,费季卡,把东西拿来。"

仆人跑进来,拿着一个包袱。老爷拿过包袱,放在桌上。

"打开。"他说。仆人解开包袱。

老爷用手指戳着做鞋的材料对谢苗说:

"喂,你听着,鞋匠,你看见这材料了?"

看见了,您的恩典。"他说。

"你懂不懂,这是什么材料?"

谢苗摸摸材料说:

"好皮料。"

"可不是好皮料!你这傻瓜,还没见过这么好的皮料呢。德国料子,花二十卢布买的。"

谢苗畏怯起来,说:

"我们哪里见得到。"

"就是。你能用这材料照我的脚样缝双靴子吗?"

"能的,先生。"

老爷冲着他大叫起来:

"什么能的。你要记住是为谁缝,用什么材料缝。给我缝一双这样的鞋,要穿一年不变形,不开线。你做得了,就接活,裁开皮料,要做不了,就别接活裁开皮料。我把话说在前头:一年之内开了线,变了形,我就把你关到牢里去;一年之内不开钱,不变形,我给你十卢布作为工钱。

谢苗胆小起来,不知该说什么。他看一眼米哈依尔,用胳膊肘推推他悄声说:

"接下,行吗?"

米哈依尔点下头,意思是:接下活儿吧。

谢苗听了米哈依尔的,答应做一年不变形不开线的靴子。

老爷叫了一声仆人,吩咐脱下脚上的靴子,然后伸出脚。

"量脚样!"

谢苗缝了个十寸长的线样,把它折平。然后膝盖着地,双手好好往围裙上擦擦,为的不弄脏老爷的袜子,开始量脚样。谢苗量过脚掌、量好脚背,接着量脚腕子,纸样不合式,那双大脚在脚腕子那儿简直是一段圆木头。

"看着点,靴筒那儿别裁小了。"

谢苗只好重新接长那纸样。老爷坐在那儿,脚趾在袜子里动弹着。老爷打量着屋里的人,他看见米哈依尔。

"这是谁,在你这里?"他问。

"这就是我这里做鞋的师傅,您的鞋就是他做。"

"看着点啊,"老爷对米哈依尔说,"记得,要缝得能穿一年。"

谢苗回头看看米哈依尔,见米哈依尔没有瞧着老爷,而是盯住老爷身后的屋角看,就像在看着那里的什么人一样。看着,看着,米哈依尔突然笑了一下,他整个脸放出光彩。

"你干什么,傻瓜,呲的什么牙?你还是留点心,按时交活吧。"

米哈依尔就说:

"刚好来得及,赶得上要用。"

"这还差不多。"

老爷穿上靴子、皮袍子，呼哧呼哧喘着气走到门口。可他忘了弯腰，头碰在门梁上。

老爷大骂起来，擦擦脑袋，然后坐进雪撬走了。

老爷走后，谢苗说：

"好个燧石造的壮汉子。凿冰棍都打不死。门框都被他撞出去了，他也没觉得怎么痛。"

而玛特廖娜说：

"过他这种日子能不壮实吗。铆得这么结实的人死神都拉不走他。"

七

谢苗对米哈依尔说：

"活倒是接了，可别给惹出祸来。皮料贵得很，老爷暴得很。可别出点错。你来吧，你眼神儿比我好使，手上功夫比我都强。给你鞋样。裁皮料吧，我来缝完这些靴头子。"

米哈依尔顺从地拿起皮料在桌上摊开。他把皮料叠成双层，拿过刀就裁。

玛特廖娜走过来看米哈依尔怎么裁，心里奇怪米哈依尔裁的是什么。玛特廖娜已经很熟悉鞋匠活计了，她瞧着只见米哈依尔没照靴子的样子裁，而是把皮料裁成圆的。

玛特廖娜想说，又一想："该是我没明白，老爷的鞋怎么缝法；米哈依尔当然比我懂得多，我还是别瞎搅和了。"

米哈依尔裁好一双鞋，拿过鞋锥就缝，他不按做靴子的方法缝对针，却按缝寿鞋的方法做单针缝。

玛特廖娜对这个也奇怪了一阵，但她还是没插嘴。米哈依尔可一直在缝，到吃中饭的时候，谢苗站起来，看见——老爷的皮料在米哈依尔手上被做成了一双寿鞋。

谢苗大吃一惊，心说："这怎么了，想着米哈依尔干一年活没出过一点差错，这会倒闯下个这么大的祸？老爷订的是出边有缘条的长筒皮靴子，可他缝了双不上鞋底的寿鞋，把鞋料毁了。这下我怎么向老爷交代？这样的皮料哪里找得到？"

于是他对米哈依尔说：

"你怎么啦，"他说，"我的好人，你干了什么？你杀了我了！老爷订的是皮靴，可你给他缝的什么？"

他刚开始说米哈依尔，就听门环响起来，有人敲门。从窗口看出去，有人骑马来的，正在系马。打开门，走进来的正是那个老爷的仆人。

"您好！"

"您好！要什么？"

"太太派我来说靴子的事。"

"靴子怎么了？"

"就说靴子的事！老爷用不着靴子了。老爷吩咐大家长寿①。"

"你说什么！"

"从你们这儿出去，没到家就死在雪橇里啦。车一到家，来人搀他出来，可他像只大麻袋似的倒在里面，躺着死得直挺挺的了。费好大劲才把他弄出来。太太所以叫我来。她说：'你告诉鞋匠，老爷在你们这订做靴子，还留了皮料。就说靴子用不着做了，快快用这材料做一双死人穿的寿鞋。你就等他们做好，随身把寿鞋带回来。'我就来了。"

米哈依尔拿起桌上的剩料，卷成一个圆筒，又拿起做好的寿鞋，两手拿着相互一磕，用围单擦擦就递给那仆人。仆人拿起寿鞋。

"再见，老板！祝你们好运！"

---

① 人死的委婉说法。

八

又过了一年，又是两年……米哈依尔在谢苗这里住到第六个年头了。他还是老样子。他哪儿也不去，多余话不说，而且这么多时间里只笑过两次：一次是老婆子拿来晚饭，第二次是对那个老爷。谢苗对自己的帮手喜欢极了，再也不问他从哪里来；他只怕一件事，怕米哈依尔离开他。

有次大家在家，女主人正往炉里放铁锅，孩子们在凳子上跑着，往窗外张望着。谢苗在一个窗口做对针缝，而米哈依尔在另一个窗口钉鞋后跟。

一个男孩踩着凳子跑到米哈依尔身边，靠在他肩上朝窗外看。

"米哈依尔叔叔，看呀，老板娘带两个小女孩往我们这里来了，有一个小女孩的腿是瘸的。"

男孩刚说完这话，米哈依尔扔下活，转身从窗口朝街上看。

谢苗可吃惊起来，因为米哈依尔从不朝街上看，而现在趴在窗前看什么。谢苗也看了看窗外，见确实有个女人朝他们的院子走过来。她穿得很干净，手里牵着两个穿皮袄系毛围巾的小女孩。两个小女孩相像得分不清谁是谁。只是有一个小女孩的左腿有毛病，走一步拐一下。

那女人走上屋阶，走进前厅，摸索着在门上找到把手，打开了门。她让两个小女孩先进来，然后自己走进屋。

"您好，老板！"

"托您的福。您要什么？"

这女人在桌边坐下。小女孩们紧挤在她膝头，有些怕生。

"就是给小姑娘们缝双开春穿的皮鞋。"

"那行啊。是的，我们还没做过这么小的皮鞋，可都行啊。可以做有缘条的，也可以用亚麻布做翻出边来的，我这位米哈依尔可是位能干师傅。"

谢苗看一眼米哈依尔，见米哈依尔扔下活，目不转睛地瞧着两个小女孩。

谢苗觉得米哈依尔有些奇怪。他想，不错，小姑娘是长得好看，黑眼睛，粉团团、红扑扑的脸蛋。小皮袄和小围巾在她们身上也很好看。可谢苗还是全弄不明白，米哈依尔干吗这样看着她们，就像他认识她们一样。

谢苗心中奇怪一阵，就开始同女人讲价钱，讲定价，他折好脚样。这女人抱起瘸女孩放到自己腿上：

"给这个孩子量两只脚的鞋样就行了。照这只歪脚做一只鞋，照那只好脚做三只。她俩的脚一样大，她们是双胞胎。"

谢苗取了脚样，然后对着瘸女孩问：

"她怎么弄成这样的？这么一个好孩子，是生下来就这样的？"

"不，她妈压坏的。"

玛特廖娜也加入了谈话，她想知道这女人是谁，这俩孩子是谁家的。她说：

"莫非你不是她们的妈妈？"

"我不是她们的妈妈，也不是亲戚，大嫂子，她们是别人家的孩子，是我领来养的。"

"不是自己的孩子，可你多疼她们！"

"叫我怎么能不疼她们，她们俩都是我用奶水喂大的。我自己有过一个孩儿，可上帝收走了他。就是对他，我也没像疼她们这样。"

"可她们到底是谁家的？"

九

女人打开了话匣子，开始说起事情经过。

"六年前，"她说，"发生的这事，在一个星期里，这俩孩子成了孤儿：星期二葬了父亲，而母亲星期五也下了葬。这双父亲去了三天才生下来的小孤儿被留在世上，她们的妈生下她们一天都没活到就去了。那时我和丈夫还是农奴身份，和他家是邻居，院子挨院子住着。她们的爸一个人在树林里干活，不知谁放倒一棵树，正打中他。那树拦腰砸倒他，内脏都压出来了。刚把他抬到家，他就把灵魂交还给上帝了。而他老婆就在这个星期生下双胞胎；喏，就是她们。家里又穷又孤单，家里就她一个人，没个老婆子，也没个女孩子，她自己生下孩子，又一个人悄悄死了。

"我早上走过去看看邻居，走进屋，可她，我心爱的，都冰凉了。临死时压着了一个女孩子。就是把这孩子压坏了，小腿儿压歪了，叫来大伙儿，替她抹身、装裹，做好棺材，把她安葬了。都是好人。只剩下孤单俩女孩子，把她们怎么办呢？我那时也是一个刚生过孩子的婆娘，头生儿子刚奶到八个礼拜。我先暂时抱回来她们。男子汉们聚到一块儿，想呀，想呀，想办法安排她们，他们对我说："你，玛丽亚，先在你家把孩子养几天，给点时间让我们想办法。"我先喂那个好腿的丫头吃奶，那个歪腿的丫头我根本就没喂，没指望她能活下来。我想，干吗让这小天使的灵魂受苦呢？我又可怜起那坏腿的丫头，也喂她吃了奶。这样我自己一个，加上她们两个，我的奶水养活了他们三个！那时我年轻，身体壮，再说吃的也好。上帝给我那么多奶水，有时直往外冒。有时抱两个喂奶，第三个等着，一个吃饱松开口，我再抱上来一个。上帝这样安排的，让我把这俩孩子喂大了，而自己儿子在两岁头上殁了。上帝后来再没给我孩子；家里开始有点钱了。现在我们住在商人的磨坊那里。薪水挺多，生活很好。可就是没有孩子。要没有这俩孩子，我可怎么活！我怎么能不爱她们！她们就像灯里的蜡油，没她们我心中就没了亮光！

女人一只手把瘸腿小女孩搂在胸前，另一只手从脸上擦去泪水。

玛特廖娜这下叹口气说：

"看起来，老话说得不错：没爹没妈活得了，没有上帝活不成。"

大家这么说了会子话，女人站起身要走了。主人们送她出门。回头看看米哈依尔。他坐着，双手放在膝盖上，眼睛看着上面微笑。

十

谢苗走近米哈依尔,说:"喂,你怎么回事? 米哈依尔!"

米哈依尔从凳子上站起来,放好做的活,取下围裙,向男主人和女主人鞠了一躬说:

"原谅我,老板,老板娘。上帝宽恕了我,也请你们原谅我。"

这会儿老板和老板娘看到米哈依尔浑身在放出光来。于是谢苗站起来,向米哈依尔鞠个躬对他说:

"我看得出,米哈依尔,你不是凡人,我也不能留住你,也不能问你。就告诉我一件事:为什么在我找到你领你回家的时候,你还是愁闷闷的,可老婆子给你端出饭来的时候,你对她笑一笑,从那以后脸上就变得有些光彩了?后来,老爷订做靴子的时候你又笑了一次,那以后你的脸更有光彩?再就是现在,女人带小姑娘们来的时候,你第三次笑了笑,通身就放出光来?告诉我,米哈依尔,为什么你身上有光彩,为什么你笑了三次?"

米哈依尔就说:

"我身上有光彩是因为我原被上帝惩罚,现在上帝宽赦了我。我笑了三次是因为我要了解上帝说的三句话,最后终于弄懂了上帝的话;我弄懂第一句话是在你妻子开始同情我的时候,为这我第一次笑了。我弄懂另一句话是在老爷订做靴子的时候,所以我又一次笑了。而现在,在看到两个小姑娘的时候,我弄懂了第三句话,这样我第三次笑了。"

谢苗又说:"告诉我,米哈依尔,上帝为什么罚你,还有上帝说的是哪几句话,让我知道。"

米哈依尔就说:

"惩罚我是因为我违背了上帝的意愿。我本来是天上的天使,却违背了上帝的意愿。

"我本是天上的天使,主吩咐我取走一个女人的灵魂。我飞到地上,看一个女人躺着,生着病,生下一对双胞胎,两个女孩。小孩在妈妈身子下面扭动,可妈妈没力气把她们抱到胸前。女人看到我,明白我是主派去取走灵魂的,哭起来,她对我说:'上帝的天使!我丈夫刚刚下葬,在林子里被树打死了。我没有姐妹,没有姑婆姨妈,没人养大我的孤儿。别拿走我的魂魄,让我给她们喂喂奶,给她们吃饱肚子,把她们养成人!没爹没妈的孩子活不了!'我听了女人的话,把一个孩子放到她胸口,另一个送到她手上,然后飞回天上到主那里。回到主面前我说:我不能取走产妇的灵魂。父亲被树砸死了,母亲生下双生子,求我不要取走灵魂,她说:'让我喂喂奶,给她们吃饱肚子,把她们养成人。没爹没妈的孩子活不了。'我没取走产妇的灵魂。主说:'去取出产妇的灵魂,去弄懂三句话:人拥有什么,人不具备什么和人靠什么活着。什么时候懂了,那时你再回到天上。'我飞回到地上,取走了产妇的灵魂。

"小宝宝从胸脯上掉下来了,死去的躯体已倒在床上,压住了一个小女孩,压伤了她的腿。我飞起在村子上空,想把灵魂送给主。一阵风裹住我,我的翅膀垂下来,掉下去了,那灵魂自己飞到主身边去了,而我掉到了地上的大路旁。"

<h1 style="text-align:center">十一</h1>

谢苗和玛特廖娜这下才明白,他们给谁穿上衣服、吃饱饭,又是什么人同他们住在一起,他们又惊又喜地哭起来。

天使就说:

"剩下我一个人掉在田里,赤裸着身体。先前我从不知道人类的生存需求,我不知道冷,不知道饿,可我变成了人。我饿极了,冻坏了,却不知怎么办。我看到地里有一座为主建造的小礼拜堂,我走到主的礼拜堂前,想在它的里面躲一躲。礼拜堂有锁锁着进不去。我就坐到它后面避避风。夜晚来临,我饿坏了,冻僵了,心里也痛坏了。突然我听见:路上走着一个人,手里拿着一双靴子自言自语。这是变成人之后,我看见了第一张生命有终结的人类的脸,我觉得害怕这张脸了，就把脸转过去不看他。我听见他对自己说话，说他怎么才能裹好自己的身体不受冻，怎么才能养活老婆孩子。我想：我又冻又饿快不行了，可走过来一个人，他心里只想怎样有件皮袍盖住他和妻子的身体，想怎样弄到粮食吃饱肚子。他帮不了我。这个人看见我，皱起眉头脸变得更可怕，他走过去了。我绝望了。突然我听见这个人走回来了。我看他一眼认不出他原先的样子了：原先他的脸上写着死，可现在突然脸上充满了生命，我在他脸上看到了上帝。他走近我，给我衣服穿，带我到自己家里。到了他家，一个女人走出来说起话。女人比男人还可怕——从她嘴里喷出的是死亡气息。死亡的臭味叫我喘不过气来。她想把我赶出去，赶到寒冷中去，可我知道，她一赶走我，她就会死。突然她丈夫提醒她记住上帝，女人忽然变了。她端来晚饭，并且看着我，我看了她一眼——死亡已经离开她了，她又是个活人了，我在她身上看到了上帝。

"于是我想起上帝的第一句话：'弄清楚人拥有什么。'我知道了，人拥有爱。我高兴起来，因为上帝已在揭示他为我许诺的答案，所以我第一次笑了。可我还不懂，人不具备什么和人靠什么活着。

"我开始住在你们家，一住就是一年。来了个人说要订做一双穿一年不开线不变形的靴子。我看他一眼，看见他肩后站着我的同事，死亡天使。除我之外没人看见这位天使，但我认识他，并且知道，在太阳还未下山前，这富翁的灵魂就会被取走了。我就想：这人在为自己准备着穿一年的鞋，却不知道自己活不到晚上。于是我记起上帝的第二句话：'弄清楚人不具备什么。'

"人拥有什么，我已经知道。现在我知道了，人不具备什么。人不具备知道自己肉体究竟需要什么的能力。于是我又一次笑了。我既为看到天使同事而高兴，更为上帝揭示了第二句话的意义而高兴。

"可我仍然没有彻底明白。我还是不清楚人靠什么活着。于是我生活着，等待着上帝为我揭示这最后一句话的答案。直到第六个年头，那位女人带着双生女孩们来这里，我认出了她们，我知道了这俩女孩活下来了。知道这些后我想：母亲为孩子求我，我相信她说的，认为孩子没爹没妈活不了。可别人家的女人喂养她们，带大了她们。当女人爱抚这些别人的孩子并且哭起来的时候，我在她身上看到活生生上帝的形象，我终于明白了，人靠什么活着。我知道上帝为我揭示了最后一句话的答案，所以我第三次笑了。"

十二

天使的身体重新恢复赤裸，他全身披上光辉，明亮得没法用眼睛看他；他说话的声音响亮起来，听起来声音不像发自他身上，而是从天上传来。天使说：

"我明白了，任何人活着不是靠他得到的照料，而是靠爱。

"母亲不具备这种能力，她不知道孩子的生命需要什么。富翁不具备这种能力，他不知道自己需要什么。而且所有的人类都不具备这种能力，他们都不知道给同一个人该做活人穿的靴子还是晚上就用得上的死人穿的寿靴。

"我变成一个人的时候能够活下来，不是因为我考虑周全，而是因为那个过路人和他妻子心中有爱，因为他们同情我并爱我。一双孤儿能活下来，不是因为人们替她们考虑周全，而是因为别人家的那个女人心中有爱，因为她可怜她们，爱着她们。而且所有的人活着，都不是因为他们为自己考虑得周全，而是因为人间有爱存在。原来我只知道，上帝给人类生命并希望他们活下去，现在我明白了另外一些东西。

"我明白了，上帝不愿人类生活得不齐心，所以上帝没向人类启示，每个人仅仅为使他独自活着所需要的东西，上帝愿意人类生活得齐心合力，所以他给予人类在帮助自己的同时也帮助他人的能力。

"我明白了，人类认为他们是靠对自己的照顾才活着，这是一种错觉，人类只靠爱而活着。谁住在爱里面，谁就住在上帝里面，上帝也住在他里面，因为上帝就是爱。"

接着，天使唱起对上帝的赞美诗，他的歌声使木屋颤动。天花板移开了，现出一根从地面直达天空的光柱。谢苗和老婆孩子一道伏倒在地上。天使舒展开背后的双翅，升上天空。

当谢苗清醒过来的时候，屋子里一切照旧，除了家里人外，　再没有一个外人了。

(1881)

傻瓜伊万和他的两位兄弟武士谢苗和大肚塔拉斯的故事，还有关于哑妹马兰及老魔与三个小鬼的故事

一

从前，在一个朝代，在一个国家住着一个有钱的庄稼汉。庄稼汉有三个儿子：武士谢苗、大肚塔拉斯和傻瓜伊万，还有女儿老姑娘马兰，是个哑巴。武士谢苗去打仗，为沙皇效力；大肚塔拉斯去了城里商人家，做起买卖来；而傻瓜伊万和闺女留下在家干活，等着累出个驼背来。武士谢苗挣来了一个大官职、一份领地，并娶上了贵人家的女儿。薪水很高，领地也很大，可手头老是紧巴巴的：丈夫弄来多少，贵太太妻子要抖落完多少，老是没钱用。武士谢苗到领地上去收进款，管家对他说：

"没处弄钱。我们这里又没有牲畜，又没有工具，又没有马，又没有奶牛，又没有木犁，又没有耙子；全都要置起来，这么着以后才会有进款。"

武士谢苗去找父亲：

"爸爸你有钱，可什么也没给我。分给我三分之一的财产，我把它弄到我自己领地上去。"

老头就说：

"你没往我这家里交一点东西，凭什么给你三分之一？伊万和丫头心里会不高兴的。"

可谢苗说：

"他是个傻瓜呀，而她是个老姑娘还是哑巴，他们用得着多少呀？"

老头就说：

"看伊万怎么说吧。"

而伊万说:

"那怎么了,让他拿呗。"

武士谢苗拿出家里的一部分财产,弄到领地上去,然后回去继续给沙皇当差去了。

大肚塔拉斯赚了很多钱,娶个商人女儿做妻子,可他老觉得钱少,回家来对父亲说:

"把我那份财产分给我。"

老头不愿再分一份财产给塔拉斯。

"你,什么也没给过我们,"他说,"家里所有的东西都是伊万挣来的。也不能欺负他和丫头啊。"

"他有什么用,他是个傻瓜;他结不了婚,谁都不会嫁他,哑巴丫头也用不着什么东西。"他说,"伊万,给我一半粮食,农具我不拿了,牲口我只带走那匹杂灰公马,你用它耕地也不合适。"

伊万笑起来。

"行啊,我就去把它套上。"他说。

家产还是让塔拉斯分走一份,塔拉斯运走粮食,牵走了杂灰公马,结果伊万身边只留下一匹老母马,他照旧干农活养活着父亲和妹妹。

二

年老的魔鬼心里难受,因为兄弟们分家产没吵架,居然和和气气分了手。他叫来三个小鬼:

"你们看,"他说,"有这么三兄弟:武士谢苗,大肚塔拉斯和傻瓜伊万。他们应该吵作一团,可他们居然平平安安地过日子,吃吃睡睡和和气气。傻瓜弄坏了我的事。你们三人去找上他们三人,把他们的怒气逗出来,让他们互相抠掉眼珠子。能做到这个吗?"

"能。"他们说。

"你们怎么做呢?"

"就这样做,"他们说,"先把他们弄破产,叫他们连吃的都没有,然后把他们凑到一堆去,他们可不是要打个够?"

"那行啊,"他说,"我看得出,你们挺内行的;快去吧,不把他们整苦了就不要回来见我,要不我扒了你们仨的皮。"

三个小鬼头走到沼泽里,去商量怎么开始干这事。他们争来争去,谁都想抢一部分最轻松的工作,最后决定抽签,谁抽着什么就干什么。要是谁先完事了,就来给别人帮点儿忙。小鬼们抽完签,又定了一个在沼泽里碰头的日期,以便了解谁先完事了并且该给谁帮忙。

日期到了,小鬼们按照约定的时间在沼泽地里会了面。开始分说谁谁干得怎么样了。第一个小鬼开始说自己的事,他从武士谢苗那里来。

"我的事快妥了,"他说,"明天,我的谢苗会回到父亲家去。"

同伴们赶紧问他:

"你怎么干的?"他们说。

"我呢,"他说,"首先在谢苗身上弄出这样一种勇敢:他向沙皇保证征服全世界,沙皇封他做了元帅,派他去打印第安沙皇。他们集合起来去打仗了。可我在头天晚上把谢苗军队的所有火药都浸湿了,然后走到印第安沙皇那边,放上了一片数都数不清的草扎士兵。谢苗的兵看到四面围上来的草扎士兵,害怕了。武士谢苗下令开火:大炮和枪都打不响。谢苗的兵吓坏了,转身就跑,像群绵羊似的。印第安沙皇把他们打惨了。武士谢苗丢尽了脸,他被取消封地,明天就要处死他。我只有一天的事可干了,只要把他从黑牢里放出来,让他逃回家。明天我就完事了,说吧,该给你们俩当中哪个帮忙?"

第二个小鬼,就是从塔拉斯那儿来的那个,也开始说自己干的事。

"我用不着帮忙,"他说,"我的事也差不多妥了,塔拉斯活不过一周了。我呀,首先让他长了个大肚子,"他说,"然后让他心里生出嫉妒。他对别人的财产嫉妒到那种程度,不论看到什么,他都想买下来。他买下数也数不清的各种东西,花掉了所有的钱,可还在买。现在已经在借债买了。反正他背了一身债,陷在债务里爬不出来了。过一个星期他的债务到期了,而我去把他的东西全变成粪肥,他还不了债,就会去找父亲的。"

他们问起第三个从伊万那里来的小鬼。

"你的事情怎么样了?"

"有什么好说的,"他说,"我的事不好办。我首先往他装克瓦斯的瓦罐里吐了口水,好让他肚子痛,又到他的耕地里,把土夯实,弄得像石头一样硬,好让他犁不动。我以为他犁不了,可他这个傻瓜,拿着木犁来了,没命地干。肚子痛得他直哼哼,可他还是一个劲儿地犁。我弄断了他的一把木犁,傻瓜回家去整修好另外一把,拴上新绳子,又耕起地来。我钻到土底下,抓住犁刀,可是抓不住,他狠劲往下压,犁刀又快;我的手全被他割坏了。他差不多犁完整块地,只剩下一条地边没犁了。来吧,弟兄们,来帮忙,"他说,"要不然,对付不了他一个人,我们前面所有的劲都白费啦。要是傻瓜继续干他的农活,他们就看不到贫困,他还会把两个兄弟养起来。"武士谢苗那里的小鬼答应明天来帮忙,这样小鬼们分手了。

三

伊万使出全力耕完地,只留下一条地边没犁过。他又来到地里打算耕完它。他甩开轭索,把木犁转过来,就策马耕起地来。刚犁过一趟,往回犁的时候,正好像撞上一个树根,直拖着它走。这就是小鬼在用两腿缠住犁头,拖住不放。"真是怪事!"伊万想,"这里明明没有树根,可偏出来个树根。"伊万把手伸进犁沟,摸了摸,软软的。他抓住什么.,拉出来,黑黑的,像树根,可这树根上有什么东西在动,仔细一看,是个活生生的小魔鬼。

"好家伙,"他说,"什么恶心东西!"

伊万扬起手,想在犁头上摔扁它,小鬼吱吱尖叫起来:

"你别打我,"它说,"我什么都能为你干。"

"你能给我做什么?"

"只要你告诉我想要什么。"

伊万抓抓头。

"我肚子痛，"他说，"你能治吗？"

"能行。"它说。

"那就治吧。"

小鬼在犁沟里弯下腰，用爪子拨拉一阵，摸出一支三杈的小根茎，递给伊万。

"这就是，"它说，"谁只要吞下其中一小支，什么痛都会好的。"

伊万拿起小根茎，扯开来，吞下一小支，肚子立刻不痛了。

小鬼又讨起饶来。

"放了我吧，现在，我从地底钻过去，再不跟着你了。"它说。

"那好吧，"他说，"上帝与你同在。"

伊万刚说到上帝，小鬼嗖一下钻入地里不见了，像块石头扔进水里，只留下一个洞在地上。伊万把剩下的两支根茎塞进帽子，继续耕地。把这垄地犁完，把犁翻转过来，就赶马回家了。他给马松了套，走进家门，大哥武士谢苗和妻子正坐着吃晚饭呢。他被取消了领地，好不容易越狱出来，跑到父亲家过日子来了。

谢苗见到伊万。

"我到你这里过日子来了，遇上新职位之前靠你养活我和妻子啦。"他说。

"行啊，你们住着吧。"他说。

伊万刚想在凳子上坐下，伊万身上的气味惹恼了贵太太，她对丈夫说：

"我不能同发臭的庄稼汉一起吃晚饭。"她说。

武士谢苗就说：

"我的太太说，你身上的气味不好，要不你就去前厅吃饭吧。"

"行啊，"他说，"我反正要去值夜啦，要放马吃草啊。"

伊万拿了面包和长皮袍，就去值夜了。

四

武士谢苗那里的小鬼办完事, 跑来找伊万这里的小鬼, 按照早说好的, 来给它帮忙, 把傻瓜整垮。它走到耕地的地方, 找了找自己的同伴, 哪儿也没有, 只找到那个洞。"得,"它想,"看得出来, 我这同伴遇上祸事了, 应该补上它的位置。地已经耕完啦, 该到割草场上去整傻瓜。"

小鬼走到草地上去, 往伊万的草场上放足了洪水, 水冲过去的淤泥盖满草场。伊万在天刚亮时值完夜班回到家里, 打磨好长柄镰刀, 就上草地割草去了。伊万到了那里动手割起来, 挥动一下, 再挥动一下, 长柄镰就钝了, 割不动了, 又得磨啦。他折腾来折腾去好一会儿。

"不行,"他说,"我得回家, 把磨刀的家伙拿来, 再拿上一整个大面包。哪怕干上一个礼拜, 干不完我就不走。"

小鬼听见这, 沉吟起来。

"这傻瓜真是条铁硬汉子,"它说,"在这上头整不倒他。要换些办法整他。"

伊万回来了, 打磨好镰刀, 动手割草。小鬼爬进草丛, 一个劲去捉长镰刀的弯头处, 并把镰刀尖往土里杵。伊万干得很艰难, 但还是割完了草场, 只剩下沼泽地当中一小块草地了。小鬼爬进沼泽地, 心想:

"哪怕割断了我的爪子, 也不能让他割完草。"

伊万走进沼泽地, 看上去, 草不密, 可镰刀在里头抡都抡不动。伊万生气了, 使出全部力气抡动镰刀。小鬼只好弯腰躲刀, 来不及跳开, 一看事情不妙, 一头猫进灌木丛。伊万抡圆了长镰刀, 朝着灌木丛就是一下, 削掉小鬼半条尾巴。伊万割完草场, 叫妹子来耧草, 自己却走去割黑麦了。

伊万带着钩子出来, 可断尾巴小鬼已经在那里, 把所有的黑麦弄得乱糟糟的, 用钩子收不起来。伊万回家拿来镰刀动手收割, 就割完了所有黑麦。

"好, 这下子,"他说,"该去忙燕麦了。"

断尾巴小鬼听到后想："黑麦没整倒他，那我就在燕麦地里整垮他，只要等到早上。"早上小鬼跑到燕麦地里，可燕麦已割完了：伊万为了让它少掉些粒，夜里割完了，小鬼发怒了。

"傻瓜砍伤我，"它说，"还把我折腾死啦。打仗也没见过这样的倒霉事! 该死的家伙，又不睡觉，跟着他追都来不及! "它接着说，"我这下，到麦垛里头去，把他的麦子全烂掉。"

小鬼就跑到黑麦草垛里去了，钻到草把子之间，开始使坏：把草焐热了，然后自己也暖和起来，接着睡着了。

而伊万套上母马，和妹子坐上车来装运了。到了草垛旁，他动手往大车上扔草把子，扔完两个草把子，一叉，正中小鬼的后屁股；举起来一瞧：草叉上是个活生生的小魔鬼，还是个断尾巴小鬼，挣扎着，做着鬼脸想跳下来。

"好家伙，"他说，"什么恶心东西! 你又在这儿? "

"我是另一个，"它说，"那个是我兄弟。"它说，"我呢，是你哥哥谢苗那里的。"

"那，"他说，"管你是哪个，你也跑不了! "他准备把小鬼在石坎上摔摔扁，小鬼赶紧向他求饶：

"放了我吧，"它说，"我再不干啦，我什么都能为你做。"

"那你能做什么呢? "

"我呀，"它说，"我能用任何东西做出士兵来。"

"要他们有啥用? "

"你要他们干啥他们就能干啥，"他说，"他们啥都能干。"

"能弄出点歌听听吗? "

"能行。"

"行，就做吧，"他说。

小鬼就说：

"你拿一个黑麦把子，把它的根往地上顿一下，你只要说：

"我的奴仆下令，叫你不再是麦捆，让你有多少根草，就变成多少个兵。"

伊万拿起麦把子，朝地上一顿，照小鬼吩咐的说了一遍。麦捆跳开来，变成了士兵，前面是鼓手和号手在吹奏。伊万笑起来。

"好家伙，"他说，"这么能耐！这玩意逗逗女孩子们开心倒不错。"他说。

"那，你现在就放了我吧"，小鬼说。

"不，"他说，"我要用脱完粒的麦草捆来做这个，要不白糟踏粮食啦，教给我怎么把它变回麦把子，让我来把麦粒脱干净。"

小鬼就说：

"你说：'多少根草，多少个兵，我的奴仆下令，再变成麦捆！'"

伊万这样做完，麦捆又变回来了。

小鬼又开始讨饶。

"现在放了我吧。"它说。

"好吧！"

伊万把它靠在石坎上，用手抓住，从叉子上扯下来。

"上帝和你同在。"他说。他刚说完上帝这两个字，小鬼唰的一声就钻进地里，像块石头扔进水里，只留下一个洞。

伊万回到家，家里第二个哥哥大肚塔拉斯和妻子坐着在吃晚饭。大肚塔拉斯没清得了账，逃债跑到父亲这里来啦。他见到伊万：

"喂，伊万，"他说，"在我买卖红火起来之前，你养我和妻子吧。"

"行啊，"他说，"住着吧。"

伊万脱皮袍，商人女儿却说："我不能跟傻瓜在一起用餐，"她说，"他满身臭汗味。"

大肚塔拉斯就说：

"伊万，"他说，"你身上气味不太好，你去前厅吃饭吧。"

"行啊，"他说。

他拿上面包，走到外面去了。

"我正好该去值夜班喂马啦。"他说。

<h1 style="text-align:center">五</h1>

这一夜塔拉斯那里的小鬼也完了事，按照说好的，他跑来给同伴帮忙，把傻瓜整垮。他跑到耕地的地方，找了找同伴，什么都没有，只找着那个洞。他跑到草地上，在沼泽里找到半条尾巴，又在燕麦地里，找到另一个洞。

"啊呀，"它说，"看来同伴们遇上祸事了，应该补上它们的位置，朝傻瓜下手了。"

小鬼去找伊万。伊万却已经忙完了地里的活，在小树林里砍树。

兄弟们住在一起觉得挤了，吩咐伊万砍树给他们造新屋。

小鬼跑进小树林，爬到树枝上，立刻动手捣乱，不让他好好砍树。伊万好好砍完一棵树，让它朝个干净地方倒，推了推树，树倒得七歪八倒不是个事，倒在不该倒的地方，卡在一个大树杈上。他削了一根撬棍，撬起砍断的树，费了很大力气才把树真正弄倒。伊万动手砍另一棵树，又是这样。他折腾好久，费尽力气才把树弄出来。砍第三棵，又是这样。伊万原来想砍上个半百数目的檩木，可还没砍够十根，就已经天黑啦。伊万被折腾苦了，身上热气冒得就像林中起了雾。可他还是不罢休，再砍一棵树，这时他腰酸背痛得连力气都没有了，他把斧头剁到树干上就坐下歇一会儿。小鬼听到伊万没声音了，心中暗喜。

"好啊，"它想，"他精疲力竭啦，会扔下不干了，这下让我也歇一会儿。"它骑到一根大树枝上直乐。伊万站起来，抽出斧头，抡圆了手臂，照着树干的另一面就是一下，树身马上咯咯响起来，轰的一声倒下了。小鬼没来得及跳下来、抽开腿，大树枝就断了，夹住了小鬼的脚爪子。伊万动手砍树枝，一看，一个活生生的小魔鬼，伊万很奇怪。

"好家伙，"他说，"什么恶心东西！你又来了？"

"我是另外一个，"它说，"我从你哥哥塔拉斯那里来的。"

"好，管你是哪个，你也跑不了！"

伊万扬起斧头，想用斧背把它敲扁。小鬼哀求起来。

"你别打我，我什么都愿为你干。"它说。

"那你能干什么呢？"

"我可以给你造出钱来，"它说，"你想要多少造多少。"

"行啊，"他说，"你造吧！"

小鬼就教会了他。

"你拿一把橡树叶在手掌里搓搓，"它说，"金币就会直往地上掉。"

伊万拿起叶子，搓了搓，金币直洒下来。

"拿着这个和伙伴们去玩倒不错。"他说。

"放了我呀。"小鬼说。

"行啊，"伊万拿起撬棍，把小鬼弄出来了，"上帝与你同在！"他说，刚说到上帝，小鬼就唰地一下钻到地里，像块石头扔进水里，只留下一个洞。

六

兄弟们造好新屋子，分开住了。伊万干完了地里的活，煮好谷酒，叫哥哥们一块来玩，哥哥们都没来伊万这里做客。

"哼，我们还没见识过庄稼汉寻开心吗？"他们说。

伊万请来庄稼汉和婆娘们喝酒，自己也喝得有点醉醺醺的，就走到街上跳轮舞的圈子里去了。伊万走到轮舞圈子里，叫婆娘们唱歌夸他。

"我会给你们一辈子还没见过的东西。"他说。婆娘们笑了一阵，就唱歌夸起他来。夸完他，她们就说：

"怎么样，拿来吧！"

"就来，我去拿。"他说，他抓起一个播种的筐子跑到树林里去了。婆娘们笑起来："还真是个傻瓜！"说着就把他忘了。一瞧，伊万跑回来，捧着一满筐啥东西。

"分不分呀？"

"分吧。"

伊万抓起一捧金币，扔给婆娘们。老天！婆娘们扑上去捡，汉子们冲出来，互相从手里抢夺着，差点没把一个老太婆踩死。伊万直笑。

"嗨，你们这些小傻瓜，干吗把老奶奶挤坏啦。你们轻着点，我再给你们。"他又扔过去，跑来很多人，伊万把一整筐都扔完了。人们又向他讨，而伊万说：

"扔完了。下次再给。现在跳舞吧，唱起歌来。"

婆娘们唱起歌来。

"你们的歌不咋样。"他说。

"哪样的歌好呢？"她们说。

"那我马上就给你们看看，"他说。

他走到打谷场上，扯出一个麦捆脱好粒，把它立着放好，朝根子那里敲一下。

"来，"他说，"奴才快干，把草捆变得不是草，让每根草变成一个兵。"

草捆跳开来，站起排排士兵，奏起军号敲起鼓。伊万下令叫士兵唱歌奏乐，和他们一起走到街上。所有人都觉得稀奇极了。士兵们奏完乐，伊万领他们回到打谷场，不准别人跟着自己，把士兵又变回草捆，扔到麦草上。回到家里，他在前厅的小隔间里倒头就睡了。

七

早上大哥武士谢苗知道了这些事，走来找伊万。

"你告诉我吧，"他说，"你从哪里弄来士兵，后来又弄到哪里去啦？"

"告诉你有什么用？"他说。

"怎么没用！有士兵什么都能干。可以给自己弄到一个王国。"

伊万好奇怪。

"真的吗？你怎么不早说呢？"他说，"你要多少我就给你做多少，亏得我和妹子打出不少草捆了。"

伊万领哥哥到打谷场上说:

"你留心啊,我来造他们,可你得把他们赶紧带走,要不如果养起他们来,全村在一天里就会被他们装进肚子啦。"

武士谢苗答应带走士兵,伊万就动手造士兵了。用草捆往打谷场地上顿一下,跳出来一个连,用第二捆顿一顿,跳出来另一连队兵。他造出那么些兵,把地里都站满了。

"怎么样,够用了不?"

谢苗高兴起来说:

"够用啦,谢谢你,伊万。"

"这就是了,"他说,"要是你还要,就来找我,我再做。这会儿我们麦草多的是。"

武士谢苗马上开始指挥部队,让部队集结好,就去打仗了。

武士谢苗刚走,大肚塔拉斯就来了,来求弟弟:

"告诉我吧,你从哪里弄来的金币?要是我有这样的活钱,我就用这钱把世上所有的钱都弄来了。"

伊万奇怪起来。

"真的吗!"他说,"你该早就告诉我,你要多少我就给你搓多少。"

哥哥高兴了:

"只要给我三筐子模样就行啦。"

"行啊,我们到树林里去吧,还有,你还是套上马,不然你拿不动的。"他说。

他们去了树林,伊万动手搓橡树叶,搓了一大堆出来。

"够用了不?"

塔拉斯高兴极了。

"这会儿够啦,谢谢你,伊万。"他说。

"这就是了,"他说,"要是你还要,就来找我,我再搓,树叶还多着呢。"

大肚塔拉斯装了满满一车钱, 驾车去做买卖啦。

两个哥哥都走了, 谢苗又去打仗, 而塔拉斯做买卖。

武士谢苗为自己征服了一个王国, 而塔拉斯做买卖赚来一大堆钱。

兄弟俩到了一块, 互相说出谢苗的兵和塔拉斯的钱是哪儿来的。

武士谢苗就说: "我征服了一个王国, 我过得很好。只有一 个, 钱不够养活士兵。"他说。

而大肚塔拉斯说: "我呢, 赚来一堆像山一样高的钱, 只有一个烦恼, 没人看守钱。"他说。

武士谢苗就说:

"我们一块到伊万那里去, 我吩咐他再造些士兵, 交给你, 去给你看守你的钱财,"他说, "而你吩咐他给我搓些钱, 我就有办法养活士兵了。"

他们就去了伊万家。到了伊万家, 谢苗就说:

"弟弟,"他说, "我士兵不够, 你再给我做些, 只做两个草捆 就行。"

伊万猛摇起头来。

"我再不给你白白地造士兵啦。"他说。

"怎么回事, 你不是答应过吗?"他说。

"是答应过,"他说, "可我再不干了。"

"你这个傻瓜, 干吗不干?"

"因为你的士兵把一个人活活打死啦。我前两天在路边耕地: 看见一个婆娘运送一个棺材, 自己在号啕大哭。我问她:'谁死啦?'她说:'丈夫被谢苗的兵打仗时打死啦。'我以为士兵会去唱歌的, 他们还去活活打死人了。我再不给啦。"

他就这么犟住了, 不肯再造士兵。

大肚塔拉斯也开始求伊万, 请他再给他做些金币。

伊万猛摇起头来。

"我再也不白白搓钱了。"他说。

"你怎么回事,你答应过的呀?"他说。

"是答应过,"他说,"可我再不干了。"

"你这个傻瓜,干吗不干?"

"那是因为你的那些金玩意把米海洛芙娜的奶牛抢走了。"

"怎么个抢法?"

"就这么抢的,米海洛芙娜本来有头奶牛,孩子们有奶喝。前两天她的孩子们到我家,要牛奶来了。我就对他们说:'你们的奶牛哪里去啦?'他们说:'大肚塔拉斯的管家,给妈妈三个什么金玩意,她就把奶牛给他了,我们这下就没东西喝啦。'我以为你要用金币玩玩,你倒把孩子们的奶牛夺走了,我再不给了!"

傻瓜就这么犟住了,再不给了。哥哥们就这样走掉了。

兄弟俩离开后,商议着怎么解决自己的烦恼,谢苗就说:

"我们这么办吧,你给我钱养活士兵,而我把半个王国连士兵一块给你,替你看守钱财。"

塔拉斯答应了。兄弟俩分好后,两人都当了皇帝,两人都很富有。

八

而伊万住在家里,养活爹妈和哑巴丫头在地里干活。

有次发生了这么件事。伊万的老看家狗病了,生了癣,快断气了。伊万可怜它,从哑女那儿拿来面包,放在帽子里拿去给狗,扔给它。帽子破了许多洞,结果一支小根茎和面包一起掉了出去。狗把根茎同面包一起嚼了下去。刚刚吞下去这支小根茎狗一下跳起来了,蹦蹦跳跳地叫起来,摇着尾巴,它完全健康了。

父亲和母亲看见,感到奇怪。

"你用什么治好狗的?"他们说。

伊万就说:

"我有两支小根茎,能治一切病痛,它就这么吃掉一支。"

就在这时出了一件事,沙皇的女儿生病了,沙皇派人在所有城市和村庄发出宣告,说谁能治好病,就奖赏谁,如果是单身汉,就把女儿嫁给他。宣告人也到伊万所在的村里来了。

父亲和母亲叫来伊万对他说:

"你听说沙皇发宣告了吗?"他们说,"你说过,你有一枝小根茎,去吧,去治好沙皇家的女儿。你会得一辈子幸福的。"

"那行啊。"他说。

伊万准备动身了。穿上好衣服,伊万走到台阶上,他看见,一个歪手的要饭女站在那里。

"我听说,"她说,"你治病? 治治我的手,要不我连给自己穿鞋都不行。"

伊万就说:

"那行啊!"

他拿出小根茎,给要饭女,吩咐她吞下去。要饭女吞下就好了,这会儿挥起手来。父母亲出来送伊万到沙皇那里去,听到伊万把最后一支小根茎给掉了,再没东西能治沙皇女儿了,父母亲就骂起他来。

"可怜一个要饭女!"他们说,"倒不可怜沙皇的女儿!"

伊万也可怜起沙皇女儿来。他套好马,把麦草扔进车厢,坐上车说走。

"你这是去哪儿,傻瓜?"

"去治沙皇女儿。"

"可你没东西能治她的病了呀?"

"那也行啊。"他说着赶马就走。

他来到皇宫,刚踏上台阶,沙皇女儿病就好了。

沙皇高兴了,吩咐叫伊万到他跟前来,给他穿戴好,配上全套好装束。

"你当我驸马吧。"他说。

"那行啊。"他说。

伊万就娶了公主，而沙皇很快死了，伊万就成了沙皇。这样三兄弟都做了沙皇。

九

三兄弟生活着，都做着沙皇。

老大武士谢苗过得很好。他用自己的麦草兵征来真正的士兵。他命令自己国度里的每十户人家出一个兵，而且这个兵必须是身材魁梧、身体白净，长相周正的。他这样征集了许多士兵并训练好了。只要谁不听他的，他立刻派这些士兵去干他想要干的事。所有的人都开始怕他了。

他日子也过得很好。只要他想起来要什么，只要他把眼光落在那上面，东西就是他的了。他派士兵去，而他们把一切他需要的都拿来、带来。

大肚塔拉斯也生活得很好。他不仅没丢失他那笔从伊万那儿弄来的钱，而且还用这钱赚来大笔金钱。他在自己的王国建立起良好的秩序。他把钱放在自己箱子里，却向人民搜刮钱财。他搜刮人头费、白酒费、甜酒费、婚礼费、葬礼费、步行过路费、车行过路费，树皮鞋费、包脚布费、树皮鞋系带费，无论想到什么，他全都有。为了钱，人们把一切都拿给他，给他来干活，因为谁都要钱。

傻瓜伊万过得也不坏。刚安葬了岳父，他就脱下所有皇家服饰，交给妻子收进箱子。自己又穿上麻布衬衣、裤子和树皮鞋，就动手干活了。

"我闷得很，"他说，"长出大肚子啦，吃不下睡不着。"

他把爹妈和哑妹接来，又开始干活。

人们对他说：

"你是沙皇呀！"

"那又怎么，"他说，"沙皇也得填饱肚子呀。"

部长来见他说：

"我们没钱发工资啦。"他说。

"那又怎么，"伊万说，"没有就别发呗。"

"那他们就不会为您服务了呀！"部长说。

"那又怎么，"伊万说，"让他们别服务了呗，"他说，"让他们自由自在地干活不是更好吗？让他们运粪，他们弄出了不少粪肥。"

有人找伊万打官司。一个说：

"他偷了我的钱。"

伊万却说：

"那又怎么！那就是说，他用得着。"

所有人都知道了，伊万是个傻瓜。妻子对他说：

"人家在说你，说你是个傻瓜。"

"那又怎么。"他说。

伊万的妻子想啊想啊，她也是一个傻瓜。

"我干啥要跟丈夫对着干呢？"她说，"针到哪里，线就该跟到哪里。"

她也把皇家服饰脱了下来，放进箱子，到哑巴妹子那里去学干活。她学会干活，就开始帮助丈夫干活。

于是所有聪明人都从伊万的国家走掉了，留下的是清一色的傻瓜。

十

老魔鬼等啊等啊，等着小鬼们整垮三兄弟的消息，可什么消息也没有。他自己出去察看。找啊，找啊，哪儿也没找到它们，只找到三个洞。"糟了，"他想，"看得出它们没干成，该我自己动手了。"

他走去找他们，可兄弟们都不在老地方。他在不同的王国中找到他们。三个人都生活着，统治着国家。老魔鬼觉得气得慌。

"好，"他说，"我亲自动手干。"

他首先去沙皇谢苗那里。他不是以自己真面目去的，而是变成一个元帅，他来到沙皇谢苗那里。

"我听说,"他说,"沙皇谢苗,你是个了不起的武士,而我在这方面受到过最好训练,我愿意为您服务。"

沙皇谢苗开始盘问他,看出来这是个聪明人,就委派给他职务。

新元帅就告诉沙皇谢苗,怎样征集起一支强大的军队。

"应该做的第一件事,"他说,"就是多征集士兵,"他说,"要不你的国家里有许多人在无用地闲逛。"他说,"应该不加挑选地征召所有青年,这样你的军队数量就会五倍于原来的。第二件事是枪枝和大炮要换上新的。我给你弄一些最棒的枪枝,可以一下子打一百发子弹的枪枝,就像洒黄豆似的。而大炮更棒,是喷火的。不管是人、是马,还是墙,都能烧掉。"

沙皇谢苗听了新元帅的话,下令征召所有年轻小伙子当兵,还建起新的工厂,造够新式枪炮就立即向邻国发动了战争。刚刚两军对垒,沙皇谢苗就命令自己的士兵开枪和用喷火炮开火,一下子烧掉对方一半军队。邻国沙皇吓坏了,屈服了,把王国交出来。沙皇谢苗非常高兴。

"现在,"他说,"我要征服印度沙皇。"

而印度沙皇听说了沙皇谢苗所做的事,就全盘照搬了他的新发明,还增加了自己的新设想。印度沙皇不只征召青年小伙入伍,还征召所有单身的婆娘入伍,这样他的军队比沙皇谢苗的还要庞大。枪枝和大炮他都照沙皇谢苗的做,并且还想出空中飞行的法子从上面往下扔炸弹。

沙皇谢苗向印度沙皇发动战争,他以为会像上次那样,战胜对手,可镰刀割着割着,撞上石头啦。印度沙皇没让谢苗的军队有机会开火,就派出自己的娘子军从空中往谢苗军队头上扔炸弹,就像用硼砂洒蝉螂一样。谢苗的军队全跑散了,只剩下沙皇谢苗一个人。印度沙皇夺走了沙皇谢苗的王国,武士谢苗不分东西胡乱逃走了。

老魔鬼摆布完了这个兄弟,就到沙皇塔拉斯那里去了。他变成一个商人,在塔拉斯王国中住下,办起一家商行,开始制钱币。他用高价收买一切东西,所有人都涌到商人这里来换钱。人们手中钱多得到了这种程度,他们把欠交的税款全部交清,并且开始按时上交所有税款。

沙皇塔拉斯高兴起来。"谢谢这商人,"他说,"现在我的钱会更 加多起来,我的生活会更好起来。"于是沙皇塔拉斯开始想些新念头,他开始为自己修造新皇宫。他向人民宣布,让他们运来木材、石料并且来干活,所有一切他都出了很高的价钱。他以为会像从前那样,为了他的钱人民会涌到他这里来工作。可一看,全部木材和石料全运到商人那边去了,所有干活的人手也全涌到他那里。沙皇塔拉斯增加价钱,可商人又抬高了。沙皇塔拉斯钱多,可商人更多。他把皇家出的价钱都压下去了。皇家宫殿停工,建不起来了。沙皇塔拉斯原想开辟个花园,秋天到了,沙皇塔拉斯向人民宣告,让人民来给他种树建花园。谁都没来,全部的人都在为商人挖池塘呢。冬天来了,沙皇塔拉斯想买貂皮做件新皮袍子,派人去买,被派的人回来说:

"没有貂皮,所有的毛皮都在商人那里,他给的价钱更高,他用貂皮做了一张地毡。"

沙皇塔拉斯需要买些公马:派人去买,派去的人回来说:"所有的好公马都在商人那里,在替他往池塘里倒水。"皇家的所有事情都停下来,人们什么事也不给沙皇干,但什么事都给商人干,只是把商人的钱送来给他完纳税款。

沙皇那里钱多到了没处放的地步,而且生活也坏起来。沙皇已经不再想新念头了,只想怎样无论如何活下去,可就是这个他都做不到。各处告急。厨师、马车夫和仆从们也开始离开他去商人那里。就连吃食都开始到不了嘴啦。他派人去市场买点什么,结果什么都没有,全被商人买光了,而人们只管给他送钱来交税。

沙皇塔拉斯生气了,就把商人流放到国外去了。可商人就在边境线旁坐下来,照旧干他的:所有人还是为了商人的钱而把一切东西从沙皇那里运来给商人。沙皇的日子过得十分糟糕了,整天吃不上饭,而且还传来一个消息,说商人夸口要把沙皇的妻子买过来。沙皇塔拉斯害怕了,不知怎么办。

武士谢苗到他这里对他说:

"支援我吧,"他说,"印度沙皇打败了我。"

可沙皇塔拉斯自己已经饿得前心贴后梁了。

"我，"他说，"自己已经两天没吃饭了。"

十一

老魔鬼摆布完两个兄弟，就去找伊万了。老魔鬼变成元帅，找到伊万就开始说服他为自己建起一支军队。

"当沙皇没有一支军队是不合适的。"他说，"你只要给我下道命令，我就从你的人民中征来士兵建立一支军队。"

伊万听完他的话。

"行啊，"他说，"建军队吧，只是教他们把歌唱好点，这我喜欢。"

老魔鬼开始在伊万国家里走动，征召志愿士兵。他宣布，叫所有人去剃光头当兵，每人将得到一大杯白酒和一顶红帽子。

傻瓜们笑一阵。

"酒，我们这里随便喝，自己蒸的。"他们说，"而帽子呢，婆娘什么样的都会给我们缝，哪怕是花帽子也会缝，还带穗子的呢。"

这样子谁也没去。老魔鬼又到了伊万那里。

"他们不肯来。"他说，"你的傻瓜们不肯自愿的来，要用强力逼他们来。"

"行啊，"伊万说，"用强力逼来吧。"

老魔鬼就宣布，让所有的傻瓜们都来登记入伍，谁要是不来，伊万就会让谁死。

傻瓜们走到元帅这里来说：

"你对我们说，要是我们不去当兵，沙皇会叫我们死，可你没说，我们当了士兵又会怎么样。有人说，士兵会被打死掉的。"

"是的，这是免不了的。"

傻瓜听了这话，发起犟来。

"我们不去，"他们说，"让我们在家里死掉好得多。反正怎样也逃不过的。"

"你们是傻瓜，傻瓜！"老魔鬼说。"土兵还不是一定打死，但是不去，沙皇伊万一定让你们死。"

傻瓜们沉思起来，来到沙皇傻瓜伊万那里：

"出来一个元帅，命令我们全去当兵。他说：'要是你们去了，在那里可能被打死，也可能不被打死，要是不去，那沙皇伊万一定让你们死。'这是真的吗？"

伊万笑起来。

"我一个人怎么能让你们所有的人死？"他说，"我要不是傻瓜，我就会给你们讲清楚怎么干，可我现在自己也不懂。"

"那我们就不去了。"他们说。

"行啊，别去呗。"他说。

傻瓜们走到元帅那里，拒绝去当兵。

老魔鬼一看他的事行不通，就去找蟑螂沙皇，去讨好他。老魔鬼说："我们去和沙皇伊万打仗，征服他。"他说，"他只是没有钱，可粮食和牲畜多得很。"

蟑螂沙皇发动战争，征集了一支庞大的军队，准备好枪枝和大炮，走到边境上，开始向伊万王国中进军。

臣民们跑到沙皇伊万那里说："蟑螂沙皇带兵打进来了。"

"那又怎么，让他进来呗。"他说。

蟑螂沙皇来到边境上，派出尖兵侦察伊万的军队在哪儿，他们找来找去，没有军队。他们就等啊等啊，会不会在哪儿出现呢？可连军队的消息都没有，没有对手打仗。蟑螂沙皇派人去占领村庄。士兵们来到一个村庄，傻瓜傻女们跑出来看士兵，觉得挺稀奇。士兵们开始夺走傻瓜们的粮食和牲畜，可傻瓜们给他们，一点也不反抗。士兵到另一个村庄，一切照旧。士兵们走了一天，另一天，还是一样，傻瓜傻女们什么都给谁也不反抗，还叫士兵来自己家住。

"要是你们，可怜的孩子，在你们国家日子不好过，就干脆搬到我们这里来住吧。"

士兵们走来走去，看不到军队，只有老百姓在过日子，养活自己，还养活别人，又不反抗，还只管叫人来自己家住。

士兵们心中烦恼起来，来到自己的蟑螂沙皇那里。

"我们没法打下去了，把我们领到别的地方打仗去吧，是打仗倒好了，可现在就像用刀切果羹似的。我们没法在这里打下去了。"

蟑螂沙皇大怒，命令士兵们走遍全国，毁坏村庄，烧掉粮食、杀完牲畜。

"要是不听我的命令，"他说，"我就处死所有的人！"他说。

士兵们害怕了，开始按沙皇命令行动。他们烧起房子、粮食，杀死牲畜。傻瓜们还是全不反抗，只是哭。老头在哭，老太婆在哭，小孩子也在哭。

"你们干啥欺负我们？你们干啥白白糟踏好东西？要是你们需要，你们就拿去多好。"

士兵们心中难过起来，他们不往前走了，整个军队就跑散了。

十二

老魔鬼就这样走了，没有整垮伊万。

他变成圣洁先生，跑到伊万国家里住下，想把伊万像大肚塔拉斯那样用钱整垮。

"我想给你们做点好事，"他说，"教给你们聪明智慧，"他说，"我要在你们这建一座屋子，开一家商行。"

"行啊，你住下吧。"他们说。

圣洁先生住了一夜，早晨走到街上，拿出一口袋大金币和一大张纸，他说：

"你们全都生活得像猪一样，我想教会你们应该怎样生活。"他说，"按这张图纸给我造屋子。你们干活，我来指点，并且付给你们金币。"

接着他亮出金子，傻瓜们觉着稀罕：他们从来就没有过钱，他们之间是以物换物或者用劳动支付。他们看着金子稀罕。

"还真不赖呢，这小玩意儿。"他们说。

于是他们就用东西和劳动跟圣洁先生换小金玩意儿。老魔鬼像在塔拉斯那里一样，发放金子，而人们也为了黄金给他所有的东西并且干所有的活。老魔鬼高兴起来，他想："我的事成了！我这下要毁了傻瓜，就像毁了塔拉斯一样。我要把他连同一切一块买下来。"但是傻瓜们手中的金币太多了，就分给所有的婆娘做项链，分给所有的大闺女编进辫子里，就连小孩子们，都开始在街上玩金币了。每个人都有了许多，就不再去拿了。可圣洁先生的大房子才修了一半，粮食和牲畜也没备足一年用的。于是先生宣布，让人们去他那里工作，让人们给他运去粮食和牲畜，为任何东西和任何劳动他会付很多金子。

谁也不去干活，也不送任何东西去。只是偶尔跑来一个小男孩或小女孩，用个鸡蛋换枚金币，除此没有任何人。他开始没东西吃了。圣洁先生饿起来，就到村庄里去，想给自己买顿中饭吃。他撞进一家院门，用一枚金币换只母鸡，可女主人不收。

"我已经够多的啦。"她说。

他又撞到一个孤身女人那里，想买条咸青鱼，他递给她一个金币。

"我用不着，好人哪，"她说，"我没有孩子，没人玩这个，"她说，"就这样我为着稀奇还拿来三个这小玩意呢。"

他撞到一个庄稼汉家里买面包，庄稼汉也没拿钱：

"我用不着，"他说，"只是为着基督，你等一等，"他说，"我叫婆娘给你切一块面包。"

魔鬼都吐起唾沫来，从庄稼汉这里跑掉了。他不仅不能为着基督收下，就连听到这个词对他都比刀还厉害。

就这样他没得到面包。所有的人金币都太多了，不论魔鬼到哪儿，谁也不愿用任何东西换钱。大家都说：

"不论拿点什么别的来都行；不然就来干活，要不就为着基督收下。"

可魔鬼除了钱什么也没有，干活吧，又不愿意，而为着基督他决不能拿。

老魔鬼生气了。

"我给你们钱，你们还要什么？你们用黄金什么都能买，什么样的工人都能雇到。"

傻瓜们不听他的。

"不，我们用不着。"他们说，"我们不用交任何费用和税钱，我们要钱有什么用？"

老魔鬼没吃上晚饭就躺下睡觉了。

这件事传到傻瓜伊万那里，臣民们到他这里问：

"我们怎么办，我们那里来了个圣洁先生，喜欢好吃好喝，喜欢穿得干净，可是不愿干活，也不愿以基督名义讨饭，只管给大家一种金的小玩意儿。开头大家什么都给他，到大家那玩意儿太多了以后，就什么都不给他了，我们拿他怎么办呢？他可别饿死啦。"

伊万听完。

"那又怎么，"他说，"还得给他吃啊，让他像牧人一样在各家轮流吃吧。"

没办法，老魔鬼只好挨家挨户轮流去人家家里吃饭。

伊万的皇宫也轮到了。老魔鬼来吃中饭，而吃饭的事是由哑巴妹子管的。一些懒点的人以前常骗她，不干活的人早早跑来把粥吃个干净。于是哑巴妹子学乖了，凭手掌来识别懒汉：谁手上有老茧，就请坐，谁没有，就给谁吃剩下的。老魔鬼直往饭桌旁走，可哑巴妹子抓住他的手，一看，没有茧，手又干净又光滑，还长着长爪子。哑巴嗨嗨叫起来，把魔鬼从桌旁拖开。

伊万的妻子就对他说：

"你别见怪，圣洁先生，我家小姑子不让手上没茧的人上饭桌的。嗻，你等等，等人家吃完，你去吃完剩下的。"

老魔鬼觉得受了侮辱，因为在沙皇家竟要把他和猪一块喂。

他就对伊万说：

"你国家里的规矩是愚蠢的，"他说，"居然以为所有的人都应该用手干活。这是你们因为愚蠢才这样想出来的。难道人仅仅用一双手来干活？你以为，聪明人用什么工作？"

可伊万说：

"我们傻瓜，哪会知道，我们总是习惯用手和驼背干活的。"

"所以你们才是傻瓜。"他说，"而我，要教会你们怎样用脑袋干活，那时候你们就知道用脑袋干活比用手更利索了。"

伊万吃惊了。

"是吗，"他说，"难怪别人叫我们傻瓜！"

老魔鬼就说：

"只是用脑袋干活也不容易。"他说，"你看你们因为我手上没茧就不让我吃饭，可你们不知道，用脑袋干活要难上一百倍。有时候脑袋会轰轰作响起来。"

伊万沉思一下。

"好人哪，你干嘛这样折磨自己？"他说，"脑袋轰轰响起来，这会轻松吗？你最好还是干点轻松些的活，用手和驼背来干。"

可魔鬼说：

"我折磨自己，是为了可怜你们这些傻瓜。要是我不折磨自己，你们永远都是傻瓜。可我用脑袋干了一会儿活，现在我来教会你们。"

伊万觉得惊奇。

"你教吧，"他说，"以后要是什么时候手做累了，就可以用脑袋来顶替啦。"

魔鬼答应包教包会。

伊万就在全国宣布，说出现了一个圣洁先生，他会教所有人用脑袋干活，说用脑袋干活的收获比用手多。让大家都来学。

伊万在国中建了一座高高的瞭望塔，有条笔直的梯子通到上面，上面是瞭望塔。伊万就领先生去了那里，为的是让他待在显眼的地方。

先生站到了瞭望塔上就开始说话，而傻瓜们都走拢来看。傻瓜们以为，先

199>>

生会做件事给他们看，怎样不用手而用脑袋干活。可老魔鬼光用说话教他们，怎样不干活却可以生活下去。

傻瓜们什么也没懂，他们看一会儿，再看一会儿，就走散忙自己的去了。

老魔鬼在瞭望塔上站了一天，又是一天，还是在说话。他想吃东西。可傻瓜们没想到送块面包到了瞭望塔上去。他们想，既然他用脑袋能够比用手干得好，那么他用脑袋给自己弄块面包，就跟玩似的。第二天老魔鬼在瞭望台上又站了一整天，还在说。可百姓们走过来，看一看，又看看就走开了。伊万就问：

"喂，怎么样了，先生，开始用脑袋干活了吗？"

"还没有，"他们说，"还在胡诌呢。"

老魔鬼在瞭望台又站了一整天，感觉虚弱起来。他摇晃了一下，脑袋碰在柱子上。一个傻瓜看见，告诉伊万的妻子，而伊万妻子跑到耕地的地方来找丈夫。

"我们去看吧，"她说，"他们说，先生开始用脑袋干活了。"

伊万惊喜起来。

"真的？"他说。

他让马转完身，就朝瞭望塔走去。他走近瞭望塔，这时老魔鬼已经饿得完全没力气了。在上面摇摇晃晃，脑袋在柱子上直撞。伊万刚走到塔下，魔鬼绊了一下，摔下来，头朝下撞得楼梯直响，每级楼梯都数到了。

"没错，"伊万说，"圣洁先生说得对，有时候脑袋会轰轰响。这可不只是茧子，就是大鼓包都会在脑袋上撞出来。"

老魔鬼摔下梯子，一头扎到土里。伊万走近想看看他活干得多不多，突然，泥土往两边一分，老魔鬼就穿过地面陷了进去，只留下一个洞。伊万抓抓头。

"好家伙，"他说，"什么恶心东西！这又是他！应该是，哪几个的老爸，好大的个儿！"

伊万至今生活着，所有的人民都往他的王国里挤，哥哥们也到他这里来了，他也养活他们。谁走来说：

"养活我们吧。"

"行啊，"他说，"住下吧，我们什么都很多。"

他的王国里只有一个规矩：谁手上有老茧，只管上桌，谁要是没有，谁就吃残羹剩饭。

(1886)

雇工叶美良和空空的鼓

叶美良靠给主人扛活过日子。有一次他去干活，正走在草地上，一看，一只青蛙在他前面蹦着，他差一点点就踩上它了。叶美良从它身上跨过去。突然，他听见身后不知是谁在叫他。叶美良回头看看，看见一个美人儿大姑娘站在那儿，她对他说：

"叶美良，你干吗不娶亲呀？"

"好姑娘，我怎么能娶亲呢？我整个儿全在这里了，我啥也没有，谁会嫁我呀。"

姑娘说：

"你娶我吧！"

叶美良喜欢上了姑娘。

"那我可太愿意啦，"叶美良说，"可我们住哪儿啊？"

"还用得着想这些吗？"姑娘说，"只要多干些活，少睡些觉，到哪儿我们都能穿暖吃饱的！"

"那好吧，"他说，"咱们成亲吧。我们到哪里去呢？"

"我们去城里。"

叶美良和姑娘去了城里。姑娘把他领到城边上一幢小小的房子里。他们成了亲，过起日子来。

有一次沙皇出城去，经过叶美良家院子，叶美良的妻子走出来想看看沙皇。沙皇看到她，心里奇怪："哪里生出来这样一位美人儿？"沙皇停下车子，叫叶美良的妻子走近来，开始问她话：

"你是谁？"他说。

"庄稼汉叶美良的妻。"她说。

"这么个美人儿,干吗嫁个庄稼汉?"他说,"你可以做个皇后。"

"谢谢,为了你说的好话,"她说,"我嫁个庄稼汉,也挺不错的。"

沙皇同她说了一会儿话,就又朝前走了。回到王宫中,他脑子里老想着叶美良的妻,一夜没睡,总在想怎样才能把叶美良的妻夺过来。想不出该怎么办。他叫来自己的仆从,命令他们想办法,沙皇的仆从对沙皇说:

"你雇叶美良到你自己皇宫来干活。我们安排下重活累死他,他的妻成寡妇了,那就可以娶她了。"

沙皇就这么做了,派人去叫叶美良,让他来沙皇皇宫当雇工,还让他和妻子一起住到皇宫里来。

派来的人来了,跟叶美良说了。妻子对丈夫说:

"那你就去吧。"她说,"白天干活,晚上回到我这里来。"

叶美良去了。他来到皇宫,沙皇的管家就问他:

"你怎么一个人来啦,没带妻子来?"

"我干吗要带着她跑?她有家啊。"他说。

他们给叶美良在沙皇皇宫里派的活,是两个人才干得了的活。叶美良干起活来,也没指望能干完它。结果一瞧,还没到晚上就干完啦。管家一看干完了,给他明天安排了四个人的活。

叶美良回到家。他家里可是扫得干干净净,收拾得整整齐齐,炉子生着火,烤的烤好了,煮的煮熟啦,妻子坐在织机前,织着布,等着丈夫。妻子把丈夫迎进屋,摆出晚饭来,给他吃饱、喝饱,然后问他干活的事。

"还能怎么样,不好。派的事不是一个人干得了的,他们会把我累死的。"

"你呀,"她说,"别想这件事,别朝后看也别朝前看,别想干掉多少还剩下多少。只管干活,到时候都会做完的。"

叶美良躺下睡觉。早上又去啦。他干起活来,一次也没张望前后。一瞧,到傍晚全做完啦,天还亮着他就回家过夜去了。

他们给叶美良派下越来越重的活,可叶美良全都按时完成了,回家过的夜。一个礼拜过去了。沙皇的仆从们一看，没法用粗重活压垮这庄稼汉，就开始派给他精细活计，可这也难不倒他。木匠活、石匠活、盖屋顶的活计，不管派什么活，叶美良全都按时完成，每天晚上都回到妻子身边。第二个礼拜过去了。沙皇叫来自己的仆从说：

"我白给你们吃面包了是不是？两个礼拜过去了，我从你们这儿什么好结果也没看到。你们说要让他干活累死，可我从窗口看见，他每天都回家，还哼着歌。你们是想跟我开玩笑是不是？"

沙皇的仆从们赶紧辩白自己。

"我们，先是费了好大劲要用粗重活累死他，可什么也压不倒他。什么活他干起来就和用扫帚扫地一样，他自己还一点不累。我们又派精细活给他干，想着他不会有那么多聪明，可我们也没难倒他。他哪来的这本事！什么都行，什么都做，要不然就是他自己，或者他妻子会巫术。我们自己现在也烦透他啦。现在我们想叫他做一件他不可能做到的活。我们想出这件事，叫他在一天内建成一座大教堂。你叫叶美良来，命令他在皇宫对面用一天造一座大教堂，他造不出，那时就可以因为他不听命令砍他的头了。"他们说。

沙皇派人去叫叶美良。

沙皇说："唔，这就是我给你的命令：你给我在皇宫对面的广场上造一座新的大教堂，要在明天晚上之前造好，造好了，我奖赏你，要造不好，我处死你。"

叶美良听完沙皇的话，转过身回家了。他想："好啦，这下我完了。"回到家就对妻子说：

"妻啊，收拾东西吧，不管往哪儿都得跑，不然我们无缘无故地就完蛋啦。"他说。

"怎么，这么胆小啦，干吗想着要跑？"她说。

"怎么能不胆小？"他说，"沙皇命令我明天用一天时间造好一座大教堂。要是造不出，他威胁要砍掉我脑袋。只剩下一件事好做：趁还来得及，赶快逃跑。"

妻子不同意这番话。

"沙皇士兵多得很，不论在哪都抓得着。逃不出他手心的。趁现在力量还在，要听话。"

"可怎么听话呢，现在这事不是我的力量办得了的呀？"

"唉……哥哥，别着急，吃完晚饭就睡觉；早上早一点起来，全都会来得及的。"

叶美良躺下睡觉了。妻子后来叫醒他。

"该走了，"她说，"快去把大教堂造完，给你钉子和锤子，那里还给你剩下一天的活干。"

叶美良进城去，走到那里，真的，一座新教堂立在广场中间，只剩下一点点没造完，叶美良赶紧做起最后的工作，哪儿需要就做哪儿，到晚上就全干完了。

沙皇醒来，从皇宫里往外一看，看见建起一座教堂。叶美良走走停停，往什么地方锤着钉子。沙皇不为有了教堂高兴，他心中气恼，因为他没有理由处死叶美良，没法夺来他的妻。

沙皇又把自己的仆从叫来。

"叶美良把这件事也做完了，没理由处死他。这差事对他来说还是太少了。他说，"要想出什么更难办的。你们快想，不然在他之前，我先处死你们。"

仆从们替他想出办法，让他命令叶美良说：去造一条围绕皇宫的河，河上航行着舰船。沙皇叫来叶美良，下令叫他做这件新的差事。

"既然你能在一夜中造好一座大教堂，那这件事你也办得成。明天必须照我的命令全部做好。要是没做好，我砍掉你的头。"

叶美良心中忧愁得更厉害啦，愁眉不展地回到妻子身边。

"怎么，"妻子说，"发愁啦，是不是沙皇又给你派下新鲜事儿啦？"

叶美良说给她听了。

"该逃走了。"他说。

"逃不出士兵的手的，到哪儿都会被他们抓到的，应该听话。"

"可怎么听话呀？"

"嗯……哥哥，别着一点急。吃完晚饭你就躺下睡觉。起床早一点，一切都会刚刚好。"

叶美良躺下了。妻子早早就叫醒他。

"你去吧，"她说，"去皇宫，一切都做好了。只有在码头上，正对皇宫的地方剩下一个小土堆，你拿铁锹铲平它。"

叶美良走了，来到城中，皇宫周围有条河，河上航行着舰船。叶美良走到皇宫对面的码头上，看到那地方不平，就动手铲平那里。

沙皇醒过来，看见没有河的地方有了河，河上航行着舰船，而叶美良正用铁锹铲平小土堆。沙皇吃了一惊。他不为有河也不为有船高兴，他气恼，因为他不能处死叶美良。他自己想："没有一件他做不了的差事，现在怎么办呢？"

他叫来自己的仆从，开始和他们一起想办法。

"给我想出一件差事，是叶美良没力量完成的，"他说，"要不，我们想出什么他就做成什么，我就不能领走他妻子了。'

宫廷内侍们想啊，想啊，想出来了。他们来见皇帝说：

"应该把叶美良叫来，对他说：去那里，不知是哪里；而且拿来那个，不知是哪个。这下他可就逃不掉了，不论他去哪里，你都说不是该去的地方；不管他拿来什么，你都说拿的不是该拿的东西。那时就可以处死他，也可以把他的妻子娶来。"

沙皇高兴起来。

"这事你们想得聪明。"他说。

沙皇派人叫来叶美良，对他说：

"去哪里，不知是哪里，拿来那个，不知是哪个。要是拿不来，砍掉你的脑袋。"

叶美良回到妻子这里说了沙皇对他说了些什么。妻子沉思起来。

"这下，他们教沙皇自作自受了。"她说，"现在要动点脑筋做好这件事了。"

妻子坐着，坐着，又想了一会就对丈夫说：

"你要走很远的路，去找我们的老奶奶，庄稼汉和大兵之母，要请求她的恩赐。从她那里拿到东西，就直接去皇宫，我也会在那里。这次我躲不过他们的手了。他们会把我强行带走，不过时间不长。只要你按奶奶的吩咐都做到了，你很快就能救出我。"

她给丈夫收拾好东西，给他一个包和一支纺锤。

"把这个交给她。她见到这个就会知道，你是我丈夫。"

妻子给他指点了路。叶美良出发了，走出城。看见士兵在操练。叶美良站了一会儿，看了一会儿。士兵们操练完了，坐下休息。叶美良走近他们问：

"你们知不知道，弟兄们，去那里不知是哪里，是什么地方，怎么拿来那个，不知是哪个的东西？"

士兵们听见这个，都奇怪起来。

"谁让你找这个的？"他们问。

"沙皇。"他说：

"我们自己从当兵的最开始就是去那里，不知是哪里，老是走不到头；我们就是在找那个，不知是哪个的东西，老也找不到。我们没法帮助你。"

叶美良和士兵们坐了一会儿，又往前走了。走啊，走啊，走到森林里。森林里有座小木屋子。小木屋里坐着一个年老的老太婆，她是庄稼汉和士兵之母。她纺着麻线，自己哭着，用眼中的泪水而不是用唾沫沾湿指头。老太婆一看见叶美良就冲他大叫起来：

"到这里来干什么？"

叶美良递过去纺锤，并且说是妻子让他来的。这时老太婆马上软下来了，开始问他。叶美良就把自己的全部生活情况都说了，怎么娶的姑娘，怎么搬进城里住，怎么当了沙皇的雇工，他在宫中怎样干活，怎么造好教堂和带舰船的河，最后现在沙皇又怎样命令他去那里，不知是哪里，拿来那个，不知是哪个的东西。

老太婆听完这话就不哭了。她开始自言自语地咕哝：

"看样子，时间，到了。哦，好吧，坐下，好儿子，吃点东西。"她说。

叶美良吃完，老太婆对他说：

"这是给你的线团。"她说，"你把它在前面滚着走，它滚到哪里，你就跟着到哪里。你要走很远，一直到海边。走到海边，会看到一座大城市。你进城后，到最边上那一家请求过夜。你就在那里寻找你需要的东西吧。"

"奶奶，我怎么认出它呢？"

"你要是看见有样东西，人们对它的服从超过对父母的服从，那它就是了。只管抓起它就拿到沙皇那里去。拿到沙皇那里，他会对你说，你拿来的不是那个要拿的东西。那你就说：'要是不是那个，那就打烂它。'你就敲这个东西，然后拿着这个东西去河边，敲碎它并扔到河里，那时你就会领回妻子，还会使我再不用流泪了。"

叶美良同老奶奶告过别上路了，他让线团滚动起来。滚呀，滚呀，线团把他领到海边。海边有座大城，城边有幢高房子。叶美良到高房子里请求过一夜。他们同意了，他躺下睡觉。早上他很早醒来，听见父亲起床了，去叫儿子起来劈柴，可儿子不听话。

"还早呢，来得及的。"他说。

他听见母亲在壁炉边上说：

"儿子，去吧，你爸爸骨头痛，他还能自己去？该起来啦。"

儿子只咂咂嘴唇就又睡着了。刚睡着，街上突然有什么东西响起来了。儿子跳起来穿上衣服，就跑到街上去了。叶美良也跳起来了，跟着他跑出去看，到底是什么东西响，而且让儿子服从它，超过对父母的服从。

叶美良跑出来，看见一个人在街上走，肚子上挂着一个圆东西，他用棍子敲着那圆东西。就是它在发出响声，也就是它让儿子服从呼唤的。叶美良跑到近旁，打量起这东西。他看见：这东西圆圆的像个圆筒，两头蒙着皮子。他赶紧问它叫什么。

"鼓。"他们说。

"它怎么，是空的吗？"

"空的。"他们说。

叶美良觉得惊奇，就开始向他们要这个东西。他们没给他。叶美良不再要了，只是跟在鼓手后面走。走了整整一天，等鼓手躺下睡觉的时候，叶美良就从他那里抓过鼓就带着它跑掉了。跑啊，跑啊，来到自己城市回到家里。他想看看妻子，可她已经不在了。他走的第二天那些人就把她带到沙皇那里去啦。

叶美良来到皇宫，叫人替他通报说，那个人，就是去那儿不知是哪儿，拿来了那个不知是哪个的人来了。他们向沙皇通报了。沙皇命令叶美良明天再来。叶美良又请求再通报一次。

"我今天回来了，拿来了他命令拿的东西，让沙皇自己出来见我，要不我自己进去了。"他说。

沙皇出来了。

"你到过哪里？"他说。

他说了。

"不是那里，"沙皇说，"那你拿来了什么？"

叶美良想让他看，可沙皇连看都没看。

"不是那个。"他说。

"哦，不是那个，"叶美良说："那就得把它敲碎，让它见鬼去。"

叶美良带着鼓走出皇宫，敲了一下鼓。刚一敲响，所有的沙皇军队都集中到叶美良身边来了。向叶美良宣誓效忠，听候他的命令。沙皇从窗口向自己的军队叫喊，让他们不要跟叶美良走。他们不听沙皇的，还是跟着叶美良走。沙皇看见这个，下令把妻子领回到叶美良身边，并且请求叶美良把鼓给他。

"我不能，"叶美良说，"我必须，"他说，"听从嘱咐把它敲碎，把碎片扔进河里。"

叶美良带着鼓走到河边，所有的士兵都跟他走来了。叶美良在河边敲破了鼓，把它折成碎片，扔进河里，结果所有的士兵全 跑散了。而叶美良领着妻子回自己家去了。

从那以后，沙皇再不去骚扰他了。于是他就过起日子来，日子过得好事越来越多，坏事越来越少。

(1886)

舞会之后

（一个人的故事）

"你们说的是，一个人自身不可能知道什么是好，什么是坏，一切全在于环境，环境迫人。而我认为，一切全在于际遇，我就来谈谈我自己的事吧。"

在我们关于完成个人修养必先改变人们生活其中的条件的谈话之后，受人尊敬的伊万·瓦西里耶维奇就这样开始了叙述。没有人说过，一个人自身不可能知道什么是好什么是坏，只是伊万·瓦西里耶维奇有个习惯，就是解释自己在谈话过程中产生的想法，然后根据这些想法，讲述自己生活中的一些片断。他经常专注于讲述以至于完全忘记了引出叙述的最初的话头。何况他的讲述总是很诚挚而真实。

这时他就是这样做的。

"就拿我自己来说，我的全部生活成为这样而不是那样，不是因为环境，而是因为别的原因。"

"到底为什么呢？"我们问。

"这可就说来话长了，要说很多你们才会明白。"

"那您就说吧。"

伊万·瓦西里耶维奇沉思起来，摇了摇头。

"是的，"他说，"我的全部生活在一夜间改变了，或不如说在一个早晨。"

"到底怎么回事？"

"是这么回事，当时我正在热恋中。我曾爱过多次，可这次是我最热烈的爱，事情早已过去了，她的女儿们都出嫁了。她就是Б……对，瓦莲卡·Б……"伊万·瓦西里耶维奇说出她的姓氏，"她到了五十岁还是一位出众的美人。而在年轻时,十八岁的时候,她美妙极了:修长、苗条,举止娴雅而高贵,的确就是高贵。她总把身体挺得异乎寻常的笔直,好像只能如此一样,头微微后仰,这一切与她的美貌和修长身材配合。尽管她瘦,甚至可以说骨瘦如柴,却仍然构成她某种皇后般的威仪,假如不是她的嘴边,美丽闪亮的眼睛里,以及在她可爱年轻的全身无时不在洋溢的温柔和始终欢快的笑意,这威仪可真要吓住别人了。"

"伊万·瓦西里耶维奇真会形容。"

"可不论我怎样形容,我的形容也无法使你们明白她曾是什么样子。但我要说的不是这个,那件我要说的事发生在四十年代。那时我是一所外省大学的学生,不知是好是坏,那时我们大学里没有任何小组,不谈任何理论,我们只是年轻,也就照年轻人惯有的方式生活:不是学习就是玩乐,我是一个快乐活泼的小伙子,还很富有。我还有一匹特棒的溜蹄马,我常和小姐去山上滑雪(那时溜冰还不时兴),和同学们纵酒作乐(那时我们除了香槟,什么都不喝;没钱就什么也不喝,不像现在人,用伏特加代替)。我的最大乐趣是晚会和舞会带来的。我的舞跳得很好,人长得也不丑。"

"得啦,别谦虚了,"一位参与谈话的女士说,"我们可是见过您的银版照片。您何止不丑,您是个美男子。"

"美男子就美男子,这无关紧要。事情是这样的,就在我热恋着她的那段时间,我在谢肉节的最后一天参加了省贵族会长家举办的舞会。贵族会长是位和善的小老头,一个被封为宫廷总管荣誉职位的豪阔好客的小老头。接待客人的是他夫人,同样和善,她身穿深棕红色丝绒长裙,头系钻石头饰,祖露着衰老臃肿的白色肩膀和胸脯,这像画像中的伊丽莎维塔·彼得罗芙娜①。舞会精彩极了:带楼厢乐池的华丽舞厅,乐师都是农奴乐师,来自那个音乐爱好者地主家的。招待得丰盛极了,香槟流成了汪洋。尽管我是香槟爱好者却没有喝,因为没酒我就醉了,陶醉在爱情中,舞可跳得够狂的,不累得躺下不罢休,我跳了卡德里尔舞,又跳华尔兹,还有波尔卡舞,当然只要可能,都是跟瓦莲

---

① 彼得一世之女,俄国女皇。

卡跳。她身穿白色长裙,系粉红腰带,戴着一双快到细瘦尖削的肘部的白色软皮长手套,脚上穿一双白色缎面短靴。马祖卡舞我被人抢了先;讨厌透顶的工程师阿尼西莫夫(我至今不能原谅他这个)在她刚走进来的时候就邀请了她,而我先去理发店买手套,迟到了,所以马祖卡舞我没和她跳,而是和一位我过去稍献过殷勤的德国小姐跳,可我恐怕那天晚上对她非常失礼,既不同她交谈也不看她,我眼中只有穿白长裙粉红腰带的高挑身影,只有她那溢出光彩、红润的带酒涡的面庞以及温柔可爱的眼睛,不只我一个人,所有的人都看她,欣赏她,男人欣赏她,女人也欣赏她,尽管她使她们黯然失色,不能不欣赏她。

"照规矩说,我不是她跳马祖卡舞的舞伴,但实际上,我一直在同她跳,她毫不羞怯地穿过整个大厅径直走向我,我不等邀请就跳起身来,她就用微笑酬谢我的善解人意,别人把我们领到她面前,她没猜出我的代号,她一面把手递给别人,一面耸耸她瘦削的双肩,用一个微笑来表示她的遗憾和安慰。在用华尔兹舞完成马祖卡舞的队形变化时,我长时间同她跳华尔兹。而她呼吸急促而含着微笑,对我说:'Encore'。①于是我再一次再一次地跳着华尔兹,都感觉不到自己的身体了。"

"哈,怎么会感觉不到呢,我想当您搂着她腰的时候,还会特别感觉得到哩,既感觉到自己的,还感觉得到她的身体。"一个客人说。

伊万·瓦西里耶维奇突然涨红脸,生气地几乎叫喊着说:

"是的,这就是你们,现代青年。你们,除了肉体什么也看不见。在我们那时候不是这样。我爱得越热烈,她在我眼中就越发超脱凡尘。你们现在看到的只是大腿、脚腕子还有什么别的,你们脱光所爱女人的衣服,而我,就像Alphonse karr②说过的,这是一位好作家,他说在我恋爱对象身上,永远穿着青铜衣饰,我们不仅不脱去衣服,而竭力遮盖裸露的部份,就像诺亚那个心肠

---

① 法语:再来。
② 法语:阿尔封斯·卡尔。

好的儿子对父亲所做的一样①。唉,你们是不会明白的……"

"别听他的,后来怎样呢?"我们当中有一个人说。

"好。就这样我差不多只和她跳,没注意时间怎样过去。乐师们已经疲劳至极,你们知道,就像通常的舞会将尽的时候一样,他们反复演奏同一支马祖卡舞曲,客厅里老爸爸和老妈妈们已经从牌桌旁站起来,等着进晚餐,仆人们更频繁地穿梭递送着什么。已经两点多钟,要利用起最后几分钟,我又一次邀请她,我们已是第一百次从舞厅这头舞到那头。

"'说定了,晚饭后的卡德里尔舞是我的?'"我送她回原处时对她说。

"'当然,只要家里人不领我走。'她微笑着说。

"'我不让。我说。

"'给我扇子嘛。'她说。

"'舍不得给。'我说着递给她那把白色的价钱不贵的扇子。

"'那就给您这个吧,省得您舍不得了。'她说,扯下扇子上的一片羽毛递给我。

"我接过羽毛,只能用目光来表达我的全部狂喜和感激。我不只快活和高兴,我幸福,幸福至极,我善良,我不再是我,而是变成了一个不知罪恶为何物,只知行善的非尘世生物。我把羽毛藏进手套,然后站在那里,再没有力量离开她。

"'您看,他们请爸爸跳舞呢。'她指着她父亲那匀称高大的身影对我说,她父亲是位佩着银肩章的上校,正和女主人及其他几位太太一起站在门口。

"'瓦莲卡,到这里来。'我们听到系钻石头饰和有伊丽莎维塔式肩膀的女主人的响亮的嗓音。

"瓦莲卡走到门口,我跟着她。

"'说服您父亲,ma chère②,请他和您跳一圈吧,来,请吧,彼得·弗拉基斯

---

① 取自《圣经·创世纪》第九章21-25节. 诺亚酒醉裸卧,两个儿子背着脸倒退进前,给父亲遮盖身体。

② 法语: 亲爱的。

拉夫.'女主人又转向上校说。

"瓦莲卡的父亲是位身材高大挺拔, 精力充沛而且非常漂亮的老头, 他的脸色非常红润, 留着两撇雪白的à la Nicolas I①的鬈曲唇髭, 还有同样雪白的, 修理得快连接上唇髭的大胡子, 以及向前梳理的鬓角。他同女儿一样, 闪亮的眼睛和嘴唇都洋溢着那种温柔欢快的笑意。他的身材好极了, 有着宽阔的、装饰着不多几枚勋章、照军人作风挺起的胸膛, 还有强壮的双肩和修长匀称的双腿。他是位具有尼古拉时代老兵风姿的军事长官。

"我们走近门口的时候, 上校正在推辞, 说自己已经不会跳舞了, 然而他还是微笑着伸手到身体左侧, 从佩剑皮带上取下佩剑, 把它交给一个态度殷勤的青年, 右手戴上手套。'一切都要照规矩办。'他笑着说, 然后托起女儿的一只手, 丁字步侧身站好, 等待合适的节奏。

"等到一个马祖卡舞曲的乐句开头的时候, 他敏捷地踩响一只脚, 踢出另一只脚, 于是他那高大沉重的身躯一会儿沉静从容地、一会儿喧响而热烈地、带着顿足声、双脚相击声在舞厅中转动起来。瓦莲卡优雅的身姿在他周围飘飞, 不为人觉察地及时缩短或加长她穿白缎鞋小脚迈出的舞步。整个舞厅都在注视这一对舞伴的每个动作。我可不只是欣赏他们, 而是带着深深感动的爱意看着他们。他的靴子特别感动了我, 这是一双上面缝着皮条的上好小牛皮靴, 但不是时髦的尖靴头, 而是老掉牙的式样, 四方靴头, 而且没有垫跟。很明显, 这靴子是军营中的鞋匠做的。'为了爱女进入社交界和她的穿戴打扮, 他不买时髦靴子, 穿家制靴子。'我想。所以这双方头靴尤其令我感动。看得出来他曾经跳得极好, 可对于现在他竭力跳出的漂亮而快速的舞步来说, 他本人稍嫌沉重了点, 脚下也缺了点足够的弹性。但他仍然灵巧地跳完两圈。他迅捷分开两腿又并拢之后, 尽管有些困难, 但仍单腿跪下, 而她整理着被他挂住的长裙, 用滑行般的优雅步子绕着他走了一圈, 大家热烈鼓起掌来。他带点勉强站起身来, 温和亲切地双手捧住女儿的脸, 在她额头上亲了一下, 然后把她领到我面前, 以为我在和她跳舞, 我说, 她的舞伴不是我。

---

① 法语: 像尼古拉一世那样的。

"'喏，一回事，您陪她跳一圈吧。'他说，柔和地微笑着把佩剑插入佩剑皮带上的剑托。

"就像常有的那样，瓶子里的水流出一滴之后里面的水就会大股涌出，在我心中也是同样，对瓦莲卡的爱，释放了我心底隐藏的全部爱的能力。那时我用自己的爱拥抱全世界。我爱戴头饰、有伊丽莎维塔式胸脯的女主人，爱她丈夫，她的客人们，她的仆人，甚至爱那个对我满肚不高兴的工程师阿尼西莫夫。对她的父亲，连同他那家制皮靴和像她那样温柔的微笑，我当时体验到一种极端兴奋而温柔的感情。

"马祖卡舞曲终之后，主人们请客人去用晚餐，但Б上校谢绝说他明天要早起，就向主人告辞了。我当时吃了一惊，害怕她会被带走，可她和母亲一起留了下来。

"晚餐后我同她跳约定的卡德里尔舞，尽管我已经感觉自己无限幸福，但我的幸福仍在不断增长。我们没说一句有关爱情的话。我既没问过她，也没问过自己，她是否爱我。我爱她，这对我来说就足够了。我只害怕一件事，怕有什么会破坏我的幸福。

"当我回到家，脱下大衣想到睡觉的事时，发现那是根本不可能的。我手中有一片她扇子上的羽毛和一整只她的手套，这是我先后扶她们母女上车后，临走时她送我的。我看着这些东西，不用闭眼就能看到她出现在我面前，我看到的是在那个美妙瞬间的她，当她为了从两个舞伴中挑出我而猜我的代号时，她那亲爱的声音响起在我耳边：'骄傲？是吗？'然后快乐地把手递给我的时候，或者当她晚餐时俯首在香槟酒杯上抿着酒用亲切的眼睛偷眼看我的时候，我看见得最多的是她与父亲出场跳舞时，她如滑行一般优雅地绕他转动并带着为自己也为他自豪的神情看着欣赏他们的观众。我不知不觉把他和她融合在一种温柔亲切的爱意之中。

"当时我同已故兄弟同住，我兄弟完全不喜欢社交，从不参加舞会，这时又在准备学士学位考试，所以过着最有规律的生活。他在睡觉，我看着他那埋进枕头，叫绒毯盖住一半的脑袋，我心中就涌起对他的爱和怜悯，怜悯他不知道也不能分享我现在体验的幸福。我们的农奴仆人彼得鲁沙拿着蜡烛来迎我，想为我宽衣，我让他走了。他那睡眼惺忪和头发蓬乱的模样也让我觉得可爱而动人。为了不弄出声响，我踮着脚走到自己房间，坐到床上。不，我太幸福了，我不可能睡觉。并且我在升着火的房间里感到燥热，于是我不脱外衣轻轻走到前厅，穿上大衣，打开通外面的门走到街上。

"我从舞会出来是四点多钟，一路回家，在家又坐了一会儿，大约过了两小时左右，所以当我走出来时，天已经亮了。这天正是谢肉节时节的天气，有雾，浸饱水的积雪在道路上融化，从所有屋檐上化作水滴落下来。当时Б家住在城市边上，旁边是一大片空地，空地的一头是散步场所，另一头是贵族女子中学。我走完我们空荡荡的小巷来到大街上，我开始遇见行人和赶着满载木柴雪撬的车夫，雪撬下的滑木已直接压到了地面上。马在光滑的轭木下快慢均匀地摆动着湿淋淋的头，披蒲席片穿长大皮靴的车夫脚下扑哒扑哒作响，走在货车旁。还有雾中显得特别高大的房子，这一切都让我觉得可爱并有意义。

"我来到他们家旁的那片空地上，看见田野尽头，就是散步场所，那个方向有一大片黑压压的什么，还听到从那边传来笛声和鼓声。我心中一直在欢歌，有时还萦绕着马祖卡的旋律。然而这是另外一种音乐，一种生硬、不祥的音乐。

"'这是怎么回事？'我想，就沿空地正中车马碾压出来的一条很滑的道路朝着声音的方向走去。走了大约一百来步，我透过雾障分辨出一些黑色的人形。显然是士兵，'大概是操练。'我想，我同走在我前面的一位铁匠一起走得更近些，这铁匠穿件油渍渍的短皮袄系着围裙，手里拿着什么东西。士兵身穿黑军服排成两列面对面持枪站着一动不动。他们后面站着鼓手和笛手，而鼓手和笛手则在不停地重复那个难听刺耳的调子。

"'他们这是干什么？'我问在我身边停下来的铁匠。"

"'赶一个逃跑的鞑靼人受刑。'铁匠愤愤地说，朝行列尽头看一眼。

"我也朝那边看去，见行列中间有个什么可怕的东西在向我靠近。靠近我的是一个上身脱光的人，被绑在架他走的两个士兵的枪身上。旁边走着一个穿军呢大衣，戴军帽的高大军人。他的身影似乎是我熟悉的。受罚者两脚踩得半融的雪嚓嚓作响，在两边纷纷落下的棍击下全身抽搐着向我这边移动，一会儿他向后仰倒，用枪托住他的两个军士就把他朝前推，一会儿他向前扑倒，两个军士就把他向后拉，不让他倒下。高大的军人迈着坚定而有弹性的步子，一步不落地走在他旁边。这是她的父亲，是那面色红润、唇髭和胡须雪白的父亲。

"受罚者在每一下打击下都像受惊一般把头转向落下打击的方向，露出白牙反复重复着那么几个字眼。直到他离得十分近时，我才听清这几个字。他不是在说，而是在呜咽：'弟兄们，发发慈悲。弟兄们，发发慈悲。'但弟兄们不发慈悲。当这一行人完全快到我身边时，我看到站在我对面的一个士兵坚定地向前跨出一步，手中棍子带着呼啸挥起，重重地打在鞑靼人的背上。鞑靼人向前一扑，军士们拉住了他，一个同样的打击又从另一面落到他身上，然后又从这一面，又从那一面，上校走在旁边，一会看看自己脚下，一会看看受罚者，他大口吸进空气，鼓起腮帮，然后撅起嘴唇慢慢吐出来。当这一行人从我站的地方经过的时候，我看了一眼夹在行列中受罚者的背，这是一个那样颜色斑驳，湿淋淋的。红色的、不自然的东西，以致我不能相信这是人的躯体。

"'噢，主啊！'我身旁的铁匠说。

"这一行人渐渐远去，照旧从两边落下打击，落到跌跌撞撞浑身抽搐的人身上，照旧响着鼓声和尖锐的笛声，上校高大匀称的身躯照旧迈着坚定的步子走在受罚者旁边。突然上校停下来，快速走到一个士兵面前。

"'我让你糊弄，'我听到他发怒的声音，'还糊弄不？还敢不敢？'

"我还看见他用戴麂皮手套的有力的手抽打那个吓坏的没力气的小个士兵，为了他没使出足够力气用棍打鞑靼人的紫红脊背。

"'拿新棍子来！'他喊了一声，回头看看并看见了我，他做出不认识我的样子，令人生畏地、凶恶地皱起眉头，急速转过头去。我感觉是那样羞耻，不知眼睛该朝哪儿看，就像我在做一件最可耻的事情时被人揭穿了一样。我垂下眼睛匆忙回家了。一路上我的耳边不是响着鼓声的震颤笛声的尖啸，就是响起那几个字：'弟兄们，发发慈悲！' 要不就是上校那自信的发怒的声音喊出的'还糊弄不？还敢不敢？' 此外我心中体验到一种引起我恶心的近乎生理的痛苦，以至于我好几次停下来，觉得那场面在我心中造成的全部恐怖立刻就要使我呕吐起来。我不记得怎样摸回家躺下的。可刚要入睡，就又听到和看到了那一切，就又跳起身来。

"很显然，他知道某些我不知道的东西，我想着上校。'假如我知道他所知道的东西，那么我就会理解我所见到的，就不会苦恼了。' 可不论我想了多少，我仍然没弄明白上校所知道的东西。直到晚上我才睡着，那还是因为我去了朋友家，和他喝得烂醉才睡着的。

"怎么，你们以为当时我就认为看到的是一件坏事？一点也不。'既然这事做得那样有信心，并被所有人承认是必要的，那就是他们知道一些什么我不知道的东西。' 我这样想，努力想弄清楚这个。可不论如何努力，始终没弄清楚这个。可不清楚这个，我就不能像先前所希望的那样去军队服役。我后来没在任何地方供职，你们都看见了，成了个到处没用的人。"

"好啦，这我们知道，您怎么到处没用的。"我们中的一个人说，"不如说说：要是没有您，多少人会成为到处无用的人。"

"得了，这可就是瞎说了。"伊万·瓦西里耶维奇带着真诚的烦恼说。

"哎，那爱情呢？怎样了？"

"爱情？爱情自这天起趋向衰落。每当她习惯地面带微笑沉思起来，我立刻想起广场上的上校，心中就感到难堪和不快，我渐渐同她见面少了，爱情就这样转而为无，世上就会有这样的事，看看是什么改变并引导一个人全部生活的方向。可你们却说……"他结束时说。

(1903)

瓦罐阿廖沙

阿廖沙是家中最小的兄弟。他叫瓦罐是因为有次妈妈叫他端一罐牛奶给教堂执事太太，他绊了一跤砸了瓦罐。妈妈揍他一顿，小伙伴们就叫他"瓦罐"取笑他。瓦罐阿廖沙，就这样成了他的外号啦。

阿廖沙又矮又瘦，长着招风耳（耳朵像翅膀一样张开），大鼻子。小伙伴们笑阿廖沙："阿廖沙的鼻子，就像只公狗趴在山坡上。"林子里有小学校，可阿廖沙没摊着读书识字的好事，再说也没工夫去上学。大哥在城里一个商人家做事，阿廖沙从小就开始帮父亲做事。他六岁就和小姐姐一起放羊和奶牛，再长大点，就白天晚上都能放马了。十二岁起，他就又耕地又赶车了。他力气是没有的，但身手灵活。他总是快活的。伙伴们取笑他，他不吭气儿，要不就笑笑。要是父亲骂他，他不吭声，听着。只要骂他的人一住口，他就笑起来，抓起面前的活就干起来。

他哥哥被选去当兵的时候，阿廖沙十九岁。父亲让他顶替哥哥的位置在商人家里当个院工。阿廖沙穿上哥哥的旧靴子，还有父亲的帽子和外衣就进城了。阿廖沙对自己的衣着高兴个没完，可商人看到阿廖沙可不高兴。

"我想找个跟谢苗一样的人代替他，"商人说，看看阿廖沙，"可你给我领来个什么样的鼻涕娃。他能干什么？"

"他什么都能干，套车、赶车、干下人活，别看他样子像树篱墙似的，其实可结实了。"

"这倒也看得出，我再看看吧。"

"他最好的是老实极了。干起活来可利索啦。"

"拿你有什么办法呢。把他留下吧。"

这样阿廖沙开始在商人家干活。

商人的家庭不大: 女主人, 老太太, 已婚的大儿子, 他受过普通教育, 和父亲一道经商; 另一个儿子是有学问的, 他读完中学上了大学, 但被开除了, 他住在家里; 还有一个中学生女儿。

开始阿廖沙不讨人喜欢, 他这个庄稼汉太土气, 穿的又不好, 又不太懂规矩, 跟谁都只说 "你", 可大家很快习惯他了。他比哥哥还干得好。他确实老实, 什么事都叫他干, 他兴冲冲地干得又快又好, 干完一件事又接着干另一件事, 中间停都不停一下。这一下商人全家把所有的事都压在阿廖沙身上了。他干的事越多, 往他身上推的事也就越多。女主人、女主人的妈、主人的女儿、主人的儿子、还有管家和厨娘, 都一会这儿、一会那儿地支派他, 叫他干这干那。老听着在喊: "阿廖沙, 你跑一趟", "阿廖沙, 你把这安排好。你怎么啦, 阿廖沙, 你忘了吗? 留点神可别忘了, 阿廖沙", 阿廖沙就去跑路, 去安排, 留着神, 从不忘记, 他总是来得及干完所有事, 总在微笑。

哥哥的靴子他很快穿坏了, 主人为他穿开了花露脚趾的靴子训了他一顿, 吩咐在市场上给他买双靴子。靴子是新的, 阿廖沙对这高兴极了, 可他的脚还是那双旧的脚, 每天晚上它们都因为跑路太多而酸痛得很, 他对它们很生气。阿廖沙心里害怕, 父亲来替他拿工钱的时候可千万别生气才好, 因为商人会从工钱里扣掉靴子钱。

冬天阿廖沙天不亮就起来劈柴, 然后扫院子, 给奶牛、马匹添草料、喂水。然后生壁炉, 给主人们的靴子上油, 清刷他们的衣服, 摆出茶炊, 清洗它们。再往后不是管家叫他搬东西, 就是厨娘叫他揉面、洗锅。再往后不是派他进城送个条子, 就是派他去学校接主人女儿, 再不就是去拿老太太需要的长明灯油。"该死的, 你跑到哪儿去了", 一会儿这个, 一会儿那个对他说。"您自己跑腿干什么, 阿廖沙会跑一趟的。阿廖沙! 喂, 阿廖沙!" 阿廖沙就这么跑着。

早饭他是走着吃的, 中饭他很少赶得及同大家一起吃。厨娘为他不和大家一块来骂过他, 但还是同情他, 中饭晚饭都给他留点热呼呼的东西吃。每当过节前和过节的日子事情特别多。可阿廖沙过节特别高兴, 因为过节时他得到的茶钱尽管少，但也积起了六十戈比，这总算是他自己的钱啊。他可以想怎么花就怎么花。自己的工钱他连见都没见过，父亲进城从商人那里拿走工钱，还只管说阿廖沙那么快就穿坏了靴子。

等他把这种"茶钱"凑足两个卢布，他听从厨娘的建议买了一件红色的毛线外套，等到穿上身，他高兴得连嘴都合不拢了。

阿廖沙说话很少，说起话来也总是断断续续的，也很简短。每当吩咐他做什么或者问他能不能做，他总是毫不迟疑地说："这都能行。"然后马上动手干并认真干好。

母亲教过的祈祷词，他一篇都记不得，忘了，可他仍然每天早晚祷告，用手势用划十字的方式祷告。

阿廖沙这样过了一年半，就在这时，在第二年的下半年，他的日常生活中发生了一件对他来说不平常的新鲜事。这事是这样的：他很惊奇地发现人与人之间除了互相需要帮忙之外，还有一种特殊的关系：不是要人擦靴子、拿东西、套马什么的，而是一个人不为什么但需要另外一个人，需要被人照顾，被人爱抚，而这个人，需要这些的人恰恰就是他，阿廖沙。他是从厨娘乌斯金妮那里知道的。乌斯金妮是孤儿，她年轻，也和阿廖沙一样勤劳，她开始心疼阿廖沙，而阿廖沙第一次觉得他，他这个人，不是他的效劳，而确实是他这个人，被另一个人需要，母亲疼他，他觉得是应该的，就像他自己疼自己一样。可在这里他突然看到乌斯金妮完全是个外人，可她疼他，总给他在瓦盆里留好放葵子油的粥，而且在他吃的时候，她用挽起袖子的胳膊托着脸看他吃。只要他看她一眼，她就笑起来，他也笑起来。

这些对阿廖沙来说又新鲜又奇怪，他都有些害怕。他觉得这事妨碍他像过去那样干活。但他每次看着乌斯金妮替他补好的裤心里就很高兴，总是摇摇头微笑着。他常在干活时或走路时想起乌斯金妮，就说："这个乌斯金妮啊，真不错！"乌斯金妮尽力帮他忙，他也同样对她。她告诉他自己的经历，怎么成了孤儿的，她阿姨怎样收养她，又怎样送到城里来，还有商人儿子怎样劝说她做蠢事，她又怎样将他赶开了。她喜欢说话，而他爱听她说。他听说过，在城里做工的庄稼汉娶了厨娘做妻子。有次她问他，家里是不是快给他娶亲了。他说不知道而且没兴趣在乡下娶亲。

"怎么，看中谁啦？"她问。

"要是你，我就会要的。你呢，嫁不嫁？"

"瞧，瓦罐啊瓦罐，你学得多么能说了。"她说着用袖套照他背上打了一下，"干吗不嫁？"

老头子谢肉节进城拿钱，商人妻子知道了阿廖沙想和乌斯金妮结婚，她不喜欢这件事。"她会有孩子，带个孩子怎么行。"她告诉丈夫。

主人把钱给了阿廖沙的父亲。

"怎么样了，我那个在这里过得怎样？"庄稼汉说，"我说过，他很老实。"

"老实是老实，可转了个傻念头。想和厨娘结婚。我可不用结婚的人。我们用不着。"

"傻瓜，傻瓜，他想了些什么！"父亲说，"你别放在心上，我叫他去掉这念头。"

走到厨房，父亲在桌前坐下等儿子。阿廖沙正在跑腿办事，后来喘着气回来了。

"我以为你是个懂事的，可你想了些啥？"父亲说。

"什么也没有。"

"怎么没有。想结婚，到了时候我会给你娶亲的，给你娶个该娶的，不要这种城里的破鞋。"

父亲说了很多，阿廖沙站着叹着气。父亲说完，阿廖沙笑笑。

"那好吧，这也可以不再说了。

"这还差不多。"

父亲走了以后，他和乌斯金妮单独留下来，他对她说（父亲和儿子谈话时，她就站在门外听）：

"我们的事没了，没成。你听见了？他生气了，不准。"

她用围裙蒙住脸哭起来。

阿廖沙弹了一下舌头。

"没法不听他的啊。明摆着,只有算了。"

晚上老板娘叫他上护窗的时候,对他说:

"怎么,听父亲话,丢下傻念头啦?"

"明摆着,丢下啦。"阿廖沙说,笑一笑,可马上又哭起来。

从那以后阿廖沙再也不和乌斯金妮谈结婚的事了。他还是照老样子过日子。

斋月管家派他上屋顶清积雪。他爬上屋顶,清完全部积雪后又动手擦流水槽里的冻雪,双脚一滑,他连人带锹摔倒了,糟糕的是他没摔到雪地里,而摔在铺了铁板的门口。乌斯金妮跑到他跟前,还有主人女儿也跑来了。

"摔着了吗?阿廖沙?"

"说什么呀,没事。"他想站起来,却不行,他就微笑起来。人们把他抬到下房里。医助来了。诊察之后问他哪里痛。

"哪儿都痛,这倒没关系,就是主人会不高兴的:该给老爹捎个信儿。"

阿廖沙躺了两天,第三天他们派人去叫神父了。"怎么,你就这样打算死了?"乌斯金妮问。

"要不怎么办?我们还能老活着?总会有这天的。"阿廖沙像平时一样说话很快。"谢谢你,乌斯秋莎①,谢谢你疼我。这样好一些,还好没准我结婚,要不也白费了,这下全好了。"

他只用手和心同神父一起祈祷。而他心里想的是,这里多么好,要是听话并且不责怪别人,那边也会好的。

他说话很少。只是要水喝,还老是对什么东西觉得奇怪。

什么东西让他惊讶,挺直身子他死了。

(1925)

---

① 乌斯金妮的爱称。

柯尔涅依·瓦西里耶夫

一

柯尔涅依·瓦西里耶夫最后一次回村的时候是五十四岁。他浓密的鬈发中没有一根白发,只有靠近颧骨的络腮胡有些灰白。他的脸又平滑又红润,肩背宽阔而粗壮。在城里丰衣足食的生活中,他那强壮身体上已积累起很多脂肪。

他二十年前从军队退役,带着积蓄的钱回来。他先开个小店,后来不开店了,又贩起牲口。他去切尔卡什买货(牲口),然后赶到莫斯科来卖。

在嘎依村他的铁皮屋顶的砖房里,住着老太太母亲,妻子和两个孩子(一女一男),还有一个孤儿,他的侄子,是个十五岁的哑巴,在他家帮工。柯尔涅依结了两次婚。他第一个妻子又弱又病,没留下孩子就死了。后来,他已是个不年轻的鳏夫的时候,第二次结了婚,娶了邻村一个穷寡妇的女儿,她是个又健壮又漂亮的姑娘。孩子们都是她生的。

柯尔涅依最后这批货,卖到莫斯科,赚了大钱,竟凑齐了差不多三千卢布。他从同乡那里听说,离他们村不远的一个破产地主要卖林子,价格很合算,他又想经营树林。他对这事挺在行,服役前,他就在一个商人的树林里当管家助手。

在下车去嘎依村的火车站上,柯尔涅依碰见一个同乡,嘎依村的独眼库兹马。每趟火车到站,库兹马总要赶着他那对毛烘烘的劣马来等乘客。库兹马很穷,所以他不喜欢所有的富人,特别是小时候叫作柯纽什卡的富翁柯尔涅依。

柯尔涅依穿着短皮袄和皮大氅,手提着一只小皮箱走到车站门口台阶上, 挺着肚子站住了, 歇口气并四处张望一下。正是早晨, 天气阴沉而安静, 微微有些上冻。

"怎么, 库兹马大叔, 没找到坐车的? "他说, "拉我一趟行吗? "

"行啊, 一个卢布, 拉你一趟。"

"七十戈比就足够了。"

"你把个肚子都吃大了, 还想从穷人身上扒走三十戈比还怎么的? "

"得, 那好吧, 给你就是了。"他说着把小箱子和包袱放进小雪撬, 然后宽宽松松地在后座上坐下。

库兹马还是坐在赶车前座上。

"好啦, 走吧。"

他们离开车站旁泥泞不平的路, 驶上平坦的大路。

"喂, 怎么样, 在你们村里, 不是我们村子, 是你们村怎么样? "柯尔涅依问。

"好事不多呵。"

"怎么会这样? 我家老太婆还活着吗? "

"老太婆倒是活着。前几天还去了教堂。你家老太婆活着。你家年轻的女主人也活着, 她还能有什么事? 请了一个新帮工。"

柯尔涅依觉得库兹马笑得有些怪异起来。

"什么帮工? 彼得呢? "

"彼得病啦。请了白头叶夫季格涅来, 从卡绵克村请的, "库兹马说, "就是从她自己村里请的。"

"是这么回事? "柯尔涅依说。

还在柯尔涅依请媒人去玛尔法家说亲的时候, 村里有些婆娘们就在嚼说叶夫季格涅怎么怎么的。

"真是的, 柯尔涅依·瓦西里奇, "库兹马说, "如今娘们的自由也太多啦。"

"有什么好说的! "柯尔涅依说, "你这灰马老啦。"他加上这句, 想中断谈话。

"我自己也不年轻啦。它跟主人一样啊。"库兹马回答柯尔涅依说的话，用鞭催动着多毛歪腿的骟马。

半路上有个客栈。柯尔涅依叫车停下，自己走了进去。库兹马把马牵到一个放在那里的空木盆旁，整理马缰绳时看也不看柯尔涅依，他等着柯尔涅依叫他一起去。

"怎么样，进来吧，库兹马大叔。"柯尔涅依走出来到台阶上说，"喝上一杯。"

"那也行啊。"库兹马回答，做出一副不急着进去的样子。

柯尔涅依要了一瓶伏特加拿到库兹马面前。库兹马从早上起就什么也没吃，马上就醉了。他一醉，马上弯下腰俯身在柯尔涅依耳边悄声说起村子里的传言。说是玛尔法，他的妻子，请了她的旧情人来做帮工，还和他睡在一起了。

"对我有什么好处，我不过是可怜你，"库兹马醉醺醺地说，"就是人家在笑，可不好看啦。看上去她不怕造孽呀。咳，我说，你等着瞧吧，到时候，主人会回来的。就这样，兄弟，柯尔涅依·瓦西里奇。"

柯尔涅依不出声听着库兹马说话。他的浓眉越来越低地挤近黑得像炭一样的发亮眼睛。

"怎么样，你饮不饮马？"酒喝完，他只说了这一句话。"要是不饮马，我们就走吧。"他付清老板的账，走出客栈。

他回到家已是黄昏，第一个迎接他的就是他不能不想了一路的那个白头的叶夫季格涅。柯尔涅依向他问过好，看着有些着忙起来的叶夫季格涅的白须白眉的瘦脸，莫名其妙地摇摇头："那老狗撒谎了。"他想着库兹马的话。"可谁知道他们呢，我会弄清楚的。"

库兹马站在马旁边，用他的独眼朝叶夫季格涅睒睒眼。

"就是说你住在我们这里？"柯尔涅依问。

"有什么办法，总得在哪儿干活啊。"叶夫季格涅回答。

"厢房里生火了吗?"

"那可不吗,玛季维芙娜大妈在那里哪。"

柯尔涅依走上台阶,玛尔法听到说话声,走到前厅,脸上一下红了,走上来特别温柔地向他问过好。

"我和妈妈简直都不敢指望你回来啦。"她说着,跟在柯尔涅依后面走进厢房。

"怎么样,我不在你们过得怎样?"

"照老样子过呗。"她抱起抓住她裙摆要奶喝的两岁女孩,跨着果决的大步子走到前厅去。

柯尔涅依的母亲,有着一双和他一样的黑眼睛:勉强拖着穿毡靴的脚走进厢房。

"谢谢你回家来看看。"她说着摇摇颤动的头。

柯尔涅依告诉母亲,他为什么事顺路回家的。然后他想起库兹马,走出去给他钱。他刚刚打开前厅门,正对他,玛尔法和叶夫季格涅站在出去的门边,他们站得很近,她在说着什么。看到柯尔涅依,叶夫季格涅一下子就走到院子里去了,而玛尔法走到呜呜直响的茶炊跟前,摆正茶炊上的烟囱。

柯尔涅依不吭声地走过弯着腰的玛尔法,拿起包袱,叫库兹马到大屋子里去喝茶。喝茶之前,柯尔涅依把莫斯科带来的礼物分送给家里人。给母亲一块毛料头巾,费佳卡一本图画书,哑巴侄儿一件背心,给妻子一块做裙子的印花布。喝茶时柯尔涅依阴沉着脸不吭声,只有在看着哑巴侄子的时候才偶尔勉强笑一笑。哑巴侄儿的高兴样子把大家都逗乐了,他看着新背心欢喜个没完,一会儿展开,一会儿卷起,一会穿上试试,不断地用眼睛看着柯尔涅依,把手送到嘴边亲吻着,同时一个劲儿笑着。

喝完茶,吃完晚饭,柯尔涅依马上走进厢房,他和玛尔法以及小女儿睡在这里。玛尔法留在大屋子里收拾餐具。柯尔涅依坐在桌前,双肘支在桌上等着。对妻子的愤恨越来越厉害地在他心中翻腾。他从墙上拿下算盘,掏出口袋里的笔记本,为了分散一下心思,他开始算账,一边算一边不时看着门,倾听着大屋子里的说话声。

好几次他听见大屋子的门打开了,有人走进前厅,可这都不是她。总算她的脚步声响起来了,门使劲被扯动了,门扇费劲地离开门框,漂漂亮亮,脸色红润的她戴着红头巾,抱着小女孩走进来了。

"是不是路上累坏了?"她好像没注意到他的阴沉脸色,笑着说。

柯尔涅依看她一眼,又算起账来,其实已经没有账好算了。

"已经不早啦。"她放下女孩,一道走到床边挡板后面。他听到她在收拾床铺,哄孩子睡觉。

"人家笑话呢,"他想起库兹马的话,"你等着吧,"他勉强喘匀呼吸,慢慢站起身,把铅笔头放进背心口袋,把算盘挂回墙上,脱下西装,走到床边挡板的小门口,看到她正脸朝圣像祷告,他站住等着,她很长时间地划十字、磕头、悄声地念着祷告词。他觉得她应该早念完了所有祷告词,可故意重复几遍在念它们。这时她低低地叩下头去,挺直身,又悄声念了几句祷告的话,就转过脸来向着他了。

"阿加什卡可已经睡着了。"她说着指指睡着的小女孩,笑着坐到吱吱发响的床上。

"叶夫季格涅早就在这里了?"柯尔涅依走进床边挡板的小门说。

她用安详的动作从背上拉过一根大辫子到胸前,开始飞快地用手指拆松辫子,她直视着他,眼睛里满是笑意。

"叶夫季格涅吗?谁知道他,两个星期吧,要不三个星期。"

"你跟他睡了?"柯尔涅依挤出这句话。

辫子从她手中脱出,但她马上捉住了自己浓密的粗头发又编起它们来。

"什么东西他们想不出来。我跟叶夫季格涅?"她说,把叶夫季格涅几个字的声调提得特别高。"亏他们想得出来!谁跟你乱说的?"

"你说是不是真的?"柯尔涅依说,插在口袋里的强壮的手捏紧了拳头。

"你瞎扯些啥呀。你脱不脱靴子呀?"

"我问你话呢!"他又说一遍。

"还真没见过这么好的宝贝货色呢，我还会想着这个叶夫季格涅呢，"她说，"到底是谁对你说的这些谎？"

"你跟他在前厅说什么？"

"说什么？说，木桶上要加箍了，你干吗缠上我啦？"

"我叫你说实话。打死你，不要脸的货。"

他抓住她的辫子。她从他手里扯出辫子，脸痛得扭歪了。

"你只有打架的本事好，你还有什么好处让我看到啦？这种日子还真不知道能让人干出什么来！"

"干出什么？"他说着逼近她。

"凭什么把我一半辫子都扯下来了，看，一大把一大把的掉下来了。干啥你缠着我不放，说真的……"

她没说完。他抓住她的手一把从床上拉下来，开始没头没脑地打她。他越打心中的怒火就越盛。她大叫着，招架着，想跑掉，可他不放她走。小女孩醒了，扑向母亲。

"妈呀。"她哭喊着。

柯尔涅依抓住孩子的手，从妈妈身边扯开，把她像只小猫一样扔到角落里。小女孩尖叫一声，接着有一会儿听不见她的声音。

"强盗！把孩子杀死了。"玛尔法叫着想站起来去看女儿。

可他又抓住她，狠狠地击中她胸口，她仰面倒下没了叫声，只听见小女孩在喘不过气来的大声惨号。

老太婆没戴头巾，披散着白发抖着脑袋蹒跚走进小门洞，她不看柯尔涅依，也不看玛尔法，走到哭声凄惨的孙女跟前，抱她起来。

柯尔涅依站着，呼吸沉重并四下张望着。就像刚醒过来，不知自己到了哪里，和谁在一起。

玛尔法抬起头，用衬衣擦着流满鲜血的头。

"你这个可恨的凶手强盗！"她艰难地说，"我跟叶夫季格涅睡在一起了，以前也在一起睡。打啊，打死我好啦。连阿加什卡也不是你女儿；是和他生的！"她飞快说完，用胳膊护住头，等他打。

可柯尔涅依好像什么也没听懂，只管吁吁喘气，四处张望。

"你看看，你对孩子干了什么？把她胳膊弄断啦。老太婆给他看还在不停哭嚎的小女孩垂挂下来的胳膊。柯尔涅依转过身，默不作声地走到前厅，又来到门外台阶上。

台阶上还是又寒冷又阴沉。吹下来的雪屑落在他滚烫的面颊和前额上。他坐在台阶上，从栏杆上大把大把地捧雪吃。从门里传来玛尔法的呻吟声和小女孩凄惨的哭声；后来他听到通前厅的门打开了，老母亲抱着小女孩走进大屋子。他站起身走进厢房。关小的油灯在桌上发出微光。从床边挡板后面传来玛尔法的呻吟声，他一走进来，呻吟更响了。他一言不发地穿好外衣，从长凳下拿出箱子，把自己的东西放进去，再用绳子捆好。

"为了什么杀死我？为了什么？我做了什么对不起你的事？"玛尔法用可怜的声音说起话。柯尔涅依不回答，拿起箱子朝门口走去。"苦役犯！强盗！你等着吧。你就不怕老天罚你？"她完全用另一种嗓音愤恨地说。

柯尔涅依不回答，用脚推开门，然后重重地摔上门，以致墙壁都颤动起来。

走进大屋子，柯尔涅依叫醒哑巴，让他套车。哑巴还没完全醒过来，用奇怪的询问眼光看着自己的叔叔，搔着头。最后他明白了要他干什么，跳起来套上毡靴，穿上破短皮袄，拿起马灯就到院子里去了。

柯尔涅依和哑巴坐着小雪撬驶出大门的时候，天已大亮了，他们沿着昨天他和库兹马一起来的路向前驶去。

赶在火车开动的五分钟前，他到达车站。哑巴看他买票，看他拿起箱子坐进车厢，向自己点点头，然后车厢驶出了视线。

玛尔法除了脸上的伤以外，还有两根肋骨被打断，头也打破了。可这个强壮健康的年轻女人半年以后就养好了伤，身上也没留下任何被打伤的残疾。小女孩可就永远成了一只手的半边残废，她手上的两根骨头被打断，那只手就变成歪扭的了。

二

　　十七年过去了。已经是深秋。太阳低低地在天边活动,下午三点多钟天就暗了。安德烈耶夫克村的畜群正在回村。雇来的牧人按约期做完工,在大斋月之前都回去了。现在驱赶牲畜的是各家轮到的婆娘和孩子们。

　　牲畜群刚从收割过的燕麦地里出来,走上宽阔而泥泞的土路,黑土路面上印满两个杈的蹄印,还划出两道深深的车辙。畜群发出连续不断的哞哞叫声和其他叫声,朝村子方向移动过去。在畜群前面的路上,走着一个高个子老头,他身穿一件打补丁的被雨淋得发黑的外套,戴一顶大帽子,一只皮口袋背在微驼的背上,他头发胡须都白了,只有浓密的眉毛还是黑的。他穿着一双湿透的霍霍尔式的破靴子吃力地走着,隔一步均匀地用一根橡木棍拄一下地。当畜群赶上他时,他拄着棍子停下脚步。驱赶畜群的是个年轻媳妇,她用一块粗麻布包着头,挽起裙边,穿双男人靴子,正飞快地跑着从路的西面驱赶落后的羊和猪。走到老头身边,她站住打量着老头。

　　"你好,老爷爷。"她用响亮而悦耳的年轻嗓音说。

　　"你好,好孩子。"老头说。

　　"怎么,想找个过夜的地方是不?"

　　"明摆着只好这样啦,我累坏啦。"老头声音嘶哑地说。

　　"你呀,爷爷,不用去村长那儿,"小媳妇温和地说,"你就去我们家吧,村边第三座木屋就是。婆婆喜欢收留外边人过夜,从来不要钱的。"

　　"第三座木屋。那就是季诺维家啦,是吧?"老头说着,不知怎么很有含意地动动他那浓黑的眉毛。

　　"你知道吗?"

　　"来过。"

　　"你怎么啦,小费佳,只管流口水去了怎么的,不好好看着,瘸腿的都落在后面啦。"小媳妇叫了一声,指着畜群后面瘸腿走的三条腿绵羊。她用右手挥动一下树枝，左手有些怪的从下面歪抬起来捉住头上的粗麻布，向后跑去赶那只湿淋淋的瘸腿黑绵羊。

这老头是柯尔涅依。小媳妇恰恰就是那个阿加什卡，就是那个十七年前被他折断手臂的小女孩。她嫁到了安德烈耶夫克村一个富有家庭，离嘎依村七俄里远。

三

柯尔涅依从一个强壮、骄傲、富有的人变成了现在的样子：变成了一个老乞丐，一个除了身上的破衣、军人证和口袋里的两件衬衣外什么都没有了的人。这个变化是慢慢完成的，他自己也说不出是什么时候开始，又是什么时候完成的。他只知道而且相信一点，那就是造成他的一切不幸的原因是那个恶人，就是他的妻子。他想起自己原先的模样就觉得惊异和痛苦。每当他想起这个，他就满心仇恨地想起那个女人；他认为她是造成他十七年忍受的一切不幸的根源。

那一夜，他打伤妻子之后，就到出卖林地的地主家去了。林地没买成。它已经被别人买了。他回到莫斯科喝起酒来。他原先也喝酒，可这次他喝得两个星期没醒过酒。等醒过酒来，他到外地去买牲畜。买卖不顺手，他赔了本。他又去了第二次。第二次买卖还是不顺。一年后，他的三千卢布只剩下了二十五卢布，只好去给别人干活。他原先就喝酒，可现在喝的次数越来越多。

第一年他在牲口商人那里做管家，有次半路上他又酗起酒来，商人辞掉了他。后来他凭熟人帮忙，找到了一个卖酒的工作，可在这里也没干多久，他算错了账，被辞退了。回家吧，既惭愧，又恼恨。"没我她们也活得下去，说不定连男孩子都不是我的。"他想。

情况越来越坏，没有酒他就活不下去。他替人干活已不当管家了，而是当赶牲口的帮工，后来就连这个活也不要他干了。

他过得越坏，他就越责怪她，心中对她的怒火就越旺盛。

最后一次他给一个不相识的主人当赶牲口的帮工,牲口发病了。柯尔涅依没过错,可主人一生气,把他和管家一起辞掉了。

没地方再找活干了,柯尔涅依决定出远门四处走走。他给自己定做了一双结实的靴子,弄来一个背包,带上茶和糖,还有八十卢布,就步行去基辅了。

在基辅他觉得不喜欢这地方,就去了高加索的新阿封城,可还没走到那里,他就打起摆子来。他一下子虚弱起来,钱也只剩下一卢布七十戈比了,一个人也不认识,结果他决定回家去找儿子。“没准她已经死掉了,我的这个恶女人,要是活着,我就要在她死之前全说出来,让她知道,这狗养的东西,把我害成了什么样子。”他这样想着往家乡走去。

他隔一天发一次摆子,身体越来越弱,每天最多只能走十到十五俄里。走到离家还两百俄里的时候,他的钱全用完了,他已经凭基督的名义靠施舍继续往前走了,过夜全靠村长安排。“你高兴吧,把我害成这样子。”他怨恨着妻子,他那双老而无力的手照老习惯捏成拳头,可没人好打,拳头也已经没力量了。

这两百俄里他走了两个星期。等他挣扎到了离家只有四俄里的地方,他已经又病又弱了。他在这里,遇到并且没认出那个阿加什卡,那个也认不出他的、曾被他折断手臂、他认为算他女儿又不是他女儿的阿加什卡。

四

他照阿加菲亚①说的做了。他走到季诺维家,请求留他过夜,他被让进去了。

走进屋子,他照例在圣像前划过十字,向主人们问好。

“冻坏了吧,老爷子,去吧,去吧,到壁炉上去吧。”一个满脸皱纹但很快活的女主人老太太说,她正在收拾桌子。阿加菲亚的丈夫,一个模样年轻的庄稼汉,正坐在桌前摆弄油灯。

---

① 阿加什卡是小称,原名是阿加菲亚。

"你可全湿透了! 老爷子, 那可怎么办, 快去烤衣服吧! "

柯尔涅依脱下衣服、鞋袜, 挂到炉边, 然后爬上壁炉。

阿加菲亚也走进了木屋, 手里拿着一个瓦罐。她已经把畜群赶回村全料理好了。

"有个过路的老头来过没有? 我让他到我们家来的。"

"那不是他吗? "主人指指壁炉上, 柯尔涅依正在那里擦着自己毛耸耸的骨节突起的瘦腿。

喝茶时, 主人也叫了柯尔涅依, 他爬下来, 坐在长凳的最边上。端给他一杯茶和一块糖。

大家谈的是天气和收割的事。粮食老收不回来。那些地主家的地里, 麦捆都发芽了, 刚要运走就下雨。庄稼汉家的倒运完了, 那些老爷们家的可全糟踏烂了, 麦捆里那老鼠哇, 多得吓人。

柯尔涅依说, 他看见路上有一大片地里躺满了麦捆。小媳妇给他倒满第五杯微微有点发黄的淡茶。

"没事, 你只管喝好了, 爷爷。"她看他推辞的时候说。

"你这手出什么毛病啦? "他问她, 同时小心地从她手里接过满满的茶杯, 动了动眉毛。

"打小就弄断啦,"健谈的婆婆说, "是她爹想弄死咱们的阿加什卡。"

"这是为什么? "柯尔涅依问。可看着小媳妇的脸, 他突然想起白头叶夫季格涅和他的蓝眼睛, 于是柯尔涅依的手一下抖得那样厉害, 以至于他把茶放到桌上之前, 洒掉了一半茶水。

"我们这里嘎村里就有这样一个人, 就是她父亲, 他叫柯尔涅依·瓦西里奇, 是个大富人。他一下子在妻子面前耍起威风来, 把她打坏了, 还把女儿弄成残疾啦。"

柯尔涅依不吭声, 从不断耸动的黑眉下, 一会儿看看主人, 一会儿看看阿加什卡。

"为了什么? "他问, 咬了一口糖块。

"谁知道他们。说我们姐妹什么话的都有，你还能样样去听他们的？"老太婆说，"好像是为了帮工出的事。帮工可是我们村里的，是很好的小伙子，他后来也死在他们家啦。"

"死啦？"柯尔涅依又问一声，接着咳嗽一下。

"早死啦……我们家媳妇就从他家娶来的。主人活着的时候。他们过得挺好，算得上村里第一有钱人家。"

"那他怎样了？"柯尔涅依问。

"也死了吧，多半是的。从那以后不见了。大概十五年了吧。"

"好像还不止呢，我妈跟我说过，她刚刚给我断奶。"

"怎么样，你恨他不，他把你的手……"柯尔涅依刚说了一半，突然哽咽起来。

"他又不是别人，自己爹吗。怎样，多喝点吧，天冷啊，再给你倒点好吗？"

柯尔涅依没有回答，哽咽着哭起来。

"你这是怎么啦？"

"没什么，好吧，救救我，基督。"

接着柯尔涅依用颤抖的手抓着小柱子和高脚床架，挪动两只瘦削的大脚爬上壁炉。

"你瞧见没有？"老太婆对儿子说着朝老头那边眨眨眼。

五

第二天柯尔涅依比谁都起得早。他从壁炉上爬下来，搓软烤干的包脚布，费劲地穿上发硬的靴子，背上口袋。

"怎么啦，老爷子，吃点早饭不？"老太婆说。

"主会救我，我走了。"

"那你就带点昨天的面饼，我给你放到口袋里。"

柯尔涅依道过谢就告别了。

"往回走的时候再来啊，只要我们还活着……"

外面是笼罩一切的浓重的秋雾。但柯尔涅依非常熟悉道路，熟悉每一个下坡和上坡，每一处树丛和这条路的每棵老柳树，他还熟悉道左道右的片片树林，尽管过了十七年，有的被砍伐了，从老树林变成了小树林，而过去的小树林又长成了老树林。

嘎依村还是老样子，只是村边造起几座过去没有的新屋子。而且在木屋中出现了砖屋子。他家的砖屋还是老样子，只是显旧了。屋顶已经很久没漆过了，屋角的砖块跌落下来，台阶也歪了。

他走近自己原来住的屋子时，从嘎嘎响的大门里走出一匹带马驹的母马，还有一匹灰白色的老骟马和一匹三岁口小马。灰白老马长得完全跟那匹母马一样，就是他出走前一年从亚尔蒙克带回的那匹母马。

"这该是它，就是母马肚子里怀着的那匹马。一样下坠的后臀，一样的宽阔前胸，还有长毛的腿。"他想。

赶着马去饮水的是个穿新树皮鞋的黑眼睛男孩。"应该是孙子，那就是费季卡的儿子，像他一样是黑眼睛。"柯尔涅依想。

小男孩看一眼陌生人，就跑去追在泥潭玩耍开了的三岁小马。男孩后面跟着一条狗，它全身黑得像以前的小狼一样。

"会不会是小狼？"他想。但马上想起，小狼该有二十岁了。

他走近台阶勉强爬上那几个阶梯，当年他就坐在这里吞着栏杆上的雪，从这里开门走进前厅的。

"怎么不问一声就钻进来了，"一个女人的声音从屋里朝他喊着。他听出了她的嗓音。现在是她自己，一个干瘦而筋肉突起的满脸皱纹的老太婆从门里探身出来。柯尔涅依等待的是那个年轻漂亮的玛尔法，那个侮辱他的女人。他仇恨她，要责骂她，可突然代替她出现在他面前的是个什么老太婆。

"讨饭的就该在窗子底下讨。"她用尖锐刺耳的声音说。

"我不是讨饭来的。"柯尔涅依说。

"那你干什么? 还要什么? "

她突然停住了。他从她脸上看出, 她认出他了。

"你们这种人闲荡得还少吗? 走, 走, 上帝保佑。"

柯尔涅依把背靠在墙上, 用棍子支撑住自己。他专注地看着她的脸, 惊奇地发现自己心中没有了那股他背了多少年的愤恨, 而且一种温情的软弱感觉控制了他。

"玛尔法, 我们都要死了。"

"走, 走, 上帝保佑。"她愤恨而快速地说。

"你一点别的什么话都不对我说吗? "

"我没什么可说的, "她说, "上帝保佑你走, 走, 走。你们这种人多啦, 鬼家伙, 白吃饭的, 到处闲逛的多啦。"

她快步走进屋, 摔上门。

"骂人干啥呀? "传来一个男人的嗓音, 门里走出来一个黑发黑须的汉子, 腰里别着把斧头, 他长得和四十年前的柯尔涅依一样, 只是稍矮稍瘦一些, 但有一双同样发亮的黑眼睛。

这就是那个费季卡, 十七年前柯尔涅依送了本图画书给他作礼物的。就是他责备了母亲, 因为她不可怜要饭的。和他一起走出来的是同样腰插斧头的哑巴侄儿。现在他已经是一个有着稀疏胡须, 筋肉突起, 满脸皱纹的成年人了, 脖子长长的, 眼神果决而专注, 有一种穿透力。两个男子汉刚吃完早饭正要去树林。"等一会儿, 老爷子。"费多尔①对哑巴指指老头, 又指指厢房, 用手做出个切面包的手势。

费多尔走到街上, 哑巴则回到屋里。柯尔涅依还是低头站着, 靠着墙, 挂着棍子。他觉得非常虚弱, 勉强才忍住不号啕痛哭。哑巴从屋里出来, 拿着一大块喷香的新鲜黑面包, 在胸前划个十字, 把面包递给柯尔涅依。柯尔涅依接过面包, 也划个十字, 哑巴把脸转向屋里, 用两只手在脸上摸了一摸, 做出个吐口水的样子。他用这来表示对婶婶的不满。突然他呆住了, 张着嘴盯住

① 费季卡的大名。

柯尔涅依,好像认出了他。柯尔涅依再也忍不住眼泪了,他用外衣下摆擦着眼睛、鼻子和胡须,转身背对着哑巴走到台阶上。他感受到了某种特殊的、美好的、无比幸福的温和宽厚的体验,感到了在人前的卑贱地位,在她面前,在儿子面前,在所有人面前的卑贱,这种感受又快乐又痛苦地撕裂着他的心。

玛尔法在窗口看着,直到他消失在屋角后面,她才安心地叹出一口气。

当玛尔法确信老头走了以后,她坐到织机前开始织布。她敲动了十几次机箱,可怎么也不顺手,她停下来开始想和回忆刚刚见到的柯尔涅依的模样,她知道,这是他,就是那个人,那个要打死她但先前爱过她的人,她感到害怕,为自己现在所做的事感到害怕。她做的不是她该做的事。可应该怎样对待他?他也没说他是柯尔涅依,没说他回家来啦。

于是她重新又拿起梭子,织起布来,一直织到晚上。

六

柯尔涅依好不容易在天黑前挣扎走到安德烈耶夫克村,他又到季诺维家请求过夜,他被接受了。

"怎么了,老爷子,不往前走啦?"

"不走啦。没力气了。看起来,要往回走了。您让我过夜吗?"

"睡觉的地方总不能存起来留着用的,进去烘衣服吧。"

柯尔涅依打了一夜摆子。快到早上他迷糊过去了,等到醒来,屋里人全出去干自己的活儿了,屋里就留下阿加菲亚一个人。

他躺在阁楼上一件干燥的皮大衣上,那是老太婆替他铺上的。阿加菲亚正把一个个面包从炉子里铲出来。

"好孩子,"他用微弱的声音叫她,"到我跟前来。"

"就来啦,老爷子,"她回答,一边铲出面包,"喝点好不?克瓦斯?"

他不回答。

她铲出最后一只面包后,走到他跟前,拿了一罐克瓦斯。他没向她转过脸来，也没喝克瓦斯，他脸朝上躺着，就这样不转脸说开了话。

"加沙①，"他用低低的声音说，"我的时间到了。我要死了。你看在上帝份上宽恕我。"

"上帝会宽恕的。怎么啦，你又没对我做过什么坏事……"

他沉默片刻。

"还有这么件事：你去一趟，好孩子，去找你妈妈，跟她说……过路人，说是，跟她说……昨天那个过路人，跟她说……"

他哽咽起来。

"你去了我们家吗？"

"去啦。你说，昨天那个过路人……过路人，你说……"他又因为痛哭停顿下来，最后终于用尽力气把话说完了："来跟她告过别了。"他说完就开始用手在胸前摸索着找什么。

"我会说的，老爷子，会说的。你在找什么？"阿加菲亚说。

老头没有回答，因为用力而皱紧眉头，终于用多毛瘦削的手从怀里掏出一张纸片递给她。

"谁要是问起我，就把这给他。我的军人证。光荣归于主，一切罪孽怨恨都化解了。"于是他的脸上浮起了一个庄严的表情。眉毛抬起来，眼眼定定地看着天花板，他不出声了。

"蜡烛。"不动嘴唇地悄声说。

阿加菲亚听懂了，从圣像那边拿出一支燃过的蜡烛，点着了然后递给了他。他用粗大的手指抓住蜡烛。

阿加菲亚走开把他的军人证收到小箱子里，等她再走近他时，蜡烛从他手中掉下来．定住的双眼也已看不见东西了，胸口也没了呼吸。阿加菲亚划了个十字，吹熄了蜡烛，拿出一块干净手巾盖上他的脸。

玛尔法这一夜都无法入睡，一直想着柯尔涅依。早上她穿上外衣，包好头

---

① 阿加菲亚的爱称。

就出去打听昨天的老头在哪里。很快她就知道了老头在安德烈耶夫克村。她从树篱上抽出根棍子就上安德烈耶夫克村去了。她走得越远，她心中就觉得越可怕，"我们要和他告一个别，领他回家，冤仇我们会化解的，会原谅他。至少让他死在家里儿子面前。"她想。

玛尔法快走到女儿家的时候，她看到屋前聚着一大群人。有些人站在前厅里，有些人站在窗外。大家都已经知道，那个有名的富人，二十年前名字响遍周围这一带的柯尔涅依·瓦西里奇成了一个穷过路人，死在了自己女儿的家里。屋里也挤满了人。婆娘们咬着耳朵，叹着气，打着唉声。

玛尔法走进屋的时候，人群退开，让她过去，她看见躺在圣像下面的擦抹收拾干净的尸体，上面蒙着一块亚麻布。旁边站着有文化的费利普·柯诺内奇，他正学着诵经人的腔调，唱读着诗篇的斯拉夫文辞句。

不论原谅，还是请求原谅都不可能了。而从柯尔涅依庄严美好的苍老的脸上看不出他是否已经谅解，还是继续着仇恨。

(1905)

野 果

这是炎热无风的六月。森林里的绿叶多汁、浓密而绿意葱笼，只是不知从哪里有时落下几片白桦或椴树的黄叶。金樱子树丛上撒满了芬芳的花朵，林间草地上开满饱含蜜汁的三叶草花，黑麦正在灌浆，浓密而苗壮，麦浪起伏波动着，颜色时浓时淡，长脚秧鸡在洼地里互相应和，鹌鹑在燕麦地和黑麦地里一会叽叽，一会咕咕地叫着，夜莺在林中只是偶而婉转啼叫一声又复沉默，干燥的炎热在炙烤大地。大路上积起一指深的干燥尘土，每一阵轻风吹过，就向左或向右升起尘云。

农民们忙着修房造屋、运送粪肥，牲口在晒干的休闲地上饿着肚子，等着到收割完的草地里啃剩草茬子和二茬草。奶牛带着小牛撅着绕出个圆圈的尾巴，奔突冲撞，在牧人驱策下从牛栏中冲出来。牧童在大道和河崖上放马。婆娘们从林子里搬出装满青草的口袋，姑娘丫头们你追我赶地在灌木丛和砍伐过的林地上趴着采摘浆果；然后拿去卖给住在别墅里的避暑客。

避暑客住在装修华丽，建造得离奇古怪的小巧房子里，他们身穿轻软干净的贵重衣服，打着伞，懒懒地在铺好沙的小路上散步，或者待在树荫或凉亭下，坐在油漆的小桌前，在暑热煎熬下喝着茶或冰镇的饮料。

尼古拉·谢苗内奇的别墅是豪华的，有尖塔、露台、阳台、长廊，一切都是新鲜的，簇新的，干干净净的。别墅门前停着带铃铛的三驾马及轻便马车。用车夫的话说，用十五卢布跑个来回的价从城里拉来一位彼得堡老爷。

这位老爷是位著名的自由主义活动家，他参与各种委员会、常委会和呈文祝贺活动，精心撰写一些好像忠于君主，实则最具自由主义精神的巧妙贺词。在城里，他总是忙得要命，现在他从那里来到儿时的伙伴、现在又是观点一致的老朋友家里，只准备待一天一夜就走。

他们在立宪规则的运用方法上有分歧，彼得堡人更大程度上是个西欧派，他甚至对社会主义还有种小小的爱好，他在自己的几个职位上领取着很高的薪金。尼古拉·谢苗内奇是个纯粹的俄罗斯人，东正教徒，带着斯拉夫派色彩，他拥有数千俄顷土地。

他们在花园里用过中餐，中餐上了五道菜，可因为炎热他们差不多没吃什么，这样，花四十卢布雇来的厨子和他的帮手特别尽心为客人所做的一切，就差不多落空了。他们只吃了冰冻的白鱼肉做的波特文亚冷食①，和装在漂亮模子里装饰着各色糖丝配有蛋白酥点的冰淇淋。吃午饭的有位客人，一位自由主义的医生、孩子的家庭教师。教师是个大学生。狂热的社会民主党人，革命者，可尼古拉·谢苗内奇有本事控制他。还有玛丽，尼古拉·谢苗内奇的妻子和三个孩子，最小的孩子只是在吃蛋糕的时候才来。

中餐气氛有些紧张，因为玛丽本来就是个神经质的女人，正为果格的肠胃不适担忧，果格是（就像体面人家时兴取的名一样）尼古拉最小儿子的名字。气氛紧张还有一个原因，就是只要客人与尼古拉·谢苗内奇之间一开始政治性话题，狂热的大学生为要表现自己不怕暴露他的观点，就一定横撞进谈话中来，尼古拉·谢苗内奇只好安抚这个革命者。

中餐安排在七点钟。中餐之后，友人们坐在露台上喝着冰镇的掺点白葡萄酒的纳尔赞矿泉水，乘着凉聊天。

他们的意见分歧首先在于选举应是一级形式还是两级形式的问题，他们开始了热烈的争论，直到他们被叫到装着防蝇纱网的餐厅中用茶为止。茶桌上的谈话是玛丽参与的社交性谈话，可她满心想的是果格肠胃不适的症状，根本无心于谈话。他们在谈绘画，玛丽在证明颓废派画艺中有un je ne sais quoi②是不容否定的。她这时根本就没想到颓废主义那边去，说的只不过是重复多次的话。客人早该对此话题毫无兴趣了，可她说她听到有许多人反对颓废派，她说的还真像那么回事，叫谁也猜不到无论颓废还是不颓废与她一点关系都没

---

① 用克瓦斯、鱼、甜菜茎和葱制成的凉拌菜汤。
② 法语：有这么一些东西。

有。尼古拉·谢苗内奇看着妻子,感觉到她不高兴并且要发生什么不愉快的事,况且他听着她说的话感到十分无趣,他感觉中已听过上百次了。

点燃贵重的青铜灯和院中的灯,把孩子们安顿睡了,他们把生病的果格投入治疗程序中。

客人和尼古拉·谢苗内奇还有医生一起走到露台上。仆人拿来了带罩的蜡烛和纳尔赞矿泉水,于是十二点钟左右才开始了真正的、活跃的交谈,谈的是在现在这个对俄罗斯很重要的时代应采用什么样的国家措施。两人都不停地抽着烟谈话。

别墅大门外,送客马车的马铃偶尔响几下,马匹没喂食料站着等着,马车夫老头坐在马车里一会打哈欠一会打鼾,也空着肚子,他在一个主人手下干了二十年,挣的钱除留下三五个卢布喝酒之外,全都寄回家给了兄弟。到各幢别墅里的公鸡竞相鸣唱起来,尤其邻近别墅的一只公鸡叫得特别响亮的时候,车夫疑心别人把他忘了,爬下马车,走进别墅。他看见他的乘客坐在那里喝着什么,间或响亮地谈着话。他胆怯起来,走去找仆人。仆人穿着有金银饰扣的仆佣制服在前厅坐着睡着了。车夫叫醒他。仆人曾是个农奴,他用工钱(工钱很合算,十五卢布并加上老爷们给的小费可达到一百卢布一年)养活一个大家庭:五个女孩和两个男孩。仆人跳起身来,整整衣衫,掸掸身上,去禀告老爷说车夫不安心,请求放他走。

仆人走进去的时候,争论到达高潮,走近他们的大夫也加入了争论。

"我不能设想,"客人说,"俄国人民还能走另一条什么发展道路。首先需要的是自由,政治上的自由,这是一种众所周知的自由,在尊重别人自由前提下的最大自由。"

客人觉得自己说得有些乱,说得不全对,可在争论的热劲头上他想不起该怎么说更好。

"是这样,"尼古拉·谢苗内奇回答,他并没听客人说的话,只想说出他自己的特别心爱的想法。"是这样,可达到这目的要通过另一途径,不是用多数通过方法,而是用全体通过方法。请看看村社集会的决定。"

"唉,这个村社集会。"

"不能否定,"大夫说,"斯拉夫各民族有自己特殊的观点。例如波兰的 veto①。我不能断定,这种方法更好。"

"请允许我说完我的想法,"尼古拉·谢苗内奇开始说,"俄罗斯民族具有特殊性。这些特殊性……"

可睡眼惺松身穿制服的伊万打断了他。

"车夫不安心……"

"请您告诉他(彼得堡客人对所有仆人都称'您'并以此自豪),说他很快要走,还会补上其他费用。"

"遵您吩咐。"

伊万走了,尼古拉·谢苗内奇才能够把自己全部想法说完。可无论客人还是医生都听过它许多次了(或者至少他们这样感觉),于是开始反驳它,特别是客人引用历史事例进行反驳。他精通历史。

大夫站在客人一边并欣赏着他的博学,很为有机会认识他而高兴。

谈话持续了那么久,以致大路那边的森林后面透出亮来,夜莺也醒了,可谈话者仍然抽着烟谈话,谈着话抽烟。

也许谈话还会持续下去,可门里走出来一个女仆。

这女仆是个孤儿,为生活她只能当佣仆。开始她生活在商人们那里,在那里管家引诱了她,她生下孩子。她的孩子死了,她到一个官吏家干活,那家的中学生儿子不给她安宁,后来她到尼古拉·谢苗内奇家当女佣帮手,她感到很幸福,因为先生们不再把她当作发泄兽欲的对象,并按约付给工资。她走来禀告太太,请大夫和尼古拉·谢苗内奇进去。

"好了,"尼古拉·谢苗内奇想,"肯定,果格有什么事了。"

"怎么了?"他问。

"尼古拉·尼古拉伊奇他们有点不舒服。"女仆说。尼古拉·尼古拉伊奇,

---

① 否决权。

"他们"，①这是指撑饱了野果结果拉肚子的果格。

"好啦，也该走了，"客人说，"看有多亮了，一谈起来就没完。"他说着微笑起来，像在夸耀自己和谈伴们能谈这么多而且久，他告辞离开。

伊万为找客人的帽子和伞拖着疲倦的腿来回奔走几次，因为客人自己把它们塞在了最不相干的地方。伊万指望得点茶钱，客人从来大方，不会吝惜这一个卢布的，但今天客人醉心于谈话全忘了这回事，直到路上才想起来他什么也没给仆人。"唉，没办法。"

马车夫爬上赶车座位，拿起缰绳，侧身坐下驱动马车。马铃响起来。彼得堡人在弹簧座上微微摇晃着，同时他在想自己的朋友思想是多么片面和偏颇。

尼古拉·谢苗内奇没有马上去妻子那里，他也在想这事。"这种彼得堡的狭隘偏见真是可怕，他们总走不出这种局限。"他想。他不急着去妻子那里，因为他知道这会面不会有什么高兴事的。事情全出在野果子上。尼古拉·谢苗内奇没还价买了两盘子还没完全成熟的野果。孩子们跑过来，恳求让他们吃，他们就着盘子吃起来。玛丽还没出来，等到她出来并知道了给果格吃了野果子，非常生气，因为他的肚子已经有问题了。她开始责备丈夫，丈夫责备她。结果导致了一场不愉快的谈话几近于吵架。临到晚上，果格真的大便不好。尼古拉·谢苗内奇以为也就到此为止了，可请医生进去表示情况朝坏的方向发展了。

当他走到妻子那里，妻子穿着一件颜色花俏的绸睡衣同大夫一起站在育儿室里。她平常很喜欢这件睡衣，这时则全没有想起这一点。她正和大夫俯身在便盆上，她拿一支淌泪的蜡烛给医生照亮。

医生戴着夹鼻眼镜，十分认真地往里看着，用小棍在那臭哄哄的内容里拨动着。

"是的。"他含有意味地说。

"都是那些该死的野果！"

---

①仆人称果格的全名以示尊重主人地位，称他或她为他们，也是此意。

"野果子有什么事呢。"尼古拉·谢苗内奇带着怯意说。

"野果子有什么？你给他吃的，我一夜不睡，孩子要死了……"

"嗳，不会死，"大夫微笑起来说，"服用一点铋剂再加点小心就行了。现在就给他吃。"

"他睡着了。"玛丽说。

"那好，最好不惊动他，明天我再来一趟。"

"请。"

大夫走了，尼古拉·谢苗内奇一个人留在那里，很久都没能让妻子安静下来。等到他睡着的时候，天已全亮了。

在邻近的村子里这时正是守夜的牧人和孩子们回家的时候。有的骑在马上，有的牵着马，后面跑着小马驹和两岁口的小马。

塔拉斯卡·列祖诺夫不到十二岁，他穿着短皮袄，但赤着脚戴着鸭舌帽骑在一匹花斑母马上，手里还牵着一匹骟马，后面跑着追赶妈妈的小马驹。他赶过了所有人，骑马上坡朝村里冲去。一只黑狗欢快地跑在马群前面，不时回头看看它们。吃饱的花斑马驹用四蹄踏雪般雪白的腿一会朝这边，一会冲那边尥着蹶子。塔拉斯卡骑到一幢木屋前，下马在大门外把马拴好，走进前厅。

"嗨，你们，睡死啦！"他冲睡在前厅粗麻布上的兄弟姐妹们喊道。

同他们睡在一起的母亲已经起来挤奶了。

奥丽谷什卡跳起来，双手整理起蓬乱的淡色的长头发，同她睡在一起的费季卡还头埋在皮袄里睡着，只是举起伸在长衬衫外面的孩子的细长腿，搓搓长满厚茧像老树皮一样的脚掌。

孩子们昨晚就打算好去采野果。塔拉斯卡答应值夜回来就叫醒妹妹和小的。

他这样做了。夜里坐在树丛下的时候，他困得直倒；这会活动开了就决定先不睡觉，跟女孩子们一起去摘野果。母亲给他一缸子牛奶。他自己切下一块面包在桌前高凳子上坐下吃起来。

当他穿单衣单裤，快步沿大路走去时，他的赤脚在大路的尘土上留下清晰的脚印，那上面已经有几双脚印了，有的大点，有的小点，也是赤脚印着清晰的脚趾头印的。在深绿色树林的背景上，只见女孩子们像闪动着的红红白白的斑点一样，已经跑得很远了。（他们昨晚就准备好瓦罐和缸子，早饭都不吃，也没带面包，只是在前厅的神龛前划两次十字就跑出去了。）塔拉斯卡过了大树林，在她们从大路上拐下来的时候才赶上她们。

露水布满在草上、树丛上，连灌木和树的最下面的树枝上也不例外。女孩们的光脚踩在柔软的草上或坎坷不平的干燥地面上，先觉得冷，后来就热乎起来。野果子长在更新林带。女孩们先走进一片去年伐过的林地。新生的小树和灌木刚长起来，在鲜嫩多汁的新生灌木丛之间现出一块长着不高的草的地方，就在那些草中，粉白的、有的还是鲜红的野果子悄悄躲藏着成熟起来。

女孩们腰弯得低低的，用自己晒黑的小手一个接一个地拾起果子，坏些的放进口里，好的放进缸子。

"奥丽谷什卡！这里来。不得了这里多极了。"

"真的？瞎话！啊呜！"为了不走散，她们每当钻进灌木丛时就这样互相呼应着。

塔拉斯卡走到离她们远些的地方，到前面一条沟后面一块前年砍伐的林地里，那里的幼树丛，特别是坚果类树和槭树长得一人多高。

这里的草更加鲜嫩多汁而茂密，等到了出现草莓的地方，果子在草丛掩蔽下长得更大更多汁。

"格鲁什卡！"

"嗳！"

"狼咋样？"

"狼又怎么啦？你吓人干啥。我才不怕呢。"格鲁什卡说着，心中想着狼这事，手中一颗颗放着野果，忘了把好的放进杯子，结果全放进了嘴里。

"咱家塔拉斯卡可走到沟那边去了。塔拉斯卡啊！"

"啊喔！"塔拉斯卡从沟后面答应。"到这儿来。"

"本来就要过去的，那里多。"

女孩们抓紧树丛爬下沟去,在沟里顺沟岔子爬上另一边去。

就在这里,阳光地里,她们踏上一块长着小草的空地,长满果子。她们俩默不作声地不断干起来,既用手,也用嘴。

突然有什么响动了一下,在寂静中她们听来就像可怕的巨响一样,草丛和灌木中间一阵乱响起来。

格鲁什卡吓得摔倒了,把采来的果子撒了一多半。

"妈呀!"她尖叫起来,哭了。

"兔子,这是兔子!塔拉斯卡!兔子!它在那儿。"奥丽谷什卡指着在灌木丛中闪现的灰褐色脊背和一对长耳朵说。"你怎么啦?"兔子不见了以后,奥丽谷什卡问格鲁什卡。

"我当是狼。"格鲁什卡说着,在刚经过惊吓和绝望流泪之后突然大笑起来。

"瞧你个傻瓜。"

"可吓坏了!"格鲁什卡说着,发出响亮如银铃一般的笑声。

她们拾起掉的野果又往前走了。太阳已经升起来,用明亮鲜艳的光斑和暗影点缀着绿色的林地,太阳光还闪烁在露珠里,这露水使得女孩们腰以下全湿了。

女孩们已经差不多到树林尽头了,可还在往远处越走越远,指望越远果子越多,这时从不同的地方传来女孩和婆娘互相呼应的啊呜声,她们出来晚一些,也是采果子的。

吃早饭时间她们遇到同样来采果子的阿库丽娜大婶,这时她们的缸子罐子已经大半装满。阿库丽娜大婶身后跌跌绊绊地走着一个只穿一件上衣不戴帽子的小不点男孩,他倒动着两条胖胖的小歪腿,腮帮子胖乎乎的。

"缠上了我,"阿库丽娜对女孩们说,抱起小男孩,"又没人看着他。"

"我们刚才吓出来一只好大的兔子,唰的一响,真吓人……"

"瞧你!"阿库丽娜说,又把小家伙放下地。

这样说了会儿话,女孩们同阿库丽娜分开,继续干自己的事。

"我说呀，这会子咱们坐一坐。"奥丽谷什卡说着坐到坚果树丛的浓荫下，"累死我啦。唉，没带点面包，这会子吃点多好。"

"我也想吃。"格鲁什卡说。

"阿库丽娜大婶这是在喊什么哪，你听见没有？啊呜！阿库丽娜大婶！"

"奥丽谷什卡！"阿库丽娜答应着。

"啥？"

"小家伙不在你们一块吗？"

"没有。"

树丛刷刷响起来，阿库丽娜大婶自己从一道棱坡后面现身出来，她的裙子撩在膝盖以上，手上拿着个小篮子。

"没见到小家伙？"

"没有。"

"这下可造孽啊！米什卡！"

"米什卡！"没有人回答。

"唉，糟糕，迷路了，他会走进大森林里去的。"

奥丽谷什卡跳起身同格鲁什卡到一面去找，阿库丽娜到另一面。她们不停地大声叫米什卡，可仍然没人回答。

"我累死了，"格鲁什卡说着落在后边，可奥丽谷什卡不停地叫着阿呜，一会朝左，一会朝右走着，四下张望。

阿库丽娜绝望的喊声已从远处大森林方向传来。奥丽谷什卡已经打算不找了，想回家了，这时她听到长满新枝的椵树桩旁的鲜嫩多汁灌木丛里传来一阵持续不断发怒的鸟的尖叫声，肯定有只带雏的鸟在为什么事不高兴。这鸟显然在害怕什么并对它发怒。奥丽谷什卡看一眼树丛，树丛周围长满茂密深长的开满白花的草，她看见正在树丛底下有堆发蓝的不像林子里草色的什么东西。她站住仔细看看，这是米什卡。原来鸟怕的就是他，就是在朝他发怒。

米什卡的胖肚子趴在地上，双手垫在头下，伸开歪歪的小胖腿，香甜地睡着了。

奥丽谷什卡叫了母亲几声，叫醒小家伙，给他吃了个果子。

奥丽谷什卡后来给别人讲了很久，给所有碰到的人，给家里妈妈、爸爸，还有邻居们讲，讲她怎么找并最后找到了阿库丽娜家小家伙的。

太阳已经完全从森林后面升起来，炙烤着大地和上面的一切。

"奥丽谷什卡! 洗澡! "碰到她的女孩子们叫着她。大家浩浩荡荡唱着歌走向河边。女孩们在河里扑通着，尖叫着，两腿踏着水，没发现从西边升起浓黑的低云，太阳忽阴忽暗，空气中飘来花香和白桦树叶的气息，雷声也隐隐响起。她们没来得及穿好衣服，雨一下就下来了，淋得她们浑身上下没剩一根干纱。

女孩们穿着粘在身上发暗的衣服跑回家，吃了点东西就去给父亲送中饭，父亲在地里给土豆培垄。

等她们回家吃过中饭，衣服也就干了。把草莓挑选一遍放进碗里，她们拿起来朝尼古拉·谢苗内奇家的别墅走去，那里卖的价钱好，可这次她们被拒绝了。

玛丽坐在伞下面一把大扶手椅里，觉得很热，一看见拿野果来的女孩子，忙朝她们摇起扇子。

"不要，不要。"

瓦利亚，这个从正统中学的紧张学习中解脱出来休假的十二岁男孩，正在和邻居打门球，他一见野果子，就跑到奥丽谷什卡面前问："多少？"

她说："三十戈比。"

"贵了，"他说。他说"贵了"是因为大人总这样说。"等一等。可你要躲到屋角后面去。"他说完去找奶妈。

奥丽谷什卡和格鲁什卡这时在欣赏玻璃做的球，上面看得见一些什么小房子、小树林和小花园。这个球和许多其他的东西对她们来说并不显得奇怪，因为她们认定在这个对于她们是神秘而不了解的老爷们的世界中有一切最美妙的东西。

　　瓦利亚跑到奶妈那里，向她要求三十戈比。奶妈说二十戈比足够，从一个小箱子里拿钱给他。于是他绕过父亲，父亲在经过昨天难熬的一夜之后刚起床，抽着烟在看报。瓦利亚把两个十戈比交给女孩子们，再把野果子倒进盘子，大吃起来。

　　回到家，奥丽谷什卡用牙咬开包着二十戈比的头巾的结，把钱交给母亲。母亲藏好钱，收拾好去河边洗的衣服。

　　塔拉斯卡早饭后跟父亲一起翻土豆地，现在躺在一株深绿色橡树的浓荫下睡着了，他父亲就坐在旁边，他看守着正在别人的地边上吃草的卸了套的拴着脚的马，它随时可能走进燕麦地或别人的草地。

　　尼古拉·谢苗内奇家今天一切都和以往一样，一切正常。三道菜的早餐做好了，苍蝇先吃过，但谁也没走出来吃，因为没人想吃东西。

　　尼古拉·谢苗内奇为自己见解的合理正确而感到高兴，因为今天他看的报纸中证明了他观点的正确。玛丽安心了，因为果格大便好了。医生很高兴，因为他建议的治疗方法收到好效果。瓦利亚也很高兴，因为他吃了整整一盘子草莓。

(1905)

神性和人性

一

这发生在19世纪70年代的俄罗斯,正当革命派与政府的斗争白热化的年代。

南方一个省的将军省长是一个高大的德国人。他有下垂的胡须,冷冷的目光和没表情的面容。他穿着自己的常礼服,胸前挂着一个白色十字架。这天晚上坐在书房里的桌前批阅他的办公室主任给他准备好的公文,桌上亮着四支带绿灯罩的蜡烛。"少将某某。"他用飞扬的花体字签好公文然后放到一边。

在这些公文中,有一份对新罗斯大学副博士阿纳托里·斯维特拉谷波①施行绞刑的死刑判决书,他的罪行是参与推翻现政府的阴谋。将军特别皱紧眉头,签署了这份判决书。他用保养得很好的,因年老和常用肥皂而变得多皱的白晳手指拢齐公文,将它放到一边。下一份公文是关于拨一笔钱款用作军饷的。他认真审阅这份公文,默想统计出来的钱数是否正确。突然他记起自己与助手关于斯维特拉谷波的谈话。将军提出,在斯维特拉谷波住处找到的炸药不足以证明他的犯罪意图。可他的助手坚持说除了炸药之外还有许多物证证明斯维特拉谷波是集团头目。想起这些,将军陷入沉思,他的心脏在衬棉常礼服和坚如纸板的翻领下不规则地跳动起来。他的呼吸一时变得那样沉重,以至于代表他快乐和骄傲的白色十字架在他胸前起伏动弹起来。可以退回公文给办公室主任,既算不是改判,至少也可延缓判决。

"退回? 还是不退?"

---

① 斯维特拉谷波这个姓在俄语中意为"光明唇",托翁以此姓暗喻其为宣示真理的人。

心跳得更不规则了, 他按响铃。一个听差无声而快速地走进来。

"伊万·马捷耶夫走了吗? "

"还没有走, 尊贵的将军大人, 他想到办公室去一趟。"

将军的心脏忽而停止, 忽而急跳。他想起最近医生给他的劝告。

"重要的是, "医生说, "只要一觉得心跳, 请立刻停止工作, 散散心。最糟糕的是焦虑, 无论什么情况下都不能这样。"

"您要吩咐叫他回来吗? "

"不, 不用, "将军说。"是的, "他心中对自己说, "犹豫不决比任何事都更容易引起焦虑。文件已签署, 事情就结束了。Ein jeder macht sich sein Bett und muss d'rauf schlafen①"。他对自己说出这句心爱的成语。"再说这与我没有关系。我是最高意愿的执行者, 理应超越这些顾虑。"他补充说, 耸起眉毛, 为的是唤出他心中所没有的残忍。

这时他回忆起最近一次见到皇上的情景, 皇上的面容变得庄严, 用玻璃般冰冷的目光盯住他说: "我寄希望于你, 你曾在战争中不惜生命, 那在与赤色分子的斗争中也一定能果决行事, 不受骗, 不害怕。告别吧! "接着皇上拥抱他, 移过肩膀让他吻。将军想起这些, 并想起自己是怎样回答的: "我只有一个愿望, 就是用全部生命为我的皇上和祖国服务。"

他回忆起自己因为心中怀有不畏牺牲的忠诚而感受到的无比激动和感恩心情, 立刻从脑中驱走令他为难的思绪, 签完余下的公文, 又按响铃。

"上茶了吗? "他问。

"正在上茶。尊贵的将军大人。"

"好, 你走吧。"

将军深深喘出一口气, 用手摸着心脏部位, 然后迈着沉重的步子走进一个空旷的大厅。踏着大厅刚打过蜡的镶木地板, 他走进传出说话声的客厅。

将军夫人有客人: 文职省长和夫人, 老公爵小姐, 她是一位大爱国者, 还有一位近卫军军官, 则是将军最后一位未出嫁女儿的未婚夫。

---

① 德语: 你怎么铺的床就怎么睡。意为自作自受。

　　将军夫人，是个干瘦的女人，她有一张冷冷的脸和薄薄的嘴唇。她坐在一张矮桌前，桌上摆着全套茶具，一把银茶壶放在茶壶托上。她用虚假的沉痛声调向一个肥胖的假冒年轻的女人——省长夫人，讲述她对丈夫健康的担忧。

　　"每一天都是一份又一份关于阴谋和各种可怕事情的报告……而这一切都压在巴热利身上，他必须解决它们。"

　　"噢，请别说，"公爵小姐说，"Je deviens féroce quand je pense à cette maudite engeance①"。

　　"是的，是的，真可怕！你们能相信吗，他每天工作十二小时，他的心脏不好，我真怕……"。

　　她看到丈夫正走进来，没往下说。

　　"您一定要听听他唱歌，巴尔比尼，惊人的男高声。"她怡人地对省长夫人微笑着说，她态度自然地谈论着新近来此的一位歌手，就像她们一直就在谈这个话题一样。

　　将军的女儿是一个模样可爱而丰满的姑娘。她和未婚夫一道坐在客厅最远角落里的中国屏风后面。她站起来，同未婚夫一起走到父亲跟前。

　　"看看，我们今天都还没见着面呢！"将军说，亲亲女儿又握握她未婚夫的手。

　　跟客人们打过招呼，将军在矮桌前坐下，同省长谈论起最新消息。

　　"不行，不行，不能谈公事，这是被禁止的！"将军夫人打断省长的话头。"正好科比约夫来了，他会给我们说些高兴事的，您好，科比约夫。"

　　科比约夫是有名的逗乐专家和善言者，他果然讲了一个最新的时尚笑话，逗笑了大家。

----

　　① 法语：想起这些该诅咒的畜牲，我就控制不住自己。

二

"啊不,这不可能,不可能,不可能!放开我!"斯维特拉谷波的妈妈喊着尖叫着想从一位中学教师手中挣脱出来,这位教师是她儿子的同志。还有一位拉住她的人是大夫,他们努力想使她安静下来。

斯维特拉谷波的母亲并不年老,外貌可人,只是发卷有些灰白,眼角也有了鱼尾纹。这位教师,斯维特拉谷波的同志,得知死刑判决已被签署,想让她对这可怕消息有一个心理准备,可他刚提起她儿子,她就从他的声调和怯怯的目光中猜到发生了她最害怕的事。

这发生在城中最上等旅馆里的一间不大的房间里。

"你们拉住我干什么,放开我!"她喊着,想从大夫手中挣脱出去。大夫是她家的老朋友,他一只手拉住她瘦瘦的胳膊肘,另一只手正往长圆形桌上放一瓶药水。她心中也希望他们拉住她,因为她觉得自己必须干点什么,可究竟干什么,她不知道并且害怕知道。

"请镇静一点,来,喝点拔地麻药水①。"大夫说着递过来一杯混沌的药水。

她突然安静下来,身体几乎对折一般弓起背,头低垂在凹陷的胸前,闭目坐进沙发。

她回忆起三个月前儿子是怎样带着神秘而悲哀的神情来同她道别。后来又忆起一个八岁小男孩,长着长长的绕成圈圈的浅色长发、赤着足,穿件平绒小外套。

"就是要把他,他,把这个小男孩……他们要对他下手!"

她跳起身,推开桌子,挣脱大夫的手。可走到门边,她又跌入一把扶手椅。

"他们还说,有上帝!他是什么上帝,假如他允许这种事发生!让这个上

---

① 一种俄国家庭必备的镇静药水。

帝见鬼去吧！"她喊着，一会儿放声大哭，一会儿又发出歇斯底里的大笑。"吊死，吊死这个人，他抛弃自己的前程，他把全部财产给了别人，给了人民，全部给掉了，"她说，从前她总为此责备儿子，而现在她却把这作为儿子自我牺牲的崇高品格的明证。"就是把他，他，要对他下这样的手！可你们说，有上帝！"她大喊起来。

"我什么也没说，我请求您喝下这药。"

"我什么也不要喝，哈，哈，哈！"她狂笑着，大哭着，沉醉在自己的绝望中。

晚上她已被痛苦折磨得既说不出话，也哭不出来了，只是用木然的疯狂眼神凝视着自己前面的东西。大夫给她喷了点吗啡，她才睡着了。

这是一个无梦的睡眠，然而醒来后感觉更怕了，比什么都可怕的是人会那样的冷酷无情，这不仅指那些可怕的刮过脸的将军和宪兵，而指一切一切人，神色安详走来收拾房间的走廊女仆和正在欢聚并笑着什么的同房间邻居，他们就像什么也没发生过一样。

三

斯维特拉谷波被关在单人牢房里已经一个多月了，这段时间里他经历了许多内心煎熬。

从童年起，斯维特拉谷波就不自觉地感到自己作为富人所拥有的优越条件是不合理的。尽管他竭力想排除这种感觉，可每当他遇到人民非常贫穷的情况，或者他自己感觉特别好、特别快乐的时候，他就因为那些人而感到良心谴责。他为那些出生、成长以致到死不仅未尝过他享受并且不珍惜的那些快乐，而且终生在劳动和贫困中挣扎的农奴、老人、妇女和孩子而谴责自己，从大学毕业以后，为了摆脱这种因自己的不公正感而引起的良心谴责，他在自己的村庄里办起了学校，一所模范学校，开办出售生活必需品的小店，还创立了一个孤身老头老太的收容所。可奇怪的是，他做着这些事，反而比他在同朋友们吃饭或买了匹上等乘用马的时候更感到良心谴责。他觉得这一切都不是那么回事,甚至比那么回事糟多了,这里面好像有某种愚蠢的道德上的不洁净。

在一次由自己村里工作引起的这类心情郁闷烦乱的状态中,他来到基辅,遇见了大学时代最要好的一位同学。这位同学三年后在基辅要塞的护沟中被枪决。

这位同学是位热情而有魅力,同时才华横溢的人。他吸引他参与一个团体的活动,活动的目的在于启迪蒙昧,唤醒人民对自己权利的觉悟,以及引导人民团结一体,为把自己从土地占有者和政府的控制中解放出来而斗争。同这个人及他的朋友们的谈话,使斯维特拉谷波原来心中朦胧感到的一切获得了明确的意义。现在他明白了自己该干什么。他保持着同新朋友们的交往,同时回到农村在那里开始了全新的实践。他自己充任学校教师,开办了成人班,给他们念书和小册子,给农民们分析他们的处境。除此之外,他还印刷地下书籍和小册子,同时拿出了所有财产,只是母亲的财产除外,继续在其他村庄开办这类设施。

在进行新实践的最初阶段,斯维特拉谷波就遇到了两种未料到的阻力。一个阻力是人民中大多数人不仅对他的启蒙宣示麻木不仁,甚至还对他表现出近乎鄙视的态度。(能够理解他并和他有同感的人只是极个别的一些人,并且这些人往往在道德方面有些可疑。)另一种阻力来自政府方面。学校被禁止开办,他和他亲友的家中受到搜查,书籍和文件被抄走。

斯维特拉谷波对第一种阻力——人民的麻木不仁不放在心上,但对第二种阻力感到极大震怒,来自政府的毫无意义的侮辱性的迫害。他的同志们在别处的实践中同样感受到的对政府的愤怒情绪也强化起来,以致达到这样程度,这个圈子里的大多数成员都决定对政府采取强有力的斗争形式。

这个圈子的核心人物是梅热涅茨基。这是一个大家公认的有坚强意志和不可战胜的逻辑头脑的人,他全副身心忠诚于革命事业。

斯维特拉谷波被这个人的影响力所征服,他以原先从事民众工作的同样热忱投入了恐怖活动。

这些活动是危险的，可就是这种危险性吸引着斯维特拉谷波。

他对自己说："不成功便成仁，哪怕是成仁殉道，这种殉道也是一种胜利，一种将在未来实现的胜利。于是他心中燃起的火在他七年的革命实践中不仅没暗淡，反而在与他交往的人们支持与爱戴下越燃越烈。

为了这个，他耗尽了差不多全部财产，这财产是他父亲留给他的。对此以及他在工作中承受的巨大工作量和经常的手头拮据他从未着重提起过。但只有一件事让他烦恼，就是他的作为给母亲和爱他的姑娘带来痛苦，那姑娘是他母亲抚养长大的，现在同他母亲住在一起。

最近，他不太喜欢的令人不舒服的一位同志，一个被警察盯上了的恐怖分子，请求他在自己住处藏一些炸药。斯维特拉谷波毫不犹豫地答应他，就是因为自己不喜欢他。第二天斯维特拉谷波的住宅被抄，他们找出了炸药。对于所有问题，诸如炸药的来源等，斯维特拉谷波一律不作答复。

于是，他所期待过的那种殉道的磨难，对他来说开始了。在近一段时间，有那么多他的战友被处决、监禁和流放，又有那么多女人为此忍受悲伤痛苦，以致斯维特拉谷波都在期待着殉道赴难。所以在被捕的最初时刻他感到心情异常昂奋，近乎欢乐。

他感受着这种情绪被脱下衣服、被搜查，一直到他被带进监狱并在他身后锁上了铁门。可是，在肮脏、潮湿和满布虱蚤的号子里、孤独而不自由的闲散中度过一天、第二天、三天。再度过一星期、两星期、三星期，打断这生活的只有与难友们的敲壁传讯，然而传来的大多数是噩耗或不令人欣喜的消息；还有不多的几次提审，那些冷酷和敌意的提审者竭力从他这里挤出对同志名字的招供。他的道德力量和体力同时在衰竭下去，他唯一思念与渴求的，如他对自己说的，就是这种苦难状况的无论何种形式的终结。这种苦闷心情在他开始怀疑自己力量的时候更加强了。在监禁生活的第二个月里，他就开始让自己考虑这样一个想法：说出全部真实情况，只要能获得自由。他对自己的软弱感到惊恐，却在自己身上再找不到先前的力量，他仇恨和蔑视自己，因此心中更加痛苦。

最可怕的是他在监禁中开始那样强烈地为青春的活力和欢乐惋惜，这都是他在自由时轻易地舍弃了的，而现在对他却倍加具有魅力，还有他对过去认为好的事感到后悔，有时他甚至对自己的全部活动感到后悔。他头脑常出现这样的想法，那就是在自由中他可以多么幸福多么美好地生活，可以在农村、在自由中、在国外、在亲爱的人们和热爱的朋友们中间生活。跟她结婚，也许跟另一个姑娘结婚，与她简朴地生活，快乐而光明地生活。

四

在第二个月，在监禁生活中那些无数单调得令人痛苦的日子中的一天，监狱看守长在例常巡行中递给斯维特拉谷波一本褐色封面印着烫金十字架的精装小书，说省长夫人访问了监狱，留下福音书并允许分发给犯人。斯维特拉谷波道过谢微微一笑，就把书放在了被固定在墙边的小桌子上。

看守长走后，斯维特拉谷波敲墙告诉邻居说看守长来过，没说什么新闻，只拿来一本福音书，邻居回答说他也得到了。

午饭后，斯维特拉谷波打开书页因潮湿而粘在一起的小书开始阅读。斯维特拉谷波从来还没像读一本书一样看过福音书。他对于它的了解只限于中学教师按章讲授过的和在教堂里牧师与助祭拖长声唱读的内容。

"第一章。亚伯拉罕的后裔、大卫的子孙、耶稣基督的家谱。以撒生雅各，雅各生犹大……"他看下去，"所罗巴伯生亚比玉，"他继续看。这一切正是他所料想到的：是一团乱麻似的，对任何事都无帮助的无意义的东西。如果不是在监牢，他连一页都会看不下去，现在他继续看下去只为了享受读书的这个过程。"就像果戈里笔下的彼得鲁什卡一样！①他心想。他读完第一章，关于童贞女生子和预言新生者的名字要取以马内利，意思是"上帝与我们同在"。"可这里面有什么预见呢？"他想了想又继续读下去。他又读完第二章，

---

① 果戈里《死魂灵》中主人公男仆的名字。他看书只是为了享受字母拼成单词的乐趣。

关于行走的星，又读完第三章，关于吃蝗虫的约翰。还有第四章，说的是某个什么魔鬼，建议基督从屋顶上作一次跃下体操。可这一切都引不起他的兴趣，尽管监牢里这样寂寞无聊，但他还是打算合上书本，开始晚间的例行正事：捕捉衣服上的虱蚤。突然他记起中学五年级的一次考试中他忘了一条诫命，红脸鬈发的神父突然大为生气，给了他一个两分。他想不起是哪条诫命，于是读完了所有诫命。"为义受逼迫的人有福了，因为天国是他们的。①"他读着，"这跟我们倒也有点关系，"他想。"若有人辱骂你们，逼迫你们，应当欢喜快乐。在你们以前的先知，人也是这样逼迫他们。""你们是世上的盐，盐若失了味，怎能叫它再咸呢？以后无用，不过丢在外面，被人践踏了。②""这可完全跟我们有关了，"他想着继续往下看，读完第五章，他沉思起来："不要动怒，不可看见妇女就动淫念，不要与恶人作对，要爱你们的仇敌。"

"对，要是大家都这样生活，"他想，"也就用不着革命了。"他继续看下去，对书中看懂的那些段落的意义理解得越来越深。他越往下看，就越是认定一个想法，就是这本书中说出了什么非常重要的东西。这是重要的、普通的、动人的，是他先前从未听说过，但他觉得早就熟悉的东西。"耶酥又对众人说，若有人要跟从我，就当舍己，天天背起十字架来，跟从我，因为凡要救自己生命的，必丧掉生命，凡为我丧掉生命的，必救了生命。人若赚得全世界，却丧了自己、赔上自己，有什么益处呢。"

"对，对，就是这个！"他突然流着泪喊起来，"这就是我要做的事。对，要的就是这个：正是要献出自己的灵魂，不是保护自己灵魂，而是献出。这里面有欢乐，这里面才有生活的意义。""我为人民做了许多事，是为人民的荣光，"他想，"但不是为愚昧人群的荣光，而是为实现我尊敬和热爱的人的善良意愿，这些人是：娜塔莎、德米特利亚·舒洛莫夫，然而这时我却有了怀疑和不安。只有到那时候，当我是应心灵的要求去做的时候，当我希望献出自己，献出全部的时候，我心中才觉得美好。"

---

① 《圣经·马太福音》第五章，十。
② 同上第五章，十三，十四。

从这天起,斯维特拉谷波把大部份时间都花在阅读和思考这本书中所说的意义上。这种阅读不仅把他带入了一个使他超脱目前所处条件的美好境界,而且吸引他投入了一种他从未体验过的思维劳动。他思考,为什么人们,所有的人们不照书中所说的那样去生活,"这样生活不仅对自己好,也对大家都好。只要你这样生活,就再不会感到痛苦、匮乏、唯有幸福。只要这一切结束,只要我重新生活在自由中,"他有时这样想,"总有一天他们会放我出去或判我流放。可以并且必须这样生活,而不是那样——没理性地活着。

<h1 style="text-align:center">五</h1>

在他处在充满欢乐和幸福的境界中的那些日子里的一天,看守长在一个反常的时间里来到他的监房,问他感觉怎么样并需要什么。斯维特拉谷波觉得奇怪,不懂这个变化意味着什么,就要了香烟,等着看守长的拒绝。可看守长说他马上让人拿来,果然,一个看守拿来一包烟和火柴。

"应该是有人替我张罗了一下。"斯维特拉谷波想着点燃烟抽起来,同时在监房中前后踱起步,思索着这种变化的含义。

第二天他被带到法庭。这里他已来过几次,可这次没有审问他。一个法官不看他,站起身,其他人也站起来。法官手中拿着一张文件,开始用不自然的毫无感情色彩的声调宣读起来。

斯维特拉谷波边听边察看法官们的脸。他们全都不看他,带着一种有特定含义的、阴沉的面容听着宣读。

文件中说,阿纳托里·斯维特拉谷波因被证实参与在或近或远的将来推翻政府的革命活动,被判处死刑,执行方式为绞刑,剥夺其一切权利。

这位军官宣读的每一个词斯维特拉谷波都懂了,他发现这些词构成的荒谬:或近或远的将来及剥夺被判死刑之人的权利。可他完全不理解被宣读的文件对于他的完整意义。

只有过了很久,他被告知可以离开,并与宪兵一道走到马路上时,他才开始明白对他宣告的是什么。

"这里好像不是那么回事, 不是那样。这里有种什么缺乏理性的东西。这是不可能的。"他对自己说, 坐上把他带回监狱的马车。

他感受到自己体内有着那样强烈的生命力量, 以至于他不能想象死亡, 他无法把"我"这个意识同死亡联系起来, 无法同"我"的消失联系起来。

斯维特拉谷波回到监房, 闭起眼躺在铺位上, 他要清楚地设想一下等着他的是什么; 可他怎么也做不到这点。他怎么也无法想象会没有了自己, 无法想象人们会希望杀死他。

"把我, 年轻的、善良的、幸福的、被那么多人爱着的,"他想起母亲、娜塔莎和朋友们对他的爱, "把我杀死、绞死! 谁, 为什么要做这个? 等到没有了我, 会发生些什么事? 不可能的。"他对自己说。

看守长来了, 斯维特拉谷波没听见他走进来。

"这是谁? 您有什么事? "斯维特拉谷波低声说, 没认出看守长。"喔对了, 这是您! 会在什么时候? "他问。

"我不能知道,"看守长说, 他沉默地站立片刻, 突然用讨好的柔和声调说: "这里我们的神父想……为您做……想看看您……"

"我用不着, 用不着, 什么也不用! 您走吧! "斯维特拉谷波叫起来。

"您要不要给谁写信? 这是可以的。"看守长说。

"好, 好, 拿来吧, 我写。"

看守长走了。

"应该在早上,"斯维特拉谷波想, "他们总是这样干的, 明天早上就没有我了……不, 这不可能, 这是梦。"

可真的来了一个看守, 一个熟识的看守, 拿来两支点水笔, 墨水瓶, 一叠信纸和几只发蓝的信封, 他把凳子端到桌前。这一切都是真实的, 不是梦。

"应该不想, 不想。对, 对, 写信。给妈妈写封信。"斯维特拉谷波想着, 在凳子上坐下立刻开始写信。

"我的亲人! "他写着哭起来, "原谅我, 原谅我给你带来这样的痛苦。

不知我是否走入迷途，但我不能不这样做。我只求你一点，原谅我。""可这个我已写过了，"他想，"唉，反正都一样，现在可没时间重抄。别为我悲伤，"他接着写，"稍早一些，稍迟一些……难道不是一样？我不害怕和后悔我所做过的事。我不能不这样做。只求你原谅我。别恨他们，别恨同我一道工作的人，别恨那些人，那些处死我的人。他们都不能不这样做：赦免他们，因为他们做的事，他们不晓得①。我不敢为自己重复这些话，可它们在我的心底，它们使我坚强，给我安慰。别了，吻你的亲爱的，多皱衰老的手！"两颗泪珠相继滴落在纸上，浸润开来。"我哭了，但不是因为痛苦和恐惧，而是因为面临我生命的庄严时刻感到的激动和对你的爱。不要责备我的朋友们，去爱他们。特别要爱普罗哈洛夫，因为正是他造成了我的死。这是多么快乐的事，去爱一个不只是有过失、而是可责备、可以恨的人，去爱一个人，一个敌人，是多么幸福的事！告诉娜塔莎，她的爱是我的安慰和欢乐。我过去对这个知道得不明确，但心灵深处却感受到了。知道她确实爱我，我会生活得轻松些。好了，该说的全说完了。别了！"

他重看一遍信。在信结尾读到普罗哈洛夫的名字，突然想到信可能被检查，一定会被检查，这样可就害了普罗哈洛夫。

"我的上帝，我干了什么！"他突然叫了一声，把信撕成长条，急切地在灯上烧掉了。

他坐下写信时怀着绝望，而现在他觉得自己内心宁静，近乎喜悦。

他拿过另一张纸，立刻开始写。思绪接踵而来，拥挤在他头脑里。

"我亲爱的好妈妈！"他写着，泪水重又模糊了双眼，他只好用衣袖擦泪，才能看见信纸上的字。"我是多么的不了解自己，不了解我心中始终存在的对你的爱和感激之情的力量。现在我了解并体会到了。当我回忆起我们之间的小小不快，我向你说的不好听的词句，我就觉得心头发痛，觉得惭愧和难以理解。原谅我，只记住我好的方面，假如我身上还有的话。

"我不怕死，说实话，我只是不理解它，不相信它的存在。即使存在死

①此乃耶稣临刑前对迫害他的人说的话，见《圣经·路加福音》第二十三章，三十四。

亡、消逝，那么多活或少活三十年或三十分钟又有什么区别？假如不存在死亡，那么早一些或晚一些就更没有什么不同了。"

"我怎么弄起哲学来了，"他想，"应该写上那封信里的话，结尾要说些美好的东西，对。""不要责备我的朋友们，要爱他们，尤其要爱那个不自觉造成我死因的人。替我吻娜塔莎，告诉她，我一直爱着她。"

他折好信，封好信封，坐到床上。他双手放到膝盖上吞咽着泪水。

他始终不相信，他必须死。好几次他又问自己，他是不是在睡梦中，他徒劳地努力想醒来。这个想法引出他另一个想法：是否整个生活就是一场被死亡吓醒的梦？假如真是这样，那对现世生活的意识不也是对我记不住细节的前生之梦的觉醒？所以生活在这里不是重新开始了，而是变换了一种新的形式。我死去就进入新的形式。他喜欢这个想法；可当他想依靠这想法时，他感觉到，这想法，以及无论任何想法，都不能给予他面临死亡时的无畏。最后他想累了。脑子不能工作了。他闭上眼，久久坐在那里，什么也不想。

"怎么回事？会有什么事？"他又想起来，"什么事也没有？不，不是什么事也没有。可有什么事呢？"

突然他完全清楚了，对于一个活人，这些问题没有也不可能有答案。

"那我为什么要问自己这个？为什么？对，为什么？不应该问，应该像刚才我写这封信时那样去生活。难道我们不是早就被永恒地判了死刑吗？可我们还在生活。当我们相爱，我们生活得美好、欢乐。对，当我们相爱。刚才在我写信的时候，我在爱，所以我感觉美好。应该这样生活。这样可以生活在任何地方和任何时候，自由可以在监牢中也可以，今天可以，明天也可以，直到最后的终结。"

他现在想温和而充满爱意地同随便什么人谈一谈。他敲敲门，当站岗的人走过来朝里张望的时候，他问几点钟并问他是否快下岗了。可站岗的人什么也没有回答他。于是他请求叫看守长来。看守长来了，问他需要什么。

"这是我写给母亲的信，请您转达。"他说，他想到母亲，泪水就涌上眼眶。

看守长拿过信,答应一定转达,准备走开,可斯维特拉谷波 叫住他。

"听我说,您很善良,您为什么要干这件痛苦的工作呢?"他说着轻轻碰一下对方的袖子。

看守长不自然地悲苦地笑笑,垂下眼睛说:

"要生活啊。"

"您辞掉这工作吧,总能找到工作的。您这样善良。也许我能给您帮忙……"

看守长突然抽泣一声,很快转身走出去,关上了门。

看守长的冲动神情更加温暖了斯维特拉谷波的心,他克制着欣悦的泪水,开始在房间里来回走动,已丝毫不觉得有任何恐惧,只感到身处一种几乎喜极而泣的境界,这境界把他抬升到超越世界的高度。

那个问题,就是他死后会怎么样的问题,那个曾使他那样努力求解而一直未能解答的问题,他觉得已经解决了,解决的方式不是找出一个明确的理性的答案,而是意识到了他心中的生命真谛。

他又想起福音书上说的:"我实实在在地告诉你们,一粒麦子不落在地里死了,仍旧是一粒。若是死了,就结出许多子粒来。"[1] "是啊,我就要落在地上死了。对,实实在在,实实在在。"他想。

"最好睡觉,"他突然想,"为了后来不疲弱。"他在铺位上躺下,闭上眼立即睡着了。

他早晨六点醒来,全身心沉浸在光明欢乐梦境留下的印象中。他梦见自己同一个浅色头发的小姑娘一起爬上一棵枝叶茂盛的大树,树上结满了熟透的黑色樱桃,他们摘下樱桃放到一只大铜盆里,扔下去的樱桃不能准确落入盆里,滚落到地上,有某种动物,一些很像猫的动物在捕捉樱桃,捉住,抛起,再捉,看着这情景,小姑娘涨红了脸哈哈大笑,这笑声如此有感染力,以致斯维特拉谷波在梦中也不知为什么欢笑起来。突然铜盆从小姑娘手中滑出,斯维特拉谷波想抓住它,却没来得及,于是大盆发出铜器的震响,撞击着树枝直

---

[1]《圣经·约翰福音》第十二章,二十四。

落地上。这样他醒来，面带微笑继续听着大盆的轰响。这轰响原来是打开走廊大铁门的声音。听得走廊上传来脚步声和枪枝的撞击声，他猛然想起一切。

"唉，要是能再睡着！"斯维特拉谷波想，可再睡着是不可能了。脚步声来到了他的门前。他听见钥匙怎样在寻着锁，门又怎样吱吱响着被打开。走进来的是宪兵军官，看守长和押送队。

"死亡？可那又怎样？我去了。对，这很好，一切都好。"斯维特拉谷波想，感觉自己重又进入昨晚那种喜极而泣的庄严境界。

六

在关押斯维特拉谷波的监狱里关押着一个分裂教派的老头，即取缔神职派，他对自己教派的领袖们产生怀疑，要寻找真正的信仰。他不仅否定尼康教的教义，①而且反对自彼得一世以来的政府统治，他认为彼得一世是基督的敌人。他把沙皇政权称为"烟叶国家"，并敢于谈出自己这种想法。他揭露神父和官吏的秽行，为此他被起诉并关进监狱，从一个监狱流放到另一个监狱，对于他不再自由、被监禁，对于看守的恶骂，对于同牢犯人的嘲弄戏耍，对于他们全体都像统治者一样弃绝上帝，相互谩骂，在自己身上以各种方式亵渎上帝的形像，对于这一切他都不在意，因为这些他自由时在世上都见到过。这一切的发生，他知道，是因为人们丢失了真正的信仰，就像没睁眼的小狗离开妈妈一样迷失了。并且他知道，真正的信仰存在，他知道这点是因为他在自己心中感觉到了这种信仰。因此他到处寻找这种信仰。他把找到这种信仰的最大希望寄托在约翰写的启示录上。

"不义的叫他仍旧不义；污秽的叫他仍旧污秽；为义的叫他仍旧为义；圣洁的叫他仍旧圣洁。看哪，我必快来。赏罚在我，要照各人所行的报应他。"他常读这本奥妙无穷的书，每一分钟都等待着那个庄严未来的到来。那个不仅是善恶得报、而且是向人类公开上帝的真理的时刻。

---

① 尼康教：俄国东正教总主教尼康(1605~1681)在实行教会改革后所创建的新教派。

在执行斯维特拉谷波死刑的那天早上，他听到了鼓声。爬上窗口，他透过铁栅栏看到停靠门前的双轮马车和一个鬈发、眼睛明亮的少年，怎样微笑着走出监狱，跨上马车。少年不大的手中握着一本书。少年把书紧贴在胸口，分裂教徒看到这是一本福音书，少年朝窗子里的犯人们点着头，微笑着，看了他一眼。马开始走动，马车带着乘坐在上面的圣洁如天使一般的少年，在武装押送队的簇拥下，轰隆隆辗着石子路驶出大门。

分裂教徒从窗口爬下来，在自己铺位上坐下沉思起来。"他认识了真理，"他想。"反耶稣者的奴仆所以要用绳索窒死他，就是为了不让他把真理告诉别人。"

七

这是一个阴沉沉的秋天早晨。不见太阳。从海上吹来潮湿的暖风。

新鲜空气、房屋、城市、马匹、围观他的人们，这一切都使斯维特拉谷波感到快乐。背对马车夫坐在马车的坐凳上，他不自觉地注意着押送兵和迎面遇见的居民们的脸。

这时还是清晨，他被押送经过的街道基本上是空荡荡的，遇上的都是工人。满身泥灰，戴着围裙的泥木工迎着马车匆匆走来，见到马车他们站住，然后转身和马车平行走着。他们中间有个人说了点什么，挥了挥手，于是大家转回身去忙自己的事了；运货马车夫赶着满载着轰响的铁条的马车，为给双轮马车让道，拉住自己的高头大马，他们带着一种困惑不解的好奇神情看着他。其中一个脱下帽子，划了一个十字。穿白围裙戴睡帽的厨娘提着篮子走出大门，可一看见双轮马车，很快转回大门，又同另一个女人一道跑出来。两人屏住呼吸，大张眼睛目送马车直到看不见为止。一个衣衫褴褛胡须未修头发灰白的人用明显不友善的有力手势指着斯维特拉谷波，在对看门人说着什么。两个小男孩飞跑着赶上马车，歪着头不看脚下，和马车平行地走在人行道上。一个大点的男孩快步走着；另一个孩子小一些，没戴帽子，拉住大孩子，用惊恐的目光看着双轮马车,倒动着短短的腿吃力地、踉踉跄跄地跟着大孩子。遇见他的目光,斯维特拉谷波朝他点点头。这个可怕的用马车押送的人的动作,是这样吓慌了小男孩,以致他瞪大眼张开嘴准备哭起来。这时斯维特拉谷波亲亲自己的手,温柔地对他一笑。猛然间小男孩也用甜美善意的微笑回报了他。

在押解的路程中,对等着他的事的意识丝毫也不能破坏斯维特拉谷波那宁静庄严的心境。

只有当马车驶近绞刑架,他被押下马车,看到上面架着横梁的木桩及横梁上被风吹得轻晃的绳圈的时候,他才感到一种实在的心灵打击。他突然觉得恶心。可这没持续多久。他看见绞刑台周围站着一列黑色的荷枪实弹的士兵,士兵前面有军官在走动。就在押他下马车的时候,突然传来令他不免震颤一下的鼓声。在士兵队列后面是老爷太太们的马车,很明显是来参观这场面的。最初看到这情景斯维特拉谷波感到奇怪,可他立即想起自己入狱前的样子,于是他开始为这些人惋惜,因为他们不知道他所知道的东西,"可他们会知道的,我死去,但真理不会死去。他们一定能知道。这样所有人,只是没有我,而是他们全体,就会成为或将来一定成为幸福的人。"

他被带上绞刑台,跟在他后面上来一个军官。鼓声沉寂了,军官在鼓声停息后用不自然的、尤其在这样宽阔场地显得弱小的声音宣读了那个他早在法庭听到过的愚蠢的死刑判决书,就是那个有关剥夺他们将要杀死之人的权利的、关于或近或远的将来的判决书。"为什么,为什么他们这样做?"斯维特拉谷波想,"多可惜他们还不知道并且我已不能传达给他们所知的一切,但他们会知道的,全都会知道。"

一个瘦瘦的,留着稀疏长发,穿着紫色长袍的牧师走到斯维特拉谷波跟前。他胸前挂着一个金色十字架,而从黑色平绒袖口中伸出的苍白无力、多筋的瘦手中还拿着一个大银十字架。

"仁慈的主啊!"他开始了,把十字架从左手换到右手,朝斯维特拉谷波递过来。

斯维特拉谷波颤动一下别开身子。他差点对牧师出言不逊，因为牧师参与完成这件对于他的事情竟还侈谈仁慈，可他想起福音书上的话："他们做的事，他们不晓得。他努力一下，用迟疑的声音低声说：

"请原谅，我不需要这个，请您原谅我，可我真的不需要这个！谢谢您。"

他向牧师伸出手。牧师又把十字架交回左手，努力不看斯维特拉谷波的脸，同他握握手，然后走下台去。鼓声又响起来，压倒其他所有声响。在牧师之后，一个中等身材的人迈着震得台上木板颤动不已的快步子走到斯维特拉谷波前。这人溜肩，双手肌肉发达，穿西装，罩在俄式衬衣上。这个人快速溜一眼斯维特拉谷波，走到离他很近的地方，使他闻到一股难闻的酒和汗的混合气味，这人用强劲的手指抓住他肘部以上的双臂，将它们挤紧得使他感觉痛楚，然后弯折到背后即刻捆紧。捆好手，刽子手停了一会，好像在考虑什么，他的眼睛一会儿看看斯维特拉谷波，一会儿看看一堆什么东西，那些东西是他随身带来放在台上的，一会儿他又看看绞刑架上的绳套。考虑好他的事，他走到绳套前对它做了些什么，把斯维特拉谷波朝绳套和绞刑台边缘处推了推。

斯维特拉谷波从听到死刑宣判起一直没能完全明了这宣判的全部意义，就像此刻他无法拥有即将来临的那个瞬间的含义，他惊奇地看着刽子手匆忙、敏捷、全神贯注地完成着自己的可怕职能。刽子手的脸是一张最普通的俄国劳动者的脸，并不凶恶，但精神集中，就像在一些努力想把一件必要而复杂的工作尽量准确地完成的人脸上常见的那样。

"你再往这里移一点，或者，您再移过来点。"刽子手用嘶哑的声音说着，把他推向绞架。斯维特拉谷波移了过去。

"主啊，帮帮我，怜悯我！"他说。

斯维特拉谷波过去不信上帝，还常嘲笑信上帝的人。他现在也不信上帝，因为他不能用语言形容或用思想把握上帝。然而这个，现在被他所呼唤的，他知道，是某种他所了解的事物中最现实的。他知道，这呼唤是必须而重要的，因为这呼唤立刻给了他安宁和坚强。

他靠近绞架，不自觉地看一眼士兵队列和色彩鲜明的观众，又一次想道："为什么，为什么他们这样做？"于是他感到对自己对他们的怜悯，泪水涌上眼眶。

"你难道不怜悯我吗？"捕住刽子手敏捷的灰眼睛的目光，他说。

刽子手僵住片刻，他的脸突然变得凶恶起来。

"去您的！还说话！"他嘟哝着朝放着他外衣和一些白麻布的地上弯下腰去，然后用敏捷的动作双手从背后抱住斯维特拉谷波，往他头上罩个麻袋，匆忙地把麻袋口扯到胸背的当中。

"我将我的灵魂交在你手里。"斯维特拉谷波记起福音书上的话。

他的灵魂不拒绝死亡，可他强壮的年轻的躯体不接受它，不肯屈服并想与之抗争。

他想喊叫，想挣扎，可就在这一瞬间感觉到了一股推力，感觉到脚下支撑力的丧失，感觉到肉体上的窒息恐怖、头脑中的轰响及一切的消失。

斯维特拉谷波的躯体摇晃着悬在绳子上，肩膀两次耸起又落下。

刽子手等了两分钟左右，阴沉地皱着眉把手放在尸体的肩膀上，用有力的动作往下拉它。尸体的所有动作都中止了，只剩下那具装在麻袋里，有着可怕突出的头部和穿着囚袜的双腿的躯体在绳子上微微摇晃着。

刽子手从绞刑台上走下来，报告上司说已经可以把尸体从绳套上取下来安葬了。

一小时后，尸体从绞刑架上被放下来运往未忏悔者墓地。

刽子手完成了他自愿并开始着手完成的事。可他完成得不轻松。斯维特拉谷波的这句话："你难道不怜悯我"总盘踞他脑中不走。他是个杀人犯，流放犯，而刽子手的职位给他带来相对的自由和生活上的宽裕，可从这一天起，他拒绝以后再干这种他曾自愿承担的职务。并且他就在这一周中，不仅喝光了这次执刑赚来的钱，还喝光了自己相当丰富的全部穿戴，最后他落到这种地步，被关进了惩罚室，然后从惩罚室转入医院。

八

恐怖革命党人的核心人物之一，伊格纳季·梅热涅茨基，就是吸引斯维特拉谷波投身恐怖活动的人，他从被捕的外省被押回彼得堡。他所在的监狱就是那个看见去刑场的斯维特拉谷波的分裂教徒老头被关押的监狱。分裂教徒被判往西伯利亚。他仍然在想，怎样及在哪里能知道真正的信仰在哪里，有时他想起那个辉煌的少年，那个欢乐地微笑着走向死亡的少年。

他听说少年的同志，一个与少年同一信仰的人被监禁在同一监狱，分裂教徒很高兴，就请求看守长准许领他去见斯维特拉谷波的朋友。

梅热涅茨基不管监狱禁令多么森严仍然与自己党组织的人保持着联系。他每天都在等待关于一个地道的挖掘情况的消息，这个地道行动就是他想出来并设计的为炸皇家专列而挖掘的，现在，他想到计划中的一些疏漏处，于是想尽办法想把这些意见告诉自己的战友们。当看守长走进他的监房，小心翼翼而低声告诉他有一个犯人要见他时，他高兴起来，指望这会面会给他一个与自己党取得联系的机会。

"他是谁？"他问

"一个农民。"

"他要干什么？"

"他要谈谈信仰。"

梅热涅茨基笑了笑。

"那好吧，您叫他来吧，"他说，"他们分裂教徒也仇恨政府。也许正用得着。"他心想。

看守长走了，过了几分钟他打开门，放进来一个干瘦的，个头不高的老头，老头有茂密的头发和稀疏灰白的山羊胡，还有一双善良而疲倦的蓝眼睛。

"您需要什么？"梅热涅茨基问。

"有句话要跟你说。"

"哪句话？"

"关于信仰的。"

"关于哪种信仰？"

"他们说，你和那个少年是同一个信仰，就是那个在奥德萨被魔鬼的奴仆用绳害死的少年。"

"哪个少年？"

"就是秋天在奥德萨被害死的那个。"

"大概是，斯维特拉谷波？"

"就是这位。他是您的朋友？"老头问每个问题时都试探地用自己善良的眼睛盯住梅热涅茨基的脸看，每次又立即垂下眼睑。

"是的，是我很亲近的人。"

"信仰也是一个？"

"大概是一样的。"梅热涅茨基微笑着回答。

"我要说的话就是有关这个问题的。"

"那么，您到底要什么？"

"想知道你们的信仰。"

"我们的信仰……好，请坐，"梅热涅茨基说，耸耸肩，"我们的信仰是这样的。我们相信有些人掌握了力量于是折磨和欺骗人民，所以必须不惜牺牲自己，去和这些人斗争，把被他们压迫的人民从他们手中解救出来，"梅热涅茨基习惯性地说道，"被他们折磨，"他纠正说，"所以要把他们消灭。他们杀人，所以要杀他们，直杀到他们醒悟过来。"

分裂教徒老头叹息着，不抬起眼睛来。

"我们的信仰在于，不惜牺牲自己，去推翻君主专制政府，建立自由的、民主选举的、人民的政府。"

老头沉重地叹息一声，站起身，整整长下摆，在梅热涅茨基脚前跪下，用额头碰着肮脏的木板地。

"您磕头干什么？"

"别哄骗我了你，告诉我吧，你们的信仰是什么。"老头说着，既不起身也不抬头。

"我说了，我们的信仰是什么。您快起来，不然我不说话了。"

老头站起来了。

"那个少年的信仰也是那个？"他说，站在梅热涅茨基面前间或用自己善良的眼睛看对方的脸，又立即垂下眼睛。

"就是那个，就为这信仰，他们绞死他。而我也为同样信仰要被他们送到彼巴要塞①去。"

老头行个弯腰礼后默然退出牢房。

"不，这不是那少年的信仰，"他想，"那少年知道真正的信仰，而这个人要不就是卖弄自己与他是同一信仰，要不就不肯说出来……怎么办呢，我还要加劲找，在这里也在西伯利亚找。上帝无处不在，到处都有人。站在路上才问路呀。"老头想着拿起《新约》，这书已经会自动翻到启示录那一页了，他戴上眼镜，在窗前坐下开始读这本书。

九

又过了七年。梅热涅茨基在彼巴要塞服满单人监禁的刑期之后被押送去服苦役。

在这七年中，他经受了许多折磨，可他的思想倾向没变，热情也没减退。他在被关人要塞前的讯问中，他以自己对那些当权者的强硬和蔑视的态度令陪审员和法官吃惊。在内心深处他为自己被捕而不能把开了头的事完成感到痛苦，但他绝不流露出这点。只要他与人们有一点接触，他心中就升起仇恨的力量。对于向他提出的问题，他沉默，只是在有机会刺痛问话者——宪兵军官或检查官的时候他才回答。

---

① 彼得堡的彼得罗巴夫洛斯克要塞，为简约起见，译者简缩为彼巴要塞，下面均照此写法。

他们对他说了一句常说的话："您可以用真心的招供改善自己的条件。"他轻蔑地笑笑,沉默片刻,说:

"假如你们认为用好处或恐吓能让我出卖战友,那只是因为你们把我看成你们的同类了。难道你们真的认为,我干这种事,并且正因此而被你们审判,我会不做好迎接最坏结果的准备?所以你们无论用什么都不能使我吃惊、恐惧。对我你们尽管干想干的一切吧,可让我说话,绝不。"

他很快意地看到,他们怎样困窘地相互交换着眼色。

当他被关进彼巴要塞的一间小小的、有着高高的深色玻璃窗的潮湿房间时,他明白了,这不是个把月,而将是许多岁月。他心中产生恐惧。令他恐怖的是,这精心设置的死样的寂静和对于活埋在这墙内的许多囚徒的想象。他不是一个人,在这些无法穿透的厚墙那边还关着同样的囚徒,被判十年、二十年、有自杀的、上吊的发疯的,还有缓慢地死于痨病的。这里有女人,有男人,也许还有朋友……"过好多年,你也许会这样发疯、上吊或死掉,没有人知道你。"他想。

突然他内心涌起对全部人类的仇恨,尤其是对那些成为他被监禁的原因的人的仇恨。这仇恨需要仇恨对象到场,需要动作,喧闹,可这里是死样的寂静,轻软的脚步声是属于那些沉默的、不回答问话的人的,开门和锁门的声音,在通常时间送食物的是不说话的人,还有透过幽暗的窗玻璃照进来的初升阳光,黑暗和同样的寂静,同样轻软的脚步和同样的声响。这样今天、明天……于是仇恨,无法发泄的仇恨,啃噬着他的心。

他试过敲墙联络,可没人回答他,敲墙只引来了那些轻软的脚步,一个平静的声音用关惩罚室相威胁。

唯一的休息和放松的时间是睡着的时候。可那之后的苏醒是可怕的。梦中他总是自由的,并且绝大部份时间都在做一些他认为与革命事业格格不入的事。一会儿他在拉一只奇怪的提琴,一会儿追求女人,一会儿划船,一会打猎,一会儿为一桩什么奇异的科学发明,外国一个学院授予他博士称号,而他在午餐会上致谢词。这些梦如此鲜明生动,而现实又是这样枯寂而单调,以致回忆同现实很难区分。

做梦唯一令他难受的是，绝大部分梦在他渴望和希求的事即刻要实现的瞬间却醒了。突然心头一震——全部欢乐的氛围消失无踪；留下折磨人的，未被满足的欲念，又是那堵被一盏小灯照亮的浸润着水迹的灰墙，还有身下硬梆梆的铺位和缩到一边去了的草褥子。

睡梦中是最美好的时光。可随着临梦时间的加长，他睡得越来越少。他像对莫大幸福一样等待它、渴求它，可他越是期待它就越没有睡意，只要他问自己："我是不是就要睡着了？"全部睡意就都消失了。

在自己的囚笼中奔跑蹦跳都无济于事。加大强度的运动只带来虚弱和更厉害的神经兴奋，带来头痛，只消闭上眼，在闪着金星的深色背景上就会出现披头散发的鬼脸，上下飞舞，大嘴的、歪嘴的，一个比一个丑陋。这些鬼脸做出各种最可怕的怪脸。后来，鬼脸在睁着眼的时候也出现了，而且不只是鬼脸，连整个形体也出现了，并且开始说话和舞动。他觉得恐怖，跳起来用头撞墙和喊叫。门上的小窗打开了。

"喊叫是被禁止的。"平静而无变化的声音说。

"叫看守长来！"梅热涅茨基叫道。没有回答，小窗关上了。

绝望是那样厉害地淹没了他，他只求速死。

有一次在这样的状态中他决定结果自己的生命。囚室里有一个通气窗可以拴绳套，站在铺位上刚好能上吊。可没有绳子。他把床单撕成细长条，可还是不够。于是他决定绝食自杀，两天他没进食，可到第三天就虚弱不堪了，幻觉更厉害地发作，送来食物时，他睁眼躺在地上，失去了知觉。

来了一个医生把他放到铺位上，给他用了溴剂和吗啡类药，他睡着了。

第二天他醒来的时候，大夫俯身站在他身边摇着头。突然梅热涅茨基心头涌起他久已未体验过的充满仇恨的好战情绪。

"您怎么不觉得羞耻，"他对大夫说，这时大夫正低下头在数他的脉搏。"在这地方工作！您治疗我干什么，为了再折磨我？这不就等于观看鞭打和允许反复切割活人吗？"

"请用点力翻身仰天躺下。"大夫毫不生气地说，也不看他，从身侧的衣袋里掏出听诊器。

"那些人治伤，为了让犯人走完夹鞭队列挨完剩下的五千棍。见鬼去，去见魔王！"他猛地大喊起来，把腿从铺上扔下地。"滚您的蛋，没有您，我也会死的！"

"这不好，年轻人，对无礼行为我们有自己的回答方式。"

"见鬼去！见鬼去！"

梅热涅茨基变得那样可怕，以致大夫匆忙离开了。

十

不知是因为服用药物，或是他渡过了危机，还是向医生倾泻的仇恨治好了他，然而从这以后，他把握住自己，开始过另一种生活。

"永远关我在这里他们不能也不会，"他想，"总有一天要放我出去。有可能——可能性最大的是改变政体（我们的人在继续工作），因此必须保护生命，这样才能强壮、健康地出去，具备继续工作的良好状态出去。"

他花了许多时间设想一个能达到这个目标的生活方式，他想出这样一个方式：他九点睡觉并强迫自己躺着，不论睡不睡得着，一样躺到早上五点钟。早上五点他起床，收拾一番，洗脸、做操，然后就像他对自己说的，去办事。想象中他走在彼得堡城中，从涅瓦大街走到纳捷日金斯基大街，竭力想象出他在外出时可能遇到的一切：招牌、房屋、警察、迎面而来的马车和步行者。在纳捷日金斯基大街上他走进一位熟悉的同志家中，与到来的同志们一起商议即将开始的行动。热烈的讨论和争执在进行。梅热涅茨基既替自己说话，又代别人说话。有时他说出声来，为此看守从小窗口警告他。可是梅热涅茨基对此毫不理会，继续着想象中的彼得堡一日。在友人那里度过两小时左右，他回家进午餐，先是在想象中，然后在现实里吃送来的饭食，而且总是吃得很有节制。然后，他在想象中待在家中要么研究历史，要么研究数学，有时星期天弄弄文学。历史研究由这样的内容组成：他选定一个时代和民族,去回忆相应的事件和年代。数学研究则由这样的内容组成：心算解题步骤和解答几何应用题。(他尤其喜欢这种工作。)星期天他回忆普希金、果戈里、莎士比亚的作品,还不忘自己创作。

临睡前他还出门走一趟,他在想象中同战友们、男人和女人,进行幽默的愉快谈话,有时也有严肃的交谈。这些谈话有的是重复已有过的,有的则是重新设想出来的。这样活动一直持续到晚上。临睡觉前为锻炼身体他真实地在自己现实中的囚笼里走上两千步,然后躺到铺位上,大部份时间他立刻就睡着了。

第二天同样。有时他去南方,鼓动人民,发起暴动,同人民一起赶走地主,分田地给农民。但他把这些想象成不是一下子成功的,而是具有一切应有的细节。在他想象中,他的革命党四处奏响凯歌,政权被削弱,被迫召集代表大会,皇室成员和所有人民的压迫者都消失了,共和国成立,于是他,梅热涅茨基,被选为总统。有时这个目的他达到得太快了,这样他从头再来,试用其他方法达到同一目标。

他这样生活了一年、两年、三年,偶尔也打破这种严格的生活作息制度。但大多数时间还是遵循着它。由于控制了想象,所以他摆脱了不由自主的幻象。只是偶尔失眠症发作,又出现幻象、鬼脸,他又开始打量气窗,琢磨怎么拴紧绳子,又怎样做好绳套,又怎样上吊。可这种发作一般时间不长：他都克服了。

他这样生活了将近七年。当他服满刑期,被押去服苦役的时候,他充满生气,身体健康,完全有能力把握自己。

十一

他被当作一个特别重要的犯人单独押送,不允许与别的人见面。只有在克拉斯纳亚尔斯克监狱他才获得头一次与其他政治犯会面的机会,那些犯人也是去服苦役的；他们有六个人：两个女人和四个男人。这是一些另一种风格的年轻人，梅热涅茨基不认识他们。这些人属于梅热涅茨基之后新一代革命者，是他的继承者，因此他对他们尤其感兴趣。他期待着遇见踏着他的足迹前进的人们，期待这些人理所当然地极高评价他们的前驱者所做的一切，尤其是他，梅热涅茨基所做的一切。他准备用和蔼可亲并宽容迁就的态度对待他们。但是，他极不愉快而惊异地发现，这些年轻人不仅不认为他是他们的前驱者和导师，反而对他持一种宽容迁就的态度，敷衍和原谅他那些过时的观点。在他们新一代革命者看来，梅热涅茨基和他的朋友们所干的一切，所有发起农民暴动的努力，尤其重要的是，恐怖活动和所有的暗杀行动：省长克拉波特金之死，梅金佐夫之死和亚历山大二世本人之死——这一切都是完全的错误。这一切引起了亚历山大三世统治下大获胜利的反动并把社会推向倒退，差不多倒退到了农奴制时代。在新一代眼里，人民解放的道路完全不同。

梅热涅茨基与他的新相识之间的争论持续了两天并且还加上差不多两夜。尤其是其中一个人，罗曼，这个被大家只称名字的领袖人物，用对于自己正确性不可动摇的信心，和对梅热涅茨基及其同志的旧时行动充满怜悯甚至嘲笑的否定令梅热涅茨基感到难耐的痛苦。

在罗曼看来，人民，是整个一群阿斗，是"当牛做马的料"，所以这些处在那种发展阶段的人民，也就是他们所处时代的人民，是无法被改变的。所有发动俄国农村人口起来的努力无异于点燃石头和冰。需要教育人民，教他们学会团结，只有发达的大工业和在其基础上发展起来的人民社会团体才能做到这一点。土地不仅是人民不需要的，而且就是土地把人民变成守旧者和奴隶。不只我们这里，在欧洲也一样。于是他凭记忆引用权威观点和统计数字。要把人民从土地中解放出来，实现这个越快越好。人民到工厂中去的越多，资本家掌握的土地越多，对人民的压迫越厉害，越好，消灭专制霸道、主要的是资本主义，只能依靠人们和民众的团结，这种团结只有通过工人同盟和各种联合会才能达到，也就是说，等到民众从土地所有者变成无产者的时候。

梅热涅茨基一边争论一边生着气，特别让他生气的是女人中的一个，是个容貌还可以、脸上有毛，黑发，有一双特别亮的眼睛的女人，她坐在窗台上，并不参与争论，只是偶尔插入一两句话，支持罗曼的论点，或者针对梅热涅茨基的话轻蔑地笑笑。

"难道有可能把所有种地的人全部改造成做工的？"梅热涅茨基说。

"那有什么不行呢，"罗曼反驳说，"这是总的经济规律。"

"我们怎么知道这是普遍的总规律呢？"梅热涅茨基说。

"您去读读考茨基的书好啦。"黑发女人轻蔑地笑着插进一句。

"假设这可以成立，"梅热涅茨基说，"（我不承认这种假设），人民能被改造成无产者，为什么你们认为，他们一定能发展成你们预先命定的模型呢？"

"这是有科学根据的。"黑发女一边插着话，一边在窗台上转过身去。

当话题涉及为达到目标应采取的行动时，分歧更大了。罗曼和他的朋友们坚持要组织工人武装、协助农民转化为做工者并在工人中宣传社会主义。并且，不仅不能与政府进行公开斗争，反之要利用他们来达到自己的目标。梅热涅茨基则说，应该直接与政府斗争，恐吓威胁它，因为政府比你们强大、狡猾。

"不是你们欺骗政府，而是它骗过你们。我们既宣传民众又与政府斗争。"

"你们干得真多啊！"黑发女用讽刺口吻说。

"是的，我认为，与政府的直接斗争，是力量的错误浪费。"罗曼说。

"三月一日①是浪费力量！"梅热涅茨基喊起来，"我们牺牲自己，牺牲生命，可你们安安静静坐在家中享受着生活，只管布道。"

"也没怎么很享受生活嘛。"罗曼平静地说，和自己的同伴们交换一下眼色，然后胜利地大笑起来，他的笑声没有感染力，但响亮、清晰、充满自信。

黑发女摇着头，轻蔑地笑着。

"也没有怎样很享受生活，"罗曼说，"既然我们也关在这里，我们被关押是因为反动势力的猖獗，这正是三月一日事件的直接结果。"

梅热涅茨基不说话了，他觉得已被愤怒窒息，他走到走廊上去。

---

① 亚历山大二世被刺。

十二

为平静下来,梅热涅茨基开始在走廊中前后踱步。各个号子的门在晚点名前都开着。一个高个金发的犯人走到梅热涅茨基跟前,他那被剃了半边的头丝毫不影响脸上的温厚表情。

"有那么个犯人儿在这儿,就在我们号子里。看到大人您,就说,叫他来我这里。"

"哪个犯人?"

"'烟叶国家',这是他的外号。他是个小老头,分裂教徒。他说,叫那个人到我这儿来,这是说大人您哪。"

"他在哪儿?"

"在这儿,在我们号子里。他说,请那位老爷来。"

梅热涅茨基随这个犯人走进一间不大的牢房,牢房统铺上坐满和躺满了犯人。

在统铺的边上,那个分裂教徒老头盖着件灰袍,躺在光床板上,他就是七年前向梅热涅茨基问斯维特拉谷波的人。老头的脸苍白、干瘪、全皱缩起来,他的头发依旧茂密,下巴上稀疏的小胡子全白了,向上撅着,蓝眼睛,善良而专注,他仰天躺着,显然发着热,颊上现出病态的红晕。

梅热涅茨基走到他跟前。

"您要什么?"

老头用胳膊肘吃力地撑起身子,举起一只颤抖、干枯的不大的手,他想要说话,强打起精神却沉重喘息起来,好容易喘过一口气,他说:

"那次你没告诉我,让上帝与你同在,可我总在告诉大家。"

"您告诉什么?"

"关于羔羊,我告诉大家,那个心中有了羔羊的少年,圣书说:羔羊必胜过自我,必胜过一切……与他相合,是上帝的选民和忠实的信徒。"

"我不懂。"梅热涅茨基说。

"你应该理解它的精神。那些国王接受的是有兽的王国①，而羔羊将胜过自我。"

"什么国王？"梅热涅茨基说。

"又是七位王，五位已经倾倒了，一位还在，另一位还没有莅临，就是没有来的意思。他莅临时将时日无多②……就是说他快活到头了，懂了吗？"

梅热涅茨基摇着头，以为老头在说胡话，这些话毫无意义。同牢房的犯人也都这样想。那个来叫梅热涅茨基剃半边头的犯人走近他，用手肘捅捅他让他注意自己，对他做个眼色，意指老头。

"总在说，不停地说胡话，什么我们的烟草王国，可说的什么他自己都不知道。"

看着老头，梅热涅茨基和老头的同牢难友们都这样想。可老头清楚地知道自己讲的是什么，他所讲的对他有着明确而深刻的意义。这意义在于，罪恶的统治时间不长了，而羔羊用善良和温驯必胜过一切，羔羊会擦干所有泪水，不再有哭泣、疾病和死亡。他觉得这一切正在实现，在全世界实现，因为在他那临终悟道的心灵中，这一切正在实现。

"啊，我愿你快来！阿门。主耶稣啊，我愿你来！"③他说着，深有含意地、却使梅热涅茨基觉得有点不正常地微微一笑。

十三

"这就是一个人民的代表，他还是其中最出色的，却多么愚昧！他们（他指罗曼和他的朋友）说，对现今这个阶段的人民是毫无办法的。"他想。

有一段时间梅热涅茨基曾在农民中从事革命工作，他彻底地了解俄国农

---

① 出自《圣经·启示录》第十七章；兽指淫荡，渎神等罪恶。
② 出自《圣经·启示录》第十七章十节，老头叙述时与原文略有出入。
③ 《圣经·新约，启示录》第二十章二十节。

民所具有的他所谓的"惰性";他接近过现役和退役的士兵,了解他们对宣誓和军人服从天职的愚忠,知道无法用说理的方式改变他们。他过去了解这一切,但从未运用这种了解去作出必须会形成的结论。同新一代革命者的谈话激怒了他,使他内心失去平衡。

"他们说我们所做的一切,就是哈尔图林、基巴尔奇奇、培洛夫斯卡娅①他们所做的,都是不必要的,甚至有害的,说这一切引出了亚历山大三世的反动,他们说,这些人使得人民以为所有革命行动都来自地主,来自那些因为被剥夺了农奴就杀死沙皇的地主。真是荒谬透顶! 真是不通至极、狂妄无知的想法!"他边想边继续在走廊上踱着步。

所有的牢房门都上了锁,只有那间新革命者的牢房门没锁。走近这个门,梅热涅茨基听到他痛恨的黑发女的笑声和罗曼刺耳但果决的嗓音。显然,他们在谈论他。梅热涅茨基站下来听。罗曼说:

"他们不懂经济规律,所以他们不明白自己干的是什么,这里很大一部分原因在于……"

梅执涅茨基不能也不愿再听下去,很大部分原因是什么,况且他也用不着知道这一切。

仅仅从这个人的语调上就可以感受到那种极度轻蔑,那种他们对他,革命英雄梅热涅茨基、对一个为此葬送十二年光阴的人表示出的轻蔑。

这时梅热涅茨斯基胸中涌出一种从未感受过的强烈愤恨情绪,恨所有人、恨所有一切,恨整个这个毫无意义的世界,这个世界只有降低到动物水平的人类才能生活,就像那个言必提羔羊的老头,像那些半动物化的刽子手和看守,还有那些厚颜无耻的、自信的、先天注定夭折的学究崽子。

走进来一个值班看守,把那些搞政治的女人领到女犯那边去。梅热涅茨基走到走廊尽头,为了不碰到他。看守回来后,锁上新政治犯的牢门,然后建议梅热涅茨基回自己牢房:梅热涅茨基机械地服从了,但请求看守暂时不锁自己的门。梅热涅茨基回到牢房,脸朝墙在铺位上躺下。

_____

① 这些人都是参与五次谋杀亚历山大二世的恐怖分子的名字。

"难道所有力量真的都白白浪费了? 那些精力、意志力和无比的天赋(他从来不认为有人具有比他更高的精神品质)都白白浪费了! "他想起前不久,已是在去西伯利亚的路上,他收到的斯维特拉谷波母亲的信,信中责备他引导她儿子加入恐怖党害了她儿子,这责备他认为是女人气的、无知的。收到信后,他轻蔑地笑笑: 这个无知的女人怎么会懂得摆在他和斯维特拉谷波面前的,那些目标是什么。可现在他回想起这封信,回忆起斯维特拉谷波可爱的、无限信任和热情的个性,开始沉思,先想着他,后来又考虑着自己。难道真的全部生活都是个错误? 他闭上限,想睡着,突然恐怖地发现那种状态又出现了,那种他在彼巴要塞度过第一个月时发生的那种状态。又是头痛,又是在缀满金星的黑背景上飞舞的披头散发、丑陋不堪的大嘴鬼脸,又是睁开眼还有的人形。只有一样是新出现的,一个剃光头,穿灰裤子的刑事犯在他上面晃来晃去。并且,在联想作用下,他又开始寻找那个可以固定绳圈的通气窗口。

无法忍受的、寻求发泄的愤怒烧灼着梅热涅茨基的心。他坐不下来,无法平静,无法摆脱自己的狂念。

"怎么办? "他已经开始具体地问自己。"切开动脉? 我干不了。上吊? 当然,这最简单。"

他想起放在走廊里的柴捆上有根绳子。"站在柴堆上或凳子上。走廊里有值班的。可他会睡着或走开。要在那时候拿回绳子拴到通气窗上。"

梅热涅茨基站在自己门后,听着走廊里看守的脚步声,有时当看守走到另一头时,从门缝探头出去看看。看守总不走,也不睡觉。梅热涅茨基急切地倾听着他的脚步并等待着。

这时在病老头的那个牢房,在被冒烟油灯微微照亮的黑暗中,在夜梦的鼻息声、呓语声、呻吟声、鼾声和咳嗽声中,正发生着一件世界上最庄严的事。老分裂教徒正在死去,在他灵魂的视野中,终于展现出他一生忘我寻求的东西。在炫目的光辉中他看见以圣洁少年的形象出现的羔羊,看见许许多多穿白衣的、来自各个民族的人们,他们欢欣,地球上再也没有了罪恶。这一切发生在,老头知道,发生在他的心灵中,也发生在全世界,于是他感到莫大欣悦和安慰。

对牢房中的其他人来说，老头正发出很响的临终前最后的喘息声，这时他的邻居醒了，又叫醒了其他人，一直到喘息声停止，老头没了声息、身体冰凉的时候，他的难友们敲起门来。

看守打开门走进去，过十来分钟两个犯人抬出这具没有生气的遗体送往下面的停尸处。看守跟着他们走出来，锁上身后的门。走廊空无一人。

"锁吧，锁吧，"梅热涅茨基想，他正从自己门缝里注意着发生的一切，"这阻止不了我脱离这个荒谬可怕的世界。"

梅热涅茨基现在已经感受不到那种在这之前压迫着他的内心恐惧。他全身心沉浸在一个想法里：千万不要有什么东西干扰他实现自己的意图。

怀着剧烈的心跳他走到柴捆跟前，解开绳子，把它从柴捆下抽出来，然后，回头看着门口，把绳子拿进自己牢房。在牢房中，他爬上凳子把绳子甩到通气窗上。他用绳子的两头打好一个结，用双股绳做成一个活套，不料太低了。他又重打绳结，又做成一个活套，他在脖子上试了试，不安地倾听并回头张望着门口，他爬上凳子，把脑袋伸进绳套，整理好它，然后踢开凳子，悬在了空中……

直到早晨巡查的时候，值班看守才发现弯着腿，差不多半跪在翻倒凳子旁的梅热涅茨基。人们把他从绳套中放下来。看守长赶来，听说罗曼是医生，叫他抢救上吊者。

施行了所有通常的抢救措施，但梅热涅茨基没活过来。

梅热涅茨基的遗体被抬下停尸处，放在停尸床上老分裂教徒的身边。

(1906)

我在梦中见到了什么

一

"她作为女儿对我来说已经不存在了,你明白吗? 不存在。但我还是不能把她留在别人脖子上成为别人的负担。我所做的是让她照自己的意愿生活,但我不愿听人说起她,是的! 是的! 连想都不可能想到哪怕是类似的事情……可怕! 可怕! "

他耸耸肩膀, 甩甩头, 抬眼向天。这是六十来岁的米哈依尔·伊万诺维奇·沙公爵在省城里对自己弟弟彼得·伊万诺维奇说的话, 他弟弟是位五十六岁的省城首席贵族。

谈话发生在省城, 来自彼得堡的哥哥到达此地后, 得知自己一年前从家中出逃的女儿带着孩子也在这里住下了。

米哈依尔·伊万诺维奇公爵是位漂亮的、头发雪白的、不服老的高个老人, 他表情傲慢, 但外表、举止都不令人生厌。他妻子脾气暴躁、俗气十足, 经常为一些鸡毛蒜皮的小事跟他吵架。他的儿子也不怎么样, 挥金如土, 吃喝嫖赌, 样样俱全, 但在父亲的眼里, 儿子还完全算是个 "体面" 人物。公爵还有两个女儿, 大女儿嫁了一个好人家, 住在彼得堡, 最心爱的小女儿叫李莎, 大概一年前离家出走的, 就是这个女儿突然在远离彼得堡的一个省城悄然出现, 身旁带着个孩子。

彼得·伊万诺维奇公爵想问哥哥, 李莎怎么样? 在什么情况下出走的? 谁可能是孩子的父亲? 但他怎么也下不了决心问这些。今天早上, 彼得·伊万诺维奇的妻子向这位夫兄表示同情时, 彼得·伊万诺维奇公爵就看到哥哥脸上流露出很大的难以描述的痛苦, 并以傲慢的、拒人于千里之外的表情来掩饰这种痛苦。他问起自己的弟媳,她的套间花了多少钱。吃早饭时,当着全家和所有的客人的面,仍然像以往一样谈锋刻薄机敏,对所有的人,他却摆出一副高不可攀的样子,除了孩子们,对孩子们他总是不知怎地特别谦恭温柔。他举止自然,所以大家好像都认为他有权这样高傲。

晚上弟弟陪他打了文特牌。他离开后,回到为他准备好的房间,刚要取出假牙,有人轻轻地敲了两下他的门。

"哪一位?"

"C'est moi, MLichel。①"

米哈伊尔·伊万诺维奇公爵听出是弟媳的声音,皱了皱眉头,装上假牙,自言自语地说:"她来干什么?"但大声说:

" Entrezc。②"

弟媳是个对丈夫百依百顺、温柔娴静的女人,但有人说她是个怪人,(甚至有人把她看作白痴)。尽管她长得很可爱,但总是头发蓬乱,穿着总是不整洁,马虎随便,丢三拉四,而且常冒出一些与首席贵族夫人身份不相符的看法,让大家包括熟人或自己的丈夫都诧异不已。

"Vous pouvez me renvoyer, mais je ne m'en irai pas, je vous le dis d'avance。"③——她的话照例不符合逻辑地说了起来。

"Dieu preserve,"④夫兄以他常有的带点夸张的彬彬有礼的态度边移动安乐椅让她坐,边回答。"Ca ne vous dérange pas?"⑤他边说边取出一根长嘴香烟。

"您看,我不会讲什么不顺耳的话,我只想谈一谈李赞卡。"⑥米哈依尔·伊万诺维奇叹了口气,显然是因痛苦而叹,但立即克制住自己,并疲倦地

---

① 法语:是我,米舍尔。
② 法语:请进。
③ 法语:您可以撵我走,但我申明在先,就是不走。
④ 法语:上帝保佑。
⑤ 法语:您不介意吧?
⑥ 李赞卡和李莎是伊丽莎白的爱称和小名。

微笑了一下，说：

"和你讲话，只可能有一个题目，就是你想谈的那件事。"他说话时看也不看她，显然连这个话题本身都不愿提及。但这位圆圆胖胖招人喜爱的弟媳并没有窘然而退，她还是继续瞧着米哈依尔·伊万诺维奇，蓝眼睛中发出善良、恳求的目光，并大叹了一口气，叹气声比米哈依尔·伊万诺维奇还沉重些，她说："米舍尔，mon bon ami，①可怜可怜她。"她每次和大伯子讲话时，总是容易转称为"您"。"她不也是一个人吗？"

"我从未怀疑过这一点。"米哈伊尔·伊万诺维奇带着令人不舒服的微笑回答。

"她是女儿呀。"

"是的，曾经是，但是，亲爱的阿玲，你讲这些又有什么意义呢？"

"米舍尔，亲爱的，您见见她，我本来想告诉您的仅仅是造成这一切的，那个有罪的……"

米哈依尔·伊万诺维奇突然怒气冲冲，脸色变得非常可怕。

"为了上帝，别说了，我已经受够了，现在对我来说什么都不要，除了一个愿望，就是把她放在那种境地里，使她不再成为别人的负担，不再跟我有什么关系，让她走自己的路，我们过我们的日子，只当没有她，我别无他法。"

"米舍尔，您老说'我，我'，要知道她同样也是一个'我'"。

"这点我毫不怀疑。但是，亲爱的阿玲，请不要再谈这件事情了，我太难受。"

阿列克桑德拉·德米特利耶芙娜沉默片刻，摇摇头说："玛莎（米哈依尔·伊万诺维奇的妻子）也是这么看的吗？"

"完全一样。"

阿列克桑德拉·德米特利耶芙娜口中啧啧有声。

"Brisons la–dessus.Et bonne nuit!②"他说。

---

① 法语：我的好朋友。
② 法语：我们姑且不谈了吧，晚安。

阿列克桑德拉·德米特利耶芙娜没动，而是沉吟了一下。

"彼佳①说您要给她的女房东一笔钱，您知道地址吗？"

"知道。"

"那您不必通过我们做这件事，您自己坐车去一趟。您只要看一看她生活得怎么样。如果您不愿见她，那肯定见不到她，他不在那里，没有什么人。"

米哈依尔·伊万诺维奇浑身抽搐了一下。"呵嘿，我做了些什么，做了些什么，您这样折磨我，这太不好客了。"

阿列克桑德拉·德米特利耶芙娜站起来，哽咽地说："她那么可怜，那么可爱。"她似乎被自己的话感动了。

他站起来，算着她说完，她向他伸出了手。

"米舍尔，这样可不好。"说完便离去了。

她走后，米哈依尔·伊万诺维奇在为他改成卧室的房间的地毯上长久地来回踱步。一会儿面部扭曲，一会儿大声呻吟，但突然又被自己的声音吓住了，不再出声。

受伤的自尊心折磨着他，他在母亲家中长大成人，他母亲是赫赫有名的阿芙朵蒂亚·鲍里索芙娜，曾经接待过女皇和皇后的来访。在人们看来，与他相识是莫大的荣耀。他一生都是在无所畏惧的骑士荣光中度过的。而他的女儿竟……他与一个法国女人有过一个私生子，他将他安排到国外，这件事并未降低他对自己的高度评价。谁知他的女儿使他蒙受耻辱，让他落入自惭形秽、不敢见人的境地。对这个女儿，他做了一个父亲能够做的、应该做的一切，给了她优秀的教养和在俄罗斯最上流社交界择偶的机会，女孩子所想要的一切他都给了她，这是他深爱的、引以为傲的女儿。他不禁回忆起那些日子，当他把她看成自己家庭一份子的时候，当他把她视为掌上明珠，为她高兴、为她得意的时候，她八九岁就是一个聪明伶俐、善解人意、动作敏捷、举止优雅的女孩，一双黑眼睛晶莹透亮，蓬蓬松松的淡黄色的头发披在瘦骨嶙峋的背上。他

---

① 彼得·伊万诺维奇的小名。

记得她跳到他膝上，搂住他的脖子，搔他的痒痒，还笑个不停，不管他怎么求饶，她也不歇手，随后她又是吻他的嘴，又是吻他的眼睛和脸颊，公爵是个不苟言笑，不喜冲动的人，但这番火一般的热情令他心醉，有时他不得不甘拜下风，现在想起他当时对她的舔犊之情是那么令人愉快。

而这个一度可爱无比的小精灵竟变成这副样子，以致他一想起她就顿生反感。

他也记起当她长大成人，当他发现男人们像看成熟女人那样看待她时，他是怎样的在那种特殊的恐惧和侮辱感中煎熬。他看到她身着舞会盛装到他面前，自恃其美，一副千娇百媚的样子，看到她出现在舞会上，他是怀着怎样的醋意啊。他怕那种不洁的目光投向她，可她偏偏不理解这一点，反而为此而高兴。"把女人看成冰清玉洁是多大的一种迷信，相反，她们不知道有，而且根本没有廉耻感。"他自忖。

他想起他不懂她为什么拒绝两桩非常好的婚事。她继续频繁出入社交界，不是因为爱上某个人，而是愈来愈陶醉于自己的成功，不过，这种成功不可能持久，一年、二年，三年以后，大家对她已熟视无睹。她是很美，但已经不是情窦初开的青春少女，相反，好像成了舞会上固有的装饰品似的。米哈依尔·伊万诺维奇想起他已预见到女儿以后会长久待聘闺阁，他只指望一点——女儿越早出嫁越好，哪怕不像以前那样风光荣耀，无论如何只要体面就行，但公爵感到她反而带着一种挑衅性的傲慢。一想起这点，他对女儿更加满怀怨恨。拒绝了这么多体面的婚事，就为了这样一件丑事！"噢！噢！"他又重新呻吟着，停下来，点起一支长嘴香烟。他努力去想其他的事儿，怎么样在不让女儿碰到他的情况下把钱寄给她，可往事又不由自主地涌上心头。那已是不久以前的事。她已经二十多岁了，在他们自己的农村庄园里，她与一个十四岁小宫廷侍从产生了一段莫名其妙的浪漫史。她把这个男孩弄得神魂颠倒，号啕大哭。公爵为了制止这件愚蠢的事再续续下去，便命令这个男孩离开，女儿板着脸，冷冰冰的近乎于粗暴地顶撞他，从那以后，本来已经冷淡的父女关系，在女儿方面也完全冷了。她似乎认为，自己也因为什么，自尊心受到了伤害。

"我那时候的看法是多么正确，"公爵现在想，"这是一个不知羞耻的心地不善的人。"

又是一段回忆——最后的、噩梦般的。从莫斯科来的信中，她写道，她不能回家了，她是一个永无快乐、堕落的女人，请他们饶恕她，忘记她。他想起和妻子的谈话以及种种对女儿无耻行径的猜测。这些猜测最后竟化为事实。这件不幸的事发生在芬兰，让女儿到姑妈家做客，事情的罪魁祸首是一个微不足道的瑞典大学生，一个不学无术、猥琐卑鄙的已婚男人。

他边想边走啊，走啊，在他房间的地毯上来回走动。他又回忆起过去如何爱女儿，如何为她而骄傲。她的堕落叫他百思不得其解，他一想起就感到害怕。女儿给他带来的痛苦使他恨之入骨。弟媳的话又在他耳边回响，他极力设想用什么方式来原谅女儿，可他一想起"他"，那种惊惧、厌恶和被侮辱的感觉又翻了上来。他叫起来"噢！噢！"立刻极力去想别的事。

"不，这是不可能的，我把钱交给彼佳，让他按月发给她。我没有女儿，没有女儿……"

他又返回到纷繁杂乱的感情漩涡中折磨自己。他回味着过去对女儿的爱，并为之心软，但她做出让他如此痛苦的事，真叫他不由得产生刻骨仇恨。

二

李莎在最后的这一年内所经历的事情，和她在过去二十五年内所经历的事情不可同日而语。这一年内，她突然意识到过去生活的全部空虚无聊：她意识到她过去在有钱的彼得堡社交界以及自己家中的生活是那样的丑陋和低级趣味。在这儿，她与大家一块玩弄生活，动物般地活着，享尽荣华富贵，但也不过是接触到生活的表皮而不是其深处。头一年、两年、三年还过得辉煌灿烂，可是晚会、舞会、音乐会、晚宴，能展示形体美的舞会盛装、发式全是那么一成不变，就连那些年轻的或已不年轻的追求者们也是清一色的，都是那种好像无所知，好像有权力享受一切，嘲笑一切的人。一月又一月地在消夏别墅度过的日子里，别墅式的大自然也是那个调儿：只让你触到快乐生活的浅层。音乐会或读书会也好不到哪儿去——就一些生活问题吹毛求疵一番，却没有真正解决问题。这一切年复一年地继续了七、八年，你别指望有任何变化，恰恰相反，这种生活越来越淡而无味，她失望、悲观、绝望，甚至产生想死的念头。几位女友把她拉进慈善活动圈；她见到了贫穷，真正的、令人作呕的贫穷和更肮脏的、虚假的贫穷，她看到了慈善夫人们的冷酷。她们坐的是价值上千卢布的马车，穿的是上千卢布的华服，她的心情变得越来越沉重。她想取得生活的真髓而不是游戏人生，而不是猎取生活表面的一层"奶油"，结果她什么样的生活都没有享受到。在她的记忆中，最好的一段时光是她与被称为柯柯的军官中学生的爱情。这是一件真挚的诚实无欺的美事。可惜现在没有也再不可能有相同事情出现。她愈来愈陷入到苦闷之中。就在这种苦闷中她去了芬兰姑妈家。崭新的环境，崭新的大自然，新朋友和一些与众不同的人物令她心驰神往。

　　一切怎样开始的，她说不上来。姑妈家住着一个瑞典客人。他常谈起自己的一些文章、自己的人民和新的瑞典小说，她自己也不知道，那种销魂的相互倾慕的目光和微笑是怎么样，又是从何时出现的。这种难以描述的目光和微笑胜过辞藻所能表达的意义，这种目光和微笑叩开了各自的心扉，不仅如此，而且还孕育着人类所共有的、伟大的和最重要的奥秘。他们说的每句话，都在这些微笑中获得最伟大的极乐的意义。当他们一块听音乐或对唱时，同样的意义融化在音乐之中。当他们朗读书的时候，这种意义又出现在辞藻中。有时他们也争论，他们都据理力争，但只要他们相视一笑，他们就能远远地撂下争论，升华到只有他们才能到达的境界。

　　她说不出来从什么时候开始，是怎样发生的，这些微笑和目光后面出现了一个魔鬼，在同一时刻抓住了他们，在这个魔鬼面前她感到十分害怕，数不清的无形的绳索错综复杂地捆住他们，把他们编织在一起，她觉得自己怎么也挣不脱，因而把所有的希望寄托在他身上，指望他会显示出高尚的品德，不至于滥用自己的力量，但同时她又模模糊糊地希望他不这样做。

　　她因为无所依托，这种在斗争中无能为力的感觉更加深了。浅薄、虚伪的社交生活令她生厌，自己的母亲她不爱，父亲呢，她认为他已经将她拒之门外。并且她不愿玩弄生活，而是渴望生活的真谛。在爱情中，在一个女人对一个男人完美的爱中，她预感到能获得这种真谛，而且她那充满渴望，热情的性格也将她朝那方面引去。在她的想象中，这种生活都体现在他身上，体现在他那高大强壮的形体中，他那金黄的头发和两撇翘起的淡黄胡须上。他的胡须中闪烁着一种动人心魄、无所不摧的微笑。在这里她看到某种世上所能有的最美好的前景。这些微笑、目光，希冀和前景导致了应该发生的事，这正是她所惧怕的，但又朦朦胧胧下意识地期待着的。接着，这一切美好的、心灵上的、愉快而充满美妙的前景，突然一下子变成厌恶的、动物性的，并且不但使人忧虑而且使人绝望。

　　她盯着他的眼睛，勉强笑着，尽力装出她什么也不怕，这都是应该发生的，但心灵深处她知道现在一切都完了，他身上没有她要找的东西，没有她自己拥有的东西，没有柯柯拥有的东西。她告诉他，他应写信向她父亲提亲，他说他会这样做。第二次约会中，他又说他不得立刻这样干。他眼睛里流露出一种胆怯、暧昧的神情，叫她更加疑窦重重，第三天，他寄来了一封信，声称他已有妻室，妻子很久以前丢下了他。他现在在她眼里一切都完了，他有罪，求她饶恕他。

　　她叫他来，告诉他，她爱他，不管他有没有妻室。她觉得命运永远把他们拴在一块儿了，她不会抛弃他。

　　另一次约会中，他告诉她，他一无所有，父母很穷，他只能让她过贫困的生活，她说她什么也不需要，现在已准备好跟他去他要去的地方。

　　他劝她不要这样，劝她算一算。她同意了。这种为数不多但偷偷摸摸的幽会，这种靠秘密通信维持的关系，叫她忍无可忍，她决定逃走。

　　她搬到彼得堡后，他来过信，答应来看她，后来信也不写了，人也失去了踪影。她想按自己的方式生活下去，可就是做不到。她病倒了，并且越治疗情况越糟糕。当她确认她无法隐瞒她原本想隐瞒的事的时候，她决定杀死自己。可怎么样使死亡显得自然一些呢? 没错, 她是想杀死自己, 她以为她已下定决心, 于是取出一些毒药撒在酒杯里, 准备喝下去。就在这一刻, 她五岁的外甥, 姐姐的儿子跑进房间, 给她看外婆送的玩具。如果不是这孩子的闯入, 她会喝下肚的。她停下来, 用手抚摸了一下这男孩, 突然哭起来。她脑海里突然冒出一个念头: 如果他不是已婚的话, 她可能会成为母亲, 第一次做母亲的愿望叫她恢复常态, 不再去想别人会怎么看她, 会说些什么。她开始考虑自己的、真正自己的生活。为了应付别人的看法而杀死自己她觉得容易, 但为了自己而杀死自己, 却下不了手。她倒掉毒药, 抛开自杀的念头, 让自己生活在内心世界里。这种生活很磨人, 但毕竟是活生生的生活, 她不愿意也不能够与它分离。她开始祈祷, 她好久没有这样做了, 但这并没有带来轻松感。她不是为自己而是为父亲的痛苦而痛苦, 她理解父亲的痛苦, 可怜他, 但她知道, 这些痛苦注定会来临, 并且她就是制造这些痛苦的罪人。她的生活就这样持续了好几个月, 突然发生了别人谁也没注意到的, 连她自己都差一点没注意到的事情, 这件事已完全推翻了她的生活, 她正在做女红, 钩着一条线毯, 忽然, 她感到什么动了一下……在自己的里边。

"不是吧, 不可能。" 她惊呆了, 钩针和线毯紧握在手中, 那个奇怪的蠕动又出现了, 难道是她或他? 接着她忘了一切, 他的龌龊和谎言, 母亲的暴躁, 父亲的痛苦。她脸上绽开灿烂的笑容, 这不是她应酬那个男人下作微笑的那种笑, 而是开朗、纯洁、愉快的笑。

现在她想起以前可能会把腹中的他和自己一起杀死就不寒而栗。她一门心思都在想如何离家出走, 到哪儿, 在哪儿做母亲。虽然是可怜的不幸的母亲, 但毕竟成为母亲了。果然, 她经过深思熟虑把一切安排妥当, 离了家, 并且在远离彼得堡的省城里落了户, 在那里她以为她能脱离与家人的关系: 不幸的是, 她父亲的弟弟就在那里被任命为省长。这一点她怎么也没料到。

她在接生婆玛里娅·伊万诺芙娜家住了近四个月, 得知自己的叔叔也在这个城市后, 便准备搬到更远的什么地方去。

三

米哈依尔·伊万诺维奇很早就醒来了, 当天早上一走进弟弟的书房就把准备好的支票交给他, 这些钱他留给弟弟, 请他按月发给他们的女儿, 并问起开往彼得堡的特快什么时候开。火车是晚上七点, 所以米哈依尔·伊万诺维奇有时间在离开之前吃个早中饭。和弟媳一起喝咖啡的时候, 弟媳再也没有提过使他难过的那些事, 只是不时地向他投去畏怯的目光, 咖啡完毕, 他按照自己的保健习惯出去散步。

阿列克桑德拉·吉米特利耶芙娜把他送到前厅。

"米舍尔, 您可以到城市公园去一趟, 那是一个理想的散步地点, 并且离一切都很近。"她满怀恻隐地盯着他怒气未消的面孔。

米哈依尔·伊万诺维奇听从她的劝告到离一切很近的公园去了, 并懊恼地想着女人们多么愚蠢、固执、冷酷无情。"她一点也不可怜我,"他心里责备弟媳。"她连明白都不能明白我的痛苦。而她呢?"他的思绪转向女儿。"她可知道这对我意味着什么, 这是多大的煎熬。在我生命的尽头, 这是多么大的打击, 我的寿命也肯定会因她而缩短。倒是死亡比起这些苦难, 还要好些。并且这一切仅仅pour les yeux d'un, chenapan。① "噢, 噢, 噢,"他大声呻吟, 他一想到, 这件事一旦在全城传扬开来(肯定大家已经知道了), 人们家喻户晓的时候, 他对女儿的满腔怒火迫使他忍不住要对她狠狠数落一番, 叫她明白她所做的事的全部意义。"她们是不懂的。"

"那里离一切都很近,"他想, 接着取出通讯录, 看了一眼她的地址:"厨房街, 亚布拉莫夫宅, 维拉·伊万诺芙娜·塞里维尔斯托娃。"她就是用这个名字隐居着。他走到公园门口, 叫了马车夫。

"您找谁, 先生?"玛丽娅·伊万诺芙娜问他, 他正从很陡的、臭烘烘的楼梯踏上狭窄的平台。

"塞里维尔斯托娃女士住在此地?"

---

① 法语:为了一个混账东西的漂亮眼睛。

"是维拉·伊万诺芙娜吧? 在这里,请进。她街上去了,到小店里去了,马上就会回来。"

米哈依尔·伊万诺维奇跟着肥胖的玛丽娅·伊万诺芙娜走进小小的客厅,从旁边的小间传来婴儿的大声啼哭,这就像刀一样剜痛他的心,他觉得这哭声令人讨厌,充满敌意。

玛丽娅·伊万诺芙娜道了声失陪便走进小间,听得见她怎样安慰孩子。孩子不哭了,她就出来了。

"这是她的小娃娃。她就会来。您是哪一位?"

"熟人,我以后再来。"米哈依尔·伊万诺维奇说着就准备走。想到会遇见她都那么难以忍受,对他来说,要与她对话更是完全不可能的。

他刚转身要走,楼梯上响起轻快的脚步声,他认出是李莎的嗓音。

"玛丽娅·伊万诺芙娜,怎么样? 我不在时没哭过吧……而我……"

她突然看见了父亲。她拿的小包从手中掉到地上。

"爸爸?!"她叫一声,脸色刷地变得惨白,全身发抖,停留在门槛上不动弹。

他动也不动地望着她。她瘦了,眼睛显得更大,鼻子变得更尖,细细的胳膊瘦骨嶙峋。该说什么,该做什么,他不知道。他完全忘记了关于自己受辱的一切想法,只可怜她骨瘦如柴的身子,可怜她的布衣粗服的打扮,更主要的是为了她带点恳求的目光和她那令人怜爱的面容而可怜她。

"爸爸,饶恕我。"她边靠拢他边说。

"你,"他脱口而出,"你饶恕我!"他像一个孩子一样哽咽起来,吻着她的脸、双手,用泪水浇着她的脸和手。

对她的怜悯最后打开了他自己的心扉。而且,他一发现他实际上是什么样的人以后,他便悟到他在女儿面前多么有罪,就连自己的傲慢,冷淡以及对她的怀恨也是罪过。并且他高兴他有罪,她没有什么要他饶恕的,他自己还需要别人的饶恕。

她把他领到房间,告诉他她生活得怎样,但始终不给他看孩子,并且一句话也不提过去，因为她知道，这会多么伤他的心。他告诉她，她应另有安排。

"是的，如果在乡下会好一些。"她说。

"我们会考虑这一切。"他说。

在门后面，孩子突然尖声哭泣，接着又大嚎起来。她睁大眼睛，盯着父亲，犹豫地愣在原地。

"真的，你该去喂奶了。"米哈依尔·伊万诺维奇显然因为心里紧张边抽动眉毛边说道。

她站起来，一个不理智的念头突然冒出来，让始终爱的那位看看她现在比世上一切都爱的那位。但是，在说出她想说的话之前，她瞟了一下父亲的脸。他会不会生气？

父亲脸上没有怒气，只有痛苦的表情。

"是，是，你去，去，"他说，"荣耀归上帝。好吧，我明天再来，那时候我们再决定怎么办。再见，我的心肝。是的，再会。"他勉强压住噎在喉头的那一块。

米哈依尔·伊万诺维奇回到弟弟家，阿列克桑德拉·德米特利耶芙娜见面就问：

"怎么样？"

"嗯……没什么。"

"您见到过？"她问。看到他的脸色，她已猜到发生了什么事儿。

"是的。"他飞快地说，突然哭起来。

"是的，我变得又老又愚蠢。"安静下来后，他说。

"不，不，你还是很聪明，很明智。"

米哈依尔·伊万诺维奇原谅了女儿，完完全全地原谅了她，并且为了这一次的原谅，他在心里战胜了人们传言给他造成的恐惧。他把女儿安置在乡下，阿列克桑德拉·德米特利耶芙娜的妹妹家，经常见一见她，并且，不止是和过去一样地爱她，而且比过去更强烈地爱她，不时地，还到她那里去小住几天。但是他仍旧尽量避免见到她的孩子，不能在自己心里克服对这个孩子的嫌恶和敌意。这一点，一直是他女儿的心病。

（1906年11月13日）

穷　人

　　渔家小屋的炉火旁，坐着渔夫的妻冉娜，她正在缝破旧的船帆。风在门外尖叫咆哮，海浪在岸边飞溅、摔碎、嚎叫……外面又黑又冷，海上肆虐着风暴，可在渔家小屋里舒服又温暖。夯土的地板扫得干干净净，炉火还未熄灭，碗架上餐具闪着亮光。在怒海的呼啸声中，五个孩子在放下的床帐中熟睡。渔夫早起驾着自家小船出海迟迟不归，渔家女听着海浪轰鸣风在号啕。冉娜心中害怕。

　　年久的木钟喑哑地敲出十点、十一点……丈夫仍未归来。冉娜在沉思。丈夫不惜力，寒冷风暴中去打鱼，她也从早到晚做着活。可又怎样？勉勉强强能糊口。可孩子们还是没鞋穿，不论冬夏光着脚。他们吃的不是小麦面包，可有足够的黑麦面包，已经够好的了。菜可只有鱼。"唉，上帝保佑，孩子们壮实，没什么可抱怨的。"冉娜想着又倾听着风暴的声响。"他现在在哪儿？主啊，保住他吧，救救他，宽恕他！"她划着十字说。

　　睡觉还早，冉娜站起身，往头上披一条厚披巾，点起风灯走出家门，她要看看海是不是静了点，天是不是亮了点，灯塔是不是亮着，丈夫船上的灯是不是看得见了。可海上什么也不见。风撕扯着她的披巾，又用断落的什么东西敲击着女邻居家木屋的门，于是冉娜记起她昨晚就打算去看看病倒的女邻居，"也没个人照看照看她。"冉娜想着，敲敲门。她仔细听着……没人应门。

　　"寡妇真难啊，"冉娜站在台阶上想，"孩子倒不算多，两个，可全要一个人想办法。这会又生起病！唉，寡妇真难啊。我进去看看她。""喂，女邻居！"冉娜叫道，"不会出什么事吧？"她想着推开门。

　　屋子里又潮又冷。冉娜举起灯，想看清病人躺在哪里。可最先投入她眼帘的是正对着门的床，床上是她，女邻居，那样寂然不动地仰躺着，只有死去的人才这样。冉娜把灯再拿近些。是的，这是她。头向后仰着，在冰冷发紫的脸上留着死的安宁。苍白无生气的手似乎伸出去要拿什么，从褥草上垂落下来。就在这儿，离死去的母亲不远，两个鬈发胖颊的小孩盖着条旧连衫裙睡着了，他们蜷缩着身体，金发的小脑袋紧靠在一起。显然，母亲临死前还最后用旧头巾包好他们的小腿，拿自己的旧连衫裙盖好他们身子。他们的呼吸平稳安宁，他们睡得又甜又沉。

冉娜取下睡着孩子们的摇篮，用披巾裹紧他们抱回家去。她的心跳得厉害。她自己也不知道，她怎样并为什么做了这些事，可她知道她不能不这样做。

回到家她把没醒的孩子们放到自己孩子身边，忙忙地拉上床帐。她脸色苍白而激动，好像受着良心的折磨。"他会说什么？"她自言自语说。"五个孩子可不是开玩笑的，为他们他还折腾得不够吗……这是他来了？……不，还不是他！……可我为什么抱回来！……他会揍我的！也揍得在理，我也该揍。这是他了！不是！唉，也好！"

门响了一声，像是有人进来，冉娜颤抖一下从椅子上站起来。

"不是。又没人！主啊，我为什么这样做？……现在我还怎么敢看他的眼睛？"冉娜陷入沉思，久久坐在床边……

雨停了，天亮了，可风依旧在呼啸，海在号啕。

突然房门大开，屋里撞进来一股新鲜的大海气息和一个肤色黝黑的高个子渔夫，身后拖着水淋淋的撕破的渔网，他走进来幸福地说：

"瞧，我回来了，冉娜！"

"啊呀，是你！"冉娜说着又停下，不敢抬眼看他。

"吓，这一夜真够受的，真可怕！"

"是的，是的，天气太可怕了！捕鱼怎样？"

"糟透了，彻底糟糕！什么也没捕着。只撕破了网。坏透了！坏透了！对了，告诉你，这天气真够厉害的！我好像想不起经过这样子的夜晚，哪还顾得上捕什么鱼！上帝保佑，能回家已经不容易了……喂，我不在，你干了些什么？"

渔夫把网拖进屋，坐在了火炉旁。

"我？"冉娜说着脸发白了，"那我还……我坐在家忙针线活……风嚎叫得那么凶，我害怕起来，为你担心。"

"是啊，是啊。"丈夫咕哝着说，"这天气是鬼得很，真糟透了！你还会有什么办法！"

两人都沉默了一会儿。

"你知道吗，"冉娜说，"女邻居西蒙娜死了。"

"真的！"

"我都不知道，什么时候死的？多半是，昨天。她死得痛苦，光为孩子，就够她痛心的了！两孩子——可还是小不点呢……一个还不会说话，另一个刚学会点爬……"

冉娜不吭声了，渔夫皱紧眉头，他脸上流露出严肃、关切的神情。

"嗯，这是个事儿！"他说着搔搔头。"嗨，能做些什么呢！只好领回来，不然醒过来，怎能让他们和死人在一块？嗨，还能怎样，总有法子熬过来的！你倒是快去呀！"

可冉娜动也不动。

"你怎么啦？你不愿意，你出什么事儿啦，冉娜？"

"他们在这儿。"冉娜说着拉开床帐。

(1908)

村里的歌

歌声和琴声就像在身边响起，可浓雾中什么人也看不见。这是一个工作日，所以最初听到歌声一早响起我觉得惊奇。

"对了，这肯定是，送新兵。"我记起这两天有过的一次谈话，说我们村派定五名壮丁，于是我朝着不自觉吸引我的快乐歌声方向走去。我走近歌声时，歌声和琴声停息了。歌手们，就是将被送走的青年人，走进一幢两进的砖砌屋子，去见其中一位被招募者的父亲。正对门站着一小群妇人姑娘和孩子。在我向妇人们询问是谁家孩子被招走，而且他们走进屋去干什么的时候，从门里走出来送行的母亲们和姐妹，还有小伙子们一共五个人：四个单身汉，一个结了婚的。我们村处在城郊，被招募者基本上都在城里干活，所以他们的穿着都是城里的，看得出都穿上了最好的衣服：西装外套、新鸭舌帽、考究的高统皮靴。自然，一个个子不高身材匀称的青年格外引人注意，他有一张欢乐可爱并富有表情的脸，唇边和下巴上刚隐隐显出胡须，褐色的眼睛闪闪发亮。他一走出门，马上拿起背在他肩上的价钱昂贵的大手风琴，向我鞠了一躬之后，手指立刻在琴键上滑动起来，奏起欢快的舞曲《少奶奶》，然后准确地踏着节拍，忽快忽慢迈着敏捷的舞步向街道那头走去。

他身边走着一个同样个子不高，但结实苗壮的金发小伙子。他灵活地看着四周并有力地唱着低音部应和领唱者的歌声。这一个是已婚的。这两人走在前头，其余三个走在他们后面，这三个同样穿得很好，但没有什么突出之处，除了其中一个个子很高。

我同人群一道跟着小伙子们走。歌声还是那样欢快，在整个行列的行进中没有任何悲伤的表现。可等到走近下一家的院子，那里当然也做好了招待的准备，他们站住了，那里面就传出了女人的哭嚎声。很难听清她们哭诉的是什么。只听得出个别字眼：命根子……爹妈……亲亲的家……在哭出每句哭词之后，哭诉者长吸一口气，先发出深长的呻吟声，继而变为歇斯底里的哈哈笑声。这些都是远行人的母亲和姐妹。除了哭嚎声，还能听到旁人的劝说声。

"好了，玛特廖娜，我看你累坏了。"我听到一个女人劝哭嚎者的话。

小伙子们走进屋，我留在了外面，同一个相熟的农民瓦西里·阿列哈夫谈话，他是我学校中的学生。他的儿子也在这五人中间，就是那个已婚的边走边和着歌声唱的小伙。

"怎么样？心疼吗？"我问。

"有什么办法呢？心不心疼也得服兵役。"

接着，他告诉我他的全部家务状况。他有三个儿子：一个在家，另一个就是去当兵的这个，第三个和第二个一样靠做下人仆役挣钱，给家里交的钱很多。这个去当兵的显见得给家里钱不多。"老婆是城里的，干不了我们家的事。儿子是切下来的一块肉了，只管养活他自己。心疼是心疼，可又有什么办法呢。"

我们谈话时，小伙子们又从屋里走出到街上，又开始了哭嚎声、尖叫声、哈哈笑声和劝说声。他们在门口站了五分钟左右，又前进了，又是琴声和歌声。不能不对操琴手的充沛精力感到惊异，他那样准确地奏出节拍，那样准确地踏步和停步，又是那样恰到好处地在停顿之后用欢快的歌喉再吃准节拍起唱，他用柔和的褐色眼睛环视四周。很明显，他有真正巨大的音乐天赋。我看着他，当我们的眼光相遇时，至少我这样觉得，他好像难为情了，动动眉头，他把头转到别处，然后更热情地放开歌喉。等走到第五家木屋前，小伙子们走进去，我也跟了进去。五个小伙子都被请到铺好桌布的桌前坐下，桌上有面包和酒。主人就是那个同我谈话的农民，他送的是已婚的儿子，他斟酒递给他们。小伙子们差不多什么也没喝，最多喝掉四分之一杯就放下，有的只沾沾唇就递回去了。女主人切下果酱蜜糕送上请他们下酒。主人倒满酒杯再挨个敬客人。就在我看着小伙子们的时候，从壁炉上，就在我坐处的旁边，走下来一个穿着我最觉意外和怪异衣服的女人。女人身穿淡绿色好像是绸质的连衣裙，上有时髦的装饰，脚上穿着高跟皮靴，金头发梳着最时兴的样式，耳朵上配着大大的金耳环。女人的脸容既不快乐也不悲伤，只是像受了委屈的样子。她下到地上，看也不看小伙子们就走到前厅去了，留下一串清晰有力的崭新高跟皮靴踏出的脚步声。这女人身上的一切：她的穿着，她那受委屈的面容，还有她那双特殊的耳环，相对这周围显得是那样奇怪，以致我怎么也没明白她能是谁并怎么跑到瓦西里家的壁炉上去的。我问坐在我身边的女人们，她是谁。

"瓦西里的媳妇啊，她是做女仆的。"她们回答我。

主人开始第三次斟酒，可小伙子们谢绝了，他们站起来做祈祷，谢过主人家就走出门去。街上又立刻响起哭声。最早发出哭声的是跟在小伙子们后面走出来的年纪很大、驼背的妇人。她哭得那样凄惨异常，那样悲伤欲绝，女人们不住地劝她，扶着她的手肘，扶着这个悲伤欲绝、老往前倒的老太太。

"这是谁？"我问。

"就是他奶奶，是瓦西里的妈呀。"

当老太太发出歇斯底里的哈哈笑声并倒在扶她的人们手上时，行进的行列又朝前移动了，又扬起琴声和欢快的歌声。

村口驶出来几辆马拉的大板车，运被征召者去乡里，大家站住了，嚎哭和抽泣声已经消失，风琴手唱得越来越欢。他把头倒向一旁，单腿站立，另一只脚翘起在身前，用它敲打着地面，手里则奏出一连串优美复杂的旋律，然后吃准节奏在需要歌唱的地方，他那有力高亢和欢快的嗓音与瓦西里儿子悦耳的伴唱嗓音应和着唱起歌。所有老的少的，尤其是围在他们周围的孩子们，我也是其中一个，都目不转睛地看着歌手，欣赏着他。

"真有两下子，这小家伙。"男人中有谁在说。

"痛苦会哭，痛苦也会唱起歌儿。"

这时，那个个头特别高的被征者迈着雄健的大步走到歌手身边，俯身对他说了些什么。

"好一个彪形大汉，"我想，"肯定把他编到哪个近卫军里去。"我不知他是谁的儿子,哪家的。

"谁的儿子?"我指着魁梧的汉子,问走近我的一个不高的小老头。

小老头取下帽子,向我鞠个躬,可他没听清我的问话。

"您说什么?"

开头我没认出他,可他一开口说话,我就想起那个勤快的好庄稼汉,那个好像被钉在接二连三的灾祸上的庄稼汉:一会儿被偷走两匹马,一会儿遭火烧了,后来妻又死了。我一开头没认出他来是因为长久不见他了,记得普罗珂菲是个红头发中等个头的人,现在他头发不红,全灰白了,个头变得又瘦又小。

"啊,这是你呀,普罗珂菲,"我说,"我在问这棒小伙子是谁家的,就是那个走近阿列克山德尔的?"

"这个?"普罗珂菲重复一遍,用头的动作指着那高个小伙。他摇摇头说了句什么,我没听清。

"我说谁家小伙?"我看着普罗珂菲又问一遍。

普罗珂菲的脸皱起来,颧骨那里颤抖起来。

"是我的呀。"他说着别过头去,用手遮脸,像孩子一般呜咽起来。

直到这时,听到普罗珂菲说的这句"是我的",我才不单是理智地,而是全身心地感觉到了在这难忘的雾晨中,我面前所发生的事情的全部可怕性。我见到的一切分散的、不可解的、奇怪的事突然全都对我具有了简单、明确而可怕的意义。我感到一种折磨人的羞耻,因为我竟像观赏有趣场面一样看待这一切。我停下步,带着做了件蠢事的清楚意识走回家去。

只要想一想,现在发生的这一切的直接受害者就是俄罗斯的成千成万的人民,过去是,将来很长时间受害者还将是他们,还是驯服的、智慧的、圣洁的并被如此残酷而阴险地欺骗的俄罗斯人民。

1909年11月8日

于雅斯纳雅·波良那

村中三日

第一天
流浪的人们

我们时代里在农村中出现了某种过去从未见过、从未听到过的完全新鲜的事物。在我们这个八十户人家的村庄，每天有六到十二个饥寒交迫的过路人请求过夜。

这些人，衣衫褴褛，几乎衣不蔽体、缺鞋少袜，他们常常生着病，浑身肮脏到极点，走进村子来找甲长。甲长为了不让这些人冻死饿死在外面，把他们分散安排到村中居民家中。照甲长的理解，只有农民才算是村民。甲长不安排他们去地主家，地主家除了自己住的十个房间外还有几十个可供住宿的地方：在账房、马夫房里、洗衣房里，干细活和干粗活的下人房里，还有其他房间；也不领到牧师、执事和商人家里，他们房子尽管不大，但总还比较宽敞；他只领他们到有一个大家庭的农民家里：这家的妻子、几个媳妇，几个大闺女，大的小的孩子全部都住在一间七八个或十个俄尺的正房里。然而主人还是接待这个又饿又冷，浑身发臭，遍体褴褛肮脏的人，并且不只让他过夜，还给他吃东西。

"自己往饭桌边一坐，"一个年老的男主人对我说，"不能不叫上他呀，要不吃东西都咽不下去，总要给他吃饱，让他喝茶。"

过夜的行路人也是这样的情况；然而白天走进每一座农民屋子的过路人就不是两个、三个了，而是十多个。结果还是"不能不……"

而农妇也看人而定，切下有厚有薄的面包给每个乞讨者，尽管自家的粮食远不够吃到新粮进仓的时候。

"要是所有的人都给，那每天一整个大面包都不够。"主妇们对我说，

"有时候狠心造孽就不给了。"

就这样，这种事每天在整个俄罗斯继续着。年复一年壮大起来的由乞丐、残废、非刑事流放犯、孤老头，主要的还有失去工作的工人们组成的庞大队伍，却仅仅直接依靠最劳苦最贫穷的劳动阶层——乡村农民的帮助，才能生存、容身，也就是说借此躲避饥饿和坏天气，甚至以此为生。

我们这里有习艺所、教养所，还有社会收容部门，还有各种形式的慈善机关，但都在城市里。而且在这些机关部门中，在这些楼房中，有着电力照明设施、镶木地板和穿着整洁的仆人以及薪俸可观的各类职工，他们收养了成千各色缺乏生活能力的人。但不论他们收养了多少，也不过是现今遍布俄罗斯的流浪乞讨人流之海中的一滴水（流浪者的具体人数没有统计，但应该是巨大的），而这部分数目惊人的人口不通过任何机关直接被乡村农民大众收养着，依靠农民过活。而乡村的农民大众仅凭着单纯的对基督的信仰，承受着这巨大的沉重的义务。

只要单单设想一下，假如往那些过着非农民生活的人家里，往他们的每间卧室里安排一个这样的人（哪怕只是每周一次）：一个就快冻死、饿死的、肮脏的、满身虱子的过路人，他们会说些什么。农民们则不仅收留他们，收留这样的过路人，而且还给他们吃东西，让他们喝茶，因为"自己都咽不下东西，要是不让他也坐上吃饭桌"。（在撒拉托夫省、坦波夫省还有其他省的地区，农民不等甲长安排就主动收留这样的过路人，给他们吃东西。）

就像所有真正的善事一样，农民们做了这些却全然没意识到这是行善。这件事除了是一件"为了良心"的善事之外，对俄国社会还有着巨大的重要作用。这件事对于俄国社会的重大作用在于，如果没有这农民大众，没有他们心中蕴藏的那种强烈的基督教感情，那么很难想象，这数百万无家可归的流浪大众会发生些什么事；那些各方面富足的，尤其是富裕的乡村定居者又会发生什么事。

只要看一看这些无家可归的流浪人群在失落和痛苦方面达到和被迫陷入的那种境地，设想一下他们不可能不沉沦于其中的心理状态，就可以明白，正是仅仅依靠农民给他们提供的帮助，才抑制了他们在此种境地必然会产生的暴力行为，即针对那些过剩拥有一切的人们的暴力行动；因为这些不幸的人们只需要那一切中的一点点，用来维持自己的生命。

所以，不是慈善协会，不是拥有自己的警察机构和各种法律机关的政府维护了我们这些富裕阶层人士，使我们避免遭到冲击，即由那些落入并大多被迫落入悲惨乞丐境地的绝望而饥寒交迫的流浪者所造成的冲击。而维护我们，就像抚育和喂养我们一样的，还是俄国人民生命力量的根本——农民。

是的，如果在人口众多的俄罗斯农民心中没有了人类皆兄弟的宗教意识，那么，不论有怎样的警察力量（在农村中很少也不可能很多），这些无家可归的陷入绝境的人们，早就不仅毁掉了富人的所有房屋，而且把他们路上遇到的所有人都杀完了。所以，当我们听到或读到抢劫或以抢劫为目的的杀人的消息时，不必惊慌和害怕，而应当明白并记住这一点，我们要感谢农民给予那不幸的流浪人群的无私帮助。

每天到我们家中来的人有十到十五人。这里面有一些人属于真正的乞丐，他们不知为何选择了这样一条谋生之路。他们缝起背包，尽自己所能地穿暖和一点，穿上结实鞋子，然后去吃百家饭。他们中间有瞎子，没手或没腿的，还有，当然比较少见的还有孩子、妇女。可上述这类人只是一小部分。现今乞丐的绝大部分，是一些没有背袋的，大多是年轻而没有残疾的乞丐。他们样子是最凄惨的，鞋袜不全，衣不蔽体，形销骨立而且因寒冷冻得全身发抖。你问他们："您去哪里？"回答差不多总是一样的："找工作去。"或者："去找工作，没找到，只好走回家去了。没有工作，到处都断了活路啦。"这里面还有不少人是从流放地回来的。

在这大部分乞讨的过路人中，有着完全不同性质的各类人等：有明显酗酒者，落到这境地完全是因为酒；有没文化的，可也有非常知识分子化的；有谦恭的、羞惭的；也有相反纠缠不休，一味索要的。

前两天，我刚醒来，伊里亚·瓦西里耶维奇就对我说：

"台阶上有五个过路人。"

"您在桌上拿吧。"我说。

伊里亚·瓦西里耶维奇拿了钱照例给每人五个戈比。过了将近一小时。我走到台阶上。一个浑身褴褛不堪,鞋子全坏了的瘦小的人走上来鞠躬并递来证明书之类,他有一张不健康的脸,还有一双浮肿的、但转动很快的眼睛。

"给您钱了吗?"

"伯爵大人仁慈,五戈比我能做什么用?伯爵大人仁慈,请换到我的处境里想一想。"他递来证明。"请您看看,伯爵大人仁慈,请您看看我,"他指着自己的衣服。"我能到哪里,伯爵大人仁慈(他每说一个词就要加一个伯爵大人仁慈,可他脸上却是仇恨),我怎么办,我到哪里去安身?"

我说,我给每个人的都是一样的。他继续请求,要我读一下他的证明。我拒绝了。他跪下。我求他别再缠着我。

"怎么办,我只好自寻短见了?只有这一条路了,再没有别的办法了。哪怕随便给点什么呢?"

我给他二十戈比,他走了,明显充满愤恨。

像这样的人,还特别多,他们觉得有权利从富人那里要回自己的那一份。这些人大多是有文化的,常常还是读过许多书的,革命对于他们可不是没有影响的。他们不像平常的那些老式乞丐,把富人看作用自己的善行拯救灵魂的人,而是把富人看成强盗、抢劫犯、劳动大众身上的吸血鬼。最常见的是,这一类乞丐自己是不劳动的,并且百般逃避劳动,但他们在劳动大众的名义下认为自己不仅有权利,而且有义务仇恨抢劫人民的人,也就是富人;并且他们以自己贫穷的全部力量仇恨富人。所以,如果他们不是开口索取,而是请求给予的时候,他们是在装假。

这些人,同样还有酗酒的,是很多的。我想要说的是,他们还是错在自己。但流浪人群中也有不少完全是另一种气质的人,他们温和、老实,非常令人同情,而最恐惧的事就是设想一下这些人的处境。

这里是一位穿着破旧短西装,个子高大并很漂亮的人,他的靴子已坏了磨损了,他有一张聪明而且令人喜欢的脸。他脱下帽子,很平常地提出请求。我给了他,他感激我。我问他,从哪儿来,到哪儿去?

"从彼得堡来,回乡下家里去。"(在我们省里)

我问:为什么这样步行?

"说来话长。"他耸耸肩膀说。

我请他谈谈,看得出来,他说的都是实话,他"曾住在彼得堡,有一份事务员的工作,三十卢布的工资"。他生活得非常好。"读过您的书:《战争与和平》,《安娜·卡列尼娜》。"他又露出那种让人愉快的微笑说。

"家里人忽然想起来要迁到西伯利亚去住。"他说,"去多姆斯克省。"他们写信给他,问他是否同意卖掉家乡属于他的那一份土地,他同意了。家里人去了西伯利亚,结果他们在那里得到的是一片很糟糕的土地,他们在那里用光了所有的钱又回到家乡。现在他们在自己村子里租房住,没有土地,靠做工过活。偏偏这时候他在彼得堡的生活也发生了问题。首先,他丢了工作,不是自己有错,而是他供职的公司破产了,解雇了所有职工。"再有,说老实话,我跟一个做衣女工同居了。"他又微笑着说,"她完全把我搅昏了。原先我还能帮助家里人,可现在成了这副德性。唉,上帝不会不帮助我的,也许我能渡过难关。"

看得出,这是个聪明强壮、办事认真的人,只是因为一连串偶然他才落入现在的境况。

另外一个人:穿着破烂不堪的靴子,腰间系着一条绳子。衣服满布洞眼,明显不是撕破的,而是因为穿得太久布已稀薄得无以复加了。他的脸颧骨很高,是一张令人愉快的、聪明而清醒的脸。我给他通常的五戈比,他谢过我。我们谈起话来。他是非刑事流放犯,住在维西特克。在那里生活已经很坏,而现在则糟透了,他去梁赞,他原先住在那里。我问他原来干什么。

"送报人,分送报纸。"

"为什么事遭难的呢?"

"为传播非法书刊。"

我们谈开了革命。我谈了自己的观点,那就是一切在于我们自身,不能强力摧折如此强大的势力。

"只有消灭了我们身内的罪恶,才可能消灭我们身外的罪恶。"我说。

"是倒是这样,只是不会快的。"

"全在于我们。"

"我读过您关于革命的书。"

"这不是我写的书,但我也这样想。"

"本来想向您要您的书。"

"很高兴。不过别给您带来麻烦才好。我给您一些最不涉嫌的书。"

"我还会有什么麻烦? 我已经什么都不怕了。对我来说,监狱更好些,比起现在这样。我不怕监狱。有时我还愿再入狱。"他沉痛地说。

"多可惜,多少力量这样白白浪费了,"我说,"就像您这样的人们,把自己的生活损害无遗,那么,您现在怎么办? 您打算干什么? "

"我么? "他看着我的脸说。

当我们的谈话涉及过去的事及一般性问题的时候,他回答起问题来显得愉快而巧妙,可谈话刚刚涉及他,并且当他看出我的同情的时候,他转过身用手遮住眼睛,他的头颤抖起来。

这样的人又有多少啊!

这样的人令人同情,让人感动,但也就是这些人站在那个门槛上,一个善良的人只要跨过它,就什么都敢干。

"不论我们感觉我们的文明是多么稳固。"亨利·乔治①说,

"可在它里面已在成长着破坏力量。不是在沙漠和森林里生长,而是在城市的贫民窟中。在大道上长大发育培养出的那些野蛮人,他们对我们的文明将做出的事,就是匈奴人和汪达尔人曾对古代文明所做过的事。"

是的,正因为政府的惊人盲目,它卖力地挖掘着一切良好制度存在和可能存在的基础。所以,亨利·乔治在二十年前预言的事情在我们眼前的各个地方,异常明显地在俄国正趋完成。

---

① 亨利·乔治(1839~1897),美国经济学家,属资产阶级激进派。

被乔治预言的汪达尔人在我们俄国已完全被造就完毕了,他们这些汪达尔人,这些不顾死活的人,出现在宗教虔诚尤深的我们人民中间,显得格外奇怪和可怕。这些汪达尔人特别可怕的原因在于,我们没有欧洲民族所拥有的有力的克制力量、追求体面的要求、社会舆论。我们这里,很明显,要么是深厚的宗教感情,要么是对克制忍耐力量的完全否定:斯坚卡·拉金、布加乔夫①……并且,说来可怕的是,这支斯坚卡和叶美里卡式的队伍越来越壮大,完全得力于我们政府最近一段时期里的普加乔夫式的行为,即政府用警察镇压、毫无理智的流放、监狱、苦役、要塞堡垒和每日的死刑造成的恐怖。

这种行为帮助斯坚卡·拉金们摆脱了最后一点良心谴责。"既然有学问的先生老爷们都这样做,那我们是上帝让我们这样做的。"他们这样说并且这样想。

我经常收到这一类人的来信,大多来信者是被流放的人。他们知道,我写过一些什么关于不以暴力抗恶的东西,他们绝大多数都带着极大热情反驳我,尽管他们的文化极低,他们说,对付政府和富人对人民所做的一切,只能而且必须以一种方式回答:报仇,报仇还是报仇。

我们政府的盲目是惊人的,它看不见并且不愿看见它所做的那些事,即为了解除自己敌人武装而做的事,只起了壮大他们和他们力量的作用。是的,这些人是可怕的:对政府和富人来说都是可怕的,并且对生活在富人中的人来说也是可怕的。

但是,除了被这些人所激发的恐惧之外,应该还有另外的一种感受,这种感受的产生比恐惧更为必然,这感受是我们对于因一连串偶然而陷入这种流浪生活的可怕境地的人不可能不产生的,这感受就是羞惭和同情的感受。

与其说是恐惧,还不如说是这种羞惭和同情的感受,应该迫使远离这种境地的我们对这种新的、俄罗斯生活的可怕现象作出无论这样或那样的回答。

---

① 俄国历史上两位农民起义领袖。(约1630~1671和约1732~1775)下句中叶美里卡即布加乔夫。

第二天
正在生活的和正在死亡的

我正伏案工作,伊里亚·瓦西里耶维奇轻轻走进来,显然不愿打扰我的工作,他说,几个过路人和一个女人已经等了很久了。

"请您拿去给他们吧。"

"那个女人有什么事。"

我请求等一等并继续工作。等我出来,已经全忘了女请求人的事。从角落里走出一个年轻的、长脸的、很瘦的农民女子,她穿得看上去不仅穷,而且对于当时天气来说太单薄了点。

"需要什么,怎么回事?"

"伯爵大人仁慈。"

"为了什么事?怎么回事?"

"伯爵大人仁慈。"

"什么事?"

"没照规定征走了。就留下我一个人带着仨孩子。"

"把什么人,送到哪里去了?"

"把我家主人赶到克拉必芙纳去了!"

"什么地主?为什么?"

"就是抓兵了。这下留下我一个人带着孩子们。做什么都没用场了,只有死路一条。可怜孩子呀。只好指望您的恩典了。因为没照规定,就是说。"

我记下村子、名字、外号,告诉她我会去了解,会通知她的。

"请您随便帮助一点点。孩子们想吃的,可,请您相信上帝,家里一块面包也没有。最糟的是吃奶的那个我没奶了。哪怕上帝收走他也好。"

她哭着,穿着破烂男式单外衣的身体全都在颤抖。

让她走了以后,我照常准备散步。正巧我们这里的医生有事要找病人,他要去的正是这位士兵妻子住的村子,并且要去乡公所所在的那个村子。我搭乘了医生的马车,一同前往。

来到乡里,医生到村中忙自己的事去了。

乡长不在,文书也不在,只有一个文书助手在,他是一个年纪轻轻,挺聪明的男孩子,我原来就认识他。我问他那女人丈夫的事,问他为什么让独子当兵?文书助手问明情况后说,女人的丈夫不是独子,他们是两兄弟。

"她怎么跟我说,他是独子?"

"撒谎,他们总这样。"他带着微笑说。

我在乡公所继续查问我需要弄明白的事。医生完成了对病人的访问走进来,我们又一同出发,乘马车前往士兵妻子所住的那个村子。可我们还未驶出村,一个十二岁左右的女孩快步迎面跑出来拦住我们。

"找您的,一定是的。"我对医生说。

"不,我找伯爵大人。"女孩对我说。

"需要什么?"

"伯爵大人仁慈。妈妈死了就留下我们几个孤儿,我们五个……帮帮我们,帮我们想想办法吧……"

"你是哪里的?"

女孩指指一幢相当不错的砖房。

"我是这里的,这是我们家。请您去坐一坐,您就都看见了。"

我下了雪撬,朝那幢房子走去。从房子里走出一个女人请我们进去。这女人是孤儿们的姨妈。我走进去,正房干净而且宽敞。所有的孩子都在眼前了。大女孩除外,还有四个孩子,两个男孩,一个女孩。最小的两岁孩子还是个男孩。姨妈详细告诉我们家中的情况。两年前孩子们的父亲被压在了矿井里,为抚恤金奔波了好一阵,可什么也没得到。家中只留下一个寡妇带着四个孩子,第五个孩子生下来就没了父亲。家中没男人她们勉勉强强挣扎着活下去。寡妇起初雇人种地,可没个男人的日子什么事都越来越糟。先是卖了奶牛糊口,后来又卖马,只留下两只羊。日子一直勉强过得去,谁知一个月前她自己病倒，撒手去了，留下五个孩子，大的只有十二岁。

"他们只有自己挣扎了。我尽力帮点忙，"姨妈说，"可我们的力量太小。怎么也想不出办法来，该把孩子们怎么办。哪怕他们死了也好。送到哪里的孤儿院去就好了，哪怕不是全部送去都行。"

大女孩，看得出她全明白，完全领会我与她姨妈之间的谈话。

"只要把这个，尼可拉什卡，送到哪里去就行，要不他在这里真够糟的，别想离开半步。"她边说过指着一个结实的两岁小小子，他正跟姐姐欢快地笑着，显然完全不赞同姨妈的意愿。

我答应为安置其中不论哪一个孩子进孤儿院想想办法。大女孩谢过我又问什么时候来听回音。所有孩子的眼睛都盯住我看，连尼可拉什卡也一样，就像在看一个神奇的存在物，这神物能帮他们做到一切。

我走出房子，还没到雪橇前，遇上一个老头，他向我道过好，立刻也同我谈起孤儿们的事。

"哎呀真惨啊，"他说，"看着他们心里就难受，再看那大闺女忙成什么样，她简直就当了他们的妈，上帝怎么给了她这么多力气！还得谢谢大家都没扔下他们，要不照常理早就全饿死啦。真造孽啊。给他们这样的人帮帮忙可没罪过啊。"他说着。很明显，他是劝我去帮这个忙。

我们同老头、同姨妈、同小女孩告过别，我和医生乘雪撬去早上来过的士兵妻子住的村子。我问村边第一家，士兵的妻子住在哪里，结果发现这第一家住着一个我很熟识的靠施舍过日子的寡妇，而她特别擅长执着甚至死乞白赖地乞求施舍。这寡妇像往常一样立刻开始乞求施舍，她现在特别需要施舍，是为了养大一头小母牛。

"它快把我和老太婆吃光啦！您请进来，自己看看吧。"

"老太婆怎么样？"

"还能怎么样，还有气哼哼呢。"

我答应回头去看看，也不知去看小母牛还是去看老太婆。我又问士兵妻子的家在哪里，寡妇指给我隔个院子的那幢屋子，还来得及插上一句，"穷是穷的，但他们家大伯子喝得也太厉害了。"

我按寡妇的指点穿过院子朝那幢屋子走去。

不管农村中穷人们住的房屋外观有多可怜，但像士兵妻子住的这么破烂的房子，我已很久没有见到过了。不仅是屋顶，就连墙也都像窗户一样完全倾斜了。

屋内的情况丝毫不比外观强，屋里很小，一座歪歪倒倒的乌黑的壁炉占据了三分之一的空间，令我吃惊的是壁炉上挤满了人。我原以为我只会找到士兵妻子和她的孩子们，可这里还有小姑子，一个带着孩子的年轻婆娘，还有年老的婆婆。士兵妻子自己还刚刚从我那里回到家，冻坏了，正在壁炉上暖身子。在她从壁炉上爬下来的时候，婆婆告诉我她家的生活境况。她的儿子们，是两兄弟，原先住在一起。大家还是能糊口。"可现在还有谁住在一起呢，全分家了。"健谈的婆婆说，"婆娘们吵起架来，兄弟们就分开了，日子更难过了。地少，只靠打工过活。可这下把彼得送走了，她带着孩子们能去哪儿？只好和我们一块过。可全家没法糊口啊。想不出来怎么办好。有人说，可以退回来？"

士兵妻子从壁炉上爬下来，也跟着求我想想办法把她丈夫退回来。我说，这是不行的。然后问她丈夫走后她还剩下多少财产。财产是一毫也无。土地丈夫临走交给兄弟，为了让兄弟养活她和孩子们。原来有三只羊，两只花在为丈夫送行上。剩下的，用她的话说，就是一点破烂，一只羊和两只鸡。这是全部家当。婆婆肯定了她的话。

我问士兵妻子，她从哪里嫁过来的。她是从谢尔吉耶夫斯克嫁过来的。

谢尔吉耶夫斯克是个富有的大村子，离我们四十俄里。

我问她："父母还在吗？生活怎样？"

"还在，"她说，"生活挺好。"

"为什么你不去他们那儿？"

"我自己也想过。可害怕，不会收下我们四个的。"

"也可能会收留，给他们写封信。要不要我来写？"

士兵妻子同意了。我记下她父母的名字。

在我同婆娘们谈话的时候，士兵妻子的一个鼓腮帮的大女孩走近她，扯着她衣袖在要求什么，好像是要吃。士兵妻子在同我说话就没答理她。女孩子又扯扯妈妈的衣袖，嘴里咕哝着什么。

"鬼都收不走你们！"士兵妻子高声骂一句，扬手在女孩头上打了一下。

女孩号啕大哭起来。

我办完这里的事，走出屋朝有小牛的寡妇家走去。

寡妇已在自家屋前等我，又请求我进去看看她的小牛。我走进去。在前厅里，确实有头小母牛。寡妇请求我看它一眼。我看看小牛，发现寡妇的全部生活兴趣都集中在小母牛身上，以致她无法设想我对看小母牛可能会毫无兴趣。

看过小牛，我走进房内并问老太婆在哪儿。

"老太婆？"寡妇反问一声，显然奇怪我在看过小牛之后还会对老太婆感兴趣。"在壁炉上，她还能在哪儿？"

我走近壁炉向老太婆问好。

"喔，喔，喔哟！"回答我的是一个低弱沙哑的嗓音。"这是谁？"

我报出自己的名字并问她过得怎样。

"我过得怎样？"

"怎么，哪里痛吗？"

"哪儿都痛，喔哟！"

"大夫同我一起来的，要叫大夫吗？"

"多扶？喔，喔哟！你的多扶我有什么用！我的多扶不就在这儿吗……多扶？喔—喔哟！"

"她是老了。"寡妇说。

"那也不比我老。"我说。

"怎么不比您老，比您老多啦。人们说，她已经九十啦。"寡妇说，"她额角上的头发都全脱光啦，前一阵我把她的头发剪光啦。"

"干吗剪光？"

"全脱掉了，差不多少啦，我就剪了。"

"喔，喔哟！"老太婆又在呻吟。"喔哟！上帝把我忘啦！不收走我的灵魂哟。老哥哥，他要是不收走，它自己不会出来的……喔，喔哟！是因为罪孽呀，看样子。润润嗓子的东西都没有，哪怕最后能喝上点茶呢。喔哟！"

医生走进来，我道过别，我们一起来到街上，坐进雪橇朝隔邻一个不大的村子驶去，去看望最后一位病人。到达目的地，我们一同走进木屋。前房不大，但很清洁，房间中央悬着一个摇篮，一个女人使劲摇着它。桌前坐着一个八岁模样的小女孩，好奇同时有些吃惊地看着我们。

"他在哪里？"医生在问病人。

"在壁炉上。"女人回答，手中仍不停地推睡着小孩的摇篮。

医生踏上阁板，双肘靠着壁炉朝病人弯下身去，并在那里干些什么。

我走近医生，询问病人情况如何。

医生不回答。我也踏上阁板，朝黑暗中看去，这才隐约分辨出躺在壁炉上的病人须发蓬乱的脑袋。

一股浓重、难闻的气味包围着病人。病人脸朝上躺着，医生握住他左手脉搏处。

"他怎么样？很不好吗？"我问。

医生不回答我，转身对女主人说：

"点上灯。"他说。

女主人叫女孩来，吩咐她摇动摇篮，自己点上灯，递给医生。为了不妨碍医生，我走下阁板。医生接过灯，继续诊视病人。

女孩子只管看我们了，摇摇篮的劲用小了些，小孩子开始尖声地凄惨嚎叫。母亲把灯交给医生，生气地推开小女孩，自己动手推摇篮。

我又走近医生，又问他病人怎么样。

医生还在忙着病人，用低低的声音对我说出一个词。

我没听清他说什么，又重问一遍。

"弥留状态。"医生重复一遍,默不作声地走下阁板,把灯放到桌上。

小孩不停地嚎叫,哭声既凄惨又充满怒气。

"怎么,他死啦?"婆娘准确地明白了那个词的意思,这样说。

"还没有呢,但也躲不掉了。"医生说。

"那咋办,派人找神父是不是?"婆娘不高兴地说,摇小孩的动作越来越用力。

"要是主人自己在家就好,要不这会儿找谁去,你瞧,全出去砍柴了。"

"在这里我再没事可做了。"医生说,于是我们出来了。

后来我知道了,那婆娘找到一个人去叫神父,神父正赶上为濒死者授了圣餐。

我们在回家的路上沉默着。我想,两人心中的感受是一样的。

"他生的什么病?"我问。

"肺炎。我没想到结束得这样快,体质非常强壮,但条件太有害了。四十度的高烧,外面零下五度,听天由命,毫无办法。"

我们又不说话了,沉默地前行了相当长一段时间。

"我发现壁炉上既没有枕头也没有被盖。"我说。

"什么也没有。"医生说。

显然,他理解我的想法,又说:

"我昨天在克鲁托耶村一个产妇家。为了检查必须把她放到一个能伸直身体躺着的地方,可家中没有这么个地方。"

我们又不吭声了,并且一定想着同样的事情:我们沉默地回到家。台阶前立着前后套的一对出色骏马,拉的是铺着毡毯的雪撬。车夫是个漂亮汉子,穿着皮袍子,戴着毛绒绒的帽子。这是儿子从自己领地上回到家来了。

我们坐在餐桌前,桌前安排着十个座位,有一个座位空着。这个座位是小孙女的。她今天有些不舒服,和保姆一起在自己房间里吃中餐。为她特别准备了病号饭:清汤和西米粥。

中餐是丰盛的,上四道菜,两种牌号的酒及两个侍候用餐的侍者,还有桌上摆着鲜花。谈话在进行。

"这么好的玫瑰从哪里来的?"儿子问。

妻子说,这些花是彼得堡一位不透露姓名的妇人寄来的。

"这样的玫瑰一个半卢布一枝。"儿子说。他就说起在某次音乐会或演出中,这样的玫瑰扔满舞台。谈话的题目转到音乐上,又转到音乐的鉴赏者和资助者。

"怎么样,他的健康情况好吗?"有谁在问。

有谁在回答:"总不太好,又去意大利了。每一次在那里过一冬,就奇迹般地恢复健康。"

"旅程又累又枯燥。"

"不,哪能呢,坐express①只要三十九个钟头就够了。"

"还是挺烦的。"

"等着吧,很快就能飞着去了。"

第三天
赋 税

除了一般的来访者和乞求者,今天还出现了特殊的。第一个是个无儿无女的农民老头,他在极度贫困中过着自己的最后时日;第二个是一个非常穷的,有一大堆孩子的女人;第三个据我所知是个富有的农民。三个人都是我们村的,三人都是为一件事来的。新年前开始征收赋税,登记收缴了老头的茶炊。女人的一只羊还有富有农民的一头牛。他们都来请求庇护或帮助,或者两者兼求。

首先说话的是富裕农民,他是一个高个子、漂亮、但趋向衰老的人。他说村长来过,登记收缴奶牛,要交二十七个卢布才行,而这笔钱是代公粮款。按这个农民的意思,这时候不应该收这笔钱。我一点也不懂这些事,就说我会去

---

① 法语:特快。

乡公所打听、弄明白的,到那时候再告诉他,能不能使他摆脱这笔支出。

第二个说话的是老头,他被登记收缴的是茶炊。他瘦小、虚弱,穿得很坏。他的诉说带着一种触动人心的苦恼和茫然,他诉说他们怎样来到他家,拿走茶炊,要他交三卢布七十戈比,这钱他根本没有并且无处去弄。

我问:"这是什么税?"

"反正是个什么税,谁知道他呢,是公家的吧。我和老太婆从哪儿去弄钱?本来就勉强活着。这是些什么规矩?看在我这么老的份上,请您不管怎样帮帮我们吧。"

我答应弄清楚并尽力去办。我转向那婆娘。她又瘦又憔悴,我认识她。我知道她丈夫是个酒鬼,她有五个孩子。

"把羊登记走了。他们跑来,'拿钱来。'他说。我说:'主人不在家,去干活了。''拿来。'他说。我到哪里去拿?就一只羊,也被收走了。"她哭着。

我答应去了解并尽可能给予帮助,然后首先去村里找村长问问详细情况,到底是什么税并且为什么征收手段如此严厉。

在村里的路上又有两位求告者找我,使我停下步,都是婆娘。丈夫们都在干活。一个请求我买下她的亚麻布,她卖两个卢布。

"不然就把鸡登记收缴了,我刚刚养起来。我靠这个过日子呢,捡点蛋卖。这是块好麻布,要不是等着用,三卢布我都不卖呢。"

我打发她回家,等我回来,商量好了,也许什么都好了。还没走到村长那里,迎面走来我过去的一个小学生,一个眼神活泼的黑眼睛女孩,叫奥列加,现在她已是个小老太婆了。同样的灾难——小奶牛被收缴了。

我去找村长。村长是个强壮的,胡须花白,有一张聪明面庞的男人,他走到街上来迎我。我问他征的是什么税并且为什么突然这样严厉。村长告诉我,下达了非常非常严厉的命令,要在新年之前缴清所有欠税。

"难道命令没收茶炊和牲口?"我说。

"要不怎么办?"村长说,耸耸强壮的肩膀。"不行啊,他们不交。就说阿巴库莫夫,"他对我说的是那个被收缴了奶牛的富裕农民,他们要他交出一笔什么代粮款。"他儿子在市场上赶脚，有三匹马。他怎么能不交？可他还是不肯大方点。"

"那么，这一个我们就不说了。那么，穷人又怎么说呢？"我就对他提起那一对老人，他们被收走了茶炊。

"这些人确实是的，是穷人，的确也交不出钱来，可上头又弄不清的。"

我提及那个婆娘，她被收走一只羊。村长也同情这一个，但他似乎又用不能不执行命令来为自己辩护。

我问他当村长多久了并薪金多少。

"说什么薪金啊。"他说，他回答的不是我明说的问题，而是我没说出却被他猜到的问题，即为什么他要干这个差事。"我早想辞掉了，我们的薪水是三十卢布，可造下的孽数都数不清。"

"那怎么，真的没收茶炊、羊和鸡？"我问。

"要不又怎么办呢？我得履行职责。乡里已经准备好拍卖了。"

"会把东西卖掉？"

"是的，怎么的也会凑够数……"

我到那个为被收走羊来找我的婆娘家去。屋子小极了，前厅里就是那只有义务完成国家预算的羊。激动不安、被贫困和劳作折磨得憔悴不堪的女主人照婆娘们的习惯，一看见我就激动而快速地说起话来：

"这就是我过的日子：最后的一只羊被拿走，可我带着他们，自己就剩一口气了。"她指着壁炉上和阁板上。"到这里来，有什么事！别怕。瞧瞧这些光屁股蛋子，带着他们怎样糊口啊。"

光屁股蛋子——确实是光屁股蛋子，他们穿着破烂的小上衣，可没穿裤子，他们正爬下壁炉围住母亲……

当天我乘车去乡里，为的是去详细了解一下这种对我来说全新的征收赋税的手段。

乡长不在。他马上会来。乡公所还有好几个人站在铁栏杆后面等乡长。

我问等着的人们，他们是什么人，来干什么？有两人来取身份证的。他们要出去做工挣钱,他们准备好钱来取身份证。有一个人来取乡法院判决的副本,这判决驳回了他的请求,他请求的内容是不要让他叔叔婶婶的孙女夺走他居住并劳作了二十三年的宅院,虽然这宅院是他叔叔婶婶的,但他一直和他们住在一起,并且安葬了他们。这个孙女,是叔叔的直接继承人,她根据十一月九日的法令,使用自己的财产所有权,出卖土地及宅院,这宅院就是请求者居住的宅院。所以他被驳回。但他不愿相信有这样的规矩,于是他想去求更高的法院,可他自己也不知道找哪个。我向他解释,有这样的规矩,结果这引来在场所有人的困惑、不信任和否定。

刚刚结束同这个农民的谈话,一个高个子,面容严肃冷峻的农民找我解释他的事情。他的事情是这样的,他同自己的同村人一道在自家土地上挖铁矿石,他们平平安安挖了不知几辈子了。

"最近出了一道命令,不准挖。不准在自己的地里挖。这是些什么规矩?我们就只靠这个糊口。我们奔来奔去快两个月了,可什么头绪也没有,什么办法也想不出来,逼得我们破产就是了。"

我不能对这个人说任何安慰的话,只好转身找刚进来的乡长解答我的问题,即关于被用于我村欠税征收的强硬措施的疑问。

我还问:征收的税项是什么,并根据什么文件征收。乡长告诉我目前向农民征收欠款的税务项目有七个:1)公共税,2)地区税,3)保险税,4)公粮欠额,5)代公粮款,6)乡镇村社税,7)村落税。

乡长对我说的和村长一样,说特别施行严厉的征收措施的原因在于来自上层的一纸命令。乡长承认向穷人征收很困难,但他已没有村长对穷人的那份同情,并且不允许自己议论上头,还有最主要的,他基本上坚信自己职责的重要性及参与这类事无亏良心。

"那也不能放纵他们……"

没过多久我有机会同地区长官谈论此事。地区长官对穷人困境的同情已经只剩下很少一点了,这样的穷人,他差不多没看见过。他同样对这类行为毫无基于道德标准的任何怀疑。尽管在同我的谈话中,他同意我说的从实质上说，根本不任职内心会更安宁，但他仍然认为自己是个有用的实干者，因为别人在他的位置上会差得多。而且既然住在农村，又为什么不享用地区长官这份不大的薪俸呢。

关于征收赋税，省长的观点认为这是为满足从事福利事业的人们的需要所不可缺少的，他的观点完全脱离了茶炊、小牛、亚麻布的羁绊而自由翱翔，这些东西正是从农村的穷困中搜罗来的，他已经对自己行为的必要性毫无怀疑。

那些部长们，和那些从事贩卖白酒的、那些从事教导人们杀人的、还有那些忙于判决人们流放国外、监禁、苦役和绞刑的部长们，所有这些部长和他们的助手，他们已经完完全全确信这些从乞丐手中夺来的茶炊、羊和亚麻布为自己找到了最好的用途，即用作制造毒害人民的白酒，用作制造谋杀武器，用作修造监狱，建立惩戒连等等；况且还用作给他们和助手发放工资，让他们用这钱建客厅，为妻子制做华服，以及支付不可缺少的旅行和娱乐的费用，以便他们在为那些粗野无恩的人民谋福利的繁重工作之余，减轻重压，获得休息。

（1910）